KB111532

달빛 미소

Le Sourire du clair de Lune
by Julien Aranda

©2014, Julien Aranda

Korean translation copyright © Mussopul Books,
a brand of the Alchemist Publishing Co., 2017

This Korean edition published by arrangement with Julien Aranda
through Shinwon Agency Co., Seoul

이 책의 한국어판 저작권은 신원 에이전시를 통한 저작권자와의 독점 계약으로
도서출판 연금술사의 문학브랜드 무소의뿔에 있습니다.

달빛 미소

줄리앙 아란다 · 이재형 옮김

무소의뿔

시작이든 끝이든 모든 존재는

우리가 전혀 통제할 수 없는 힘에 의해 결정된다.

이런 사실은 곤충에게도,

별에게도 마찬가지다.

우리 모두는 보이지 않는

플루티스트가 연주하는

신비의 음률에 맞추어 춤을 춘다.

인간도 춤을 추고, 푸성귀도 춤을 추고,

우주 먼지도 춤을 춘다.

알베르트 아인슈타인

차례

Le Sourire
du clair
de Lune

모르비앙, 1992년

침대에 누워 있는데 초인종이 울렸다. 깜짝 놀랐다.
찾아올 사람이 없었던 것이다.
괘종시계가 저녁 8시 반을 알렸다.
나는 어슴푸레한 빛 속에서 몸을 일으켜 창밖을 내다보았다.
많아 봤자 이제 40대로 보이는 갈색 머리 남자 한 사람이
말쑥하게 차려입고 문 앞에서 기다리고 있었다.
그런데 익숙한 얼굴이 아니었다. 장사꾼이 틀림없었다.
부랴부랴 옷을 차려입고 문 쪽으로 걸어갔다.
문을 열자 남자가 웃으며 내 코 앞에 서 있었다.
남자가 스페인어 억양으로 말했다.
"안녕하세요, 베르튄 씨."
"안녕하세요. 뭐 도와드릴까요?"
그러자 그가 내 눈을 똑바로 쳐다보며 대답했다.
"예."
"말씀해보세요…."
"베르튄 씨께 감사하다는 말씀을 드리고 싶었습니다."
"무슨 말씀이신지?"
그러자 그가 갑자기 울음을 터트렸다.
"정말 진심으로 감사드립니다."

새로 뜨는 달

Nouvelle Lune

1

　　　　　　　　　삶에 우연이란 존재하지 않는다.
아니, 보다 정확히 말하자면, 바로 삶의 우연이라는 한 가지 우
연만 존재한다. 어느 날 아버지가 어머니를 처음으로 보았다. 아
니면 그 반대였는지도 모른다. 하지만 그건 중요하지 않다. 그들
은 서로를 발견했고, 마법의 오페라는 막이 올랐다. 어쨌든 그들
이 면장님 앞에서 서명한 서류에는 서로 사랑한 거로 나와 있다.
그런데 이론과 실제는 서로 미워하는 쌍둥이 자매와 아주 비슷
할 때가 있다. 나의 이야기는 무엇보다도 이 만남에 관한 이야기
다. 그리고 또한 나의 탄생에 관한 이야기이기도 하다. 낙천주의
자들은 내가 여름이 시작될 무렵에 태어났다고 말하는 반면 비
관론자들은 내가 6월 말에 세상에 나왔다고 말한다. 그렇긴 하
지만 그해 여름이 굉장히 더웠다는 데 대해서는 모든 사람이 의
견을 같이 한다.
　이후 수년 동안 어른들은 지나가는 사람들을 붙잡고 서서 천
재지변에 뼛속까지 고통당한 인간의 표정을 짓고서 자신들의 추
수를 완전히 망쳐버렸던 이 사건에 대해 이야기하곤 했다. 태양

이 뜨겁게 내리쬐고 있을 때 나는 이런 날씨가 자궁을 통과하기에는 딱 좋다고 판단, 재빨리 세상으로 나갔다. 탄생과 삶의 관계는 곧 작은 병과 향수의 관계이기도 하며, 또한 불가분의 개념인 권태와 상상력의 관계이기도 하다. 우리 어머니는 농장 정원에서 햇빛을 가득 머금은 야채를 따려고 허리를 숙이다가 처음으로 자궁이 수축하는 것을 느꼈다. 그 당시에는 출산휴가라는 것이 아직 존재하지 않았다. 아이를 배어 배가 남산만 하더라도, 혹은 그렇지 않더라도 자기 가족의 먹을거리를 준비해야 했으므로 휴식을 취한다는 건 생각할 수도 없는 일이었다.

어머니는 아이가 나오려나 보다 생각하면서 배를 움켜쥔 채 땅바닥을 엉금엉금 기어 다니며 의사와 마을 성당의 신부님을 부르라고 시켰다. 필요한 도구들을 서둘러 챙겨서 자전거에 올라탄 두 사람은 그들이 사는 마을에서 우리 농가까지 3킬로미터를 죽어라고 달렸다. 아버지 역시 소식을 전해 들었지만 대수롭지 않게 생각했다. 그게 하던 일까지 중단하고 부랴부랴 달려가야 할 만큼 큰일은 아니라고 생각한 것이다. 어쨌든 나는 그의 네 번째 아이에 불과했다. 틀림없이 그는 자식들의 피로 물든 머리가 아내의 넓적다리에서 불쑥 나타나는 걸 보며 혐오감을 느꼈을 것이다. 자연은 우리가 그것에 의미를 부여할 때만 아름다우며, 이런 관점에서 보면 우리 아버지는 예술적 기질이라곤 눈곱만큼도 없는 사람이었다. 그는 아들의 애처로운 울음소리보다는 목초지의 정적을 더 좋아했다. 그의 일은 곧 그의 삶이었다. 나머지는 쓸데없는 짓에 불과했다.

신부와 의사가 동시에 도착했다. 그들은 타고 온 자전거를 정원 담장에 기대놓았다.

"안녕하세요, 의사 선생님. 잘 지내시지요?"

신부가 성직자들이 흔히 짓는 온화한 표정으로 인사했다.

그러자 의사가 냉랭한 목소리로 대답했다.

"잘 지냅니다. 감사합니다."

그러자 신부가 대담하게 물었다.

"선생님 얼굴을 주일 미사 시간에 자주 뵐 수가 없네요."

"제가 성체 빵 맛을 좋아하질 않아서요."

이 말을 들은 신부님이 농담하듯 대답했다.

"성체 빵 맛이 안 좋아서 그러시는 거라면 꼭 안 드셔도 됩니다!"

의사는 신부의 순발력 있는 대답에 약올라하며 양쪽 어깨를 으쓱거렸다. 신부는 이번에도 의사를 설득할 수 없게 되자 실망해서 고개를 숙였다. 가톨릭의 관례를 충실히 따랐음에도 불구하고 모든 시도가 수포로 돌아간 것이다. 인간존재에 대한 그의 믿음이 약해진 건 아니었다. 하지만 아무리 그래도 의사가 그를 애먹이고 있다는 사실은 인정할 수밖에 없었다. 신부는 영성에 대한 과학자들의 몰이해라는 벽에 부딪쳤다. 일반인들은 너무 무식해서 아예 짐작조차 할 수 없는 아주 오래된 비밀을 알고 있는 과학자들의 이런 노골적인 배타성은 그들을 굉장한 천재처럼 보이게 만든다. 그는 의사를 볼 때마다 혹시나 해서 운을 시험해 보았으나 늘 허사였다. 사실대로 말하자면, 한 사람에게는 출산이야말로 더할 나위 없는 신의 걸작이었지만, 더 합리적인 또 한 사람에게는 단지 종족 보존의 본능을 증명하는 명백한 사실에 불과했다. 관점의 차이가 너무나 컸다. 나는 아직 태어나지도 않았는데 벌써부터 내 주변에서는 삶의 역설이 그 뿌리를 뻗어가고 있었다. 밖에서 나를 기다리고 있는 것 중에서 좋은 건 단 한 가지도 없었다. 있다 하더라도 그걸 발견하려면 갖은 안간힘을 다 써야만 했다. 어쩌면 그게 나의 운명이었는지도 모르겠다. 내 삶의 동기는 빛이 내 망막을 날카롭게 찌르던 그날 결정되었다. 일을 좋은 방향으로 수습하는 것. 갈등을 무난하게 잘 해결하는 것. 엄하게 다스리기보다는 이해하는 것. 미워하기보다는 사랑하는 것.

탯줄이 잘리면서부터 내 몸은 의사의 진료 도구와 신부의 성수 사이를 왔다 갔다 했다.

신부가 고집을 피웠다.

"내가 먼저 아기를 축복하도록 해줘요."

의사도 지지 않았다.

"아니, 그러지 말고 내가 아기 심장이 정상적으로 뛰는지 확인할 때까지 잠깐만 기다려주세요!"

신부.

"주님, 은총으로 충만한 이 선물을 주서서 감사합니다…."

그러자 의사가 지친 표정으로 말했다.

"제발 입 좀 다무세요. 무슨 소리가 나는지 도대체 들리지 않잖아요!"

"미안합니다. 그렇지만 우리 교회의 전통 의식을 거행해야 합니다."

"당신의 그 의식인지 뭔지는 악마한테나 줘버리고 제발 내가
일 좀 하게 가만 내버려둬요!"

의사가 신부를 보며 이렇게 고함을 내질렀고, 신을 모독하는
말에 신부의 얼굴이 파랗게 질렸다.

의사는 청진기를 내 몸의 각 부위에 살그머니 갖다 대기도 하
고, 내 생식기를 손으로 만져보기도 하고, 내 동공과 귀, 두피,
손가락, 발을 살펴보기도 했다. 또 간단한 진료 도구들로 내 신
경 말단을 테스트하기도 했다. 그의 의식이 한없이 길어진다 싶
자 어머니는 그것의 유용성에 금세 의심을 품게 되었다. 의사가
방금 태어난 내 몸에 축복을 내리려고 안달하는 신부의 화를
돋우기 위해 이 우스꽝스런 연극을 하고 있는 건 아닐까 하는
생각이 든 것이었다. 드디어 그가 꼼꼼한 검사를 마쳤다.

그리고 흡족한 표정을 지으며 말했다.

"모든 게 다 정상입니다, 부인. 아드님 건강 상태가 아주 양호
합니다."

"고맙습니다."

의사가 바로 뒤에 서 있던 신부를 경멸의 눈초리로 쳐다보며
한마디 던졌다.

"이제 이 아이는 신부님 겁니다. 하나마나한 신부님 말씀으로
아이를 축복해주세요."

신부가 나를 살그머니 안고 머리를 성수 속에 집어넣더니 라
틴어로 성구를 읊조린 다음 수건으로 둘둘 말았다. 어떤 과학자
들은 우리가 세상에 태어나는 날 뇌가 이 기묘한 연극에 대한

결론을 끄집어낸다고 주장한다. 마치 엄청나게 굵은 끈이 우리 머리 위에 곧추세워져 있는 것처럼 이 결론이 앞으로 우리가 살아가는 동안 우리의 삶을 좌우한다는 것이다. 불행하게도 자기가 태어난 날을 기억하는 사람은 거의 없다. 나의 탄생에 대해서는 몇 년 뒤 형들 중 한 사람이 얘기해주었다. 두 사람이 나를 안아드는 순간부터 눈물이 내 뺨을 타고 쉴 새 없이 줄줄 흘러내렸다는 것이다. 어머니의 질을 통과해 나가자마자 음험하고 시니컬한 절망감이 나를 맞았다. 어머니의 배 속 움푹한 곳에 들어앉은 나의 집이 벌써부터 그리웠다. 모든 것이 시작되는 그곳이, 중요한 거라곤 아무것도 없는 그곳이, 모든 것이 침묵과 휴식에 불과한 그곳이 그리웠다. 눈물은 신부가 나를 어머니의 품에 안겨주고 나서야 멈췄다. 절망의 샘이 단 한 순간에 말라붙은 것이다. 나는 그녀가 나의 동맹자가 되리라는 사실을, 어둠 속에서 나의 빛이 되리라는 사실을 깨달았다. 여성의 존재는 벌써부터 내게 남성의 존재와는 다른 감각을 안겨주었다. 진짜 탄생의 기적은 그때 일어난다. 그것은 기계적이고 피로 물든 단어 고유의 의미에서가 아니라 두 존재의 영원한 융합이라는 은유적이며 영적인 의미에서의 기적이다. 자신의 한 부분을 분리시켰다는 데 한편으로는 감동하고 또 한편으로는 안도하는 나의 어머니에게 바치는 환한 미소가 내 얼굴을 물들였다. 바로 그 순간, 구불구불한 내 무의식 속에서 한 편의 연극이 공연되었고, 여기서 주연배우들은 세 가지 결론을 내게 알려주었다. 첫 번째 결론은 남성과 그들의 병적인 권력욕을 경계하라는 것. 두 번째 결론은 힘들더라도 미소를 잃지 않아야 한다는 것. 시골

사람들이 말하듯 "아무에게도 피해를 주지 않으니까ça ne mange pas de pain." 마지막으로 세 번째 결론은 본인도 긴가민가하는 평계 뒤로 숨지 말고 열심히 살라는 것. 그러자 바로 한 줄기 빛이 움직이기 시작하더니 내 동공 속에서 마치 어둠 속의 횃불처럼 반짝거리기 시작했다.

2

        바로 그날, 1929년 6월 26일, 여름
의 무더위 속에서 나는 육체적으로, 지적으로, 감정적으로 벌거
벗은 채 삶에 내던져졌다. 어머니는 나를 품에 안고 오랫동안 입
을 맞추었다. 나는 이제 막 태어나 어머니의 보살핌과 어루만짐
에 의존하는 작고 연약한 동물처럼 잔뜩 웅크린 몸을 그녀에게
바싹 갖다 붙였다. 신부는 얼굴에 감동의 미소를 가득 띤 채 그
광경을 지켜보고 있었다. 한편 의사는 우리에게는 신경도 쓰지
않은 채 진료 도구들을 가방 속에 정돈하고 있었다. 단 일 초라
도 빨리 방에서 나가려고 서두르는 듯 보였다.

  신부가 어머니에게 물었다.

  "이 아이 이름을 뭐라고 붙이실 건가요?"

  어머니가 대답했다.

  "폴."

  "좋은 이름입니다. 폴(바울)은 전통적으로 가톨릭에서 예수님의
열세 번째 제자지요. 관대한 자들의 사도로 불리는 그는 감수성
이 예민하고 시적이고 공상적이어서 다른 제자들과는 구분된답

니다. 아드님에게 그분 이름을 붙인 건 아주 잘하신 일입니다. 저는 이 아이 역시 다른 아이들과는 다르게 느껴집니다…."

그때 의사가 끼어들었다.

"다르다니, 뭐가 다르다는 건가요? 심장도 하나고, 다리도 두 개고, 팔도 두 개고, 발도 두 개고, 손도 두 개고, 머리도 하난데! 미안한 말씀이지만, 이 아이만큼 평범한 갓난아기도 없을 겁니다, 부인!"

"난 이 아이의 몸뚱이가 아니라 그 안에 있는 것에 대해 말하는 겁니다…."

"안에 있는 거요? 창자와 내장, 불그스레한 액체가 흐르는 수 킬로미터의 핏줄, 아이가 똑바로 서 있게 만드는 뼈, 아이가 움직이도록 해주는 신경, 아이가 자기 가족들을 먹여 살리기 위해 들판에서 밀을 나르도록 도와주는 근육, 인대, 나이가 들면서 손상될 힘줄, 물로 가득 채워진, 많은 물로 가득 채워진, 오직 물로만 채워진 세포, 그리고 그 누구도 그것이 사실인지 아닌지 증명할 수 없는 허구에 대한 감각이 아니라 당면 과제와 현실에 대한 감각을 부여하게 될 뇌, 이런 것들이 이 아이의 안에 들어 있습니다, 신부님! 그럼, 죄송하지만 이제 저는 가봐야겠습니다. 제가 병든 몸을 고쳐주기를 기다리고 있는 다른 환자들이 있는데, 이런 시시껄렁한 얘기를 늘어놓으면서 그들의 병을 고쳐주지는 않을 겁니다. 안녕히 계세요, 부인. 제가 아이의 건강 상태를 확인할 수 있도록 저를 정기적으로 찾아오셔야 합니다."

"안녕히 가세요."

신부는 실망하기는 했지만 원망 대신 인사를 건네고 말았다.

의사는 왕진 가방을 팔에 대롱대롱 매단 채 종종걸음으로 멀어져갔다.

그가 문지방에서 문득 멈춰 서더니 뒤로 돌아섰다.

"그리고… 축하드립니다, 부인. 아주 건강한 아이를 순산하셨습니다."

의사는 겸연쩍은 듯 이렇게 말하고 나서 사라졌다.

그러고 나서 신부가 보일 듯 말 듯 살짝 미소를 짓고는 어머니에게 다시 한 번 축하 인사를 건넨 다음 떠나갔다고 형은 내게 얘기해주었다. 농장 건물의 벽을 따라 걸어가서 자전거에 올라탄 그는 녹투성이인 크랭크 장치의 낡아빠진 매커니즘을 작동시켰다. 그는 희망으로 가득 찬 찬송가를 콧노래로 흥얼거렸다. 그런 다음 자기가 의무를 충실히 완수했다고 생각하며 모습을 감추었다.

*

6월 26일 저녁, 농장으로 돌아온 아버지가 내 앞에 멈춰 섰다. 일에 치인 남자의 피곤한 표정 말고는 그 어떤 감정도 드러나지 않았다.

그가 무심하게 툭 한마디 던졌다.

"얘는 날 안 닮았군."

그러자 어머니가 반박하고 나섰다.

"안 닮았다구? 내가 보기엔 눈도 당신 눈에 코도 당신 코를 닮았는데?"

"체구가 좀 왜소해 보여."

"그렇게 단정 짓기엔 조금 이른 것 같은데."

"내가 중요하게 생각하는 건 이 아이가 들판에서 나를 도와줄 수 있느냐 없느냐 하는 거야. 그 나머지야 어떻게 되든 상관없어."

일단 호기심을 만족시키고 나자 그는 침대에서 멀어져 가축들에게 먹이를 주러 갔다. 그가 보기에 나는 먹여 살려야 할 또 하나의 입과, 밭에서 그를 도와 밀을 수확할 또 하나의 팔에 불과할 뿐 그 이상도 이하도 아니었다. 나의 운명은 이미 결정되어 있었다. 나는 비옥한 땅에 씨앗을 한 줌씩 뿌리고, 황금빛 이삭을 거두기 위해 허리를 숙이며 나를 낳은 사람의 인생행로를 그대로 따라갈 것이다. 그의 마음속에는 그 어떤 다른 길도 있을 수 없고, 그 어떤 다른 진로도 존재할 수 없다. 우리가 사는 시골의 고통스런 현실을 대신할 수 있는 마술도 존재하지 않았다. 나 또한 그가 갇혀 있는 수도원의 엄청나게 꼿꼿하고 구태의연한 수도사처럼 살게 될 것이다. 마을 축제에서 점쟁이들은 내 손금을 봐준다며 사기를 칠 수 없을 것이다. 나쁜 짓을 하는 것은 아예 불가능하고 그저 아버지의 요구에 들어맞는 삶의 지침만을 따라야 할 것이다. 다른 방침은 일체 따라서는 안 되고 오직 아버지가 가던 길만을 계속 가야 하는 것이다.

우리 아버지는 미스터리에 가득 찬 인물이어서 나는 그의 진짜 모습을 본 적이 결코 없다. 일체의 감정이, 심지어는 감정의 흔적까지 완전히 배제된 그의 얼굴에는 나에 대한 그 어떤 사랑의 감정도 어려 있지 않았다. 그의 눈에는 깊고 깊은 공허함이, 그가 아주 어릴 때부터 극도의 무기력이 그 안으로 흘러들어가 돌을 침식하고 마침내는 거기 완전히 배어든 바닥없는 우물이 반사되어 있었다. 그러나 바위는 단단했고, 썩은 것들이 고여 있는데도 불구하고 우물은 무너지지 않았다. 그의 극단적인 냉담함과 인간성의 부재가 나를 두려움에 빠트렸다. 우리 사이에는 몰이해의 벽이 우뚝 솟아 있었다. 감정의 벽이 치솟아 있었다. 게다가 나의 열정은 그의 우울하고 폐쇄적인 인생관과 너무 대조되었다. 우리는 단 한 번도 긴밀한 관계를 맺은 적이 없다. 어머니는 지나치게 근엄한 이 남자의 뭐가 그렇게 좋았던 것일까? 주님을 만날 수 있는 길을 알 수 없듯 사랑에 이르는 길도 알 수 없다. 나는 불안정하고 혼란스런 이 결합의 미스터리를 도저히 풀 수가 없다. 어머니는 아버지와 정반대였다. 독실한 가톨릭 신자인 그녀는 비록 발음은 부정확했지만 그래도 일요미사에 꼬박꼬박 참석하여 신을 찬양하는 노래를 불렀다. 그녀는 연이은 출산과 집안일에도 망가지지 않아 여전히 처녀 때처럼 균형이 잘 잡히고 날씬하며 선이 고운 몸을 갖고 있었다. 육체는 종종 우리 마음을 반영한다. 마치 냉혹한 운명과 우리 신체기관들 사이에 어떤 상관관계가 존재하기라도 하는 것처럼, 개방적인 사람들은 더 젊어 보이고, 폐쇄적인 사람들은 더 늙어 보인다. 어머니는 있는 힘을 다해 진심으로 나를 사랑했고, 최선을 다해 아버지의 권위로부터 나를 보호해주었다. 인생의 굴곡마다 아버지에게는 절대 부족한 용기를 발휘하여 나를 위로해준 것이다.

3

나의 유년기는 암소 울음소리와 건초 냄새, 정원에 길게 뻗어나간 나무딸기 향기, 집에서 겨우 3, 4백 미터밖에 안 떨어진 브르타뉴 해안을 스쳐지나가는 짜디짠 물보라의 리듬에 맞추어 흘러갔다. 그것은 체험의 즐거움만이 나의 유일한 관심사였던 무사태평한 시절이요, 황금시대였다. 내일을 생각하지 않고 삶을 즐기는 것. 나는 말하는 법과 걷는 법, 협만을 성큼성큼 가로질러 걸어가는 법을 배웠다. 자크 형과 귀이 형, 피에르 형은 내가 이런 환경을 발견하도록 도와주었고, 여기서 나는 곤충에서 식물, 조개에서 물고기, 밀밭에서 자동차들이 엔진을 부르릉거리는 도로에 이르는 모든 것에 감탄했다.

"폴, 이리 와봐! 여기 반딧불이가 있어!"

자크 형은 나무 덤불을 희미한 빛으로 에워싼 이 초시류 곤충을 볼 때마다 이렇게 소리치곤 했다.

"개또오오오옹벌레다!"

나는 감탄하며 이렇게 소리쳤는데, "오"음을 길게 발음하다 보니 이 단어는 얼마 지나지 않아 그것 자체의 어렴풋한 형체에 불과해졌다.

딱정벌레가 공룡시대에서 출현했다고 믿고 있던 나는 잉카족이 태양에 품었던 것 같은 형이상학적 숭배의 감정으로 그것에 가까이 다가갔다. 침묵과 속삭임으로 이루어진 곤충의 세계가 궁금증을 불러일으켰다. 아이들의 상상력은 얼룩 하나 없는 백지처럼 하얗고 깨끗해서 그 존재가 계속 변화하는 해로운 생각에 방해받지 않는다. 곤충학자를 제외하고 곤충을 숭배하는 어른은 아무도 없을 것이다. 나는 두 손으로 이 생물을 한없이 부드럽게 움켜쥔 채, 보는 사람의 마음을 진정시키는 그 푸르스름하고 은은한 빛을 감탄스러운 눈으로 바라보았다. 때때로 이 빛은 아무 이유 없이 돌연 사라져버리곤 했다. 나는 사람들에게 아무것도 요구하지 않는 이 곤충이 빛을 발하는 평온을 깨뜨린 데 미안함을 느끼며 놓아주었다. 자크 형은 내가 실망했다는 걸 알고 나를 두 팔로 감싸 안았다. 그때만 해도 그는 좋은 사람이었다.

*

이따금 부모님이 집을 비우면 나는 사과나무가 드문드문 서 있는 우리 집 정원으로 모험을 하러 떠나곤 했다. 나는 그 키 큰 나무의 그늘로 몸을 피해 있다가 이따금 사과가 땅으로 떨어질 때마다 화들짝 놀라곤 했다. 돌출된 모양의 나뭇잎들이 바람 부는 대로 이리저리 춤을 추었다. 나뭇잎들이 공중에서 공연하는 발레에 정신을 빼앗긴 나는 꼭 최면에 걸린 사람처럼 몇 시간 동안 눈썹 하나 까딱 않고 그것들을 관찰했다. 나뭇잎들은 가지

24

에서 떨어져 나와 내 머리 위를 떠돌다가 돌풍을 맞아 몸을 비틀기도 하고 허공 속에서 빙글빙글 돌기도 하더니 들릴락말락 희미한 소리를 내면서 땅바닥에 내려앉곤 했다. 작은 곤충들이 나무줄기를 가득 메우고 있었다. 곤충들이 이루는 긴 나선이, 수백만 개의 다리가 자기 몸을 긁어대는데도 불평 한마디 없이 침묵을 지키고 있는 나뭇가지들 주위를 둥글게 휘감고 있었다.

나는 나를 둘러싼 생기에 가득 찬 무성하고 울창한 자연을 바라보며 감탄했다. 팔다리를 땅바닥에 쭉 뻗은 채 몇 시간씩 올려다보는 하늘은 놀랍도록 아름다웠다. 끝없이 펼쳐진 쪽빛 하늘, 그리고 어둠이 내리면 그 하늘이 과감하게 드러내는 빛나는 점들의 휘장이 내 마음을 사로잡았다. 그렇지만 이 밤의 배경에서 나는 저 높은 곳 허공에 떠 있는 빛나는 조약돌 같은 것을 보고 저게 무엇일까 궁금해졌다. 오랫동안 불안한 심정으로 그걸 유심히 살펴보았으나 그게 도대체 거기서 뭘 하고 있는지 알수가 없었다. 그리고 가끔 더 희미하고 흐릿한 그 조약돌을 낮에도 보곤 했다. 그것의 모양은 계속 바뀌어 때로는 크루아상처럼 보이기도 했다가 또 때로는 사발처럼 보이기도 했으며, 어떨 때는 공처럼 보이기도 했다. 그것은 우리에게 도대체 어떤 이상한 메시지를 보내려는 것일까? 나는 나의 뇌가 제공하는 보잘것없는 능력을 최대한 발휘하여 거기서 어떤 논리와 의미를 찾아내려고 애썼다. 모든 게 수수께끼였다. 말을 할 수 있는 나이가 되자 나는 도저히 더 이상 참을 수가 없어 어머니에게 물었다.

"엄마, 저게 뭔가요?"

어머니는 자신 있는 말투로 대답해주었다.

"저거? 저건 라륀(Lalune. 달이라는 뜻으로 여성명사 La와 Lune을 붙여 사람 이름처럼 만든 것)이란다."

하늘에 떠 있는 조약돌치고는 이름이 참 이상하군. 나는 이렇게 생각했다. 그렇지만 이미 그것의 이름이 뭔지 알았으므로 덜 불안한 심정으로 창문을 통해 계속 관찰했다. 이렇게 해서 라륀과 나는 깊은 사랑을 나누기 시작했다. 하늘에 떠 있는 나의 조약돌. 오랜 시간이 지난 지금도 나는 믿는다. 내가 여전히 아이로 남아 있다고. 그 아이는 두 팔과 두 다리를 쭉 뻗고 풀밭에 누워 감동에 사로잡혀 있다. 그 아이의 두 뺨 위로 흘러내린 눈물이 땅바닥에 떨어지면서 부서져 작고 반짝이는 방울로 변한다.

사람들은 이렇게 쑥덕거렸다.

"폴 베르튕? 아, 그래, 라륀에게 늘 정신이 팔려 있는 그 꼬마? 그렇게 게을러터진 걸 보면 타고난 일꾼은 아냐!"

나는 마을 사람들이 나에 대해 이야기할 때마다 뭔가 걱정스러운 표정으로 입을 살짝 삐죽거리는 걸 알아차렸다. 어린 나이였지만 이미 나는 "라륀에 정신이 팔려 있다"라는 이 표현에 경멸의 의미가 담겨 있다는 것을 눈치채고 있었다. 아니 꿈을 꾸는 것이 금기사항이라도 되는 걸까? 도대체 감동하는 것이 무슨 죄라도 된단 말인가?

어쨌거나 하늘의 별을 관찰하는 게 뭐가 나쁜 일이란 말인가? 내가 무슨 좀도둑질이라도, 더 심하게 말하자면 범죄를 저지르고 있다는 생각은 전혀 들지 않았다. 그러나 어린아이는 졸렬한 현실은 보지 못한다. 이런 현실이 숨기고 있는 악덕과 그것이 벌이는 권력 투쟁을 아직 보지 못하는 것이다. 나는 훨씬 나중에서야 진짜 문제가 무엇인지를 알아차렸다. 아무 일도 하지 않고 빈둥거리는 것이 문제였다. 이따금 어떤 사람들은 이 정신 박약 상태를 아무도 눈치채지 못할 정도로 놀랍도록 잘 조절한다. 그러나 이곳에서는 아무것도 하지 않는다는 것이 곧 죽음을 의미한다. 그리고 땅에서 캐내는 황금인 밀이 곧 삶이다. 밀이 마을의 경제를 좌우한다. 툭 하면 변덕을 부리는 밀은 조금만 실수를 하면 값비싼 대가를 치러야 하는 엄격한 식물 주기를 따르기 때문에 우리 삶의 중심축이 되었다. 여기서 태어난 우리에게는 결국 선택의 여지가 거의 없다.

밀을 선택하든지 아니면 마을을 떠나든지, 둘 중 하나를 선택해야만 했다. 마을에서 살려면 악착같이 일을 해야만 하는 것이다. 자신의 뿌리에 집착하는 대부분의 마을 사람들은 조상의 농가에 살면서 죽을 때까지 땅을 일구었다. 그들의 삶은 한마디로 이렇게 요약되었다. 그것은 도저히 벗어나려야 벗어날 수 없는 완전한 순응주의였다. 언제나 밀, 밀… 이래도 밀, 저래도 밀뿐이었다….

나는 남자들과 같이 자주 들판에 나갔다. 그리고 구석에 앉아 그들을 관찰하곤 했다. 형들은 이 태평 시절을 즐길 수 없음을 아쉬워하며 고개 한 번 들지 못하고 일만 해야 했다. 아버지는 경멸스런 눈길로 나를 감시했다. 이미 질책으로 가득한 그의 시선이 내게 오랫동안 머물러 있었다.

그는 이렇게 말하는 듯했다.

'이제 곧 네 차례가 될 거다. 여기 사는 사람들 모두가 그렇듯 너도 땅을 일구고, 씨앗을 뿌리고, 구획된 토지를 정비하고, 거둬

들인 밀을 정리하고, 밀의 줄기를 잘라내고, 밀 이삭을 줍고, 정직하지 못한 도매상인들과 가격을 흥정하고, 저녁이면 녹초가 되어 집으로 돌아와 등짝이 화끈거리는 걸 느끼며 잠자리에 눕게 될 거다. 신께서는 휴식조차 취하지 않고 쉴 새 없이 아침부터 밤까지 하루하루를 만드시고, 밀은 결코 우리를 기다려주지 않아. 결코. 나를 짜증나게 하는 그 미소는 반드시 네 얼굴에서 사라지게 될 거다.'

나는 내가 태어난 그날부터 아버지가 나를 미워하기 시작했다고 확신했다. 그는 일보다 생각에 몰두하는 아이인 내가 자기와는 달라도 한참 다르다고 생각했다. 우리 시골에서 생각이라는 것은 박멸해야 마땅한 바이러스였다. 파멸적인 재해요, 수치요, 가족에 대한 불경을 저지르는 일이었다. 이곳에서는 생각하지 않고 행동한다. 그저 밀을 수확할 뿐.

생각은 끔찍한 광기다. 쓰레기 그 자체다. 게으른 자들의 발명품이며, 힘겨운 현실을 피하려는 핑계이며, 암이다. 아버지는 생각이란 걸 하지 않았다. 어디론가 도피하지도, 남자로서의 책임을 회피하지도 않고 그저 열심히 일했다. 나와는 정반대였다. 나는 내 몸속에 퍼져 있던 암 덕분에 그 사실을 깨달았다. 나의 정신은 고통으로부터 나 자신을 지켜내려고 애쓰며 공기처럼 자유롭게 계속 뛰어놀았다. 나의 정신은 둥지에서 어미가 먹을 걸 제 입에 넣어줄 수 있도록 부리를 쳐드는 한 마리 새끼 새처럼 편안하게 느껴지는 현실을 끊임없이 다시 만들어냈다. 아버지는 이런 나를 특히 싫어했다.

다섯 살 때 내 운명의 첫 번째 징후가 나의 방문을 두드렸다. 나의 이야기는 우연과 운의 연속으로 전개되는데, 사람들은 저마다 자기 식으로 이것에 이름을 붙인다. 나는 이를 운명의 징후라고 부른다. 이 표현이 너무 유치하다 해도 할 수 없다. 바로 그날, 하나의 길이 내게 열렸고, 나의 몸은 후회도 아쉬움도 없이 통째 그 길로 쏠려 들어갔다.

어느 일요일, 우리는 미사를 마친 뒤 크루스티 쪽으로 출발했다. 뤼스 섬 서쪽에 위치한 항구가 드넓게 펼쳐진 대서양을 마주 보고 우뚝 서 있었다. 항구에 들어서면서 우리는 구경꾼들이 배 주위에 모여 있는 것을 보았다. 사람들이 잔뜩 녹슨 거대한 고철덩어리를 문지르며 고함을 내지르고 있었다. 그중 일부는 감탄스러운 표정을 지으며 이상한 옷차림의 남자들과 이야기를 나누고 있었다. 사람들이 이렇게 많이 모여 있는 걸 본 건 난생처음이었다. 위에 둥글게 뭉친 털이 달려 있는 납작한 모자, 흰색과 푸른색 줄무늬가 있는 스웨터, 짙은 청색 면바지, 고급 가죽구두. 거기 모여 있는 사람들은 모두 다 미래에서 금방 튀어나온 것처럼 보였다. 그쪽으로 달려간 형들이 그들 앞에 멈춰 서더니 꼼짝하지 않았다. 이 열광적인 의식에 이미 익숙한 듯 형들은 감탄하며 눈을 크게 뜨고 금발머리를 긁적였다. 어머니도 가까이 다가갔다. 나도 이상한 유니폼을 입은 이 남자들의 미스터리에 사로잡혀 앞으로 걸어나갔다. 도대체 이들은 어디서 갑자기 나타난 것일까? 라뢴에서? 하늘에 떠 있는 조약돌에서? 이 사람들 덕분에 조약돌에서 빛이 나는 것일까? 넓은 바다에는 그들을 저 높은 곳으로 데려가는 이런 비밀통로가 엄청 많이 있는 것일까? 나는 나의 조약돌에 관한 진실을 알게 되었다는 생각에 잔뜩 흥분해 그쪽으로 다가갔다. 마치 북채로 북을 신나게 두들겨 댈 때처럼 심장이 가슴속에서 마구 뛰는 것을 느끼며 어머니 손을 꽉 움켜잡았다. 그들 옆에 도착해서는 그들이 입고 있는 기발한 의상을 감상하기 위해 고개를 들었다. 그중 한 사람이 무릎을 꿇더니 이상하게 생긴 모자를 집어 내 머리에 올려놓았다.

그 남자가 웃으며 소리쳤다.

"자, 이제 너도 뱃사람이구나!"

너무나 평범하게 느껴지는 이 문장이 오랫동안 내 마음속에서 울렸다. 정말 이상한 일이었다. 꼭 불에 달군 쇠로 낙인을 찍은 것처럼 평생 우리에게 깊은 영향을 미치는 문장이 있다. 우리는 그 문장의 글자들이 남긴 흔적을 마치 세월이 흘러도 지워지지 않는 문신처럼 가슴속에 간직한다. 아주 오래전에 생긴 이 선원조합의 몇 세기에 걸친 연대가 내 머리에 얹은 직물의 섬유질 속에 화려하게 모습을 나타냈다. 나는 그것의 힘과 에너지, 철학을 온전히 느낄 수 있었다. 남자가 자신의 챙 달린 모자를 다시 가져가더니 자기 머리에 올려놓았다. 그는 자기가 지금 마치 조각가가 돌을 깎듯 몇 년에 걸쳐 내 뇌의 여기저기를 만들어내고 사명의 토대를 세우면서 나의 정신을 완성할 한 가지 생각을 거기 집어넣었다는 걸 짐작조차 못 한 채 내 머리를 쓰다듬었다. 남자는 소형보트 쪽으로 걸어가 상갑판으로 이르는 계단을 올라간 다음 아래쪽에 모여 있는 사람들에게 인사했다. 얼마 지나지 않아 항구에서 엔진이 부르릉거렸다. 물결이 배 뒤쪽에서 솟아

오르더니 희끄무레한 거품을 일으켰다. 구경꾼들이 즐거운 고함을 내질렀다. 배가 움직이더니 수평선 위로 멀어져갔다. 나는 아까 그 뱃사람에게서 눈을 떼지 않은 채 다리 위에서 손을 흔들었다. 라뢴을 향해 날아오르는 듯한 기분이 들었다. 그래서 행복했다. 배는 대양의 뿌연 반사광 속으로 사라졌다. 구경꾼들은 이 일시적인 오락거리에 싫증이 났는지 뿔뿔이 흩어졌다. 나는 시선을 바다 쪽으로 고정시킨 채 꼼짝 않고 거기 그냥 남아 있었다. 다섯 살짜리 꼬마는 그들과 함께 격심한 풍랑과 해류를 정복하러 바다로 떠났다.

나도 사람들에게 인사했다. 그들은 나를 자랑스러워했다. 그 뒤로 나는 나의 선택을 확신했다. 난 나중에 뱃사람이 될 거야. 그들처럼. 입가에 바보 같은 미소를 띠고 먼 바다를 향해 날아올라 배의 갑판에서 산들거리는 바닷바람이 내 뺨을 어루만지도록 내버려둘 거야. 언젠가 아버지가 이런 특권을 나에게 부여한다면….

4

모르비앙 협만에서는 하루하루가
평화롭게 흘러갔다. 아버지와 형들은 들판으로 나갔고, 그동안
나는 어머니가 늘 하는 일을 도왔다. 정원에 떨어진 과일들을 주
웠고, 소젖을 짜서 모았고, 가축을 먹였다. 매일 아침 우리는 저
녁 식사를 준비하는 데 필요한 여러 가지 식재료를 사러 동네
시장에 가곤 했다. 농부의 아내들은 남편을 피해 잡담을 풀어놓
을 광장에 모여 들었다. 그것은 외로움 속에서 서로 의지할 수
있는 그들만의 방법이었다. 어머니의 하루는 몹시 피곤했다. 매
일같이 해야 하는 일들이 무한히 반복되며 그녀를 힘들게 만들
었던 것이다. 그렇지만 빨래를 하는 날인 수요일은 달랐다. 나는
상상 속의 달력을 보며 날짜를 세고, 눈에 안 보이게 흘러가는
시간의 벽에 십자가를 붙이며 이 날을 초초하게 기다렸다. 화요
일 밤이 되면 잠을 자러 가기 전부터 내 몸의 털이란 털은 다 흥
분해서 곤두섰다. 그럴 때면 열에 들뜬 입김을 억누르기도 힘들
었고, 눈을 감기도 힘들었다. 팔다리는 침대에서 이리저리 움직
였고, 심장은 격렬하게 고동쳤으며, 숨소리는 점점 더 빨라졌다.

모든 것이 내 주변에서 열광하는 듯했다. 이따금 극도로 흥분한 나머지 혹시 그걸 억제하지 못할까봐 두려움에 떨기도 했다.

흥분은 품고 있는 모든 힘으로, 그것의 불안정함으로 나를 사로잡았다. 나는 흥분으로 인해 내 존재가 심하게 흔들리는 걸 느낄 때마다 문득 두려워져서 창문 쪽으로 고개를 돌리곤 했다. 하늘에서 라륀이 때로는 보일 듯 말 듯 희미한 빛을, 또 때로는 눈부시게 반짝이는 빛을 발하고 있었다. 라륀의 황금빛 광선이 하늘에 음표들을 수놓았고, 음표들을 기록한 침묵의 악보는 흔들리는 내 마음을 진정시켜주었다. 내 눈꺼풀은 고분고분하게 굴지 않고 짚을 넣은 베개 위에서 왔다 갔다 하면서 주저하다가 이윽고 음표들이 만들어내는 선율에 정복당해 무겁게 내려앉았다. 그렇게 나는 편안하게 잠 속으로 빠져들었다.

아침이 되면 우리는 빨래를 하러 빨래터로 갔다. 어머니는 매주 빠지지 않고 그곳에 갔다. 마을의 아낙들은 지루한 일상에서 재미를 찾아내기 위해 여기서 만나 함께 빨래를 하자고 약속했다. 나는 무엇보다 이 시간을 좋아했다. 즐겁고 명랑한 그 독특한 분위기가 좋았고, 공기를 향기롭게 만들어주는 비누 냄새가 좋았고, 지금 이 순간만은 열등감에서 벗어나 더 이상 남편들의 권위에 복종하지 않는 이 여성들의 웃음소리가 좋았다. 내밀한 분위기의 낡은 빨래터에서 그들은 복종하는 아내의 사슬을 풀고 정신적으로 해방되어 다시 태어났다. 그들이 집에서 남편에게 미소 짓는 일은 거의 없었다. 하지만, 여기서는 이리저리 회오리치는 비누 거품 속에서 서로에게 물을 튀기며 삶을 만끽했다. 그러고 나서 수요일을 제외한 나머지 날에는 꼭 유령처럼 집 안을 이리저리 배회했다. 수요일은 그들의 맑은 공기방울이고 자유의 순간이었다. 그들은 현실에서는 자신에게 주어지지 않는 여성의 역할을 맡아 연기했고, 나는 그들이 배우로 출연한 공연에 감탄하며 그들을 관찰했다. 결국 그들은 지친 나머지 거친 숨을 가쁘게 몰아쉬며 풀밭에 누워 두 팔을 뻗었다. 공연이 끝나면 나는 내심 좀 서운해하면서도 그들의 연기에 환호를 보냈다. 어머니는 숨을 헐떡거리며 내게 눈부시도록 환한 미소를 선사하곤 했다. 하지만 그 미소에서 광기는 서서히 사라지고 다시 조금씩 이성이 자리를 잡았다. 다 끝났다. 농장으로 돌아가야만 했다. 나는 어둠이 내리는 흙길에서 어머니의 손을 꽉 움켜잡았다. 그녀는 나를 안심시키기 위해 내 어깨의 움푹한 곳에 얼굴을 대고 다정하게 속삭였다.

이 세상에서 오직 우리 두 사람만 하늘에 떠 있는 별을 등불 삼아 걷고 있었다. 집에 도착하면 어머니는 슬그머니 내 손을 놓아주고 사라져 그 다음 날까지 모습을 보이지 않았다. 틀림없이 그녀는 나를 너무 오냐오냐 키운다며 아버지가 뭐라 야단칠까봐 걱정했을 것이다. 아주 어렸을 때부터 나는 남녀 관계라는 것이 마치 강에 물이 넘쳐흐르거나 강바닥이 말라버리듯 이따금 여러 가지 감정들로 인해 복잡해지고 의가 상한다는 사실을 깨달았다. 교육은 평생 동안 아이에게 영향을 미친다. 이렇게 해서 나는 강 밑바닥의 모든 잔해들이 언젠가는 다시 수면으로 떠오를 것이라는 사실을 깨닫지 못한 채 표현되지 못하고 억압된 감정의 소용돌이 속에서 자라났다.

어느 7월 오후, 이제 막 여섯 번째 생일을 보냈고, 자크 형은 모르비앙 협만에서 내게 바지락 잡는 법을 가르쳐주었다. 나는 그의 신중한 충고에 유심히 귀 기울이며 그가 하는 이야기를 말 그대로 빨아들였다. 그는 또 낚시 포인트를 찾아내는 법과 땅바닥을 긁는 법, 손등에 너무 큰 상처를 입히지 않는 법도 가르쳐주었다. 그러고 나서 나는 부모님을 깜짝 놀래켜주고 아버지 눈에 들 수만 있다면 무슨 일이든 하겠다는 각오로 열광하며 난생처음 게와 가재를 잡으러 갔다. 몇 시간 뒤, 내가 들고 간 양동이는 텅 비어 있었다. 반면에 자크 형의 양동이는 게와 가재로 가득 차 있었다. 그는 형제들 중에서 밀을 제일 많이 수확하고 일요일 점심 때 먹을 가재와 게를 가장 많이 잡았다. 그래서 아버지는 자식들 중에서 가장 생산적인 이 큰아들을 제일 좋아했다. 다른 가족들도 입이 마르게 그를 칭찬하면서 그가 장차 아버지의 뒤를 이어 베르튄 농장의 주인이 될 것이라는 데 동의했다. 자크 형은 아버지가 마음속으로 감탄하는 맏이였다. 말하자면 나와는 극과 극이었던 것이다.

세월이 지나면서 우리 가족들 사이에 감정의 위계가 확립되었다. 형제들 간의 경쟁도 날이 갈수록 치열해져 피부로 느낄 정도가 되었다. 그렇긴 하지만, 아버지의 총애를 받기 위한 이 경쟁에서 나는 다른 형제들보다 키가 훨씬 작다는 이점을 누렸다. 게다가 자크는 막내동생인 나에게 애정이 있었다. 그래서 나를 적수라기보다는 놀이 친구 정도로 생각했다. 그는 이런 생각으로 나를 보호해주기로 굳게 마음먹은 것이다. 대립이 없으면 동맹이 이루어지는 법이다. 그날 마지막 햇살이 바다에서 어둠과 맞설 때까지 나는 아무 소득도 없이 집으로 돌아가야만 했다. 자전거 페달을 밟아 집 쪽으로 달려갔다. 집에서 몇 미터쯤 떨어진 곳까지 달려갔을 때 큰 소리가 들려왔다. 나는 풀밭에 자전거를 놓아두고 집 울타리를 살금살금 돌아갔다. 내 발자국 소리는 우리안에 갇힌 채 인간들을 경멸하며 울어대는 가축들의 울음소리에 묻혀 들리지 않았다. 머리를 슬그머니 벽에 난 구멍 속으로 밀어넣자 한창 말다툼을 벌이고 있는 부모님의 모습이 눈에 들이왔다.

"이놈을 도대체 어떻게 하지?"

아버지가 이렇게 소리쳤다. 말투가 멸시에 가득 찬 걸로 보아 지금 내 얘기를 하고 있다는 걸 금방 알아차릴 수 있었다.

그러자 어머니가 말했다.

"기회를 한 번 줘봐. 들판에 데리고 나가서 어떻게 땅을 일구는지를 보여주라니까."

"아무 소용없어! 그놈한테는 얻어낼 게 하나도 없다니까! 제 형들이랑은 달라. 도대체 게을러 빠졌잖아. 꼭 계집애 같은 놈이야!"

그러자 어머니가 반발하고 나섰다.

"당신은 그 아이한테 너무 엄격해. 그 아이가 다른 아이들과 다른 건 사실이지만, 그게 아이를 멸시할 이유는 되지 않아."

"두고 보면 알겠지. 내일은 그놈을 들판에 데리고 나갈 거야."

운명이 내 눈앞에서 정해지고 있었다. 나를 함정에 빠트리려는 음모가 꾸며진 것이다. 내가 겨우 어린아이에 불과하다는 것이, 36

할 말을 하고 싶어도 하지 못한다는 것이 억울하게 느껴졌다. 아버지가 시선을 내 쪽으로 돌렸다. 나는 소스라치게 놀라 두려움에 떨며 벽 뒤에 쭈그리고 앉았다. 아들이 자기를 몰래 지켜보고 있다는 사실에 화가 나서 숨어 있는 나를 끌어내 집 밖으로 내쫓지 않을까 두려웠다. 그러나 부모님은 집 안으로 들어갔고, 내 귀에는 더 이상 아무 소리도 들려오지 않았다. 그 이후로 사방은 완전한 어둠으로 뒤덮였다. 라뤼은 여전히 나를 보며 미소 짓고 있었다. 거대한 분화구가 꼭 보조개처럼 보였다. 나는 도망 중인 죄수처럼 벽 뒤에 숨어 쭈그리고 앉은 채 이제 아무것도 하지 않아도 되는 시절이 끝날 것이라는 사실을 예감했다. 매주 수요일 오후면 세탁장에서 해방된 여성들의 아름다움을 넋 놓고 바라보는 일은 이제 곧 머나먼 추억이 될 것이다. 불길해 보이는 검은 구름이 마치 다가올 시간처럼 하늘에서 뭉게뭉게 피어나고 있었다. 이제는 남자가 되어야 할 때다.

5

새벽부터 아버지가 내 잠을 깨웠
다. 그의 얼굴이 내 머리 위로 기울어져 있었다. 방금 일어나서
머리가 여전히 텁수룩한 채 어둠 속에서 나를 관찰하고 있는 것
이었다. 그가 손가락 하나를 내 입에 갖다 대더니 따라오라고 말
했다. 형들은 내 옆 언저리에서 깊은 잠에 취해 있었다. 집 안에
는 깊은 침묵이 감돌았다.

나는 눈을 비비며 건초를 넣은 매트 위에서 조용히 일어나 어
슴푸레한 어둠 속을 더듬거렸다. 앞으로 걸어가면 나갈수록
이상하게 호기심과 뒤섞인 두려움의 감정이 느껴졌다. 왜 아버지
가 형들은 아직 잠들어 있는 이 이른 시간에 나만 깨운 것일까?
집 밖으로 나가자 새벽의 냉기가 얼굴을 어루만지고, 아침이슬
이 아무것도 신지 않은 두 발을 적셨다. 아버지는 축사 옆에 서
서 나를 한심하다는 표정으로 관찰하고 있었다. 나는 나무 한
귀퉁이에 앉았다. 그가 긴 눈썹을 찌푸리며 엄숙하게 연설할 준
비를 갖추었다.

그가 차갑게 말했다.

"오늘은 내가 너에게 땅 일구는 법을 가르쳐주마."

"네, 아빠."

"그러다가 9월이 되면 너를 마을에 있는 초등학교에 넣어줄 테니 아침에는 수업을 받고 오후에는 들판에서 일하도록 해라."

그는 잠시 말을 멈추고 위협적인 표정으로 내 눈을 뚫어지게 쳐다보았다.

"내가 원하는 건, 네가 싫은 기색도 하지 않고, 헛생각도 하지 않고, 생각이라는 것도 하지 않고, 아침 일찍 일어나 하루 종일 이마에 땀을 뻘뻘 흘리고 일해서 땅을 일구고 처자식을 먹여 살리는 남자가 되는 거다, 폴. 만일 네가 그런 식으로 달라지지 않는다면 난 너를 위해 아무것도 할 수가 없어. 여기서는 모든 사람이 들판에서 태어나고 들판에서 죽지. 불만이 있는 사람들은 이곳을 떠나야만 해. 무슨 말인지 알아듣겠니?"

"네, 아빠."

"나는 연장을 준비할 테니 가서 형들을 깨워라. 15분 안에 준비 끝내라고 말해."

나는 방으로 달려가서 형들을 깨웠다. 그들은 내 차례가 되었다는 사실을 알아차렸다. 나의 어린 시절은 이제 끝난 것이다. 내가 태어나고 나서 처음으로 책임이라는 걸 져야 할 일이 눈앞에서 나를 기다리고 있었다. 우리는 침묵 속에서 아침식사를 마친 다음 연장을 손에 들고서 아무 말 없이 들판으로 출발했다. 아버지가 가는 길에 만나는 사람마다 인사를 하며 의기양양한 표정으로 앞장서서 걸어갔다. 그는 내가 더위에 녹초가 되어 이마에 땀을 뻘뻘 흘리며 제발 쉬게 해달라고 애걸할 순간을 애타게 기다리고 있었다. 들판에 도착하자 모두들 꼭 전쟁터의 병사들처럼 아무 말 없이 고개를 숙이고 자기 자리로 뿔뿔이 흩어졌다. 나는 농사일이란 게 도대체 뭘 하는 것인지 알지도 못하고 사전 교육도 못 받은 상태에서 그냥 밭 가장자리에 서 있었다.

아버지가 소리쳤다.

"폴, 이리 와!"

나는 그를 향해 달려가며 대답했다.

"네, 아빠."

"처음 몇 달 동안은 우리가 일하는 걸 관찰하다가… 우리가 너더러 뭘 해달라고 하면 도와주도록 해라."

"네, 아빠."

"자, 이제 일을 시작하자!"

나는 어머니의 애정과 너그러운 미소를 더 이상은 독점할 수 없다는 사실에 낙심하며 아버지의 말을 따랐다. 모든 조직이 그렇듯 농사일에도 시간이 지나고 경험이 쌓이면서 확립된 위계가 있다. 그 누구도 이 규칙에서 예외가 될 수는 없다. 모든 사람이 이 위계의 아래에서 시작해서, 공을 얼마나 많이 쌓았느냐에 따라, 말하자면 봄에는 밀의 씨앗을 얼마나 많이 뿌리고 가을에는 얼마나 많이 수확하느냐에 따라 한 단계씩 높아진다. 아버지는 내게 첫 번째 임무를 부여했고, 나는 여름 두 달 동안 이 임무를 수행했다. 말하자면 무슨 일이든지 다 해내는 사람이 된 것이다. 이것은 책임을 향한 긴 과정의 첫 번째 단계였다.

난생 처음으로 나는 일이라는 걸 하게 되었다. 아버지는 인간의 조건과 불가분의 관계에 있는 이 단어에 매우 큰 중요성을 부여했다. 하지만 나의 경우는 달라서 이 단어가 좋은 징조를 보여주지 않았다. 개과천선하여 아버지 눈에 들려는 생각에 나는 자존심을 꺾고 죽어라 일에 매달렸다. 내 역할은 나를 필요로 하는 사람들에게 도움을 주는 것이었다. 밀을 수확하거나 씨를 뿌릴 때 사람들이 일하면서 필요로 하는 걸 충족시켜주고, 사람들이 시간을 허비하지 않도록 연장을 나누어주었다. 사람들이 목말라 하면 물을 가져다주었고, 점심때가 되면 식사를 나눠주었으며, 저녁에는 농기구를 정리했다. 밭에 나가면 한계를 모르는 나의 낙천주의가 모든 상황에서 발휘되었다. 결국 나는 나의 활동적인 정신과 늘 움직이고 싶어 하는 욕구에 꼭 맞는 이 남자의 일을 좋아하게 되었다. 심지어 그해 여름에는 일에서 즐거움까지 느끼게 되었다. 남을 돕는 일이 내 예민한 성격에 놀랍도록 잘 맞았던 것이다.

하루하루가 기진맥진할 정도로 피곤했고, 태양은 타는 듯 뜨거웠으며, 손에는 물집이 잡혔다. 하지만 나는 변함없이 환한 미소를 지었고, 마음을 편히 갖기 위해 어머니가 부르던 찬송가를 불렀다. 짧아진 어린 시절의 곡조를 기억해낸 형들도 아버지가 일에 몰두해 있을 때는 콧노래로 따라 불렀다. 아버지와 특별한 관계를 유지하고 있는 자크 형을 빼고는 모두가 아버지를 경계했다. 아버지는 이따금 바람에 일렁이는 황금빛 밀 이삭 위로 고개를 들곤 했다. 그는 아무짝에도 쓸모없는 바보 같은 아들을 두었다는 확신을 갖고, 들판을 둘러보며 내 얼굴을 찾아내려고 애썼다. 나를 발견하면 그 순간 오직 나에 대한 증오심을 표출하기 위해 큰 소리로 고함을 내지르곤 했고, 그럴 때마다 내 안의 격정적인 낙천주의는 산산조각 나곤 했다. 그는 내가 왜 여전히 웃고 있는지 이해하지 못했다. 그의 얼굴에서 웃음은 이미 오래전에 사라진 것이다. 수십 년 전에. 아주 오래전에.

아무 말이나 막 퍼붓고 난 그는 자신의 과거를 되새기는 노인네들처럼 알아들을 수 없는 소리를 중얼대면서 다시 일을 시작하곤 했다. 한편 자크 형은 내가 변함없이 미소를 잃지 않는 걸 보고 놀라 금세 질투를 시작했다. 그는 내 마음속의 모든 긍정적인 생각을 파괴해버리기로 작정한 것 같았다. 내 동작이 너무 굼떠서 제대로 일을 하려야 할 수가 없다고 나무랐다. 나는 나에 대한 그의 증오심을 더욱 돋우고 싶지 않아 미안하다고 사과한 다음 그가 더 이상 나를 나무라지 않을 때까지 지칠 줄 모르고 더 한층 노력했다.

그는 허공에 대고 손짓 발짓하며 고함치는 것도 피곤하고, 또 아무것도, 아무도, 무엇보다 아버지 눈앞에서도 나의 생존 본능을 억누를 수 없다는 사실을 알아차리고 술책 부리는 걸 그만두었다. 여름이 끝날 무렵 내 몸이 처음으로 힘들다는 신호를 보냈다. 두 손은 까칠까칠한 밀 이삭에 깊이 베이고 갈라져 상처투성이였다. 등은 연장의 무게를 못 이겨 휘어버렸다. 내가 잠시라도 쉬기 위해선 어머니가 개입해야만 했다. 나의 생존 욕구는 그 광기로 나의 존재를 태워버렸다. 내 무릎을 꿇리는 데 성공한 아버지는 자기가 예측했던 바를 확신했다.

"넌 시시한 계집애에 불과한 놈이야. 그러니 절대 남자가 될 수 없어."

어느 날 아침, 그는 어머니가 돌아서 있는 동안 비열한 표정을 지으며 내게 이렇게 내뱉었다. 그러고 나서 형들과 함께 연장을 들고 밀밭 쪽으로 향했다. 그들이 길 끝에서 모습을 감췄을 때 나는 서글픈 심정으로 고개를 떨궜다. 온 세상이 발밑으로 무너져내렸다. 실패했다는 생각이 단숨에 나를 사로잡았다. 아버지 눈 속에서는 나의 별이 결코 하늘의 라뤼만큼 그렇게 눈부시게 반짝이지 않을 것이다. 모든 게 분명해졌다고 생각하니 기분이 씁쓸했다. 아버지는 절대 나를 사랑하지 않을 것이다. 여름이 끝나가고 있었다. 어머니가 나를 더 이상 도와줄 수가 없어서 나는 다시 밭에 나가야만 했다. 늘 하던 일이 되풀이되었다. 예전에 내가 품었던 열의는 사라져버리고, 그 뒤로는 무기력이 열의 대신 자리잡았다.

밭에서는 오직 항구의 뱃사람들과 그들이 입고 있던 멋진 줄무늬 옷, 바다에서 불어오는 삭풍에 쓸려가던 머리칼만을 생각했다. 밭에서 멀리 떨어져 있는 그들과 함께 있고 싶었고, 항구에 모여 있는 사람들에게 손을 흔들어 인사하고 싶었고, 내 어린 아이로서의 꿈을 완전하게 이루고 싶었다. 그러나 나는 분명한 한 가지 사실을 받아들여야만 했다. 즉 나는 자기가 일구는 밭의 흙으로 더럽혀진 농부에 불과하며, 내게 주어진 유일한 운명은 죽을 때까지 땅을 일구는 것뿐이라는 사실이었다. 나머지는 내 상상력의 소산에 불과했다. 달콤하면서도 씁쓸한 환상에 불과했다. 나는 하루하루가 어서 끝나기를 기다리며, 혼란스러워하고 불편해하고 초조해했다. 나는 꿈을 꾸었다. 틀에서 빠져나왔다. 그리고 이런 차이가 문제를 유발할 거라는 사실을 이미 알고 있었다. 베르튄 가문은 가족 중 한 명이 자신의 날개로 날고 싶어 하는 것을 용납하지 않을 것이다.

6

        9월에 아버지는 나를 데리고 서둘러 마을로 향했다. 나는 옆에서 아무 말 없이 흙길을 걸었다. 우리는 돌로 지은 건물에서 걸음을 멈추었다. 건물 안에선 수염이 난 키 작은 남자가 서성거리고 있었다. 우리를 발견한 남자는 아버지에게 다가가 손을 내밀었다. 아버지는 인간미라고는 전혀 없이 건성으로 악수를 나누고 나서 도착했을 때만큼이나 신중하게 그곳을 떠났다. 나는 동그란 안경 뒤에서 내 얼굴을 뚫어지게 쳐다보고 있는 이상한 인물과 마주 보게 되었다. 텁수룩한 수염이 섬세한 표정과 대조를 이루었다. 그의 호감 가는 외모가 내게 즉시 신뢰감을 불러일으켰다.

그가 온화한 목소리로 말했다.

"안녕, 폴. 내 이름은 뒤크르란다. 이 동네 초등학교 교사지."

나는 주눅이 들어 대답했다.

"안녕하세요, 선생님."

"너, 교사가 뭔지 알아?"

나는 자랑스럽게 대답했다.

"예. 학교 선생님요."

"그래, 맞다! 브리악 초등학교에 온 걸 환영한다. 날 따라오너라. 학교 안내해줄게."

나는 선생님의 손을 잡았다. 그는 자신의 손 안에서 내 손을 느끼고 놀라서 나를 뚫어지게 쳐다보았다. 나는 그가 내게 세심한 주의를 기울이고 있다고 느꼈다. 그는 건물의 그림자 속에 꼼짝 않고 서서 내게 부드러운 미소를 지어 보였다. 함께 건물 안으로 들어간 우리는 여러 개의 텅 빈 교실 앞을 지나 아무도 없어 음산하게 느껴지는 지붕 덮인 운동장에서 걸음을 멈추었다.

선생님은 그곳이 아이들이 공부를 하지 않을 때 노는 운동장이라고 설명해주었다. 형들은 이따금 학교에서 아침시간을 어떻게 보내는지는 이야기했으나, 놀이에 대한 이야기는 하지 않았다. 그들은 다들 아무 관심도 없다는 표정으로 말했고, 특히 자크 형은 지겨워서 죽을 뻔했다며 진저리를 쳤다. 내 눈에는 학교 운동장이 더없이 아름다워 보였다. 넓은데다가 플라타너스 나무가 여기저기 서 있어서 아이들이 놀기에 적당했다. 음산한 운동장만 제외하면 모든 것이 다 환상적으로 느껴졌고, 내가 지금까지 자라온 환경과도 거리가 한참 멀어 보였다. 나는 하루라도 빨리 학교 친구들과 함께 이 매혹적인 장소에서 시간을 보내고 싶었다.

선생님은 흠뻑 감동한 내 표정을 보았으나 내가 뭘 잘 모른다는 사실을 감안하여 아무것도 묻지 않았다. 그는 나를 운동장 전체가 훤히 보이는 교실로 데려가 의자에 앉혔다. 그리고 내게 물 한 잔을 건넸다.

그가 물었다.

"자, 폴, 학교가 맘에 드니?"

나는 감격에 겨운 표정을 지으며 대답했다.

"네."

"앞으로 아침 시간은 여기서 보내도록 하렴. 내일부터 우리 반에 들어와서 졸업장을 받을 때까지 수업을 듣도록 해라."

"졸업장이 뭔가요?"

"공부가 다 끝나면 받는 증서란다. 졸업장 덕분에 네가 하고 싶은 것을 할 수 있게 될 거다. 커서 뭐가 되고 싶니?"

"선원이 되고 싶어요, 선생님."

선생님은 내가 이렇게 고백하자 좀 난처한 듯 말했다.

"선원은 멋진 직업이지. 선원이 되려면 먼저 읽고 쓰는 법부터 배워야 해. 문맹자는 선원이 될 수 없으니까 말이다."

"문맹이 뭔가요?"

"읽지도 못하고 쓰지도 못하는 사람을 가리키는 말이지."

"우리 엄마 아빠처럼요?"

뒤크르 선생님은 아무 대답도 하지 않았다. 그는 다시 한 번 내 손을 잡고 아버지가 나를 기다리고 있는 학교 정문으로 데려갔다. 아버지는 고개를 숙인 채 건성으로 이 교육자와 인사를 나누었다.

나는 아버지의 눈을 보고 그가 창피해한다는 것을 알았다. 자기가 이 교사에 비해 열등하다고 느끼는 듯했다. 언제나 자신감으로 기세등등했던 이 남자가 별안간 온순한 동물로 변해버린 것 같았다. 선생님이 학교의 벽 뒤로 사라졌다. 돌아가는 길에 나는 아버지가 화를 낼까봐 무서워서 감히 그가 문맹인지 아닌지 물어볼 엄두를 내지 못했다. 일을 하느라 온몸이 상처투성이인 농사꾼의 발걸음을 관찰하는 것으로 만족했을 뿐이었다. 밤이 되어 집이 침묵에 잠기고 형들이 잠들었을 때 나는 선생님과 그의 헝클어진 턱수염, 그의 둥근 안경, 운동장, 줄기만 있고 가지는 없는 플라타너스 나무, 그 안에 들어앉아 상상의 나래를 펼치게 될 모래적재함, 이제 곧 학생들로 채워질 텅 빈 교실을 생각했다. 밀밭에서 멀리 날아오르기 위해 아이들과 함께 열심히 공부하는 내 모습을 상상했다. 선생님이 했던 말이 머릿속에서 다시 울렸다. "선원이 되려면 먼저 읽고 쓸 줄 알아야 해." 나도 그렇게 할 수 있을까?

*

그 다음 몇 해가 학교에서 선생님이 부는 호각 소리와 밀밭에서 낫질하는 소리에 맞춰 흘러갔다. 나는 글자와 지식의 세계에 매혹되어 읽고 쓰는 법을 금세 익혔다. 뒤크르 선생님 반에 가장 먼저 도착, 책상에 앉아 결코 포만감을 느끼지 못하는 나의 호기심이 새로운 지식을 흡수하려고 초조하게 기다렸다. 선생님은 내가 이렇게 열심히 공부하는 걸 보고 처음에는 무척 놀라는 듯했지만, 얼마 지나지 않아 나의 열성적인 일상에 익숙해졌다. 그 역시 학교에 나오는 시간이 점점 더 빨라졌다. 학생에게서 받을 수 있는 선물 중에서 이보다 더 큰 선물이 어디 있을까? 나는 선생님이 하는 말을 단 한마디도 놓치지 않고 완벽하게 흡수했고, 그의 입을 통해 흘러나오는 문장은 단 한 글자도 빼놓지 않고 주의 깊게 들었다. 선생님은 자연스럽게 내게 호의를 품게 되었다. 어쩌면 내게 각별한 애정을 갖고 있었는지도 모르겠다. 선생님은 농사도 지었지만, 마을 사람들은 그가 책에 둘러싸여 혼자 살아간다고 말했다. 시골에서는 지식과 지식을 보급하는 사람들을 두려워했다. 그 당시에는 자기 가족을 먹여 살리는 것보다 더 중요한 일은 없었다. 대부분의 마을 사람들은 반경 10킬로미터 밖으로 나가본 적이 없었다. 교양을 갖춘들 무슨 소용이란 말인가? 나는 읽기와 쓰기, 산수 외에도 지리와 프랑스 역사, 도덕을 배웠다. 뒤크르 선생님은 내가 상상을 통해 벗어나려고 무진 애를 썼던 이 세계로 들어가는 문을 열어주었다. 어느 겨울 밤 그는 하늘에 떠 있는 별들의 이름을 내게 가르쳐주었다. 또 라륀Lalune이 라 륀la lune이라는 두 단어로 쓰여진다는 사실도 알려주었는데, 그것은 나의 어린 시절이 순식간에 멀어져가고 있다는 징후였다. 나 자신이 여전히 무지한 사람에 불과하다는 사실에 실망하여 스스로 부끄러움에 얼굴을 붉히는 동안 그는 그런 나를 보며 따뜻하게 미소 짓고 있었다. 나중에 그가 세계지도에서 우리가 있는 위치를 가르쳐주었을 때 나는 깜짝 놀랐다. 이전에 별다른 지식이 없었던 나는 대양과 대륙, 남극과 북극이 비닐로 피복된 판지에 펼쳐져 있는 것을 보고 벌어진 입을 다물 수가 없었다. 세계지도 위의 푸른 공간을 보는 순간 뱃사람들이 생각났다. 나중에 선원복을 입고 '멕시코 만류'에 맞서는 내 모습이, 칠레 해안에 면한 바다에서 혼곶의 돌출부를 바라보는 내 모습이, 포효하는 40도 해역에서 모든 걸 휩쓸어가는 돌풍과 맞서 싸우는 내 모습이 상상되었다. 행복했다. 각 나라의 이름과 그 나라의 수도 이름, 도시 이름, 프랑스의 각 도와 도청 소재지, 군청 소재지 이름을 암기했다. 이 이름들을 기억하고 있다가 오후에 들판에서 다시 외곤 했다. 아버지는 무식한 사람들이 유식한 사람들에게 흔히 느끼는 그런 질투심을 굳이 감추려고 애쓰지 않으며 아무 말 없이 나를 관찰했다. 지식은 내 손이 닿는 곳에 있었으며, 나는 선생님의 나뭇가지에서 그걸 따기만 하면 되었다. 비록 오후에는 고된 일을 해야만 했지만, 나는 공립학교에서 삶의 의욕을 되찾았다. 불가능하게 여겼던 꿈이 손가락 끝으로 만져지는 듯했다. 학교는 모든 것이 다 가능해 보이는 눈부신 미래로 나가는 출구였다.

*

그렇지만 1939년은 역사에서 하나의 전환점을 기록했다. 유럽의 코앞에서 악이 득세했다. 히틀러가 폴란드를 침략했고, 프랑스와 영국이 나치에게 선전포고를 했다. 혼돈 상태가 소련 국경까지 퍼져나갔다. 유럽 전체가 거대한 화염덩어리로 바뀌고, 인간들이 고통스러워하며 서서히 불태워졌다. 그 이후로 우리나라는 전쟁에 돌입했다. 벽에 펼쳐져 있던 세계지도는 더 이상 사용되지 않았다. 그 뒤로 독일은 자기 나라 국경 훨씬 너머까지 세력을 확장시켜 나갔다. 뒤크르 선생님은 전쟁이 시작되었다고 알려준 다음 바로 나를 교실로 데려가 거기서 멀지 않은 곳에서 벌어지고 있던 분쟁에 대해 상세하게 설명해주었다. 내게 이렇게 가르쳐주고 난 그는 눈물을 참지 못했다.

나는 충격을 받아 물었다.

"왜 우세요, 선생님?"

그는 눈물을 줄줄 흘리며 소리쳤다.

"전쟁은 우리에게서 모든 걸 다 빼앗아가는 아주 잔혹한 비극이란다."

"전쟁이 선생님에게서 뭘 빼앗아갔나요?"

"그래. 아버지를 빼앗아갔지."

나는 믿기지가 않아서 물었다.

"어떻게요?"

"아버지는 1차 세계대전 때 베르됭의 참호 속에서 돌아가셨단다. 포탄이 군인들 위로 떨어졌지. 아버지는 자신의 조국을 지키려고 거기 가신 건데, 아무도 그분을 지켜주지 않았어."

그는 손등으로 눈물을 닦고 나서 다시 말했다.

"너에게 보여줄 게 있다."

그는 가방에서 종이봉투 한 장을 꺼냈다. 그의 손가락이 봉투 가장자리를 어루만지더니 작은 종이 한 장을 끄집어냈다.

"읽고 싶으면 읽어도 된다."

그는 마치 무슨 보물이라도 되듯 종이를 내게 내밀며 이렇게 말했다.

종이 끝부분을 잡고 살짝 펼쳐보았다. 세련된 글씨가 종이를 가득 채우고 있었다. 편지를 읽고 난 나는 깊이 감동했다.

"사랑하는 에두아르, 여기는 아무 문제없다는 걸 네게 알려주려고 이 편지를 쓴다. 우리는 매일 동틀 무렵 일어나 앞에 보이는 독일군 전선을 바라본다. 어쨌든 우리와 크게 다르지 않은 독일군 병사들도 우리가 자기네 땅을 침략해 들어오지는 않았는지 감시하지. 우리는 네가 학교에서 다른 아이들과 놀이를 할 때 그러는 거랑 좀 비슷하게 참호에서 기다리고 있단다. 결국 우리는 나이를 먹어도 여전히 키만 큰 어린이로 남아 있는 거지.

　　지난주 성탄절 때 우리는 처음으로 참호에서 나와 적군과 이야기도 나누고, 선물도 주고받고, 함께 축구도 했단다. 고백하는데, 난 이 전쟁이 도대체 누구를 위한 전쟁인지 이제는 모르겠다. 그런데도 우리는 여전히 이곳에서 겨울의 추위를 견디며 기다리고 있단다. 사랑하는 내 아들 에두아르, 내가 너를 진심으로 사랑한다는 사실을, 너와 네 어머니를 밤낮으로 생각한다는 사실을, 내가 어디를 가건 너와 네 어머니가 항상 나와 함께한다는 사실을, 내가 두 사람을 영원히 사랑한다는 사실을 알아줬으면 한다. 혹시 내가 이곳에서 무슨 일을 당한다면, 비록 네가 아직 어리기는 하지만 그래도 약해지지 말고 남자가 되어 네 어머니를 보살펴주기 바란다. 너와 네 어머니는 나의 두 천사야. 난 어디로 가든지 절대 너희 두 사람을 버리지 않을 거다. 이제 곧 돌아가서 두 사람을 껴안고 싶구나. 너와 네 어머니를 사랑한다. 아빠가."

나는 더러운 참호에서 꼼짝 못하고 있다가 적군과 축구를 하는 선생님 아버지의 모습을 상상하며 그의 말을 더 잘 이해하기 위해 편지를 다시 한 번 곱씹어 읽었다. 1차 세계대전은 수백만 명의 희생자를 냈고, 희생자들의 가족에게 영원토록 지워지지 않을 상처를 남겼으며, 오직 살아남기만을 바랐던 무고한 사람들을 수없이 죽였다. 이 지리멸렬한 연극의 와중에서 병사들은 축구를 하는 동안만은 잠시 화해했다가 다시 그들의 토굴 속에 들어박혔다.

아버지 생각이 절로 났다. 아버지는 우박처럼 쏟아지는 포탄 아래서 고백하기 어려운 감정을 자신의 무덤 속으로 가져가기에는 인생이 너무 짧다는 사실을 깨달았을까? 그 역시 내가 태어날 때부터 기다려왔던 말을 하얀 편지지에 털어놓았을까? 선생님은 마지막으로 흐르는 눈물을 닦으며 편지를 봉투 속에 집어넣었다. 그는 어머니도 봉양하고, 그에게 큰 기대를 갖고 있는 장학사도 만나러 렌에 가야만 했다. 그는 다정하게 인사하며 나와 작별했다. 나는 슬픔에 가득 차서 무거운 마음을 안고 집으로 돌아갔다. 나를 본 아버지는 내가 아무짝에도 쓸모없는 녀석이며, 절대 남자가 될 수 없을 것이라고 잔소리를 늘어놓았다. 정원으로 나간 나는 사과나무 그늘 아래 누워 꾸벅꾸벅 졸았다. 그렇게 평화롭게 사과나무 가지 아래 누워 있노라니 이 세상에 나만 혼자 있는 듯 편안했다.

*

그 다음 주 월요일, 뒤크르 선생님은 렌으로 떠난다고 알려주었다. 어머니가 큰 병에 걸렸는데, 그의 아버지가 편지에서 그에게 부탁했던 일을 해주기를 바란다는 것이었다. 그는 브르타뉴 지방의 중심지인 렌에서 내가 장학금을 받을 수 있도록 애써보겠다고 약속했다. 그리고 다른 교사가 후임으로 올 거라는 말도 했다.

장학사가 검은색 자동차를 타고 그를 데리러 왔다. 뒤크르 선생님은 남들은 모르는 우리의 관계가 드러나 의혹이라도 불거질까봐 차가운 표정으로 나와 악수를 나눈 다음 자동차에 올라탔고 길 끝에서 사라졌다. 그의 약속과 노력에도 불구하고 그 뒤로 다시는 그를 보지 못했다. 나를 내 어린 시절의 마을에, 내 운명에 내맡겨버린 것이다. 그것 때문에 나는 그를 오랫동안 원망했다. 하지만 나중에 도서관에서 조회를 해본 결과 그의 이름이 프랑스를 위해 목숨을 바친 사람들의 명단에 올라가 있는 것을 발견했다. 그 역시 자기 아버지처럼 조국을 지키라며 강제로 징집당했다. 그리고 알자스 지방에 인접한 작은 마을의 독일 국경 근처에서 매복해 있던 독일군의 총탄에 쓰러지고 말았다. 과연 가슴에 총탄 세례를 받아 땅에 쓰러지는 순간 나를 생각했을까? 전쟁은 평범하기 그지없던 한 교사의 삶을 사납게 할퀴고 지나갔다. 그는 자신의 삶 전부를 남을 돕는 데 바쳤지만, 결국 그로 인해 차가운 땅바닥에 쓰러져 죽고 말았다.

다음 날, 나는 학교로 돌아갔지만 마음은 더 이상 거기 있지 않았다. 새로 온 선생님은 책을 쓰느라 너무 바빠서 수업 시간 말고는 내게 할애할 시간이 없었다. 그는 내게 책 몇 권을 빌려주는 걸로 그쳤고, 나는 그 책들을 탐독한 다음 돌려주었다. 깊은 감정적 공허감으로 인해 내 마음은 허망함으로 가득했다. 시간이 지나면서 뒤크르 선생님은 내게 교사를 넘어 아버지 같은 존재가 되었으며, 나는 그 뒤로 아버지 없이 살아야만 했다.

*

마을에는 꽤 많은 변화가 일어났다. 얼마 있지 않아 우리는 적
군이 상륙할 경우에 대비하여 브르타뉴 해안을 감시하는 임무
를 맡은 독일군 부대가 마을에 들이닥치는 것을 보았다. 그들은
우리 집에 와서 밀을 약탈해 갔다. 아버지가 격렬하게 항의했다
가 가족들이 보는 앞에서 흠씬 두들겨 맞았다. 독일군 병사들은
그가 얼굴이 피투성이가 된 채 땅바닥에 누워 있는 걸 보고 웃
음을 터트렸다. 나는 동정심이 들어 아버지를 일으켜 세워주었
지만, 그는 내게 고맙다는 인사조차 하지 않았다. 독일군 병사들
은 배낭을 밀로 가득 채운 다음 올 때처럼 그렇게 다시 떠났다.
그 이후로 우리는 나치가 점령해 둘로 나뉜 프랑스의 국민이 되
었다. 파시즘은 붉은색과 흰색을, 굽은 직선 모양을 한 만(卍)자를
어디에서나 펼쳤다. 우리는 어딜 가나 증명서를 내놓으라고 요구
하는 적군에 대한 공포 속에서 살아가는 법을 배웠다. 내가 보
기에 그들은 우리의 얼굴을 뚫어지게 쳐다보고, 신분증을 이리
저리 확인해보고, 아주 작은 위조의 흔적이라도 찾아내려고 샅
샅이 살펴보는 그들만의 독특한 방식을 통해 뭔가 정확한 것을
추구하는 것 같았다. 나중에 알게 된 사실이지만, 그들은 독일에
있는 강제수용소로 보내 처형할 유대인들을 찾고 있었는데, 그
건 정말 무시무시한 일이었다.

우리 마을의 많은 남자들도 강제노동국에 징집당했다. 그들은
아버지도 끌고 가려고 찾아왔다. 하지만 다행히도 아버지는 끌
려가는 걸 가까스로 모면했다. 대형 트럭이 사람들을 가득 싣고
와서 내려놓았는데, 그를 위한 자리는 더 이상 없었다. 운이 좋

왔던 건지, 아니면 우연의 일치인지는 알 수 없다. 삶이라는 긴 여행은 우리가 결코 알 수 없는 미스터리를 감추고 있다. 아버지는 변함없이 밀농사를 지었는데, 하루도 빠짐없이 그의 밀밭을 따라 걸어가며 순찰을 도는 적군에게 아예 신경을 쓰지 않는 것처럼 보였다. 그에게 밀은 나머지 모든 걸 다 합친 것보다 더 중요한 것 같았다. 그는 꼭 어렸을 때부터 베어온 밀 이삭처럼 자신의 밭에 영원토록 깊이 뿌리박고 있는 듯했다. 그렇지만 그는 10월의 어느 날 오후에 세상을 떠났다.

　우리는 그의 죽음에 관해 특별히 자세한 건 모른다. 그는 눈을 감기 전에 무슨 생각을 했을까? 자신의 행동을 뉘우쳤을까? 우리는 그것에 대해 아무것도 모른다. 밤이 되어 혼자 침대에 눕기 전, 나는 긴 시간 그의 죽음을 상상했다. 아버지의 죽음은 내가 탐독했던 책에나 등장할 법한 비현실적인 죽음이었다. 아버지는 자신의 권위에 결코 도전하지 않는 황금빛 밀 이삭들 가운데 서서 그 위로 부는 바람의 속삭임을 즐겼다. 신비로운 파동이 밭을 휩쓸고 지나가는 걸 바라보면서 바다가 속삭이는 소리에 마음이 동요되었다. 서로 뒤섞인 갖가지 감정에 휩싸이고, 허리를 굽히고 일하느라 녹초가 된 그는 대낮에 환한 미소를 짓고 있는 달과 하늘을 올려다보며 땅에 푹 쓰러졌다. 운명의 아이러니랄까, 죽음의 신은 아버지가 밀 이삭을 벨 때 그랬던 것처럼 노련한 솜씨로 그를 쓰러뜨렸다. 이렇듯 삶에 우연의 일치란 없다.

7

　　　　　　　　그날, 하늘은 금방이라도 비가 올
듯 구름이 잔뜩 끼어 있었다. 브르타뉴 지방은 가을 외투를, 나
무들은 이 계절이 돌아오면 늘 입는 황토 색깔의 옷을 꺼내 입
었다. 그가 나무 상자 속에 누워 있는 걸 보는 순간 우리는 명백
한 한 가지 사실을 어쩔 수 없이 받아들여야만 했다. 그는 분명
히 죽은 것이다. 나는 관으로 다가가서 그의 얼굴을 유심히 쳐다
보았다. 살짝 미소를 띠고 있는 것 같았다. 죽음의 침대에 누워
있는 아버지에게서는 은총 같은 것이 느껴졌다. 얼음처럼 차갑
게, 돌처럼 단단하게 거기 누워 있었지만, 그의 얼굴은 평화로웠
다. 그는 어쩌면 우리에게 자신의 진짜 모습을 보여주기 위해 죽
었는지도 모른다. 그날 나는 그의 마지막 거처 앞에서 아무 감정
도 느낄 수 없었다. 고통도, 분노도 그리고 그 밖의 그 어떤 감정
도. 나는 내가 태어나던 날 그가 그랬던 것처럼 무관심하게 그
를 바라보았다. 형들과 내가 앞으로 어떻게 될 것인지만 생각했
을 뿐이다. 우리 모두는 생명도, 영혼도 없이 미동조차 하지 않
는 차가운 시신 앞에서 꼼짝 않고 있었다. 나는 아버지가 가장

사랑했던 자크 형이 눈물을 꾹 참고 있는 걸 보고 놀랐다. 그는 흔들림 없는 죽음에 매혹되어 새하얀 시신을 유심히 바라보고 있었다. 어머니가 아버지 이마에 입을 맞추었다. 얼음처럼 차가운 살에 입술을 갖다 댔던 그녀는 놀라서 흠칫 뒤로 물러섰다. 그 다음 날, 우리는 아버지의 장례식을 치렀다. 온 동네 사람들이 와서 묵념을 하고 관 위에 꽃을 올려놓았다. 그들은 아버지가 용기 있는 사람이었다고 말하며 너무 일찍 세상을 떠났다고 애석해했다. 그리고 이제 과부가 되어 남편의 마지막 거처 앞에서 꼼짝 않고 있는 어머니를 위로했다. 그러고 나서 아버지를 땅에 묻었다. 관이 이제 막 파놓은 검은색 묘혈 속으로 빨려 들어갔다. 위선의 눈물이 모든 사람의 뺨 위로 흘러내렸다. 다들 아버지를 혼자 지내기 좋아하는 차가운 사람으로 생각했을 뿐 존경하지는 않았다. 그런데 사람들은 어떻게 누군가를 위해 눈물 한 번 흘려본 적이 없는 사람을 위해 눈물 흘릴 수 있을까? 장례식이 끝나고 나서 그들은 다시 악어의 눈물을 닦아냈다. 우리는 집 쪽으로 향했다. 이윽고 죽음의 절망감이 찾아들었다. 이 그로테스크한 행렬은 지리멸렬했다. 길을 가다가 독일군 병사 몇 명과 마주쳤는데, 전쟁을 하느라 너무도 바쁜 그들에게 우리를 위로할 시간은 없었다. 그렇지만 상복을 입은 행렬을 방해하지 않고 경의는 표했다. 흉포하기 짝이 없는 병사들도 죽음의 신은 두려워하는 법이다. 집에 도착하고 나선 밤늦게까지 회의가 계속되었다. 결정이 내려졌다. 결혼계약에 따라 농장과 밭은 앞으로 어머니 소유가 될 것이다. 베르틴 가문의 아들들은 함께 일하고, 자크 형이 준비가 되면 가족 농사를 관리하기로 했다. 삼촌들은 처음 2년 동안 교대로 우리를 돕기로 했다. 이 기간이 지나면 자크 형이 농장과 밀 판매를 완전히 책임지기로 결정되었다. 그는 베르튄 가문의 가족들을 먹여 살리기에 가장 적합한 인물로 판단되었다. 이 결정을 전달받은 나는 이제 죽을 때까지 밀밭의 노예가 되어 살아가야 한다는 생각에 치를 떨었다. 밀밭이 싫었다. 밀밭의 모든 게 싫었다. 아버지의 시신으로 더럽혀진 밀밭의 흙냄새도 싫었다. 마치 그뤼에르 치즈를 쿵쿵거리다가 무시무시한 기계장치에 꼬리가 끼인 쥐처럼 덫에 걸린 느낌이었다. 빠져나갈 구멍도 없고 출구도 없는 덫. 나는 이제, 내 이전 세대의 사람들처럼 땅의 볼모가 되었다. 내 의견 따위는 아예 싹 무시당하는 운명의 볼모가 된 것이다. 그때부터 내가 공부를 한다는 건 아예 꿈도 꿀 수 없는 일이 되고 말았다. 가족의 생존이 앎의 무위보다 더 중요하다고 간주되었기 때문이었다. 나의 사춘기는 아버지가 세상을 떠난 그날 시작되었다. 그 다음 날, 나는 동틀 무렵 일어나 몇 년 전에 나를 행복하게 만들었던 책들로부터 멀리 멀리 떨어진 밀밭으로 나갔다. 밀 이삭이 파도처럼 물결치고 있었다. 나는 끝없이 펼쳐진 황금빛 밀밭 위로 내 어린 시절의 꿈이 멀어져가는 것을 물끄러미 바라보았다. 이제 유일한 선장이 된 자크 형은 아버지보다 더 잔인한 독재자 노릇을 시작했다. 그는 최대한 일을 덜 하기 위해 온갖 꼼수를 다 부렸다. 허리를 더 많이 굽히는 대신 다른 사람들을 심리적으로 복종시켜서 통솔해나가야 한다는 사실을 아주 어렸을 때부터 깨달은 것이다. 더 많은 이익을 위해서라면 바람 부는 대로 이리저리 흔들리는 사람들이 있다. 그런 사람들은 풍향계처럼 방향과 의견, 생각을 바꾼다. 자크 형이 바로 그런 사람이었다. 이때부터 밭에는 더 이상 친구들이 존재하지 않았다. 어린 시절의 연대는 바다 위에 떠 있는 안개처럼 흩어져버렸고, 우리는 모두 그에게 속박당해야만 했다. 이 몇 년 동안 나는 삶을 살기보다는 밭을 여전히 내 꿈에 접근할 수 있는 피신처로 상상하면서 이를 악물고 남자가 되는 법을 배웠다. 매일 아침 학교 앞을 지나 밭으로 갔다. 나는 동그란 안경을 쓴 선생님이 내게 많은 걸 가르쳐주었던 그 건물의 정면을 물끄러미 바라보곤 했다. 때로는 향수가 밀려들기도 했다. 하지만 희망을 잃지 않았다. 얼마 안 있으면 학교가 끝났음을 알리는 종소리가 울릴 것이다. 힘들지만 그래도 미소를 잃지 않는 게 중요하다. 그 나머지는 직관을 따르면 된다. 우리 아버지처럼 웃음을 잃어버린 사람들이 뭐라고 얘기하든, 낙관적 태도가 결국은 승리를 거두게 되어 있다.

8

1943년 4월 17일, 전쟁이 우리 머리 위에서 맹위를 떨쳤다. 영국 폭격기들이 독일군을 무력화시키기 위해 뤼스 반도에 폭탄을 쏟아부었다. 폭격을 당한 주민들의 고함 소리가 사방에서 들려왔다. 세상이 종말을 맞은 듯했다. 우리 마을에서도 불안한 경계경보 사이렌 소리가 요란하게 울렸다. 마을 사람들의 날카로운 고함 소리가 멀리서 들려왔다.

"다들 지하실로 가, 빨리!"

어머니가 잘못했다가는 자식들을 잃을지도 모른다는 생각에 겁이 나서 소리쳤다.

우리는 급히 계단을 내려가 농장 지하실로 들어갔다. 밖에서는 마을 사람들이 쥐구멍 속의 쥐처럼 땅속에 숨어 있어야만 한다는 사실에 진저리를 내며 공포에 사로잡혀 있었다. 우리는 누구에게 뭘 요구한 적이 전혀 없다. 그런데 전쟁이 일어나 우리에게는 말 한마디 없이 우리의 농토와 집들을 쑥대밭으로 만들어 놓은 것이다. 도망치느냐 아니면 견뎌내느냐, 아비규환 속에서 우리에게는 이 두 가지 해결책만 주어졌다. 세상은 흔히 이렇게 둘 중 하나만을 선택하도록 강요한다. 땅과 집, 가족, 친구들을 다 버려두고 간다는 조건 아래 거기서 수백 킬로미터 떨어진 자유지대로 피난 가는 것을 고려해볼 수 있었다. 나는 다른 환경도 알고 싶었지만 불행하게도 내 주변 사람들 중에서 마을을 떠나려고 결심한 듯 보이는 이는 단 한 명도 없었다. 그들의 농장과 가축, 그들의 생명을 향해 폭탄이 떨어지는데도 그냥 집에 남아 있었던 것이다. 그 누구도 조상이 물려준 땅을 그냥 버리지 않았다. 그러므로 견뎌내야만 했다. 그리고 견뎌낸다는 것, 그것은 곧 독일군 병사들의 온갖 부당한 행동과 끊임없는 감시, 심지어 이따금은 그들의 폭행을 참아내야 한다는 걸 의미했다. 우리를 체포하면 그들은 너무나 특이한 음색을 가진 언어로 알아들을 수 없는 상스런 욕을 퍼부어댔다. 그날 아침 우리는 평상시같이 사과주를 저장해 놓는 지하실에 모여 밖에서 폭우처럼 쏟아지는 포탄이 멈추기를 기다리고 있었다. 어머니는 쭈그리고 앉은 채 두 손을 모아 가슴 위에 올려놓고 기도를 올리는 중이었다. 그녀는 예수 십자가상을 꼭 움켜쥐고 알아들을 수 없는 찬송가를 중얼거리듯 부르며 신에게 보호해달라고 애원했다. 나는 아무 말 없이 그녀를 지켜봤지만, 그녀는 전혀 눈치채지 못했다. 슬픔이 그녀의 얼굴에 깊은 흔적을 남겼지만 여전히 아름다운 내 어머니. 가늘고 긴 아름다운 눈, 살짝 들어 올려진 코, 항상 말 꼬리 모양으로 틀어 올린 머리 등 모든 게 다 아름다웠다. 그녀는 자식들 사이에 쭈그리고 앉아 사람들이 자기들의 마음에 귀 기울이려 하지 않을 때 사로잡히는 살인의 광기가 중단되게 해달라고 기도했다. 지하실에서는 사과술 냄새가 강하게 풍겼다.

밖에서는 동물들이 포탄의 충격에 놀라 울부짖었다. 왜 이런 혼란이 자기들을 죽이는 것인지 도무지 이해할 수 없다는 듯 소들이 평소보다 낮은 소리로 울어대고 있었다. '인간들은 미쳤어.' 소들은 이렇게 생각할 것이다. 자크 형은 무표정한 얼굴로 다시 들판에 나가 일할 수 있기를 기다리고 있었다. 꼭 우리 아버지 같았다. 이 두 사람은 생각을 깊이 하지 않을 수 있는 능력도 갖고 있었고, 감정 때문에 혼란을 겪지 않을 수 있는 능력도 갖고 있었다. 나는 이들과는 완전 반대였다. 피에르 형과 귀이 형은 무서워서 서로 부둥켜안은 채 바들바들 떨고 있었다. 내가 이 두 형과 특별한 관계를 맺은 적은 없지만, 이들 역시 아버지와 어머니를 절반씩 절묘하게 섞어놓은 것처럼 서로 닮아 보인다. 나는 포탄이 우리에게 도달하지 않게 해달라고 기도했다. 포탄이 떨어지는 날카로운 소리가 처음에는 멀리서, 그러고 나서는 점점 더 가깝게 들려왔다. 공중에서 벌어지는 포탄들의 경쟁은 땅이 뒤흔들릴 정도로 귀를 멍하게 만드는 굉음과 함께 폭발하며 막을 내렸다. 포탄이 하나씩 떨어질 때마다 나는 운이 없었던 다른 희생자들을 생각하며 이를 악물었다. 사람은 때때로 안 좋은 순간에 안 좋은 곳에 가 있게 된다. 포탄이 집에서 겨우 몇 미터 떨어진 곳에 떨어져 내 어린 시절의 나무딸기를 쪼개버렸을 때 나는 나의 마지막 순간이 다가왔다고 믿었다. 전쟁은 그것에 가까이 다가갔던 사람들의 마음속에 영원히 지워지지 않을 상처를 남겼다. 그 상처는 사람들의 의식 속에 영원히 남아 있을 것이다. 나중에 문이 "쾅" 하고 닫히거나 하늘에서 폭죽이 터질 때마다 나는 농장의 지하실에 쭈그리고 앉아 포탄 소리가 그치기를 기다리던 그 순간이 떠올라 이를 악물곤 했다. 브르타뉴 지방의 하늘을 날아다니던 폭격기들이 모습을 감추었다. 사냥당하는 여우들처럼 은신처에서 나온 우리는 포탄이 단 한 발도 우리 집에 떨어지지 않았다는 사실을 확인했다. 운명이 우리에게 약간의 유예기간을 준 것이다. 어머니는 아무 일 없었다는 듯 집안일을 계속했다. 자크 형은 밀밭으로 돌아가라고 우리에게 명령했다. 아직 일주일은 더 밭을 갈아야 씨를 뿌릴 수 있는데, 좀 늦었다. 자크 형은 삼촌들의 도움을 거절하고 새벽부터 해질 때까지 쉬지 않고 일하기로 결정했다. 그래서 나는 좀 당황스러웠다. 그는 가족들에게 자기가 얼마나 끈기가 있는지를 보여주고 싶어 했는데, 그것은 명예의 문제이거나 혹은 자아의 문제였다. 우리는 내가 정말 싫어하는 밀밭을 향해 출발했다. 길 한가운데서 독일군 병사들이 신분증을 보여달라고 요구했다. 우리는 한 명씩 신분증을 보여주었다. 병사들 중 한 명이 내가 절대 좋아할 수 없는 언어로 소리쳤다. 그러자 병사들이 우리를 땅에 자빠뜨리고서 인정사정없이 발길질을 해대기 시작했다. 장교의 군화가 내 갈비뼈와 두 팔, 두 다리를 거칠게 짓눌렀다. 그의 군홧발이 내 살을 짓이길 때마다 나는 고통스러운 고함을 내질렀다. 우리가 겁에 질린 표정을 짓자 그들은 재미있어 하며 박장대소했다. 그러다가 때리는 것도 지쳤는지 우리를 트럭에 밀어 넣었다. 자크 형이 저항하면서 한 병사를 떼밀었다. 그들의 지휘관이 손을 총으로 가져갔다. 총의 개머리판이 자크 형의 코를 있는 힘껏 가격하자 피가 솟구쳐 나왔다. 지휘관이 내 눈앞에서 형의 코를 부러뜨린 것이었다. 형이 넋 나간 표정으로 자신을 공격한 그 지휘 64

관을 쳐다보고 있었다. 졸지에 그런 일을 당하자 어안이 벙벙한 모양이었다. 아버지가 죽은 뒤로 그 역시 독재자 행세를 했다는 사실을 생각해본다면, 그것이야말로 지독한 삶의 역설이었다. 우리보다 강한 사람은 늘 존재하기 마련이다. 그 사실을 깨달은 자크 형은 고개를 숙이고서 코를 움켜쥐었다. 우리는 트럭에 실려 어딘지 알 수 없는 곳으로 끌려갔다.

우리는 영문을 모른 채 서로 얼굴만 멀뚱멀뚱 쳐다보았다. 독일군 병사들은 자기들끼리 그들의 미개한 언어로 뭐라고 이야기를 나눌 뿐 우리에게는 더 이상 신경을 쓰지 않았다. 우리는 서로에게 몸을 바짝 갖다 붙였다. 트럭 안에서는 불안이 최고조에 달해서 극도의 긴장감이 피부로 느껴졌다. 자크 형은 코를 움켜쥐고 두 팔을 무릎 위에 올려놓은 채 독일 군인들에게 저주를 퍼붓고 있었다. 핏방울이 규칙적으로 바닥에 떨어져 하나씩 둘씩 모이면서 그의 발밑에는 작은 피 웅덩이가 만들어졌다. 피에르 형과 귀이 형은 암묵적인 동조와 몰이해가 뒤섞인 기묘한 시선을 내게 던졌다. 내가 보기에 이 두 형은 내게 무슨 중요한 말을 하고 싶어 하는 것 같았지만, 자기들이 품고 있는 불안감이 근거 없는 것일 수도 있어서인지 입을 떼지 못하는 것 같았다. 그렇지만 나는 그날 그들의 눈에서 애틋함을, 아버지 앞에서 끈질기게 톱으로 나뭇가지를 자르려고 애쓰며 보여주었던 바로 그 형제간의 애틋한 정을 느꼈다. 비좁은 트럭에 붙어앉아 있자니 새삼 우애가 깊어지는 듯했다. 불편한 상황이긴 했지만 형들과 함께 있으니 그래도 마음은 편했다. 트럭은 흰색 돌로 지은 거대한 농가 건물 옆에 멈춰 섰다. 우리는 독일군 병사들에게 맡겨진 운명에 두려움을 느끼며 거기서 내렸다. 한 독일 병사가 수백 개의 건초더미가 쌓여 있는 창고 안으로 들어가라고 손짓했다. 그는 흙 길에 서 있는 더 큰 트럭을 손으로 가리키더니 건초더미를 트럭에 싣는 시늉을 했다. 안도의 한숨이 절로 나왔다. 여기서 우리를 기다리고 있는 건 죽음이 아니라 강제노역이었다. 또 다른 병사가 농가 안으로 들어가더니 키 작은 남자 한 사람을 끌고 나와 창고 안으로 밀어 넣었다. 그대로 땅바닥에 엎어진 남자는 분노로 가득 찬 눈을 들어 우리를 올려다보고선 고개를 끄덕여 인사했다. 면장인 블랑샤르 씨였다. 그가 아버지의 사망을 공식적으로 확인해주었기 때문에 우리는 그를 잘 알고 있었다. 우리는 세 시간이 채 안 걸려 독일군 트럭에 건초더미를 다 실었다. 일이 끝나자 독일놈들은 고맙다는 말 한마디 없이 그냥 떠나버렸다. 마치 개를 내버리고 가듯 우리를 숲길에 버려두고 가버린 것이다.

블랑샤르 씨가 불같이 화를 내며 소리쳤다.

"더러운 독일놈들 같으니! 내 밀이랑 가축을 다 가져가버리더니 이제는 창고까지!"

그러자 자크 형이 물었다.

"도대체 왜 창고를 비우는 걸까요?"

"화약고로 쓰려는 거지."

나도 용기를 내어 물었다.

"그럼 건초는요?"

"태워버리겠지 뭘 어쩌긴 어쩌겠나? 하지만 우리로서는 방법이 없어. 손쓸 도리가 없다고! 그 빌어먹을 전쟁은 영원히 계속

될 테고 말이야!"

다시 자크 형이 말했다.

"미국인들이 개입할 거라던데요."

블랑샤르 씨가 대답했다.

"미국인들은 더 중요한 할 일이 있지. 자, 거기 그러고들 있지 말고 안으로 들어가서 목이라도 좀 축이고 가게. 이렇게 암울한 시대에 잠시나마 인간의 온기를 느껴보는 것도 나쁘진 않을 테니까."

우리는 그를 따라 집 안으로 들어갔다. 화덕에서 방금 끄집어 낸 향긋한 빵 냄새가 식당 안에 떠돌고 있었다. 그는 우리에게 앉으라고 손짓했다. 그러고 나서 다른 방 쪽에 대고 소리쳤다.

"마틸드, 물 몇 잔만 갖다 줄래?"

그러자 더 젊게 느껴지는 목소리가 대답했다.

"네, 아빠. 금방 갈게요."

그가 큰형에게 물었다.

"농장 일은 잘 되어가고 있는가?"

"별다른 일은 없습니다. 밭갈이가 좀 늦어지긴 했지만 큰 문제는 없습니다."

자크 형은 이렇게 말하고 나서 얼굴을 찌푸렸다.

"독일놈들이 우리를 이리 끌고 오지 않았더라면 일을 더 할 수 있었을 텐데."

그러자 블랑샤르 씨가 흥분했다.

"그 기생충 같은 놈들 얘기는 그만하게. 그놈들이 우리나라를 떠나기 전에는 내가 편안히 잠들 수 없을 걸세!"

큰형이 맞장구쳤다.

"저도 마찬가집니다!"

부엌에서 유리잔들이 부딪치는 소리가 들려왔다. 이어서 마치 땅바닥을 살짝 스치는 것처럼 가벼운 발자국 소리가 가까워졌다. 젊은 여성이 우리를 위한 물 잔이 놓여 있는 쟁반을 손에 들고 나타났다. 나는 처음으로 마틸드 블랑샤르의 모습을 보았다. 그 순간 심장이 꼭 북이 울리듯 요란하게 뛰기 시작했고, 두 손이 축축해졌으며, 안색이 창백해졌다. 긴 생머리가 어깨까지 내려와 있는 그녀는 잔을 엎지르지 않는 데에만 정신을 집중시키며 아무 말 없이 걸어왔다. 그녀의 피부는 햇볕에 그을린 우리와는 또렷하게 대조될 만큼 새하얬다. 그녀는 대부분의 시간을 집 안에서만 보냈을 것이다. 그 당시의 여자들은 선택의 여지가 없었다. 태어나고, 자라고, 어머니를 돕고, 결혼하고, 아이를 낳고, 힘들게 집안일을 하다가 병에 걸려 죽는 게 그들의 운명이었다. 남자들이 모든 걸 지배했으며, 해방이나 자유 같은 건 상상할 수조차 없었다. 몇 명의 강인한 여성들만 이 양성 간의 싸움에서 살아남았을 뿐이었다. 마틸드 블랑샤르는 쟁반을 식탁 위에 내려놓은 다음 우리에게 시원한 물을 한 잔씩 나눠주었다. 나는 그녀의 조신한 몸놀림을 유심히 바라보며 익숙한 손동작에 매혹되었다. 그녀가 물 잔을 다 나눠주자 블랑샤르 씨는 그녀에게 나가보라고 손짓했다. 그녀가 부엌으로 사라졌다. 블랑샤르 씨는 사람들이 욕심내지 못하도록 딸을 감춰두는 것일까? 아무도 접근하지 못하도록 자신의 보물을 감시하고 있는 것일까? 나는 학교는 물론 그 어디서도 마틸드를 본 적이 없었다. 보통 백오십

68

명 정도 사는 마을에서는 이웃집에 숟가락이 몇 개인지 맞출 수 있을 정도로 서로 잘 안다. 소문은 바람의 속도로 돌고 돌면서 주민들이 오가는 데 따라 이 집에서 저 집으로 퍼져나간다. 우리는 면장에게 딸이 한 명 있다는 건 알고 있었지만, 정작 그녀를 본 사람은 아무도 없었다. 우리는 물을 한 잔씩 마신 다음 면장에게 친절하게 대해주어 고맙다고 인사했다. 그러고 나서 독일군 순찰대에 또다시 걸려들지 않기를 바라면서 밭으로 향했다. 길을 가면서 나는 마틸드와 그녀의 하얀 피부, 어깨까지 치렁치렁 내려오는 긴 머리를 생각했다. 그녀는 내게 일체 관심도 기울이지 않았고, 눈길도 주지 않았다. 나는 그녀가 내게 아무 관심도 보이지 않아 기분이 살짝 상했다. 상처받은 아이처럼 내게 남성적 자아의 징조들이, 우리 시골을 유린하고 우리 가축들을 죽였으며 아직도 이런저런 불행을 낳게 될 바로 그 자아가 내 안에서 처음으로 나타나는 것을 느꼈다. 나는 처음으로 사랑 때문에 격렬한 고통을 겪었다. 이제 곧 열네 살이 되는 나는 이 분야에 대해 거의 아는 게 없었다. 내가 어렸을 때 경험했던 유일한 사랑은 어머니의 사랑이었다. 그러나 어머니에 대한 사랑은 여자에게 느끼는 유일하고 진정한 사랑만큼 그렇게 뿌리가 깊지 않았다. 이 사랑은 처음에는 서서히 자리를 잡는 듯하다가 마치 어부의 팔에 달라붙는 낙지처럼 그 긴 촉수를 조금씩 사방으로 뻗는다. 마틸드의 모습은 얼마 안 있어서부터 밤에도 낮에도 내 뇌리를 떠나지 않았다. 밭에서 밀을 벨 때도 그녀의 얼굴이 떠올랐다. 밤에 잠들기 전에도 그녀의 향기를 느꼈고, 그녀를 꿈꾸었다. 그녀는 은밀한 분위기의 창고에서 손바닥을 펴 내가 자신의 왕국으로 들어갈 수 있는 기회를 제공했고, 창고에 쌓여 있던 건초더미들은 내 불타는 마음의 리듬에 맞추어 서로 입을 맞추었다. 나는 밤의 침묵 속에서 땀을 흘리며 잠을 깼다. 내가 열렬히 사랑하는 달은 밖에서 나를 내려다보면서 미소 짓고 있었으며, 형들은 내 옆에서 코를 골며 자고 있었다. 낮에 식사를 할 때면 식욕이 없어 음식 접시를 멍하니 보고만 있다가 자크 형이 내 몫까지 해치우도록 내버려두었다. 내 위는 마틸드에게 갈 수 없다는 데서 비롯되는 실망감을 이겨내느라 무진 애를 쓰고 있었던 것이다. 얼마 지나지 않아 나는 분명한 사실 한 가지를 받아들여야만 했다. 나는 그 소녀를 사랑하게 되었으며, 그게 일방적인 짝사랑이라 병이 난 것이다.

9

어느 날 아침, 나는 더 이상 참을 수가 없어서 배가 너무 아프다고 핑계를 댔다. 그러면서 계속 침대에 누워 고통스러운 듯 몸을 비틀었다. 엄마는 내 상태를 확인하고 불안해하며 의사를 부르려고 했다. 나는 제발 그러지 말라고 애원했다. 내 말에 설득당한 그녀는 내 이마에 입을 맞추고 나서 형들과 함께 성당 가는 길로 사라졌다. 나는 내 계획의 1부를 실행에 옮겼다는 데 만족하며 자리에서 일어나 옷을 챙겨 입었다. 얼마 전부터 블랑샤르 씨는 혼자서만 성당에 나왔다. 도대체 왜 그는 이렇게 자기 딸을 숨기는 것일까? 알아보니, 그의 아내가 몇 년 전에 세상을 떠났다고 한다. 그렇다면 마틸드는 미사 중에도 여전히 자기 집에 갇혀 있는 것이다. 서둘러야 했다. 재빨리 집 밖으로 나간 나는 큰형의 자전거에 올라탄 뒤 블랑샤르 씨의 농장을 향해 있는 힘을 다해 페달을 밟았다. 그리고 농장 근처에 다다랐을 때 나는 독일군 트럭 여러 대가 창고를 따라 늘어서 있는 걸 보고 깜짝 놀랐다.

충동적인 열정에 빠지는 바람에 나는 역사의 이 부분을 변덕스러운 내 마음속에서 완전히 지워버렸던 것이다. 덤불숲 뒤에 몸을 숨긴 나는 내가 얼마나 허술한 계획을 짰는지 확인하고 나 자신에게 큰 소리로 욕설을 퍼부었다. 그 망할 놈의 독일군들이 사방에 깔려 있었다. 그들은 우리가 살아가는 걸 방해하는 것으로도 모자라 이제는 꿈을 꿀 수 있는 가능성마저 빼앗아간 것이다. 나는 생각했다. 이 어처구니없는 전쟁이 하루빨리 끝나야 할 텐데! 그러나 나의 몸은 독일군이 있건 없건 계획을 실행에 옮기라고 요구했다. 나는 마틸드에게 가까이 갈 수만 있다면 목숨이라도 걸 각오가 되어 있었다. 덤불숲에서 조심스레 머리를 들어 꼭 전략가처럼 내 눈에 들어오는 상황을 관찰했다. 창고에서 백여 미터가량 떨어진 블랑샤르 씨의 집은 겉으로 보기에는 평온하게 느껴졌다. 주변을 순찰하는 병사들도 보이지 않았다. 창고 앞에서는 독일군 병사 두 명이 보초를 서고 있었다. 그들은 총을 어깨에 맨 채 지평선을 바라보고 있었다. 쉽지 않아 보였다. 농가 주변에는 나무들이 빽빽하게 들어찬 숲이 있어 내가 전진해도 나무에 가려 보이지 않을 것이다. 나는 농가에서 30미터쯤 떨어진 곳에서 멈추어 섰다. 엄폐물 없이 뛰어가는 것이 내가 유일하게 선택할 수 있는 방법이었다. 하지만 독일군이 레지스탕스에 얼마나 신경을 곤두세우고 경계하고 있는지를 생각해본다면 그건 자살행위나 다름없다. 나를 보면 그들은 정지명령도 없이 즉각 발포할 것이다. 공포가 내 확신의 밭에 슬며시 들어와 갈아 엎은 밭고랑에 불안의 씨앗 하나를 떨어뜨렸다. 나는 생각했다. 마틸드가 저 안에 있다는 확신도 없이 이렇게 행동하는 건 미친 짓이다. 설사 내가 독일군의 총알을 피한다 쳐도 그녀에게 아무 말 못 한다면 무슨 소용이란 말인가? 어쩌면 결국 나는 이 터무니없는 욕망을 다스릴 수도 없고, 그녀에게 나의 사랑을 고백하기 위해 전쟁이 끝나기를 기다릴 수도 없는 미치광이에 불과한지도 몰랐다. 사람이 살다 보면 항상 자기가 하고 싶은 것만 하고 살 수는 없는 법이다. 비록 견뎌내기는 힘들지라도 포기는 부끄러운 것이 아니다. 그것은 성공 가능성과 실패 가능성 가운데 있는 중용이며, 자기 목숨을 걸었을 때는 더더욱 그렇다. 나는 마틸드의 집 쪽으로 마지막 슬픈 눈길을 던졌다. 그렇지만 한 가지 세부적인 것이 내 관심을 끌었다. 농가의 창문이 열려 있었던 것이다. 건물 벽이 독일군들의 시야를 가리고 있었기 때문에 그들은 창문을 볼 수 없었다. 그 전에 왔을 때는 창문이 닫혀 있었다. 내가 이런 세세한 부분을 놓칠 리가 없었다. 운명이 마틸드가 집 안에 있다는 분명한 증거를 내게 보여준 것이다. 충동적인 열정이 내 온몸을 훑고 지나갔다. 나는 블랑샤르 씨의 농장에 인접한 숲을 향해 가다가 빽빽한 덤불 숲속으로 들어갔는데, 살이 나무딸기의 가시에 긁혀 상처가 났다. 그래서 막대기로 고사리 밭에 길을 냈다. 이 세상만큼이나 오래된 이 아이디어 덕분에 나는 빠른 속도로 전진할 수 있었다. 그러나 지나치게 흥분하는 바람에 나머지는 다 잊어버리는 마법의 순간이 있다. 우리를 둘러싸고 있는 것들은 더 이상 존재하지 않는다. 중요한 것은 오직 충동에 굴복하는 쾌감뿐이다. 그날 깜박하고 주의를 게을리한 것은 내 인생의 첫 번째 큰 실수였다. 손 하나가 내 어깨를 거칠게 움켜잡더니 나를 거칠게 땅바닥에 쓰러뜨렸다.

땅바닥에 엎어진 채 내게 총을 겨누고 있는 독일군 병사의 사나운 눈길을 마주하는 순간 나는 눈을 감고 어머니 얼굴을 생각했다. "조심하세요, 대장님!" 독일군 병사가 꼭 총에 맞아 땅에 떨어진 새를 찾아낸 사냥개처럼 입에 거품을 물고 소리쳤다. 오줌이 내 허벅지를 따라 흘러내리면서 바지를 적셨다. 아버지 말이 맞았다. 나는 계집애에 불과했다. 멸시로 가득한 아버지의 얼굴이 내 상상의 공간을 침범했다. 독일군 병사는 내 앞에서 알아들을 수 없는 말을 외쳐대고 있었다.

나는 이제 곧 내가 그토록 싫어했던 아버지를 다시 만나게 될 것이다. 내 이야기는 이제 여기서 끝나는 것이다. 독일군 병사가 쏜 총알이 내 살에 구멍을 내고 내 배 속을 갈기갈기 찢어놓을 것이다. 그러면 나의 장기가 땅바닥으로 쏟아질 것이다. 어머니에게 아프다고 거짓말한 게 후회되었다. 내 영혼이 흐물흐물한 심령체가 되어 풍경 위를 날아 하늘로 향하는 동안 그녀는 텅 빈 내 침대를 바라보며 나의 부재를 불안해할 것이다. 나는 그녀가 나의 감정을 제어하지 못한 것에 죄책감을 느끼고 불안해하며 눈물 흘리는 모습을 저 높은 곳에서 지켜볼 것이다. 그녀는 죄책감을 결코 떨쳐버리지 못할 것이다. 나는 아무짝에도 쓸모없는 바보 멍청이에 불과했다. 결국 그들의 말이 옳았다.

*

나의 예상을 완전히 깨고 총소리는 들려오지 않았다. 또 다른 병사의 고함 소리가 멀리서 들려왔다. 그는 나뭇가지를 지끈지끈 밟으며 달려왔다.

그가 거친 숨을 몰아쉬며 소리쳤다.

"그만해. 어린애잖아!"

내게 총을 겨누고 있던 병사가 고래고래 소리지르는 걸 멈추더니 차려 자세를 취했다. 발자국 소리가 가까워졌고, 얼마 안 있어 가쁜 숨소리가 귓가에서 들려왔다.

그가 강한 독일어 억양이 느껴지는 프랑스어로 물었다.

"누구냐?"

나는 여전히 눈을 감은 채 우물거렸다.

"난… 난…."

그가 명령했다.

"눈을 떠라!"

눈을 살짝 떠보니 다른 병사들과는 다르게 어두운 색깔의 군복을 입은 군인 한 사람이 앞에 서 있었다. 그 군인은 머리가 북유럽 사람들처럼 진하고 짧은 금발이었다. 눈은 바닷물처럼 푸른 색깔을 띠고 있었다. 게다가 잘생기기까지 했다. 그 잠깐 동안 든 생각이다.

그는 그로부터 지시를 받는 게 분명한 또 다른 병사에게 조금 더 멀리까지 순찰을 돌라고 지시했다. 이 병사는 군말 없이 지시에 따랐다. 그는 다시 내 쪽으로 돌아서더니 나를 주의 깊게 살펴보다가 내 다리의 오목한 부분에 오줌이 묻어 있는 걸 발견했다. 내 얼굴이 붉어졌다.

그가 물었다.

"너, 레지스탕스야?"

나는 정신을 차리고 대답했다.

75 "아니요."

"그럼 여기서 뭐 하는 거지?"

"아무것도 안 합니다."

"도대체 왜 여기 있는 거야? 말해봐!"

그가 이렇게 소리치며 총을 내게 겨누었다. 검은색 총신이 들어 올려졌다. 나는 몸을 떨며 거짓말을 그만두기로 결심했다.

나는 손가락으로 집을 가리키며 힘들게 대답했다.

"난… 그냥… 블랑샤르 씨네 집에… 가려고 했을… 뿐이에요…"

"왜?"

"마틸드를… 보러요…. 블랑샤르 씨… 딸…."

그러자 그가 의심스런 표정을 지으며 물었다.

"왜 그 여자를 만나려는 거지?"

"왜냐하면…"

그가 더 큰 소리로 소리쳤다.

"왜냐고? 대답해!"

"그녀가 좋아서…"

나는 이렇게 대답해놓고 곧바로 후회했다.

내 앞에 서 있던 군인의 표정이 마치 구경꾼들이 조각가의 작업에 대해 이러쿵저러쿵 토를 달며 감탄스러운 눈길로 쳐다보는 마을 광장의 조각상처럼 별안간 굳어졌다. 내 고백으로 단 몇 초 만에 그는 굳은 채 꼼짝 않고 있는 것이었다. 그 모든 것 속에서, 주변 어디서나 맹위를 떨치고 있는 그 비열한 야만의 상태에서 뜬금없이 무슨 사랑이란 단어를 입에 담는단 말인가? 그 사람은 마치 금고 속에 집어넣은 다음 자물쇠로 단단히 채워놓 76

은 듯 그의 존재 가장 깊숙한 곳에 처박아놓은 이 사랑이라는 단어의 정의 자체를 잊어버린 것 같았다.

그가 눈을 크게 뜨며 물었다.

"그 여자를 좋아한다고?"

"예…."

총신이 내게서 멀어졌다. 나는 다시 숨을 내쉬었다. 그가 내 얼굴을 뚫어지게 쳐다보았다. 얼굴 윤곽이 뚜렷한 이 40대 남자에게서는 뭔가 다른 것이, 인간적인 무엇인가가 느껴졌다. 그는 내 말을 믿을 수 없는지 내 얼굴에서 거짓의 흔적을 찾아내려고 애썼다. 하지만 열네 살짜리 아이가 완전무장한 군인들에게 도대체 무슨 해를 끼칠 수 있단 말인가? 그는 문득 이런 의문이 들었던 것 같다. 그는 이제 막 돋기 시작한 콧수염을 어루만지며 내 주위를 이리저리 걷다가 혹시나 벌어질 수도 있는 위협에 주의를 기울이기보다는 나무들의 아름다움을 감상하는 데 열중하고 있는 부하 쪽을 힐끗 쳐다보았다. 이 골칫거리는 해결됐다는 듯 그는 내 옆에 쭈그리고 앉았다.

그가 독일어 억양이 강하게 느껴지는 프랑스어로 물었다.

"네가 한 얘기가 사실이냐?"

"예."

"만일 그 말이 거짓이면 넌 처형당할 수도 있어."

나는 처형당할지도 모른다는 생각에 몸을 부들부들 떨었다.

"맹세코, 거짓말 아니에요!"

그러자 그의 얼굴이 좀 부드러워졌다. 그가 숨을 한껏 들이마시고 나서 다시 물었다.

"그 여자를 좋아한다고?"

나는 여전히 겁에 질려서 대답했다.

"예."

그러자 의심스러운 표정으로 또 물었다.

"몇 살인데?"

"모르겠어요…."

그 사람은 계속해서 뚫어지게 내 얼굴을 쳐다보았다. 우리 주변에서는 바람이 나뭇가지 속으로 빨려 들어가고 나뭇잎들이 왈츠를 추듯 요동치고 있었다. 듣기 좋은 바람 소리는 우리 두 사람이 빠져 있는 상황의 심각함과 대조를 이루었다. 생각에 몰두한 그는 나를 어떻게 처리할까? 죽일까, 아니면 살려줄까? 혹시 나와 이렇게 이야기를 나누다가 갑자기 내 머리에 총을 쏴서 죽이고 숲에 묻어버리는 게 아닐까? 이 일은 아무도 모르게 감쪽같이 이루어질 것이다. 베르뷘 가문의 가족들에게 막내아들의 실종은 영원한 수수께끼로 남을 것이다. 나는 어머니를 생각하며 몸을 떨었다. 이미 남편을 잃었는데 또다시 자식까지 잃다니, 그건 있을 수 없는 일이다. 자기 배로 낳은 자식을 잃는 것만큼 잔혹한 운명이 어디 있겠는가? 비록 육체적인 것이기는 하지만 자기 자식을 땅에 묻는 것보다 더 지독한 고통은 있을 수가 없다. 독일군 장교는 결국 내 말을 믿게 되었다. 아니면 믿어주는 척한 건지도 모른다. 두 눈에 어린 열정은 거짓말을 하지 않는다.

"얘야, 나도 독일에 딸이 있단다."

그는 멀리 있는 또 다른 병사를 지켜보면서 이렇게 말했다.

독일군 장교는 눈에 안 보이는 적과 전쟁을 뒤에서 조종하는 자들의 상상력이 만들어낸 괴물과 싸우는 데 지쳐 속마음을 털어놓으려는 것이었다. 이 모든 것의 한가운데에는, 적군의 총알이 획획 날아다니는 전장에서 가족들을 버려두고 이를 악무는 사람들이 있었다. 포탄이 비 오듯 땅에 떨어질 때 내가 우리 집 지하실에서 그랬듯 그들도 가까운 사람들을 생각하며 이를 악물었다. 우리는 서로 적이 되어 전쟁을 하고 있었다. 하지만 우리는 서로 닮은 사람들이었다. 마치 현대의 돈키호테처럼 우리 모두는 풍차와 싸우고 있었다. 이 모든 건 아무짝에도 쓸모가 없다. 아직 어린 나는 바람이 휩쓸려 들어가는 그 아늑한 숲속 빈 터에서 그 사실을 깨달았다. 나는 생각했다. 전쟁은 우리를 혼란과 죽음으로 끌고 가는 광란에 불과하며, 고통받는 영혼이 자신의 불만을 다른 사람들에게 전이하고 피를 분출하는 것에 불과하다. 왜냐하면 모든 것이 잘못 되어갈 때는 사랑하는 것보다는 미워하는 것이 낫고, 두 팔을 벌리는 것보다는 무장하는 게 낫기 때문이다. 그리고 바로 이것이 우리 인류의 비극적인 운명이다.

독일군 장교가 말을 이어갔다.

"내가 딸을 언제 마지막으로 본 지 아니?"

"아니요."

그가 슬픈 표정으로 말했다.

"3년 전에 보고 못 봤단다. 3년이라는 오랜 시간 동안 그 애의 체취를 못 느낀 거지. 그 애가 너무 보고 싶다."

나는 용기를 내어 물었다.

"따님 이름이 뭐예요?"

"카트린."

그는 딸의 이름을 말하면 그 존재를 가까이 느낄 수 있기라도 한 듯 미소를 지으며 대답했다.

나는 그 말에 감동해 말했다.

"예쁜 이름이네요."

"프랑스식 이름이지. 아내는 이 모든 혼란이 시작되기 전만 해도 프랑스라는 나라를 정말 좋아했어."

"정말 유감이에요."

나는 연민을 느끼며 이렇게 말했고, 그도 이 말에 감동받았다. 그는 또 다른 병사를 쳐다보며 속삭였다.

"그게 네 탓은 아니지. 이 모든 건 다 히틀러 때문이란다."

"저희 선생님이 말해주셔서 저도 알아요. 선생님 아버지도 베르됭의 참호 속에서 돌아가셨대요."

그의 푸른색 눈이 내 얼굴을 뚫어지게 쳐다보았다. 우리 두 사람은 단순하기만 한 이원론적 한계를 훨씬 너머선 인간적인 관계를 맺게 되었다. 그는 멀리 있는 병사를 흘낏 바라보고 나서 숨을 크게 한 번 내쉬었다.

그러고 나서 이렇게 털어놓았다.

"우리 아버지도 거기서 돌아가셨단다."

나는 이해가 잘 안 되어 물었다.

"그런데 왜 여기 오신 거예요?"

"아버지 복수를 하러 왔지."

"아버지 복수를요?"

"그래. 전쟁이 터지자 나는 프랑스인들을 죽이려고 전선으로 떠났지."

나는 두려움으로 몸을 떨며 기어들어가는 소리로 물었다.

"그래서 많이 죽였나요?"

"단 한 명도 죽이지 못했어. 그럴 용기가 나질 않았지. 나는 내 복수심의 포로가 되고 만 거란다. 사실은 내 딸과 같이 있어야 하는데 말이다."

나는 내 운명이 어떻게 될지 속시원히 알고 싶어서 물었다.

"저를 어떻게 하실 거예요?"

그가 슬픈 표정을 지으며 대답했다.

"네게 해를 끼칠 생각은 없다."

"그냥 집에 돌려보내 주실 거예요?"

"그래…."

나는 놀라서 물었다.

"왜요?"

그가 다시 한 번 내 눈을 똑바로 쳐다보더니 슬픈 목소리로 대답했다.

"네 얼굴을 보니 카트린이 생각나는구나. 지금은 뭐가 됐든지 간에 딸을 생각나게 하는 걸 보면 위로가 된단다."

나는 깊은 연민을 느끼며 말했다.

"분명히 따님을 다시 만나시게 될 거예요. 전 그렇게 믿어요."

"애야, 넌 끊임없이 뭔가를 희망하는구나."

"예."

"비상이 걸리기 전에 빨리 도망쳐라. 다시는 널 여기서 안 봤으면 좋겠다, 알았지?"

"알았어요, 아저씨."

나는 아직 살아 있다는 걸 기뻐하며 몸을 일으켜 자전거 쪽으로 걸어갔다. 그때 독일군 장교가 나를 불러 세웠다. 온몸의 피가 얼어붙는 듯했다. 결국 생각을 바꾼 걸까?

그가 위엄 있는 목소리로 말했다.

"애야!"

나는 두려움에 떨며 그를 향해 돌아섰다.

"예?"

그러자 그가 미소를 지으며 이렇게 말하는 것이다.

"네가 좋아한다는 그 아가씨와 잘됐으면 좋겠다."

나는 안도의 한숨을 내쉬며 대답했다.

"고맙습니다."

나는 자전거가 있는 쪽으로 뛰어갔다. 독일군 장교는 아무 말 없이 내가 덤불숲 사이로 깡충깡충 뛰어가는 것을 지켜보고 있었다. 그는 전장에서 누군가의 목숨을 빼앗을 힘조차 갖고 있지 못한 아버지를 어서 빨리 만나고 싶어 하는 딸 카트린을 생각했다. 우리는 마치 자기들의 살인 충동에 귀 기울이는 무지한 사람들처럼 아무 목표도 없이 싸우고 있었다. 증오는 정말 비열한 감정이다. 대대손손 영원토록 전해질 것만 같은 보잘것없는 유산이다. 파멸적인 유산. 내 모습이 사라지는 걸 보고 독일군 장교는 부하를 큰 소리로 불렀고, 부하가 쏜살같이 달려왔다. 그는 내가 숲속에서 길을 잃은 것에 불과하니 경계를 풀라고 설명해 주었다. 그들은 레지스탕스를 찾아 순찰을 계속했다. 인간들은 종종 아주 모순적이다. 그들은 두려움의 포로가 되어 두려움에서 벗어나질 못한다. 그리고 그들 자신조차도 중요하게 생각하지 않는 일들을 하는 데 전력을 다한다. 하지만 나는 다른 방식으로 살아갈 것이다.

그 누구도 나를 방해하지 못할 것이다. 마틸드의 집을 바라보고 있자니 가슴이 아려왔다. 기회를 놓쳐버린 것일까, 아니면 시도 자체는 좋았던 것일까. 모든 것은 관점의 문제다.

어쨌든 후회는 안 할 것이다. 전쟁이 끝나기를 얌전하게 기다리는 게 나을 것이다. 이 미친 짓이 언젠가 끝나기만 한다면.

10

　1년 뒤 1944년 8월 6일, 반(Vannes, 모르비앙의 항구도시)이 독일군에게서 해방되었다. 미국군이 브르타뉴 지방 북쪽에 상륙하여 독일군을 몰아냈고, 독일군은 프랑스 동부로 후퇴했다. 그렇지만 전쟁이 끝나려면 멀었다. 우리가 점령당한 지 벌써 4년이 넘었다. 밭에서 돌아오는데 마을에서 사람들이 환호하는 소리가 들려왔다. 면장인 블랑샤르 씨는 행정 통신문을 통해 그 소식을 들었다. 귀를 의심하지 않을 수 없었다. 우리가 다시 해방된 것이다. 기분 좋은 자유의 향기는 그걸 맡아보지 못한 사람들을 도취에 빠져들게 한다. 우리는 손에 들고 있던 연장을 내려놓고 즐거운 함성을 내지르는 사람들과 합류했다. 남자들은 미국군을 찬양하는 노래를 불렀고, 여자들은 그 기회를 이용하여 원래의 자기 모습으로 돌아가 전통의상을 입고 원무를 추었다. 어머니는 죽은 남편을 잊기 위해 그들과 함께 빙글빙글 돌며 더 이상 미소를 건넬 수 없는 남편 대신 삶을 향해 미소 지었다. 정전을 축하하는 행사가 무르익자 마을 어른들이 이번 기회를 맞이하여 끄집어낸 풍적을 불었다. 땅이 뒤흔들리는 듯했다. 마을 사람들의 얼굴이 오래간만에 환한 미소로 밝게 빛나고 있었다. 하지만 그들의 얼굴 근육은 이런 미소에 익숙하지 않았다.

사람들이 열광하는 모습을 지켜보던 나는 내가 프랑스라는 이 위대한 나라의 일원이라는 사실을 자랑스러워하며 함께 노래를 불렀다. 평소에는 열렬한 지방분권론자였던 내 주변 사람들도 문득 그 모든 것이 이제는 더 이상 중요하지 않다는 듯 삼색기를 열심히 흔들어대고 있었다. 자유를 되찾은 인간에게 사사로운 논쟁 따위는 더 이상 중요하지 않은 법이다. 면장에서 노동자까지, 식품점 주인에서 농부까지 모든 사람이 서로 부둥켜안았다. 계급투쟁도 일단은 뒤로 미뤄졌다. 형들도 누가 훔쳐갈지도 모른다는 걱정 없이 흙투성이인 연장을 그냥 내버려둔 채 사람들과 합류했다. 블랑샤르 씨가 사람들 사이에 끼어 있었다. 그는 프랑스 국기를 자랑스럽게 흔들고 있었다. 선거로 선출된 그에게 마을의 해방은 특별한 의미가 있었다. 그것은 곧 국가(그가 브르타뉴 지방의 오지에서 대표하는)가 승리했다는 것을 의미하기도 했다. 전쟁 중에도 그는 인색한 독일인들과 협력하면서 계속 면을 관리했는데, 이념적 의무라기보다는 정치적 의무에서 그렇게 한 것이었다. 그는 점령지역에 있는 다른 마을의 면장이나 이장, 시장들과는 달리 공직에서 사퇴하지 않았다. 비록 권력을 적과 나눠가졌지만, 그는 면을 계속 관리하면서 점령자들의 선택을 유도했다.

독일군이 그의 창고를 징발했을 때는 그가 독일군에게 협력했다는 소문이 돌았었다. 하지만 그는 목숨을 걸고 전략상 중요한 정보를 레지스탕스 조직에 몰래 넘겨줌으로써 이 소문을 잠재웠다. 레지스탕스 조직은 이 정보를 이용하여 독일군 장비를 파괴하기도 하고 훔쳐내기도 했다. 물론 이런다고 해서 적이 항복하는 것은 아니었다. 그렇지만 최소한 적이 항복할 거라는 희망은 계속 품을 수 있게 해주었다. 블랑샤르 씨는 용감한 사람이었고, 주민들은 그 사실을 알고 있었다. 나는 그의 딸을 볼 수 있으리라는 희망을 갖고 사람들을 유심히 살펴보았다. 그렇지만 마틸드의 흔적은 찾을 수 없었다. 이렇게 기쁜 날에도 그녀의 모습은 안 보였다. 그녀는 수녀가 작은 방에서 은둔생활을 하듯 자기 집에 틀어박혀 사는 것이다. 그런 그녀를 생각하자 가슴이 아려왔다.

*

　마을 사람들의 열광 속에서 별안간 소요가 일어났다. 처음엔 함성이 들려왔고, 이윽고 사람들이 사방으로 흩어졌다. 손에 쇠스랑을 든 남자 몇 명이 짐승처럼 고함을 내지르며 거기서 몇 미터 떨어진 곳에 나타났다. 그들 가운데는 형제들과 다른 마을 사람들을 동반한 루이 삼촌도 있었다. 처음에 나는 그들이 다른 사람들과 함께 기쁨을 나누려고 온 줄 알고 미소 지었으나, 그들 뒤쪽을 보니 독일군 병사들이 피투성이가 된 채 결박되어 있었다. 모든 사람의 시선이 병사들 쪽으로 향했다. 풍적 소리와 노랫소리도 중단되었고, 춤을 추던 여자들도 동작을 멈췄다. 독일군 병사들은 삼촌이 끌어당기고 있는 밧줄로 단단히 결박당한 채 고개를 푹 숙이고 걸어왔다. 군복의 누런 얼룩으로 보아 사람들에게 두들겨 맞고 나서 땅바닥에 질질 끌려온 것 같았다. 치가 떨렸다. 정말이지 인간의 잔혹함은 한도 끝도 없었다. 적에게 승리를 거두고 나라가 해방된 걸 축하하는 것으로도 모자라 이제 나치 체제의 희생양들을, 보잘것없는 불쌍한 졸병들을 공공장소에서 처형하려는 것이다. 삼촌이 밧줄을 있는 힘껏 잡아당겼다. 병사들이 도살장에 끌려가는 가축들처럼 쉰 목소리로 고함을 내지르며 벌렁 나자빠졌다. 독일 병사들 주변에서 군중은 미친 듯 아우성치고 있었다. 사람들 눈에서 살기가 느껴졌다. 그들은 조국을 위해 싸웠으나 살아남는 행운을 누리지 못한 사람들의 넋을 기리는 뜻에서 독일 병사들에게 보복할 것을 요구했다. 소송이나 재판을 요구하지 않았다. 다만 무시무시한 죽음의 신이 준엄한 심판을 내려줄 것을 요구할 뿐이었다. 독일 병사들은 영영 고향에 돌아가지 못할 것이다. 마지막으로 친구들을 안아주지도 못할 것이고, 친구들의 체취도 느끼지 못할 것이며, 사랑하는 여인의 몸뚱이를 어루만지지도 못할 것이다. 사람들은 독일군 병사들에게 침을 뱉고 욕설을 퍼부으며 머리든 다리든 안 가리고 닥치는 대로 두들겨 팼다. 블랑샤르 씨가 공화국의 가치에 충실한 민주주의자로서 개입하려 애썼으나 농부들에게 제지당했다. 그는 놀란 표정으로 그들의 얼굴을 쳐다보다가 겁에 질려 뒷걸음질쳤다. 그러더니 군중 속에서 누군가를 눈으로 찾다가 얼빠진 듯한 표정을 지으며 사람들 사이로 끼어들었다. 나역시 보복의 욕구에 사로잡힌 몸뚱이들을 헤치고 앞으로 나아갔다. 우글거리는 군중으로부터 간신히 빠져나오는 순간 나는 그녀를 보았다. 그녀는 중앙광장의 낮은 벽 위에 앉아 살의를 내

뽑는 군중을 바라보고 있었다. 그렇다, 마틸드 블랑샤르가 거기 있었다. 여전히 매력적인 그녀의 긴 머리칼이 어깨 위에서 물결치듯 구불거렸다. 지나간 시간이 그 어느 것도 손상시키거나 망가뜨리지 않은 듯, 나는 다시 그녀를 사랑하게 되었다. 그녀의 얼굴은 하나도 변하지 않았다. 일 년 전, 그녀를 남몰래 훔쳐보았을 때처럼 안색이 여전히 창백했다. 그녀는 아버지를 보자 손짓을 해보였다. 블랑샤르 씨는 아버지들이 흔히 딸들에게 발휘하는 그 보호본능을 발휘하여 그녀를 품에 안고 격려해주었다. 그리고 나서 내 쪽으로 고개를 돌린 그는 내가 그 같은 혼란에 무관심한 것을 보고 놀란 표정을 지었다. 나는 오직 그의 딸만 쳐다보고 있었다. 마틸드 역시 나의 그런 무심한 태도에 매혹된 듯 나를 뚫어지게 쳐다보고 있었다. 그녀가 처음으로 나를 보며 미소 지었고, 나는 그녀가 그렇게 내게 관심을 갖는 걸 보고 감동하여 얼굴을 붉혔다. 우리는 그 잔혹한 혼란 속에서 얼어붙은 듯 멈춰 선 채 서로를 뚫어져라 쳐다보고 있었는데, 그것이야말로 야만과 사랑의 역설이라고 할 수 있었다. 그녀의 아버지가 그 낌새를 알아차리고 내게 가까이 오라고 손짓했다. 나는 그가 나의 비밀을 눈치채서 거북하긴 했지만 아무 말 없이, 하지만 그의 딸에게서는 단 한 순간도 눈을 떼지 않은 채 그의 말을 따랐다.

그가 말했다.

"내가 다시 올 때까지 마틸드와 같이 좀 있거라. 절대 혼자 내버려두면 안 돼!"

그는 면사무소 쪽으로 달려갔다. 나는 얼굴이 새빨개져 그동안 남몰래 좋아하던 마틸드와 단 둘만 남아 있게 되었다. 우리는 주눅이 들어 감히 침묵을 깨지 못하는 두 청소년처럼 이따금씩 서로를 쳐다보기만 했다. 말해봤자 아무 소용없고 그냥 눈길만으로도 충분할 때가 있다. 게다가 초등학교를 다니긴 했지만 가난한 집 자식이면서 시골 농사꾼에 불과한 내가 그녀에게 무슨 할 말이 있겠는가? 블랑샤르 가문은 땅부자였다. 나 같은 농사꾼이 그들 대신 농사를 짓기 때문에 그들은 손에 흙을 묻힐 필요가 없다. 사랑에는 국경이 없다는 말이 있긴 하다. 그렇지만 나는 나의 이런 사회적 지위가 좀 부끄럽게 느껴졌다. 블랑샤르 씨가 손에 총을 들고 면사무소 층계에 다시 나타났다. 처음에 나는 그가 소요를 선동하는 자들을 쓰러뜨리기 위해 발포할 줄 알았다. 하지만 그는 하늘을 향해 총을 위협적으로 흔들어대기만 했다. 곧이어 우리 집 정원을 강타했던 포탄처럼 귀를 멍멍하게 만드는 폭음이 울렸다. 사람들도 깜짝 놀라서 즉시 제자리에 멈추어 섰다.

모든 사람이 뒤로 물러났다. 그들의 시선이 면장을 향했다. 총신에서 여전히 연기가 나면서 내게는 기분 좋게 느껴지는 매캐한 화약 냄새가 퍼졌다.

면장이 처음 들어보는 말투로 소리쳤다.

"저들이 숨 쉴 수 있도록 다들 물러서시오!"

그러자 군중 속의 한 남자가 대답했다.

"다 죽여버려!"

그러자 블랑샤르 씨가 격노해 소리를 질렀다.

"지금 당장 물러서지 않으면 발포하겠소!"

89   사람들이 서둘러 물러서니 동그랗게 원 모양이 만들어졌다.

그리고 그제야 죽을 정도로 두들겨 맞는 바람에 더 이상 움직이지 못하는 독일군 병사들의 모습이 나타났다.

그가 또다시 소리쳤다.

"저놈들은 잔인하게 굴었지만, 우리는 그러지 맙시다! 바로 이 복수심 때문에 우리가 지난 몇 년 동안 전쟁을 해야만 했단 말입니다!"

"저놈들이 우리나라 사람들을 학살했어요! 이제 우리가 저놈들을 죽일 차례예요!"

거기 모여 있던 사람들 중 어느 여자 한 명이 이렇게 대답하자 곧 복수를 외치는 사람들의 고함 소리가 그녀를 격려하고 나섰다.

사람들이 미동조차 하지 않는 병사들을 다시 인정사정없이 후려 패기 시작했다. 그러자 블랑샤르 씨가 두 번째로 총을 쏘았다.

"제발 부탁이니 그만들 두세요! 우리 땅에서 피를 흘리는 건 이 정도로 충분합니다! 다들 집으로 돌아가세요!"

그러자 또 다른 남자가 외쳤다.

"말도 안 돼! 저 놈들을 그냥 살려둘 수는 없어!"

블랑샤르 씨도 지지 않고 소리 질렀다.

"닥치시오!"

사람들은 자신들의 잔혹한 계획을 실행에 옮길 수 없게 되자 실망하며 돌연 입을 다물었다. 흔히 술 취한 사람들의 얼굴을 흉하게 만드는 홍조 띤 모든 얼굴에 증오의 감정이 드러났다. 그러고 나자 오랜 침묵이 이어졌다. 그동안 모든 사람이 고개를 숙이고 있었다. 분노가 서서히 진정되었다. 다른 사람들과 눈이 마주치지 말아야 했다. 거기서 자신의 것과 똑같은 광기를 읽게 될

까봐 두려워서였다. 블랑샤르 씨가 사람들의 가혹한 행동에 혀를 끌끌 차며 그들을 향해 걸어갔다. 그는 땅바닥에 아무렇게나 쓰러져 있는 독일 병사들과 서로 엉켜 있는 팔다리, 피로 물든 군복을 쳐다보았다. 병사들 중 한 명이 간신히 손을 들어 올리더니 총을 든 사람에게 제발 살려달라고 애원했다. 하도 많이 맞아서 상태가 심각했다. 그는 땅바닥을 기어 다니느라 마지막 남은 힘까지 다 써버린 듯했다. 나는 그가 측은하게 여겨져 도와주러 달려갔다. 그런 나를 본 마을 사람들이 깜짝 놀라 눈을 동그랗게 뜨고 쳐다보았다.

한 남자가 아연실색하며 물었다.

"쟤 지금 뭐 하는 거야?"

옆에 있던 여자가 대답했다.

"내가 어떻게 알겠어요?"

나는 병사의 손을 잡았다. 그의 얼음처럼 차가운 살이 내 손에 닿는 순간, 시체의 손이 생각났다. 병사가 금발과 피의 혼합물이 뒤엉킨 머리를 움직이려고 애썼다. 그가 시선을 내 쪽으로 돌렸다. 그의 얼굴 윤곽을 분간해내는 순간 나는 기절할 뻔했다. 그 병사의 눈은 바다처럼 푸른 색깔을 띠고 있었다. 내가 영원히 잊지 못할 눈. 1년 전 숲속 빈터에서 나를 그냥 놓아주었던 바로 그 독일군 장교였다. 짓이겨진 입에선 피가 조금씩 흐르고 있었다. 그는 천천히 죽어가고 있었다. 한때는 아버지의 복수가 목적이었으나 용기가 없어 단 한 명도 죽이지 못했던 그의 눈에는 여전히 인간의 온정이 배어 있었다. 비록 눈이 붉게 충혈되어 있지만 그는 나를 알아보았다. 가벼운 미소가 부서진 그의 턱을 환하게 밝혀주었다. 나의 존재에 위안을 얻은 그가 간신히 몇 마디 했다.

"카트린… 카트린…."

나는 들릴 듯 말 듯한 목소리로 대답했다.

"예, 말씀하세요."

그가 꺼져가는 목소리로 중얼거리듯 말했다.

"내가 사랑한다고… 카트린에게 전해줘."

그가 머리를 땅바닥에 다시 내려놓았다. 그의 등이 거친 한숨 소리와 함께 간신히 부풀어 올랐다. 그 불쌍한 남자는 숨을 쉬려고 애썼으나 소용없었다. 목구멍에 고인 피가 기도를 막고 있는 것 같았다.

그는 산소를 한줌 들이마셨으나 목이 막히자 숨가빠하면서 피를 땅바닥에 내뱉었다. 그런 다음 허파 속에 남아 있던 약간의 공기를 내쉬었다. 그가 삶에 지쳐 굴복하는 게 느껴졌다. 그의 눈이 조금씩 굳어지고, 눈꺼풀이 서서히 쳐졌다. 나치 병사, 카트린의 아버지는 내 눈앞에서 그렇게 죽어갔다. 전장에서 그의 심장은 딸을 위해 뛰었지만, 이제 그는 그 딸을 영영 못 보게될 것이다. 아버지가 베르됭의 참호 속에서 죽어갔던 뒤크르 선생님처럼 그녀도 아버지 없이 자라나게 될 것이다. 농부들이 병사들의 시신을 끌고 가더니 구덩이 속에 내던졌다. 블랑샤르 씨는 손에 총을 든 채 아무 말 없이 그 모습을 쳐다보고만 있었다. 그가 농부들을 가로막기에는 너무 늦었다. 마을 사람들은 살인의 광기에 휩싸여 독일군 병사들을 죽였다. 그들의 시신은 서둘러 검은 구덩이 속에 내던져져 관이나 기도도 없이 흙으로 덮일 것이다. 오직 구더기들만 그들과 함께하면서 서둘러 그들의 살을 먹어치울 것이다. 마을 사람들이 뿔뿔이 흩어졌다. 독일인의 피를, 복수의 피를 손에 묻힌 채 각자 자기 집으로 돌아가는 것이었다. 블랑샤르 씨는 모든 사람이 광장을 떠날 때까지 기다리고 있다가 면사무소의 낮은 벽 위에 걸터앉았다. 단 한 치의 망설임도 없이 냉정하게 병사들을 죽인 사람들의 가혹함에 동요되어 그는 광장 바닥을 몇 분간 바라보았다. 마틸드와 나는 마을 사람들이 얼마나 비열한 행동을 했는지 새삼 절감하며 아무 말 없이 그를 바라보았다. 금발머리가 피로 얼룩진 병사들의 시신이 우리에게서 몇 미터쯤 떨어진 곳에 내팽개쳐져 있었다.

블랑샤르 씨가 딸을 바라보며 말했다.

"인류는 파멸을 향해 달려가고 있어."

마틸드가 고분고분 대답했다.

"맞아요, 아빠."

그가 딸의 손을 잡더니 이렇게 말하고 나서 떠났다.

"고맙네, 폴. 언제든지 집에 한번 놀러오게."

그의 말에서 진정성과 아버지가 아들에게 전하는 듯한 고마움이 느껴졌다. 그의 말에 나는 마음이 심하게 흔들렸다. 나를 괜찮은 사람이라고 생각하는 게 분명했다. 나는 복수심으로 돌이킬 수 없는 행동을 할 만큼 이성을 잃지는 않았다. 마틸드 역시 감동한 것 같았다. 그녀의 눈길이 더 깊어지고 집요해졌다. 그녀는 다시 한 번 나를 보고 미소 지으며 "또 봐요."라고 말했다. 나는 얼굴을 붉혔다. 심장이 가슴속에서 격하게 고동쳤다. 말로 다 표현할 수 없는 부녀간의 사랑으로 굳게 맺어진 두 사람은 손을 잡고 멀어져갔다. 독일군 장교의 시신을 향해 다가간 나는 얻어맞아서 부어오르고 부패하기 시작한 시신들 한가운데 쭈그리고 앉았다. 그 사람은 죽기 전에 내게 한 가지 임무를 주었다. 딸을 만나서 아버지가 진심으로 사랑했었노라는 말을 전해달라는 것이었다. 그는 비록 나의 적이기는 했지만 숲속 빈터에서 내게 마음을 드러내고 나를 그냥 보내주었다. 그의 진솔함에 내 마음이 흔들렸고, 감동까지 했다. 비록 내가 그에게 빚진 건 없지만, 내 힘닿는 데까지 노력해서 그의 딸에게 아버지의 유언을 전해주는 게 너무나 당연한 일이라는 생각이 들었다. 어쨌든 카트린은 이 모든 일에 전혀 아무 책임이 없었다. 카트린은 이 이야기에 관한 진실을 알아야 될 권리가 있으며, 나는 그녀를 도와줄 수 있는 유일한 인물이었다.

그렇지만 나는 그녀의 신체적 특징이라든가 주소 등 그녀를 찾아낼 수 있는 단서가 될 만한 것을 단 한 가지도 갖고 있지 않았다. 나는 단서를 더 찾기 위해 장교의 몸을 뒤졌다. 나는 그의 바지 뒤쪽 호주머니에서 종이조각 하나를 끄집어내 자세히 살펴보았다. 열 살쯤 되어 보이는 소녀가 서글프게 미소 짓고 있는 흑백 사진이었다. 나는 그게 카트린일 거라고 생각했다. 그녀는 아버지와 같은 눈빛을 갖고 있었으며, 그녀의 눈에서도 아버지와 같은 인간미가 느껴졌다. 삶은 왜 이렇게 부당한 것일까? 그는 어린 시절의 트라우마에 정신이 망가진 한 독재자의 명령을 이행했을 뿐인데, 그 때문에 죽었다.

나 역시 침략자에 대해, 4년 동안 우리의 삶을 강탈해간 이 믿음도 없고 법도 없는 병사들에게 증오를 느껴야 마땅했다. 그러나 내 마음은 모든 형태의 증오에 저항하고 있었다.

사진 뒷면에는 이렇게 쓰여 있었다. '카트린. 1940년 8월 31일. 프랑크푸르트.' 나는 다른 호주머니를 뒤져 그의 병역 카드를 꺼냈다. 그의 이름이 황금색으로 쓰여 있었다. '게르하르트 샤페르.' 독일을 위해 죽었군. 나는 이렇게 생각했다. 훼손시키지 않으려고 조심하면서 사진을 내 호주머니 속에 집어넣었다.

생명을 다한 장교의 시신은 흡사 브르타뉴 지방의 해안에 밀려와 움직이지 않는 흐물흐물한 생명체 같았다. 오직 자연만이 죽음의 흉측함으로부터 그 완벽함을 재창조할 수 있다. 나는 장교의 시신 옆에서 그의 딸을 찾아가겠다고 맹세하며 죽을 뻔했다가 무사히 풀려난 소년이 느끼는 감사의 마음으로 그에게 "고맙습니다."라고 나지막하게 말했다. 나의 재정 상태를 고려할 때 이 계획은 도저히 실현될 수 없을 정도로 터무니없긴 했다. 하지만 나는 어둠 속에서 길을 잃고 빛을 찾아 헤매는 아이처럼 그 생각에 매달렸다. 나는 죽음의 형상이 무서웠다. 그러면서도 드디어 내 삶의 의미를 찾아냈다는 걸 자랑스러워하며 집 쪽으로 달려갔다.

11

세상만사 모든 것에는 처음과 끝
이 존재하기 마련이다. 어쩌면 시간과 우주에는 적용되지 않을
생명의 준엄한 논리일 수도 있지만, 우리는 무지한 인간에 불과
하므로 가설을 제기하는 것으로 만족한다. 나의 어린 시절은 끝
나가고 있었다. 피에르 형은 렌에서 군복무를 하느라 2년 동안
우리 곁을 떠나 있었다. 귀이 형은 장애자가 될 위험이 있는 근
시여서 강제전역 조처를 당했다. 이 불쌍한 형이 정말 아무것도
볼 수 없는 것은 사실이었다. 얼마 안 있으면 내 차례가 될 것이
다. 군대와 조금이라도 관련이 된다면 이유를 불문하고 질색하
는 나였지만 밭에서 멀리 벗어나 타지로 가볼 수 있다는 생각에
나는 안달이 났다. 벌써부터 산과 호수, 세련된 수도 파리, 내가
어린 시절을 보낸 좁은 땅과 대조되는 거대한 기념물 등 프랑스
라는 나라의 풍경을 상상하고 있었다. 초등교육을 받긴 했지만,
파리의 길거리에서 나는 님새나 알프스 산맥의 표고치, 알자스
지방에 있는 숲의 아름다움, 거기 사는 사람들의 다양함에 대해
서는 아무것도 모르고 있었다. 나는 뱃사람이 되고 싶은 꿈을   96

아직 포기하지 않고 있었다. 하루라도 빨리 뱃사람이 되어 발견의 길을 따라 모험에 나서고 싶었다. 그러나 또 한편으로는 어머니와 마틸드의 곁을 떠나 멀리 가는 게 두렵기도 했다. 해방이 된 이후로 마틸드와 나의 관계는 조금씩 가까워지고 있었다. 며칠 뒤 나는 그녀의 집 초인종을 눌렀다. 그녀의 아버지가 문을 열어주고 마실 걸 권했다. 마틸드도 우리와 함께했다. 우리는 서로에게서 단 한 순간도 눈을 떼지 않았다. 그 뒤로 나는 더 자주 그녀를 찾아갔다. 그녀의 아버지는 나와 그녀 사이에 분명히 무슨 일인가가 일어나고 있다는 사실을 받아들일 수밖에 없었다. 그래서 그는 나를 밀밭의 흙으로 더럽혀진 못 배운 농사꾼이라기보다는 교육을 받은 청년으로 생각하고 내가 딸에게 구애하도록 내버려두었던 것이다. 얼마 후부터 그는 자리를 비켜주었고, 나는 마틸드와 함께 협만 주변을 산책했다.

삶은 이렇게 저항과 수락으로, 협상과 타협으로 이루어진다. 대규모 무도회에서 신비로운 음악 소리에 맞추어 춤을 추는 인간들의 모습은 서로 다 다른 것이다. 어떤 사람들은 거부하고, 또 어떤 사람들은 받아들인다. 선량한 블랑샤르 씨는 거부해봤자 금기의 불길만을 들쑤셔 일으킬 뿐 아무 소용없다는 사실을 잘 알고 있었다. 그 불을 끄는 것보다 어려운 일이 어디 있겠는가? 그는 우리가 들판에 숨어 슬퍼하기보다는 자기 집 창문 아래서 행복해하기를 원했다. 몇 년 전, 아내가 몹시 고통스럽게 숨을 거두면서 누구보다 큰 슬픔을 겪은 적이 있는 블랑샤르 씨는 또 다른 슬픔을 거기 덧붙이고 싶어 하지 않았다. 그래서 우리는 그의 축복을 받으며 협만 주변의 흙길을 산책하고, 매일같이 되풀이되는 밭일과 집안일에서 벗어나 모래밭에 누워 이 특별한 순간을 즐겼다. 우리 두 사람 모두 꼭 감정에 허기진 사람들처럼 그것이 불러일으키는 매혹이나 쾌감을 만끽하면서 첫사랑의 달콤한 감정을 부스러기 하나 남기지 않고 맛보았다. 우리는 모래사장에 드러누워 서로 꼭 껴안은 채 광활한 바다를 바라보며 이 순간을 즐겼다. 이 마술적인 순간의 마법을 깨뜨릴까봐 두려워 키스를 하는 위험을 무릅쓰지도 않았다. 물론 그녀에게 입을 맞추고 싶어 죽을 지경이었다. 하지만 그 어떤 감정도 변질되지 않는 이 무사태평한 기간을 최대한 오랫동안 연장시키고 싶었다. 전쟁이 끝난 뒤 2년은 우리가 살면서 열렬히 갈망하는 순간이었고, 향수에 젖은 사람들이 용기를 얻기 위해 다시 떠올리곤 하는 내 평생에서 가장 즐겁고 달콤한 기간이었다. 나는 손가락 끝으로 닿는 행복을 느끼며 일요일 산책에 대한 기다림 속에서 살았다. 마틸드는 나의 쓸쓸한 마음을 달래주기 위해 하늘이 내려주신 선물이었고, 나는 다른 사람들이 보지 않도록 이 선물을 조심스럽게 보관했다. 우리는 오후 내내 바닷가에서 이야기를 나누곤 했다. 마틸드는 실력 있는 재단사였고, 그 어떤 직업보다 더 좋아하는 이 재단사라는 직업을 갖고 싶어 했다.

그녀는 틈만 나면 정원에서 가장 큰 참나무 그늘에 자리를 잡고 몇 시간씩 바느질을 하곤 했다. 나는 그녀의 섬세함에 매혹되어 바늘이 천을 누비면서 작업이 진척되는 것을 아무 말 없이 지켜봤다. 마틸드는 소용돌이치던 내 영혼의 감정을 가라앉혀주었다. 그녀는 마약 같은 존재가 되었고, 이제 나는 그녀 없이는 지내지 못하게 되었다. 아들이 환하게 웃는 걸 본 어머니는 무슨 일이 일어나고 있는지 눈치챘다. 그렇지만 신중한 성격의 그녀는 형들 앞에서는 이 일을 절대 입 밖에 내지 않았다. 어머니는 감정을 좀처럼 드러내지 않았고, 비록 그녀가 아버지의 죽음이 남겨 놓은 감정적 공허감을 결코 완전히 메우지 못했지만, 나는 바로 그런 이유 때문에 그녀를 사랑했다. 어떤 사람들은 다른 사람 속에 자신을 투사하여 그 구조를 이해하는 능력을 가지고 있다. 우리 어머니도 그런 사람 중 한 명이었다. 반대로 그들의 자기중심주의를 희생자들의 피로 적신 다음 이 인간의 에너지를 갈증이 해결될 때까지 퍼마시는 흡혈귀들도 있다. 자크 형은 이런 사람들 중 한 명이 되었다. 그는 내 마음속에 자리 잡은 이 내면의 힘을 질투, 내 영혼의 샘을 파서 그 소중한 보고로 부자가 되고 싶어 했다. 그는 더 기회주의적이고 타산적인 사람이 되어 아버지가 남겨 놓은 감정적 균열을 이용, 거기에 자기 집을 지었다.

그는 내가 연장을 나르도록 도와주었고, 힘든 밭일을 대부분 면제해주었다. 평소에 과묵한 귀이 형은 일거리가 자신에게 평소보다 더 많이 맡겨져도 불만을 표시하지 않았다. 슬픈 표정으로 고개를 끄덕이며 큰형 말에 따를 뿐이었다. 일요일 아침에 마틸드를 만나러 갈 때마다 자크 형이 불쑥 나타나서 도움을 청하곤 했다. 우리는 거의 매주 일요일에 그리운 옛날에 그랬던 것처럼 개펄에 들어가 하루 종일 바지락을 잡았다. 나는 정원의 참나무 그늘 아래서 나를 기다리고 있을 마틸드를 생각하며 낙심했지만, 그 말을 감히 자크 형에게 하지는 못했다. 흡혈귀들은 이런 식으로 자신의 욕구를 충족시키고, 다른 사람들의 두려움을 이용하여 그들을 완전하게 복종시킨다. 그러나 그는 잘못 생각했다. 나는 그가 그렇게 쉽게 다룰 수 있는 사람이 아니었다. 어느 일요일 오후에도 역시 우리 두 사람은 낚시질을 하고 있었다. 마틸드를 못 본 지도 벌써 두 달이 지났다. 자크 형이 내 쪽으로 고개를 들더니 흡족한 표정으로 물었다.

"우리 둘만 이러고 있으니 좋지?"

"아니. 마틸드가 보고 싶어."

그러자 그가 느닷없이 웃음을 터트리며 큰 소리로 말했다.

"그 여자는 그냥 조용히 지내게 내버려둬."

자크 형은 나보다 키도 크고 힘도 세다. 힘은 때때로 어떤 사람들에게는 자기 삶의 선율을 만들어내는 유일한 수단이 되기도 한다. 그렇지만 나는 그가 부리는 수작을 어디선가 튀어 오른 불티로, 모든 걸 움직이는 찰카닥 소리로 이해했다. 자크 형은 그냥 상냥한 형이 되려 하지 않고 나를 마틸드에게서 떼어놓으려고 애썼다. 사랑을 갈구하던 그는 무언지 짐작은 안 가지만 왠지 너무나 감미로워 보이는 그런 표정이 내 얼굴에 나타나는 것을 보며 괴로워했다. 그날 자크 형의 눈에서는 아버지의 눈에 서려 있던 것 같은 잔혹함과 독선, 지배욕이 엿보였다. 나는 낚시도구들을 땅에 내려놓고 그곳을 떠났다.

그러자 그가 위압적인 목소리로 말했다.

"가지 마, 폴."

"싫어. 마틸드한테 간 거야."

그러자 그가 소리 질렀다.

"그냥 여기 있으라니까. 안 그러면 진흙을 처먹일 테니까!"

나는 형을 향해 돌아섰다.

"도대체 형은 왜 그래? 왜 아빠처럼 그렇게 잔인해?"

그가 화를 내며 소리쳤다.

"아버지 얘기는 하지 마! 아버지가 돌아가신 건 다 너 때문이 야! 네 얼굴에 달라붙어 있는 그 웃음 때문이야! 그 악마의 웃음 때문이라고!"

나는 걸음을 옮기며 대답했다.

"형은 미쳤어."

모래 기슭을 향해 걸어가고 있는데 점점 더 가까워지는 그의 발자국 소리가 들려왔다. 그가 발을 모래밭에서 들어 올릴 때마 다 모래가루가 떨어지는 것 같은 소리가 났다. 내게 달려든 그는 팔과 다리로 나를 꽉 죄더니 내 머리를 움켜잡고 통째로 진흙 속에 처박아버렸다. 그의 힘은 증오로 인해 열 배는 더 늘어난 듯 엄청났다. 그가 극도로 흥분해서 나를 공격했기 때문에 나는 악마가 그의 몸속에 살고 있다고 믿었다.

그가 악마에 사로잡힌 듯 소리쳤다.

"자, 아직도 웃고 있냐? 아닐 거야, 안 그래?"

형은 내가 숨 쉬지 못하도록 있는 힘을 다해 내 머리를 눌렀 다. 나는 자신의 구멍에서 덫에 걸린 쥐 모양의 나를 깔고 앉은 그의 무게에 눌린 나머지 꼼짝할 수가 없어 완전히 그의 손아귀 에 놓이게 되었다. 나는 입 안이 진흙으로 틀어막힌 채 아직 허 파 속에 고여 있는 마지막 산소를 아껴 쓰려고 애썼다. 그러다 산소가 다 떨어지자 그물에 걸린 물고기처럼 발버둥쳤다. 이제 내 운은 다했다. 나무 아래서 바느질을 하고 있는 마틸드의 실루엣이 내게 슬픈 미소를 보내고 있었다. 내 몸은 영혼이 빠져나간 거죽에 불과할 뿐이었다. 이제 나는 복수심에 불타는 형에게 익사당해 내 어린 시절의 조개껍질들 사이에 버려질 것이다. 지금까지 살아오면서 두 번째로 죽음의 여신이 차가운 입김으로 내 등줄기를 쓰다듬는 것이 느껴졌다. 형이 내 머리를 진흙 속에서 끄집어내서 내가 다시 숨을 쉴 수 있게 되자 죽음의 여신은 원통해하며 멀어져갔다. 죽음의 여신이 꾸민 악랄한 음모는 또다시 실패로 돌아갔다. 나는 마치 개구리처럼 흙바닥에 납작 엎드려 입 속에 가득 들어 있는 검은색 진흙을 토해냈다.

"내가 이러는 건 네가 아버지에게 그 악마의 미소를 지었기 때문이야! 다시는 그런 미소 짓지 마, 알겠냐? 안 그러면 네 놈이 죽을 때까지 얼굴을 진흙 속에 처박아놓을 테니까!"

그는 뒤돌아보지 않고 모래 기슭을 향해 천천히 걸어갔다. 그런 다음 자전거에 올라타더니 엉덩이를 들고 몸을 좌우로 흔들며 비탈진 모래언덕을 올라갔다. 나는 개펄에서 좌우로 두 팔을 벌리고 하늘을 올려다보았다. 굵은 눈물방울이 뺨을 따라 흘러내리더니 밀물이 시작되면서 해안을 조금씩 뒤덮고 있는 짠물과 뒤섞였다. 도대체 사는 게 왜 이렇게 복잡하단 말인가? 나는 그저 마틸드와 하루하루 행복하게 살고, 가족들과 형들, 삼촌들로부터 사랑받고 존중받기를 바랄 뿐이었다. 그러나 그들의 행동에서는 으스스한 증오심 같은 게 느껴졌다. 내 존재는 강한 열정을 풍겼고, 사람들이 그걸 질투하게 된 것이다.

나는 사는 게 행복했다. 그뿐이었다. 그러나 그런 정신 상태는 음울한 삶에 지쳐버린 마을 사람들의 슬픔과 크게 대조되었다.

나는 그들의 땅을 진심으로 사랑하면서도 또 한편으로는 여기서 먼 곳으로 떠나야 한다는 생각을 하고 있었다. 이 마을에는 오직 비탄과 슬픔뿐이었으며, 나는 이곳에서 더 이상 환영받지 못했다. 그동안은 온갖 저열한 음모와 비난, 증오 어린 눈길, 모욕을 참아내고, 내 가족으로부터 이해받지 못한다는 절망감 속에서도 그 모든 걸 견뎌왔다. 그러나 이번에는 너무 심했다. 자크 형과 있었던 일은 엄청난 결과를 낳게 될 것이다. 나는 이미 오래전부터 꿈꾸어왔던 그 폴 베르튄이, 아버지나 형은 물론 그 어느 누구도 내게서 빼앗아가지 못할 미소를 띠고 머리를 바람에 흩날리며 폭풍우 속에서 수평선을 향해 항해하는 그 뱃사람이 되고 싶었다. 이제 내 운명을 만나러 떠날 시간이 된 것이다.

*

며칠 뒤, 열여덟 살이 된 나는 병역의 의무를 완수하라는 영장을 받았다. 나는 단 한 번도 이름을 들어본 적이 없는 파리 근교의 작은 도시에 주둔한 보병 연대로 배치되었다. 나의 배치는 최대한 빨리 부대에 도착하라는 명령과 함께 즉각적으로 이루어졌다. 아들이 열심히 서류를 읽는 걸 본 어머니는 거기 인쇄되어 있는 프랑스 국기가 눈에 들어오자 고개를 숙였다. 조국이 또다시 아들을, 특히 가장 애착을 갖고 있던 아들을 그녀에게서 빼앗아가는 것이다. 나는 그녀에게 다가가 얼굴을 들어올렸다. 가느다란 눈물방울이 다이아몬드처럼 반짝거리고, 햇살이 비치면서 그녀가 입고 있는 옷을 핥았다. 우리는 부둥켜안고 울었다. 나는 어머니를 꼭 안아주었다. 우리는 함께 살았던 그 세월을,

그 즐거움과 고통의 순간들을, 그녀가 삶을 살아가도록 격려하기 위해 힘껏 박수를 치면서 넋을 잃고 감탄하며 빨래터에서 보냈던 그 마법의 순간들을 떠올렸다. 어머니는 나와 똑같은 미소를 입술에 영원히 고정시킨 채 소용돌이치는 비누 거품 속에서 빙빙 돌았다. 브르타뉴 지방의 백파이프와 내 어린 시절의 풍적 소리에 맞추어 춤을 추고, 우리가 매일 아침 함께 따곤 했던 사과와 빨간색 과일이 혼합된 정원의 향기를 맡으며 황홀해했다.

나에게 어머니는 곧 모든 것이었다. 그러나 이제 그녀 곁을 떠나야만 한다. 그것이 인생의 서글픈 법칙이었다. 나는 배낭 안에 몇 가지 소지품을 집어넣었다. 그런 다음 어머니를 안아주고 나서 내가 태어난 날 신부님이 자전거를 타고 왔던 그 흙 길 쪽으로 떠났다. 오솔길 끝에서 집 쪽으로 돌아섰다. 어머니가 손을 높이 들어 흔들며 다정하게 나의 유배를 격려하고 있었다. 서글픈 심정으로 그녀를 향해 손을 흔들었다. 집 쪽 축사 근처에는 똑바로 서서 내게는 낯선 진솔하고 호의적인 미소를 짓고 있는 아버지의 모습이 눈에 들어왔다. 그는 나를 뚫어지게 응시하며 프랑스의 다른 쪽 끝까지 가는 이 여행에 나와 동행하겠다는 의미의 손짓을 보냈다. 그는 입술을 달싹거리며 내게 무슨 말인가를 하려고 애썼다. 그의 입에서 나오는 단어들을 읽으려고 정신을 집중시킨 끝에 결국 나는 그가 무슨 말을 하는지 이해했다. 아버지는 생전 처음으로 내게 "널 사랑해."라고 말하는 것이었다. 나는 어릴 적부터 타고난 공상가라는 말을 귀가 닳도록 들어왔다. 하지만 내 상상력의 산물인 그 모습이 그날만은 내 마음을 편하게 만들어주었다. 나는 항상 이렇게 나를 둘러싸고 있는 세계의 슬픈 현실에서 도망쳐 무한한 가능성을 제공하는 상상의 세계 속으로 숨곤 했다. 나는 아버지를 내 나름대로 상상하고 그의 모습을 상황에 꿰어 맞추면서 다른 사람에 대한 공감능력도 떨어지고 관심도 부족한 그를 용서했다. 마틸드와 작별인사를 나누기 위해 그녀의 집으로 향했다. 그녀는 늘 그랬듯이 나무 그늘 아래에 앉아 바느질을 하고 있었다. 나를 본 그녀가 크게 손짓했다. 나는 그녀의 손을 잡고 내가 왜 파리 교외로 떠나야 하는지와 국민으로서 병역의 의무를 이행해야 하는지 설명해주었다. 그녀는 내가 2년 동안 자기와 떨어져 있어야 한다는 사실에 울음을 터트렸다. 나는 그녀를 껴안고 위로하며 손수건으로 눈물을 닦아주었다. 그리고 그녀에게 매주 긴 편지를 쓸 것이며, 제대하면 그녀를 만나러 올 것이라고 맹세했다. 그러고 나서 우리 두 사람 모두 시들어가고 있는 이 저주받은 마을에서 멀리 떨어진 곳으로 이사를 가자고 말했다. 그 말을 듣고 그녀가 슬픈 미소를 지었다. 나는 그녀와 결혼해서 평생을 함께하고 싶다는 바람을 고백했다. 그리고 그녀가 미처 대답을 하기도 전에 그녀에게 키스했다. 우리의 첫 번째 입맞춤이었다.

초승
달

Croissant de Lune

12

　　　　　　　　　몇 시간 뒤, 나는 파리행 열차에
편안히 자리를 잡았다. 거대한 쇳덩어리가 기차역 플랫폼으로
접근했을 때 나는 적잖이 당황했다. 그렇지만 사람들이 내가 열
차를 처음 타는 거라고 생각하지 않도록 기계적으로 열차에 올
라탔다. 그리고 창가에 있는 내 자리에 앉아 눈 아래로 휙휙 스
쳐 지나가는 풍경을 보며 감탄했다. 열차는 들판과 평야, 마을들
을 지나 전속력으로 달려갔다. 땅을 갈고, 호숫가에서 낚시를 하
고, 소풍을 나와서 이야기를 나누는 사람들의 모습이 눈에 들어
왔다. 어떤 사람들은 손을 높이 들어 열심히 흔들며 열차를 향
해 인사를 하기도 했다. 열차가 어느 기차역에서 잠시 멈추어 섰
다. 플랫폼에 서 있는 남녀의 모습이 눈에 들어왔다. 그들은 이
마를 맞댄 채 다정하게 껴안고 있었다. 여자는 뜨거운 눈물을
흘리며 울고 있었으며, 남자는 그녀를 위로하려 애쓰고 있었다.
한없이 길어질 것 같던 포옹을 마치고 난 남자는 절망에 빠져
어쩔 줄 몰라 하며 닦아도 닦아도 없어지지 않는 눈물을 더 서
럽게 흘리는 젊은 여성을 남겨둔 채 기차를 향해 걸어왔다. 나

는 그 여성이 어찌해야 될지를 모른 채 플랫폼에 꼼짝 않고 서 있는 걸 보고 나무 밑에 남겨진 마틸드를 생각했다. 가슴이 미어졌다. 과연 그녀는 2년 동안 나를 기다려줄까, 아니면 기다리다 지쳐 다른 남자에게 가버릴까? 그들은 우리 집에서 멀지 않은 곳에서 가정을 이루고 살며 손을 잡고 협만을 따라 산책할 것이다.

내가 제대하고 다시 돌아가도 마틸드는 나를 못 알아볼 것이다. 이런 생각을 하자 온몸이 떨렸다. 불안이 눈덩이처럼 가슴 속으로 굴러들어왔다. 하지만 그녀는 절대 그럴 사람이 아니다. 그런데 만약 이런 생각이 잘못된 거라면? 사실 난 그녀를 그렇게까지 잘 알지는 못한다. 그녀의 아버지는 좋은 사람이다. 하지만 만일 그녀를 위한 다른 계획을 갖고 있다면? 밀 도매업자의 아들이나 지역 정치인의 아들과 결혼시키려는 계획을 오래전부터 갖고 있을지, 누가 알겠는가? 나는 돈 한 푼 없는 농사꾼에 불과하다. 이렇게 생각하고 있노라니 내 꿈이 서서히 멀어져갔다. 마틸드가 그녀를 행복하게 만들어주기보다는 밀 관리에 더 관심이 많은 새 애인의 손을 잡은 채 위선적인 미소를 짓고 있었다. 사람들이 가득 들어찬 객차에서 나는 숨이 차 산소를 찾았다.

내 앞에 앉아 있던 아주머니가 물었다.

"괜찮아요, 젊은이?"

"예, 괜찮습니다, 부인."

"정말 괜찮아요?"

나는 자리에서 일어나 승객들 사이를 빠져나가 공기가 밀려들어오는 객차와 객차 사이의 공간까지 가서 구원의 산소를 한입 가득 들이마셨다. 공기가 허파를 가득 채우고 스트레스를 받은 내 몸의 긴장을 풀어주었다. 상상은 양날의 검과 같다. 감동이 너무 진해서 우리가 영원토록 머물고 싶어 할 장소로 우리를 데려가기도 하고, 아니면 그 반대로 가장 원초적이고 불안한 두려움을 드러내 보여주기도 한다. 나는 내가 사랑하는 여인이 가상의 남편 품에 안겨 있는 모습을 상상하고 불안에 휩싸여 기관차의 연기 냄새를 풍기는 산소를 들이마시며 두 객차 사이에 그렇게 서 있었다. 하지만 이 모든 건 아무 의미도 없다. 마틸드는 나를 기다려줄 거야. 나는 이렇게 확신했다. 그녀는 내 인생의 여자다. 그러니 불안해할 이유가 없는 것이다. 우리는 내가 내 자유의 대가를 나라에 치르고 나면 브르타뉴 지방의 시골로 돌아가서 아무 일도 없었다는 듯 정원에 서 있는 참나무 밑에서 바느질을 하고 있는 그녀를 다시 만나게 될 그 순간을 기다릴 것이다. 내가 다시 심호흡을 한 다음 돌아가 보니 승객 한 사람이 내가 없는 틈을 이용, 내 자리를 차지하고 있었다. 앞에 앉아 있는 나이 든 부인이 그걸 보고 화가 나서 눈썹을 잔뜩 찌푸렸다. 나는 가방이 쌓여 있는 창살창을 붙잡고 서 있었다. 밖에서는 회색 건물들이 줄지어 지나가면서 큰 도시의 모습이 적나라하게 드러났다. 프랑스의 수도인 파리였다. 나는 파리의 풍경을 장식하는 기념물들의 이름을 이미 다 외우고 있었다. 뒤크르 선생님이 파리에 관한 책을 여러 권 빌려주었던 것이다. 그러나 내 눈 아래 펼쳐져 있는 그 기념물들을 보며 감탄하는 행복을 실제로 누려본 적은 단 한 번도 없었다. 나는 열차가 어서 빨리 기차역에 도착하기를 애타게 기다리며 조바심을 내고 있었지만, 사실 어디로 가야 할지에 대해서는 아무 생각도 없었다. 영장에는 '토르시 부대'라고 써져 있었다. 나는 아무런 의미도 없던 이 새로운 세계를 발견하게 되었다는 생각을 하며 즐거워했다. 얼마 지나지 않아 열차가 기차역으로 진입하여 귀가 멍멍할 정도의 굉음을 내며 제동을 걸었다. 열차가 완전히 멈추어 서자 일대 혼잡이 시작되었다. 사람들이 자기 가방을 집어 들더니 좁아터진 통로로 밀려들어 미안하다는 말도 없이 서로 떼밀다가 개떼에게 사냥당하는 토끼들처럼 서둘러 열차에서 내렸다. 얼마 지나지 않아 그들은 그 웅장한 기차역 안에 빽빽하게 모여 있는 여행객들의 무리 속으로 파묻혀 지평선으로 사라져버렸다. 나도 그곳을 지배하는 귀에 거슬리는 소음에 약간의 두려움을 느끼며 끝없이 이어져 있는 플랫폼을 걸어갔다. 가방을 손에 든 사람들이 마치 거대하지만 너무 좁은 이 기차역 안에 자기들밖에 없다는 듯 욕하고, 격분하고, 비난하고, 떠밀며 사방으로 뛰어갔다. 나는 대도시 주민들에게는 익숙한 이 기묘한 춤을, 몸뚱이와 물체들이 공간 속에서 서로 뒤섞이고 소리들이 서로 어울리다 보면 곧 각 세부가 나름대로 중요한 거대한 무용극이 되는 그 끝없는 움직임을 매혹된 눈길로 응시했다. 모르비앙주의 농사꾼으로서 그때까지만 해도 바닷바람과 밀밭의 밀 이삭에서 나는 냄새 말고는 맡아본 적이 없던 내 주변에서 한 편의 무용극이 공연되고 있는 것이었다. 그들과 나는 비록 같은 나라 국민이기는 하지만, 그렇다고 해서 다르지 않은 건 아니었다. 발길을 돌려 오던 길을 다시 가서 반대 방향으로 가는 열차를 타고 우리 집 정원으로 돌아가 아직 내 어린 시절의 평온함을 간직하고 있는 사과나무 뒤에 숨고 싶다는 생각이 들었다. 철없는 계집아이처럼 모든 걸 포기해버리고 싶었다. 위선적인 미소를 지으며 집 앞에서 나를 맞이하는 아버지의 모습이 벌써부터 상상되었다.

아니다. 이번에는 이를 악물고 기필코 남자가 되어야 한다. 나는 단단히 마음먹고 혼란과 고함, 가방들이 서로 거칠게 부딪치는 소리를 헤치고 앞으로 나갔다. 조금 더 가서 나는 한 사람을 불러 세우고 토르시 부대로 가려면 어떻게 해야 되는지 물었다.

그 사람은 내가 뭘 묻는지 이해하려고 하지도 않고, 내가 지도에서 토르시 부대의 정확한 위치를 찾아내도록 도와줄 생각도 하지 않고 대답했다. "몰라요." 나는 배낭을 집어 들고 역 밖 길거리로 나왔다. 자동차 엔진들이 부르릉거리며 가스를 대기 속으로 토해냈고, 그럴 때마다 공기는 내가 사는 시골에서보다 더 무거워졌다. 사람들이 눈을 땅바닥에 고정시킨 채 인도 위를 달려가고 있었다. 이 모든 사람들은 왜 저렇게 서둘러대는 것일까? 그들은 앞은 보지도 않고, 서로 인사를 나누지도 않고, 한쪽 발을 다른 쪽 발 앞으로 기계적으로 내디디면서 걷고 있었다. 흙길에서 만나는 사람마다 서로 인사하고 잠시 얘기를 나누는 시골과는 달리 그곳 주민들은 영 친해 보이지 않았다. 그 모든 것이 이곳에는 전혀 존재하지 않는 것이다. 내가 그 사실을 깨닫는 데에는 10분도 채 필요하지 않았다. 기차역의 시계가 이제 겨우 오후 1시 30분을 가리키고 있었다. 토르시 부대를 찾아가려면 아직 몇 시간 여유가 있었다. 나는 시내를 좀 걸어보기로 결정하고 파리 사람들이 관습적으로 '대로'라고 부르는 왼쪽 길로 접어들었다. 희미한 6월의 태양이 두터운 구름층을 뚫고 나오느라 애쓰고 있었다. 하지만 날씨가 침울하다고 해서 내 즐거운 기분까지 우울해지는 건 아니었다. 아니, 오히려 그 반대였다.

나는 밤중에 침대에 누워 창을 통해 달을 바라보며, 그리고 우리 집 밭에서 죽을 만큼 지루해하면서도 이 순간을 수도 없이 꿈꾸었다. 이곳, 빛의 도시에 도착하는 순간을 수없이 상상했다. 내가 보내는 관심에 깜짝 놀라는 사람들에게 인사를 하며 조금 더 걷다가 다른 대로로 접어들었다. '앵발리드 대로', 이 길거리 이름을 보는 순간 교육자로서 프랑스의 역사를 내게 가르쳐주었던 뒤크르 선생님과 그의 곤두선 콧수염이 생각났다. 지금 그는 어디에 있을까? 렌 근교에 있는 학교의 교실에서 집중하며 경청하는 학생들에게 공화국의 가치를 가르치는 그의 모습을 상상했다. 그러나 잔혹한 진실은 따로 있었다. 내가 이미 말했던 것처럼 그는 지금 땅 밑 6피트 되는 곳에 묻혀 구더기들에게 먹히고 있는 것이다. 지금쯤 그의 시신은 더 이상 단단하지 않을 것이다. 하지만 이야기의 이 시점에서 나는 그 사실을 아직 모르고 있었다. 사거리까지 걸어간 나는 하늘에 떠 있는 희끄무레한 덩어리가 황갈색이나 적갈색을 띤 밤색으로 변하는 것을 보았다. 처음에는 그게 뭔지 몰랐다. 하지만 그 거대한 검은색 형태를 향해 가까이 다가가던 순간, 그게 무엇인지 금세 알아차렸다. 그것은 전 세계 사람들이 부러워하지만 그걸 눈으로 직접 본 사람은 매우 드문 유명한 기념물이자 프랑스의 상징인 에펠탑이었다. 가까이 다가가면서 보니 쇳덩어리로 지어진 그 탑은 건물 정면이 그것과 나 사이에 끼어드느냐 안 끼어드느냐에 따라 자신의 모습을 드러내 보여주기도 했다가 다시 모습을 감추기도 했다. 있는 힘을 다해 파리의 길거리를 가로질러 뛰어갔다. 심장이 가슴 속에서 격렬하게 뛰었다. 이제 에펠탑 말고는 아무것도 중요하지 않은 듯했다. 에펠탑의 비밀을 알아내기 위해 그 전체 모습을 뚫어지게 쳐다보고 싶었다. 그 금속의 여왕에 인접한 넓은 공원(나는 나중에서야 그 공원이 '샹 드 마르스'라고 불린다는 사실을 알게 되었다)에 도착한 나는 그 기념물의 엄청난 크기와 엄격한 형태, 금방이라도 하늘에 닿을 것처럼 어마어마한 높이를 보고 놀라 우뚝 멈추어 섰다. 내 눈을 믿을 수가 없었다. 에펠탑의 건축은 자연의 법칙에 대한 도전이었다. 나는 무거운 배낭을 땅바닥에 털썩 내려놓고 우리나라를 상징하는 기념물을 마주 보며 감동에 사로잡혀 몇 분 동안 풀밭에 그냥 앉아 있었다. 두 손으로 풀밭을 짚고 두 다리를 꼰 채 에펠탑을 세세하게 살펴보며 몇 분 동안 깊은 생각에 사로잡혔다. 내 유일한 재산인 배낭을 옆에 내려놓고 그렇게 그곳에 앉아 있으니 자유롭고 행복하게 느껴졌다. 고향마을을 떠나기 전에 배낭에 옷가지와 어머니 사진, 마틸드 사진, 그리고 언젠가는 만나야 하는 카트린의 사진을 넣어 가지고 왔다. 배낭에는 그것 말고는 별다른 게 들어 있지 않았다. 어떤 사람들은 어마어마한 재산과 기업, 자동차, 주택 등을 소유하고 있다. 반면에 내가 갖고 있는 건 반드시 필요한 것만 들어 있는 배낭뿐이었다. 입고 있는 농사꾼 옷이 낡긴 했지만, 그것만으로도 나는 행복했다. 인간 존재의 진정한 부富는 오직 그의 마음속에만 존재한다.

그 부유함은 만질 수도 없고 형체도 없지만 확실히 존재한다.

나는 이 같은 믿음을 버린 적이 결코 없다. 그 누구도 내 목숨을 빼앗지 않는 한 이 철학에 대한 나의 믿음을 중단시키지는 못할 것이다. 나는 에펠탑을 향해 마지막으로 미소 짓고 나서 목적지까지 가장 빨리 갈 수 있는 길로 접어들었다. 내가 입대하기 전에 마지막으로 누릴 수 있는 자유의 순간이었고, 나는 그 순간을 충분히 즐겼다. 밭에서 일만 하는 것도 끔찍한 일이지만, 군대에서 유폐된 생활을 하는 것도 큰 시련이다. 그러나 당시만 해도 어디에 위치한 줄도 몰라서 지나가던 사람이 자동차에 태워 데려다주었던 이 토르시 부대에서 나의 운명은 다시 한 번 크게 흔들리고, 나의 인생은 새로운 길로 접어들게 된다.

13

처음 몇 달 동안은 군생활이 정말 힘들었다. 광활하고 야생적인 시골에서 자라나 거기에 익숙했던 나는 군부대와 주변의 숲에 갇혀 답답하게 지내야 하는 새로운 생활에 적응하기가 쉽지 않았다. 내게 자유의 상실은 곧 계급이 높든 낮든 그들 자신은 절대 지키려 하지 않는 대의를 앞세워 다른 사람들을 복종시키는 사람들에 대한 부당함의 감정으로 연결되었다. 부대 안에 갇혀 지낸 이 시기에 나는 자유의 원칙 자체에 의문을 품었다. 나는 나를 싫어하는 아버지의 권위주의에 이어 한때는 나의 친구였다가 그 뒤로는 나를 못살게 군 형의 권위주의에 속박당했고, 다시 독일군 병사들에게 복종해야만 했다. 그리고 이제는 군대에서 명령에 복종해야만 한다. 나는 도대체 언제쯤 내 운명의 주인공이 되어 내가 원하는 것을 선택할 수 있을까? 도대체 왜 나는 18년 동안 내 인생의 배를 단 한 번도 혼자 몰아본 적이 없는가? 왜 다른 사람들이 내 인생을 이래라 저래라 한단 말인가? 막상 자기네들의 삶은 마치 강물처럼 손에서 빠져나가도록 내버려두면서 말이다. 그래서 나는 아무도 내 의견은 묻지도 않은 채 이렇게 고향땅에서 수백 킬로미터나 떨어진 이 이름 없는 부대에 와 있게 되었다. 더 이상 견딜 수가 없어진 나는 내가 약한 사람이라는 걸 만천하에 알리고 싶지 않아 밤만 되면 화장실에 들어가 문을 걸어 잠근 채 소리 안 나게 울곤 했다. 그래서 나는 내 주변 사람들 모두가 깊이 잠들어 있는 걸 확인하고 신중에 신중을 기하며 침대에서 일어났다.

*

매일 우리는 동이 트는 새벽 5시쯤 일어나 부대에 인접한 드넓은 숲을 가로질러가는 구보를 했다.

1차 세계대전과 2차 세계대전에서 살아남은 부대장은 우리를 자기가 알고 있는 새들의 이름으로 부르며 깨웠다. 그는 냉혹한 지배욕이 가득한 눈으로 이런 권위를 행사하며 즐거워했다. 두 차례의 전쟁에서 도대체 어떤 공포를 체험했기에 인간성이라곤 찾아볼 수 없는 저토록 비열한 존재가 되어버렸단 말인가? 그는 자신의 절대권력에 완전히 도취되어 있었고, 그 같은 자기도취에는 한계나 경계가 없었다. 그는 온종일 소리 지르고 욕을 퍼부었다. 우리는 가혹한 권위의 채찍에 길들여진 유순한 병사들처럼 망연자실, 아무 말 못하고 그를 바라보기만 했다. 심지어는 나랑 뜻이 꽤 잘 맞는 사부아 지방 출신 앙리처럼 우리 중에서 꽤 건장한 체격의 병사들조차 그가 자신과 자신의 가족 모두를 시골 촌놈들이라고 모욕하는 걸 그냥 듣고만 있어야 할 정도였다. 하기야 우리가 뭘 어쩔 수 있었겠는가? 국가의 권위에 도전한다는 것은 곧 엄청난 대가를 치러야만 하는 미친 짓인 것이다. 오전의 고된 훈련을 마치고 나서 오후가 되면 우리는 또 무기 다루는 법을 배워야만 했다. 지독하게 더운 여름, 결과에 만족하지 못하는 부대장으로부터 온갖 욕설을 들어가며 멀리 보이는 표적을 몇 시간씩 조준해야만 했다. 사격 성적이 안 좋은 병사들(나는 예외 없이 그들 속에 끼어 있었다)은 그 즉시 힘든 사역을 하러 출발했다. 나는 2년 동안 유리창과 화장실, 수도꼭지 그리고 요리사가 일이 많아 정신을 못 차릴 때는 접시까지 윤이 반질반질 나게 문질렀다. 오후 내내 바닥에 무릎을 꿇고 앉아 이런 보람 없는 일을 하고 나면 완전히 녹초가 되곤 했다. 이따금 이 지옥에서 탈출하고 싶은 생각도 들었지만, 문득 마틸드 생각이 나 생각을 고쳐먹곤 했다. 만일 여기서 도망치면 당국은 나를 탈영병으로 간주하고 잡으러 다닐 것이므로 나중에 그녀와 결혼도 할수 없을 것이다. 그러니 인간성이 결여된 이 계급사회에서 이를 악물고 견뎌내야만 한다. 주말이 되어 하루씩 휴식시간이 주어질 때마다 마틸드에게 긴 편지를 썼다. 그녀는 항상 즉시 답장을 보내 너무나 평범한 단조로운 생활과 어머니가 안 계시기 때문에 집 안에 갇혀서 힘든 일을 책임지고 해내야만 하는 일상에 대해 이야기해주었다. 마틸드는 수줍은 성격이었다. 하지만 매번 편지 끝부분에 "보고 싶어, 폴."이라든가 "하루라도 빨리 널 다시 만났으면 좋겠어." 같이 내 마음을 따뜻하게 만들어주는 짤막한 문장을 하나씩 써넣곤 했다. 나는 애정이 듬뿍 담긴 편지를 서둘러 보낸 다음 그녀가 답장을 보내오기를 기다렸고, 답장은 얼마 안 있어서 도착하곤 했다. 마틸드가 미치도록 보고 싶었다. 그녀가 내게 건네준 사진에서 말고는 그녀의 모습을 기억해내기가 쉽지 않았다. 공간적인 거리는 이따금 가장 내밀한 기억을 지워버린 다음 그것을 이상화시키거나 그것의 섬세한 세부를 생략하여 자기 식으로 만들어버린다. 참 이상한 일이다.

*

10월의 어느 날 오후, 또다시 사격 측정에서 떨어진 나는 불운한 파트너들 중 한 명인 사부아 지방 출신의 앙리와 함께 힘든 청소 일을 하고 있었다. 역시 아무 보람 없는 일에 익숙해져 있는 앙리는 특히 싫어하는 세상과 인간들을 피해 사부아 지방으로 돌아가 산속에서 사는 게 인생의 유일한 목표인 좋은 친구였다. 그는 말수가 적었고, 밤에는 가능한 한 일찍 잠자리에 들었으며, 건장한 체격임에도 자신을 낮추었다. 우리 두 사람은 다른 훈련병들의 야유 속에 고개를 푹 숙인 채 청소도구가 보관되어 있는 방 쪽으로 걸어갔다. 단 몇 시간 만에 청소부 신세가 되어버린 병사들을 조롱하는 것은 일종의 관례였다. 우리는 청소도구를 손에 들고 먼지 하나 없이 깨끗하게 청소해놓으라는 명령을 받은 식당 쪽으로 향했다. 우리를 본 요리사는 산더미처럼 쌓여 있는 더러운 식기들을 손으로 가리키며 투덜거렸다. 우리는 그것들을 저녁 식사 전에 반들반들 윤이 나게 닦아놓아야만 했다. 처음 보는 왜소한 체격의 병사 한 사람이 식당 한쪽 구석에 서 있었다. 내 또래의 그 병사가 뚱뚱한 요리사의 언짢은 표정과 대조되는 미소를 지으며 우리에게 인사했다. 섬세한 이목구비를 가진 그 젊은 병사는 온화하고 친절해 보였다. 그는 지겹다는 듯 멍한 표정으로 엄청 큰 냄비를 흔들어대고 있었다. 내가 소매를 걷어붙이는데 부대장이 식당으로 들어오더니 우리에게 차려자세를 취하라고 명령했다. 우리는 평상시처럼 그가 시키는 대로 두 팔을 허리에 갖다 붙이고 부동자세를 취했다. 부대장은 자신의 아내와는 다르게 자기가 시키는 대로 복종하는 사람이 있다는 사실을 자랑스러워하며 뒷짐을 지고 근엄한 표정으로 우리 주변을 왔다 갔다 했다. 그가 숨을 내쉴 때마다 고약한 술 냄새가, 악취가 식당 전체를 뒤덮었다. 이제 곧 그 구역질 나는 냄새를 어쩔 수 없이 들이마셔야만 할 것이다. 그 키 작은 남자가 고개를 들더니 내 앞에 멈춰 섰다.

그가 날카로운 소리로 고함쳤다.

"베르튄!"

나는 지체 없이 대답했다.

"예, 부대장님!"

"이번 주에는 청소 사역을 몇 번이나 했나?"

"세 번 했습니다, 부대장님!"

"며칠 동안 세 번을 한 건가, 베르튄?"

"사흘 동안 세 번 했습니다, 부대장님!"

"자네는 그게 정상적인 거라고 생각하나?"

"아닙니다, 부대장님!"

그러자 그가 히스테릭하게 소리쳤다.

"그럼 왜 자네는 아직 그 모양인가?"

"전 사격 점수가 좋지 않습니다, 부대장님. 죄송합니다."

그가 냉소를 지으며 말했다.

"죄송하다고? 자네가 죄송해하든 말든 그건 내가 알 바 아니고… 내가 바라는 건 자네가 군인다운 군인이 되고, 또….”

나는 그가 말을 다 마쳤다고 생각하여 서둘러 대답했다.

“알겠습니다, 부대장님!”

그가 두 눈에 핏발을 세우며 고래고래 소리를 질러댔다.

“자네, 방금 내 말을 잘라먹은 건가?”

나는 무의식적으로 두려움을 느끼며 대꾸했다.

“용서해주십시오, 부대장님!”

“지금 나한테 명령하는 건가?”

“아닙니다, 부대장님. 전 다만….”

그러자 그는 완전히 정신이 나간 사람처럼 고래고래 소리를 질러댔다.

“입 닥쳐! 입 닥치라고, 내 말 알아듣겠나? 자네가 제대할 때까지 더 이상 자네 목소리는 듣고 싶지 않네, 베르튄. 알아듣겠나?”

“예, 알겠습니다!”

그가 내게서 겨우 몇 센티미터 떨어진 곳까지 바싹 다가왔다. 그의 몸에서 풍기는 악취가 점점 더 고약해졌고, 나는 치밀어오르는 혐오감을 참기가 힘들어 얼굴을 찡그리기 시작했다. 그에게서는 내가 그에게 느끼고 있는 혐오감의 냄새가, 그가 측근들과 아내, 아이들의 눈에서 느꼈을 바로 그 혐오감의 냄새가 풍겼다. 그가 내 복부를 주먹으로 강타했다. 어찌나 세게 쳤는지 잠시 그 자리에서 꼼짝도 할 수가 없었다. 그러고 나서 눈이 뒤집히고 숨이 ‘턱’ 하고 막혀 땅바닥에 그대로 주저앉았다. 부대장은 잔인하게 미소 지으며 나를 관찰했다. 온몸을 콕콕 찌르는 듯한 통증 때문에 내장이 꼬이는 것 같았다. 내가 괴로워하는 모습을 충분히 즐기고 나서야 부대장은 등을 돌려 식당에서 나갔다. 앙 갚음을 당할지 모르니 나를 그냥 땅바닥에 내버려둬야 할지, 아 니면 도와줘야 할지 망설이는 젊은 병사와 앙리의 아연실색한 눈길과 내 눈길이 마주쳤다. 요리사는 부대장의 그런 난폭행위 에 익숙한지 아무 일 없었다는 듯 하던 일을 계속했다. 나는 다 시 숨을 쉬려고 애썼다. 젊은 병사가 다가오더니 나를 살그머니 일으켜 세웠다. 요리사는 그 장면을 곁눈질하며 아무 말 없이 일을 계속했다. 앙리는 얼빠진 듯한 눈으로 그 모습을 바라보고 있었다. 나는 차가운 식당 바닥에 앉아 다시 숨을 내쉬며 제자 리로 돌아가 엄청나게 큰 냄비를 만지작거리고 있는 젊은 병사 에게 고맙다고 말했다. 나는 두 손을 아픈 배 위에 올려놓은 채 힘들게 일어났다.

탈영하고 싶은 생각이 굴뚝같았지만, 다시 소매를 걷어붙이고 산더미처럼 쌓여 있는 접시를 다 닦고 말겠다는 각오를 다지며 개수대 쪽으로 갔다. 이를 악물고 접시를 문질렀다. 창자가 꼬이 는 듯 통증이 심해 여러 차례나 접시 닦는 걸 중단해야만 했다. 우리는 저녁 늦게까지 접시를 닦은 다음 저녁도 못 먹고 잠을 자러 갔다. 불이 다 꺼지고 나서 여느 때처럼 나는 화장실에 숨 어 쭈그리고 앉아 내 몸속에 쌓인 눈물이란 눈물은 다 쏟으며 울기 시작했다. 걸핏하면 모욕당하기 일쑤다 보니 몸과 마음은 약해졌고, 못된 인간들에게 부당한 취급을 받는 데 지쳐있었다. 화장실의 불이 켜졌다. 나는 술에 취한 부대장의 얼굴을 마주하 게 될 것만 같아 몸을 바들바들 떨었다. 소리 없이 몸을 일으킨 나는 문 뒤에서 잠시 기다렸다.

누군가가 부드러운 목소리로 말했다.

"너 거기 있는 거 다 알고 있어, 폴. 문 열어!"

나는 질겁하며 물었다.

"거기 누구야?"

"나 신참 요리사야. 좀 전에 봤잖아."

문을 열자 그 젊은 병사가 내게 손을 내밀었다.

"우리 자기소개를 아직 안 했군. 반가워, 난 장이라고 해."

나는 미심쩍어하며 물었다.

"내 이름은 어떻게 알았지?"

"식사 명부에서 봤어. 내가 식당 사역을 자주 하거든. 한 달 전에 B관에 있는 다른 부대에 들어왔어."

"여기 다른 부대가 또 있는지는 몰랐네."

"있어. 다른 부대 막사에는 자리가 없어서 우리를 몇 명씩 이곳에 분산시키는 거야."

그리고 그는 동정 어린 목소리로 말을 이어갔다.

"조금 전에 식당에서 힘들었지?"

나는 모욕감을 느끼며 대답했다.

"응."

"너무 맘 상해하지 말아. 나도 그게 뭔지 알고 있으니까. 나도 몇 번 그렇게 맞았지만, 아직 이렇게 살아 있지. 이곳엔 온통 미치광이들뿐이야."

"맞아."

"내 말 들어, 폴. 난 네가 지금 뭘 참고 견디는지 알아. 그건 나 124

도 마찬가지니까. 그러니 무슨 문제가 있으면 주저하지 말고 내게 말해."

나는 미소 지으며 대답했다.

"고마워."

"이럴 때일수록 서로 도우면서 지내야 해."

"맞아."

"자, 나는 이제 가볼게. 누가 볼 지도 모르니까 말야. 잘 자."

"너도 잘 자."

그가 화장실 문 쪽으로 향했다. 그러다가 문 앞에서 멈추어서더니 돌아서서 물었다.

"폴, 혹시 파리에 대해서 좀 알아?"

"아니, 잘 몰라."

"그럼 내가 쉬는 날 안내해주고 싶은데, 어때? 일요일에?"

나는 반사적으로 대답했다.

"나야 좋지."

"그럼 일요일 아침 8시에 부대 앞에서 만나자구. 알았지?"

"그래, 알았어."

그가 문을 닫고 나갔다. 나는 잠시 거울 앞에 서서 내 야윈 얼굴을 들여다보았다. 두 눈이 하도 울어서 슬픔으로 빨갛게 부어올랐다. 눈 속에서 생명의 미광이 조금씩 사라져버리는 듯했고, 낙천적인 성격도 잠식당해 흔들리는 것 같았다. 이제 나는 나의 그림자에 불과해졌다. 현실세계에 속해 있다는 확실한 증거를 거울에 비친 자신의 모습에서 찾으며 군대 막사의 복도를 배회하는 우울한 유령에 지나지 않았다. 얼굴 피부를 만지자 얼음처럼 차가운 두 손이 느껴졌다. 아버지 이마에 입을 맞추다가 살이 너무 차가워 흠칫 뒤로 물러서던 어머니가 생각났다. 그날 밤, 난생 처음으로 나는 내가 이러다가 영영 깊은 절망에 빠져 다시는 헤어나지 못하는 게 아닐까 덜컥 겁이 났다. 영영 자유의 몸이 될 수 없을지도 모른다는 생각이 들어 불안해졌다. 이런 생활을 계속하다가 미쳐버리는 건 아닐까? 마틸드와 어머니 품으로 도망치고 싶었다. 나를 심판하지도 않고 통제하지도 않는, 나를 심하게 괴롭히지도 않고 절망에 빠트리지도 않는 여성들의 품으로 도망치고 싶었다. 하지만 그건 불가능한 일이었다. 더 이상 비관적인 생각에 잠기지 말고 무슨 대가를 치르더라도 저항해야 한다. 장이 생각났다. 방금 내게는 친구가 한 명 생겼다. 아니, 동맹자(내가 볼 때 '친구'라는 단어의 정의는 매우 애매모호하다)가 생겼다. 이렇게 생각하니 마음이 훈훈해졌다. 막사로 돌아가 코 고는 소리를 들으며 자리에 누웠다. 나는 생각했다. 그래도 이 세상에 나쁜 사람들만 있는 건 아냐. 장이라는 친구는 왠지 나와 잘 통할 것 같았다. 일요일에 만나보면 알게 되겠지.

14

그 다음 주 일요일 아침 8시에 우리는 부대 앞에서 만났다. 내가 오는 걸 본 장이 미소를 지으며 손을 내밀어 악수를 나누었다. 우리를 시내까지 태워다주겠다고 제안한 그의 친구 마르크를 기다렸다. 11월이 다가오고 있었으며, 햇빛이 회색 구름을 뚫고 희미하게 모습을 드러냈다. 추운 날씨였다. 입에서 입김이 길게 소용돌이치며 새어 나왔다. 나는 장에게 호감을 느끼긴 했지만, 잘 모르는 사람에 대한 약간의 경계심은 여전히 버리지 않고 있었다. 얼마 안 있어 그의 친구가 고급 승용차를 끌고 나타났다. 그가 내게 인사를 했고, 우리는 돌아가며 자기소개를 했다. 친구 역시 친절했다. 차를 타고 가는 동안 그는 1년 전 같은 부대에서 복무했고, 분노를 간신히 억누르며 자유의 몸이 될 때를 기다렸노라고 말해주었다. 직업이 뭐냐고 물었더니 "연극배우야. 장도 연극배우고."라고 대답했다. 장은 고개를 끄덕이며 자기 두 사람이 같은 극단 소속이라고 말해주었다. 그들은 장이 제대를 하면 함께 기획한 연극을 무대에 올릴 계획이었다. 장은 심장병을 앓고 있다는 핑계도 대고, 의사

앞에서 먹은 걸 전부 토해내기도 하고, 걸핏하면 연극을 하면서 제대하기 위해 온갖 수단을 다 동원했지만 성공하지 못했다며 웃었다. 그런데도 그는 의사를 속여 자신의 목표를 이뤄줄 방법을 찾느라 골몰하고 있었다. 얼마 후 마르크가 우리를 파리 시내에 내려준 다음 구경 잘하라는 말을 남기고 사라졌다. 그는 나중에 다시 우리를 픽업해서 부대로 데려다주기로 했다.

우리는 내가 두 번째 보는 에펠탑 쪽으로 걷다가 앵발리드로 가는 길로 접어들었다. 그런 다음 샹젤리제 거리를 걸어 개선문까지 갔다가 다시 튈르리 공원에 이어 루브르 미술관으로 돌아와 생제르망 데 프레 동네를 통과, 뤽상부르 공원을 지나 팡테옹과 소르본 대학 앞을 지나 노트르담 성당을 구경했다. 유적들이 하나씩 연이어 나타날 때마다 나는 우리나라의 역사를 되새기며 감탄사를 연발했다. 노련한 연극배우인 장은 또한 뛰어난 화술과 힘이 느껴지는 목소리를 가진 훌륭한 안내인이기도 했다. 그는 이따금 유적 앞에 멈춰 선 채 때로는 성 안에 있는 왕의 역할을, 또 때로는 대성당 안에 있는 성직자의 역할을 해냈다. 그는 내게 자신의 도시에 대해 이야기해주고 무척 즐거워했다. 또 길거리에서 손짓발짓해가며 이런저런 인물들이 벌인 모험에 대해 이야기해주었는데, 나중에 알고 보니 전부 다 그의 상상력이 만들어낸 인물들에 불과했다. 그의 달변에 압도된 몇몇 사람이 잠시 걸음을 멈추고 열정으로 가득 찬 그가 하는 이야기에 귀를 기울이기도 했다. 얼마 지나지 않아 그의 주위로 작은 무리가 만들어졌고, 사람들은 저마다 눈을 크게 뜨고 박수를 치며 그가 하는 말 한마디 한마디를 머릿속에 집어넣었다. 그는 모든 사람의 질문에 하나도 빠짐없이 대답했으며, 사람들은 그가 새로운 이야기를 할 때마다 그의 폭넓은 교양에 놀라 그 이야기를 무조건 믿었다. 그는 지칠 줄 몰랐다. 하지만 나는 너무 많이 걸어서인지 다리가 아팠다. 우리는 생루이섬에 있는 한 카페의 테라스에 자리를 잡았다. 그리고 연한 밤색 외투를 입고 우리 눈 아래 길게 누워 있는 센강을 내려다보며 이야기를 나눴다. 장이 내게 입대하기 전에는 뭘 하고 살았냐고 물었다. 나는 브르타뉴 지방에서 보낸 어린 시절과 밭일, 뱃사람이 되고 싶은 나의 꿈, 숲속 빈터에서의 독일군 장교와의 만남 그리고 그의 죽음, 그의 딸 사진을 발견한 일, 마틸드, 그녀와 함께 협만을 따라 걷는 산책에 관해 말해주었다. 그는 내가 어떤 부분에 대해서 더 자세히 설명할 수 있도록 이따금 질문을 던질 뿐 단 한 번도 내 말을 자르지 않고 귀를 기울였다. 이 지구상의 누군가가 내게 관심을 보이고 내 말에 귀를 기울이는 경험은 이때가 처음이어서, 솔직히 말하자면 나는 정말 기뻤다.

내가 이야기를 다 마치자 장은 고개를 끄덕이며 아무 말 없이 나를 바라보았다.

그가 말했다.

"사진에 나오는 그 독일 소녀를 찾고 싶다고?… 내가 도와줄 수 있어."

나는 호기심이 나서 물었다.

"어떻게?"

"마르크가 독일어도 할 줄 알고 독일 사람도 알고 있지. 원한다면 우리를 차로 태워다줄 수 있을 거야."

"하지만 지금은 독일에 갈 수 없어. 그건 불가능해."

그러자 그가 눈을 찡긋하며 소리쳤다.

"궁하면 통한다고, 원하면 이뤄지는 법이야."

"정말 날 도와줄 수 있는 거야?"

"그럼, 물론이지."

"언제쯤?"

그러자 그가 유쾌한 목소리로 대답했다.

"자네가 원할 때! 일단 이 모든 게 막을 내리면…. 우리가 이 부대에서 나간 뒤에…."

"그럼 자네는?"

"나는? …. 나는 뭐?"

"내게 원하는 게 뭐냐구?"

그러자 그가 나의 질문에 놀라워하면서 대답했다.

"아무것도 없어. 내가 이러는 건 그냥 자넬 도와주고 싶어서야."

나는 장의 생글거리는 얼굴을 바라보았다. 그의 얼굴은 희망으로 환하게 빛났으며, 두 눈은 선의로 가득 차 있었다. 그 파리의 광장은 몹시 추웠으나, 그가 내뿜는 인간적 온기가 나를 따뜻하게 감싸주었다. 장은 아무런 대가도 바라지 않고, 고작 1주일 전까지만 해도 서로 모르는 사이였는데, 단지 돕는다는 즐거움만으로 나를 도와주려고 하는 것이다. 내 앞에 앉아 있는 미스터리한 이 인물에게 도대체 어떤 힘이 깃들어 있는 것일까. 궁금했다.

그가 물었다.

"그럼 내 제안을 받아들이는 거지?"

"그래, 알았어. 대신 한 가지 조건이 있어."

"무슨 조건?"

"나도 자네를 도와줘야 한다는 조건."

"그럴 필요는 없어."

나는 그래도 지지 않고 고집을 피웠다.

"그럴 필요가 있지. 그건 나를 위한 거야. 내가 자네 도움에 대한 감사의 뜻으로 자네에게 뭘 해줄 수 있을까?"

그는 의심쩍은 표정으로 잠시 나를 바라보며 생각에 잠겼다.

드디어 그가 망설이며 대답했다.

"한 가지 있긴 한데."

"뭔데?"

"내가 여기서 나갈 수 있도록 도와주는 거지. 내게 계획이 있어."

나는 불안해서 물었다.

"그랬다가 혹시 내가 영창에 갈 위험은 없나?"

그러자 그가 웃으며 대답했다.

"전혀 없어."

"그렇다면 흔쾌히 돕겠어. 계획은?"

"나를 부대에 갇혀 있다 보니 머리가 이상해져버린 사람으로 만드는 거지."

나는 그 계획이 성공을 거둘 가능성이 거의 없다고 보고 회의적으로 물었다.

"자네는 그게 통할 거라고 생각하나?"

그러자 그가 활짝 웃으며 대답했다.

"아무것도 시도하지 않는 사람은 아무것도 얻을 수가 없지. 난 꽤 실력 있는 배우야. 불가능은 없어."

장은 내게 자신의 계획을 설명해주었다. 매우 단순한 계획이었다. 우리 두 사람이 같은 날 식당 사역을 나갈 수 있게끔 일을 꾸민다. 그러고 나서 일단 함께 있게 되면 그가 아무 이유 없이 내게 덤벼든다. 그는 미친 사람처럼 난리를 피운다. 누군가가 자신을 제압하도록 내버려둔다. 그러면 그는 절망에 빠져 땅바닥에 쭈그리고 앉아 막달라 마리아처럼 엉엉 울 것이다. 그 누구도, 심지어 그를 진찰하고 내게 이런저런 질문을 던질 군의관도 진정시킬 수 없을 것이다. 나는 군의관의 질문에 장이 얼마 전부터 군대생활을 힘들어하면서 이상한 행동을 하기 시작했으니 상태가 더 악화되기 전에 제대시켜야 한다고 주장할 것이다. 계획대로만 된다면 그는 심신쇠약을 이유로 제대하여 본인이 원하는 대로 배우로 활동하게 될 것이다. 그리고 내가 제대하고 나선 마르크와 함께 독일군 장교의 딸을 만날 수 있도록 나를 프랑크푸르트로 데려갈 것이다. 말하자면 서로 품앗이를 하는 것이다. 그것은 완벽한 계획이었다.

우리는 이 계획이 각자에게 무척 매력적인 기회가 될 것이라는 사실을 간파하고 흥분하여 열광하며 악수를 나누었다. 그리고 계획은 2주일 후에 실행에 옮기기로 했다. 그가 속해 있는 극단에서 가르치는 대로 그가 역할에 완전히 몰입하는 데 시간이 필요했던 것이다. 자동차를 두 줄로 주차하고 난 마르크는 계획에 동의하며 기꺼이 나를 프랑크푸르트까지 태워다주고 통역 노릇도 해주겠다고 말했다. 우리는 자동차 쪽으로 가서 조심스럽게 각자 자기 부대로 돌아갔다. 보초를 서던 병사가 내게 통행

증을 보여달라고 요구했다. 장은 아무 일도 없었다는 듯 그의 부대가 들어 있는 건물로 들어갔다. 내 주위에는 부대장의 흔적이 전혀 남아 있지 않았다. 아마 그날 휴가여서 시골집에서 쉬고 있는 듯했다. 우리가 무엇을 준비하고 있는지를 단 한 순간이라도 짐작할 수 있는 사람은 아무도 없었다.

*

우리가 계획을 실행하기로 한 날이 될 때까지의 2주일은 늘 그렇듯 오전에는 운동을 하고, 오후에는 사역을 나가고, 밤에는 번갈아 보초를 서며 그 전과 조금도 다름없이 지나갔다. 우리 졸병들의 활기 없는 일상의 균형을 깨트리는 건 아무것도 없었다. 복도에서 가끔씩 장과 마주치곤 했는데, 그가 좀 이상해진 것을 알 수 있었다. 더 과묵해지고 침울해진 듯 보였고, 두 눈은 허공 속에 잠겨 있었으며, 얼굴은 초췌해졌다. 정말 쾌활하고 외향적인 사람이었는데 하루가 지나고 이틀이 지나면서 그런 그의 모습을 보기가 점점 더 힘들어졌다. 부대장은 그를 악착스럽게 쫓아다니면서 병사들이 지켜보는 가운데 인정사정없이 두들겨 팼다. 장은 무표정한 얼굴로 이를 악문 채 한마디도 하지 않았다. 그냥 일어나서 고개를 푹 숙이고 울 뿐이었다. 이 영원한 낙관론자를 가득 채우고 있던 생명의 에너지가 고갈되어버린 듯했다. 상체는 움츠러들었고, 두 팔은 두려움으로 굳어버렸다. 납처럼 창백한 얼굴은 처형당하기 몇 분 전의 사형수 얼굴을 연상시켰다. 부대장의 권위에 맞서 싸우고 싶은 생각이 치밀어오른 적이 한두 번이 아니었으나, 우리의 우정을 만천하에 공개했다가는 계획이 수포로 돌아갈 수도 있어 그때마다 마음을 고쳐먹곤 했다. 우리는 참을성 있게 기다렸다. 1948년 1월 21일 화요일까지. 평생 기억에 남는 날짜가 있다. 그런 날을 떠올릴 때마다 향수 어린 미소가 우리 얼굴을 환하게 밝혀준다. 며칠 전부터 매일 오전에 그랬듯이 나는 장과 같이 청소 사역을 나가기 위해 일부러 과녁 옆쪽을 조준했다. 그걸 본 부대장은 몹시 화가 나서 길길이 날뛰긴 했지만, 이날은 체념한 표정이었다. 나를 군인다운 군인으로 만들 가능성은 아예 없다고 생각한 것이다. 그는 모든 걸 포기하고 내가 화장실 바닥을 더 빨리 윤이 나게 닦도록 소리를 내지르는 걸로 만족했다. 그가 모습을 나타내는 일은 점점 더 줄어들었다. 그래서 그날 아침에 나는 혼자서 화장실 바닥을 문지르게 되었다. 내 친구를 못 보게 되어 다시 한 번 실망했다. 계획은 다시 1주일 뒤로 미뤄졌다. 시간과 장소를 맞출 수가 없었던 것이다. 어쩌면 포기해야 할지도 몰랐다. 희망을 버리려 할 즈음 장이 빗자루를 손에 든 채 들어왔고, 부대장이 늘 그랬듯이 고래고래 소리를 질러대며 그 뒤를 따라 들어왔다. 무표정으로 일관하던 친구가 나를 보는 순간 아무도 모르게 눈을 살짝 찡긋하는 것을 보고 깜짝 놀랐다. 이제 장은 지난 3주 동안 연극배우로서 상황에 맞춰 만들어낸 이 인물에 빙의한 자신의 그림자에 불과했다. 나는 연극의 세계에 대해 아무것도 아는 게 없었다. 하지만 그가 자신을 완전히 잊고 다른 사람의 역할을 해낼 수 있는 탁월한 재능과 능력을 갖고 있다는 사실은 인정하지 않을 수 없었다. 제대 후에 그는 공연계에서 두각을 나타내 널리 이름을 알리게 될 것이다. 장은 나를 향해 걸어오다가 대걸레를 뜨거운 물이 담긴 양동이에 담근 다음 바닥에서 허리를 숙였다. 부대장이 신경질적으로 고래고래 소리를 질러댔다. 그가 욕을 하건 말건 우리가 들은 척도 안 한다는 걸 확인한 그는 내 친구의 엉덩이를 발로 있는 힘껏 걷어찼다. 얼마나 세게 걷어차였는지 장은 고통으로 온몸을 비틀어 꼬면서 바닥에 나뒹굴더니 더 이상 움직이지 못했다. 치명적인 부상을 입은 야생동물의 울부짖음과도 같은 절망스런 외침이 그의 입에서 새어 나왔다. 지독한 고통이 느껴졌다. 분명히 그건 연극이 아니었다. 부대장은 장이 소리치지 못하도록 더 난폭하게 두들겨 팼다. 내 친구에게 분통을 터트리며 꼭 미친 사람처럼 인정사정없이 발길질을 해대고 입에 담기 힘든 거친 욕설을 퍼부어대는 것이었다. 부대장이 발길질을 거듭할수록 반 친구들에게 모욕당하고 부모에게 학대받은 소년과 여자들에게 조롱당한 청년, 총알과 포탄이 비오듯 쏟아지는 전선에서 공포에 벌벌 떨었던 젊은 병사, 독일군들로부터 당한 주먹질, 오쟁이진 남편이 차례차례 등장했다. 이 인물의 암울한 얼굴이 식당을 그 검은색으로 가득 채우면서 깊이 감추어져 있던 감정과 내면 깊숙이 자리 잡고 있던 두려움이 드러났다. 그의 입가에 거품이 생겼고, 두 눈에는 핏발이 맺혔으며, 얼굴은 격한 감정이 폭발하여 벌겋게 변했다. 꼭 장을 죽일 것만 같았다. 장은 인간의 광기가 빚어낸 폭력을 견뎌내다가 더 이상 참지 못하고 기절해버렸다. 이제 그의 몸은 형태도 없이 부대장이 발로 차는 대로 흐물거리는 살덩어리에 불과했다. 살다 보면 아주 작은 물 한 방울이 항아리를 넘쳐흐르게 만드는 순간이 있다. 궁지에 몰린 사람이 자신의 원초적인 자유가 무시당할 때 느낄 수 있는 적의에 찬 분노의 몸서리가 내 척추 뼈를 따라 올라왔다. 내 온 몸이 분노로 바들바들 떨리기 시작했다. 나는 부대장에게 덤벼들었고, 놀란 그는 뒤로 벌러덩 넘어지면서 머리를 바닥에 부딪쳤다. 그리고 뭐라 알아들을 수 없는 말을 중얼거리더니 눈을 감았다. 나는 거친 숨을 내쉬며 타일바닥에 누워 꼼짝 않고 있는 부대장의 모습을 내려다보았다. 그를 죽도록 패서 죽여버리고 싶다는 생각이 순간적으로 치밀어올랐다. 죽음의 여신이 지평선에 모습을 드러내고 그가 절망과 후회로 가득한 두 눈을 한 채 헐떡거리는 숨소리를 간신히 억누르며 살려달라고 애원하는 모습을 상상했다. 죽음을 앞둔 잔인한 영혼의 감수성을 일깨울 수 있는 건 오직 죽음의 여신뿐이다. 어쨌든 나에게도 이성에만 호소하기보다는 폭력과 무지에 굴복할 권리가 있지 않은가? 나는 혈관 속에서 피가 부글부글 끓어오르는 걸 느끼며 부대장에게 다가가 그의 가슴 높이에서 군복을 움켜잡고 내 주먹을 그의 머리 뒤쪽으로 쳐들었다. 있는 힘을 다해 주먹으로 그의 머리를 후려치려는 순간 이제 다시는 나를 껴안을 수 없다는 생각으로 절망에 빠져 눈물로 뒤범벅이 된 마틸드의 얼굴이 눈앞에 나타났다. 내 주먹은 더 이상 움직이지 않았고, 표정도 일순간에 느슨해졌다. 증오심이 사라져버렸다. 나는 부대장의 군복을 움켜쥐었던 손을 놓았고, 그의 몸은 다시 식당 바닥에 축 늘어졌다. 어떻게 할 것인가? 불쑥 몸을 일으킨 나는 우리 계획이 쓰라린 실패를 맛보았다는 사실을 깨달았다. 내 눈 밑에 두 사람이 완전히 의식을 잃고 쓰러져 있었다. 정신을 잃은 부대장은 넘어지면서 죽었는지도 모르고, 내 친구 장도 더 이상 움직이지 않았다. 상황이 심각했다. 아주 심각했다. 마틸드를 다시 만나고 언젠가 결혼도 하려면 내가 지금 발목까지 빠져 있는 이 진창에서 무슨 일이 있어도 벗어나야만 했다. 그래, 그래야 한다. 그런데 어떻게? 아무 일도 없었다는 듯 두 사람을 한쪽 구석에 끌어다 놓을까?

부대장은 의식을 되찾으면 우리가 명령을 위반했다며 군 당국에 알릴 것이다. 그러면 장과 나는 억울하게 재판을 받고 군교도소에 수감될 것이다. 그럴 수는 없다. 나는 정말이지 마틸드가 너무 보고 싶었다. 그러니 그런 시나리오는 상상할 수가 없었다. 장의 고함 소리를 듣고 놀라 달려오는 게 틀림없는 사람들의 발자국 소리가 복도에서 점점 더 가까이 들려왔다. 나는 이 전반적인 혼란을 일으킨 것에 책임을 져야 한다는 생각을 하며 치를 떨었다. 별달리 뾰족한 수가 없었던 나도 기절한 척하며 식당 바닥에 드러누웠다.

몇 분 뒤, 위생병들이 우리를 들것에 눕혀 의무대로 실어갔다. 도대체 뭐가 어떻게 된 일인지 이해할 수 없다는 분위기가 복도를 떠돌아다니고 있었다. 위생병 한 사람이 내 눈꺼풀을 들어 올리더니 동공을 면밀하게 검사했다. 그는 내가 지금 연극을 하고 있다는 사실을 알아차릴까? 그는 상태가 위중해 보이는 장을 치료하느라 너무 바빠 내 눈꺼풀을 급히 닫았다. 의무대로 이어지는 복도에서 나는 곤경을 헤쳐나갈 만한 수많은 시나리오를 떠올렸다.

15

몇 시간 뒤, 이 상황에 맞설 준비가 되었다고 판단한 나는 머리가 끔찍하게 아프다는 걸 보여주기 위해 조심스럽게 머리를 두 손으로 움켜잡고 의식을 되찾은 척 사람을 불렀다. 위생병 한 사람이 다른 군인 한 사람과 함께 내 머리맡으로 달려왔다.

그 군인은 체격이 아주 좋았다. 하지만 튼튼해 보이는 골격을 가진 것에 비해 입고 있는 셔츠가 불룩 배 부분에서 튀어나온 차림새 등이 다소 유약한 인상을 주었다. 그리고 주치의의 질책에도 불구하고 그가 자신의 유약함을 바로잡지 못하고 있다는 것이 짐작되었다. 그는 털썩 주저앉더니 잠시 동안 나를 뚫어지게 쳐다보았다. 그의 눈길이 나를 짓누르며 나의 행동과 동작에서 이 사건의 진실을 밝혀줄 수 있는 실마리를 찾아내려고 애썼다. 나는 두 손으로 머리를 감싼 채 그 군인에게 인사를 하고 의무병에게 끔찍한 통증을 좀 진정시켜달라고 애원했다. 그 군인은 내 말이 과연 사실인지 의심스러운 듯 눈썹을 찌푸렸다. 불안으로 인한 가벼운 전율이 내 척추를 훑고 지나갔다. 의무병이 내 머리에 붕대를 감고 나서 슬며시 방에서 나갔다. 나는 군인과 단 둘이만 남게 되었다. 그가 내 쪽으로 돌아섰다.

그가 심각한 표정으로 말했다.

"베르틴 병사, 휴식을 충분히 취했기를 바라네."

나는 있는 힘을 다해 거짓말을 했다.

"아직 머리가 아픕니다."

"자, 자네를 '폴'이라고 불러도 되겠나?"

나는 당황해하며 대답했다.

"물론입니다."

"좋아, 폴. 내 소개를 하자면 이름은 오귀스트 빌라레이고 직책은 육군 총사령관 부관일세. 몇 시간 전에 이 사건의 진상을 밝혀내라는 지시를 받고 이렇게 왔다네."

나는 아무것도 모르는 척 물었다.

"무슨 사건 말인가요?"

"아무것도 기억 안 나나?"

"예. 제가 뭘 기억해내야 하지요? 근데 제가 지금 여기서 뭘 하고 있는 건가요?"

나는 관객 앞에서 공연 중인 배우처럼 이렇게 말했다.

"자네는 식당 바닥에 쓰러져 있었네."

"무슨 일이 있었던 거죠?"

"내가 바로 그걸 알아내려는 걸세."

나는 놀라서 물었다.

"어떻게?"

"자네 혼자가 아니었거든."

"아, 그래요?"

"자네 옆에 꽁무니뼈가 부러진 장 브리스카와 더 이상 아무것도 기억 못하는 라르티그 부대장도 쓰러져 있었네. 도대체 식당에서 무슨 일이 있었던 거지?"

그의 두 눈에서 도대체 뭐가 뭔지 이해가 안 된다는 생각이 엿보였다. 다음 순간 기발한 생각이 번개처럼 뇌리를 스치고 지나갔다. 나는 너무 늦어지기 전에 기회를 붙잡기로 결심했다.

나는 기억을 되찾은 척하며 말했다.

"잠깐만요. 제 옆에 다른 병사와 부대장님도 누워 있었다고 말씀하셨나요?"

그러자 그가 눈을 반짝이며 물었다.

"그렇다네. 기억나나?"

"저희는 청소 사역을 하고 있었던 것 같은데요."

"맞아!"

나는 얼굴을 잔뜩 찌푸리며 말했다.

"그래, 그래요! 기억나요! 라르티그 부대장님이 더 빨리 걸레질을 하라며 소리치다가 다른 병사의 엉덩이를 있는 힘껏 걷어찼어요. 전 말리려고 했지만, 부대장님이 돌아서더니 제 머리를 후려쳤습니다. 그 뒤로는 기억이 안 납니다…."

그가 의심쩍은 눈길로 물었다.

"알겠네. 그러니까 부대장의 직무 수행 중에 그의 권위에 도전했다는 말이지?"

나는 상황이 내가 원하지 않는 쪽으로 돌아가는 것을 느끼고 우물거렸다.

"아니, 저는… 그냥 제 친구를 도우려고…."

"친구? 브리스카 병사가 자네 친구란 말인가?"

"아니요… 전 그냥… 같은 부대의 동료일 뿐입니다. 부대장님이 그를 진짜 세게 때리기에 전 그가 저러다가 죽을지도 모른다고 생각했어요. 그래서 그걸 막으려고 한 것뿐입니다."

부관이 여전히 미심쩍은 표정을 지으며 말했다.

"알겠네. 브리스카 병사의 몸이 혈종과 멍투성이인 걸로 보아 자네 말을 믿을 수밖에 없군."

나는 확신을 갖고 단언했다.

"이건 진짜 사실입니다."

"그런데 아직도 이해 안 되는 게 있어."

"그게 뭔가요?"

그가 눈썹을 찌푸리며 대답했다.

"왜 부대장이 식당 바닥에 쓰러져 있었느냐 하는 거야."

나는 자신 있는 말투로 말했다.

"모르겠습니다. 아마 자기가 지나쳤다는 걸 깨닫고 겁이 난 나머지 사실 규명에 혼돈을 주려고 바닥에 쓰러져 있는 척한 것인지도 모르죠. 전 그렇게밖에 설명할 수 없습니다, 부관님."

부관이 떨리는 목소리로 말했다.

"알았네. 그러니까 자네는 라르티그 부대장이 무슨 일이 있었는지를 완벽하게 기억하고 있으면서도 허위진술을 한다고 주장하는 건가?"

나는 내가 하나의 출구밖에 없는 길로 접어들었음을 느끼며

대답했다.

"그런 것 같습니다."

"자, 폴, 자네는 운이 좋군. 부대장이 문제를 일으킨 게 이번이 처음은 아니지. 자네 말이 사실인지 아닌지는 모르겠지만, 이 사건이 외부에 알려지는 건 원치 않으니까 자네 말을 믿겠네."

"감사합니다, 부관님."

그가 몸을 일으키며 말했다.

"마지막으로 확인할 게 있네."

"뭔가요?"

"자네가 이번 일에 대해 입을 다무는 조건으로 자네를 제대시키려고 하는데, 어떤가?"

나는 형들과 밀밭을 떠올리며 대답했다.

"입은 다물겠지만, 제대는 안 하겠습니다."

그가 당황해하며 물었다.

"기다리는 가족이나 애인도 없나?"

나는 목이 메는 걸 느끼며 대답했다.

"있습니다. 하지만 군 복무를 마치고 싶습니다. 그건 명예의 문제니까요."

"원하는 대로 하게. 내가 보기에 자네는 좋은 사람인 거 같군. 하지만 조심하게. 여기서는 좋은 사람을 그다지 반기지 않으니까 말야."

그는 이렇게 말하고 나서 방에서 나가 멀어져갔다. 나는 그 뒤로 다시는 그를 보지 못했다. 부대장도 다시는 볼 수가 없었다. 우리는 그에게 무슨 일이 일어났는지 모른다. 장은 군 병원으로 이송되어 전문가들의 치료를 받았다. 그가 나중에 자신의 전설 142

적인 달변으로 설명해준 바에 따르면, 그의 꽁무니뼈는 워낙 약해서 오랜 시간에 걸친 재활교육을 거쳐 겨우 심각한 트라우마에서 벗어날 수 있었다. 그는 이 교육을 받던 중에 간호사 한 사람을 알게 되어 몇 년 뒤에 결혼, 아이를 두 명 낳았다. 비록 우리가 처음에 세운 계획은 실패로 끝났지만 다른 길이, 다른 미래가 열린 것인데, 그날 부대장이 이성을 잃고 길길이 날뛰며 미치광이처럼 굴지 않았더라면 불가능한 일이었다. 삶은 이렇게 우연과 선택, 방향전환으로 이루어지는 법이다.

다친 머리(물론 진짜 다친 건 아니었지만)는 금방 회복되었다. 그 다음 날, 나는 아무 이유 없이 식당으로 배속되어 제대할 때까지 일하게 되었다. 내가 좋은 사람이라고 생각한 부관이 특별히 배려해준 것이다. 그 누구도 더 이상 나를 귀찮게 하지 않았다. 나는 아침 일찍 주방장과 함께 시장에 가서 과일과 야채 가격을 흥정하고, 식사 준비하는 걸 도와주었다. 말하자면 주방장의 조수가 된 것인데, 어쨌든 연병장을 달리고, 땅바닥을 박박 기고, 표적을 조준하면서 하루하루를 보내는 것보다는 덜 피곤했다. 어느 날, 소스를 만들려고 과일을 섞고 있는데 나무딸기를 담은 상자가 식당 바닥으로 떨어져 박살났다. 나는 큰 소리로 욕설을 퍼부으며 상자 쪽으로 고개를 돌렸다. 나무딸기가 내 주위의 흰색 바닥에 사방으로 퍼져나가면서 그 불그스레한 껍질이 가늘고 긴 자국을 만들어냈다. 과거가 별안간 다시 떠올랐다. 바닥에 펼쳐진 과일을 보자 수많은 종류의 향기로 가득하던 내 어린 시절의 정원, 나무딸기와 우리 집의 쇠창살 위로 길게 뻗어나가던 나뭇가지, 사과나무와 바람 부는 대로 일렁이던 잎사귀들이 떠올랐다. 나는 상상력을 발휘했다. 이 이상적인 배경 속으로 어머니가 두 팔을 하늘 높이 쳐들고 여느 때처럼 얼굴에 미소를 띤 채 나무들 사이에서 노래를 부르며 나타났다. 나는 그녀를 품에 안고 시간이 너무 빨리 지나간다는 사실을, 시간이 곡식 낟알 떨어지듯 하나씩 떨어져 나간다는, 시간이 우리를 기다려주지 않고 미친 듯이 질주한다는 사실을 끝없이 떠오르게 하는 그 신비로운 음악에 맞추어 함께 빙빙 돌고 싶었다. 요리사가 오더니 과일이 바닥에 떨어져 있는 걸 보고선 욕을 내뱉고는 마치 아무 일도 없다는 듯 하던 일을 계속했다. 그는 자신의 동료들과 직접 맞서는 것보다는 자기가 입고 있는 앞치마 속에 파묻히는 것을 더 좋아했다. 너무 까칠한 인간들보다는 과일과 채소가 더 고분고분했던 것이다.

*

얼마 있지 않아 장이 엽서를 보내 소식을 전하고 고맙다는 인사도 했다. 그는 병원에서 퇴원하자마자 제대하여 결국 무대에 오르게 되었다. 두 친구가 각본을 쓴 연극은 큰 성공을 거두고 비평가들에게도 격찬을 받았다. 이 두 사람이 유명해지는 건 이제 시간 문제였다. 그는 지금 우리의 여행을 준비하고 있다고 알려주었다. 독일의 마옌스 근처에서 호텔을 운영하는 마르크의 친구가 게르하르트 샤퍼에 대해 수소문해 프랑크푸르트에 살고 있는 그의 가족의 주소를 알아냈다는 것이다. 우리의 우정 계약에 정해진 대로 그들은 내가 제대하기만을 기다리고 있었다. 내가 제대하기까지는 아직 몇 달 남아 있었다. 나는 하루라도 빨리 144

그 독일군 장교의 딸을 만나고 싶었다. 그렇지만 인내심으로 단단히 무장해야만 했다. 마틸드의 편지도 받았는데, 아버지가 편찮으셔서 걱정된다는 내용이었다. 그렇지만 그는 농장일을 쉬고 있으며 마틸드가 잘 돌보고 있다고 했다. 그날 밤 그 편지를 심장 근처에 올려놓은 채 잠에 들었다.

블랑샤르 농장의 향기가 아직도 편지봉투에 남아 있었고, 머리카락 한 올이 접착부에 끼어 있었다. 마틸드가 너무너무 보고 싶었다. 나는 내가 태어난 브르타뉴 지방에서 멀리 떨어진 그 부대에서 난생 처음으로 원격 관계라는 것을 체험하게 되었다. 그리고 그해에 나는 감정에 대해, 사람에 따라 달라지는 감정의 강도에 대해 알게 되었다. 아버지에게 버려졌다는 절망감도 고통스럽기는 했지만, 마틸드에게 입을 맞출 수 없다는 절망감보다는 덜했다. 나는 최초의 입맞춤을 자주 꿈꾸었으며, 내가 그녀를 두 팔로 감싸고 있는 동안 마틸드의 입술이 내 입술에 살짝 눌리는 것을 느끼곤 했다. 그 장면이 얼마나 강렬한지 한밤중에 소스라치게 놀라 잠에서 깨서는 심장이 가슴속에서 방망이질 치는 걸 느끼며 어두컴컴한 방 안에서 내 사랑하는 여인을 찾곤 했다. 물론 그때마다 곧 정신을 차린 나는 이 모든 것이 터무니없는 꿈에 불과하다는 것을, 나의 은밀한 욕망이 솟아난 것에 불과하다는 것을 깨달았다. 그러고 나서 나는 그녀에게 돌아갈 수 없을지 모른다는 불안감을 안고 이마에 땀을 흘리며 다시 침대에 눕곤 했다. 마틸드는 내 인생의 여자이며, 나의 유일한 사랑이었다.

16

그날 아침, 나는 길을 걸으며 자유
의 향기를 가득 들이마셨다. 하늘 높이 떠 있는 해가 내 피부를
부드럽게 어루만져주었다. 마르크의 자동차를 찾았으나 눈에 띄
지 않았다. 늘 붙어 다니는 두 친구의 흔적을 부대 인근의 길에
서는 찾을 수가 없었다. 나는 배낭을 땅바닥에 내려놓고 그 위
에 앉았다. 지나가던 행인들이, 특히 어린애들이 박박 깎은 내
머리와 훈련복에 호기심 어린 눈으로 나를 흘끗거렸다. 1분이 지
나고 2분이 지나 어느덧 한 시간이 흘러갔다. 나는 불안해지기
시작했다. 장의 약속대로라면 두 사람은 이미 한 시간 전에 그곳
에 와 있어야만 했다. 아무리 사람이 하는 일이지만, 그가 이렇
게 경솔하게 행동할 거라고는 생각하기 힘들었다. 만일 그가 그
랬다면 내게 그 이상 큰 충격은 없을 것이다. 바로 그때 중형 자
동차 한 대가 꽁무니에 검은 연기를 매달고서 굉음을 내며 내가
앉아 있던 자리로 폭주했다. 그리고 자동차의 요란한 등장에 너
무 놀란 행인들은 어리둥절해 그 자리에 멈춰 서 있다가 역겨운
냄새가 나는 검은 배기가스에 휩싸였다. 행인들은 잔기침을 하 146

다가 입을 막으며 큰 소리로 욕을 퍼부었다. 자동차가 시끄러운 경적을 울리며 내게 다가왔다. 핸들을 잡고 있는 내 친구 장의 가느다란 실루엣과 옆에 앉아 여느 때처럼 싱글벙글 웃고 있는 그의 절친 마르크의 모습이 눈에 들어왔다. 두 사람 모두 팔을 창밖으로 미끄러트리며 나를 향해 크게 손짓했다. 나는 이 독창 적인 연출에 매혹되어 그들을 지켜보았다. 자동차 브레이크가 굉음을 내며 삐걱거렸다. 행인들이 아까보다 더 큰 소리로 욕을 퍼부으며 귀를 막았다. 장이 차에서 내리더니 내 쪽으로 뛰어와 서 나를 껴안았다.

그가 열광하며 소리쳤다.

"잘 있었나, 친구!"

나는 그가 그렇게 기뻐하는 모습에 감동해서 큰 소리로 대답 했다.

"그래, 친구! 친구도 잘 지냈나?"

"늦어서 미안해. 밤새 연습을 하다 보니 시간 가는 걸 깜빡하 고 있었지 뭐야."

나는 거짓말을 했다.

"괜찮아. 나도 방금 부대에서 나왔는데 뭘."

"좋아, 좋아! 이젠 됐어! 드디어 자유로군!"

나는 미소를 짓긴 했지만, 그래도 향수에 젖어 대답했다.

"맞아!"

그도 큰 소리로 외쳤다.

"됐어! 자, 이제 프랑크푸르트로 떠나세!"

*

우리는 정오경에 독일 국경에 도착했다. 주변에는 알자스 숲의 나무들이 하늘을 찌를 듯했고, 긴 나뭇잎들이 삭풍에 쓸려 우수수 떨어지곤 했다. 나는 그 거대한 숲속에서 벌어진 전투에서 죽어간 프랑스군과 독일군 병사들을 생각했다. 나무들은 미쳐도 단단히 미친 인간들의 괴기한 이야기에는 아무 관심도 없어 보였다. 국경 초소에 도착하자 군복 차림의 보초가 우리에게 증명서를 보여달라고 요구하면서 왜 독일에 가는지 물었다. 우리가 병이 난 고모 한 분을 병문안하러 간다고 대답하자 병사는 방책을 들어 올려 자동차를 통과시켰다. 우리는 점령당해 재건설 중인 독일의 황폐해진 도로를 끝없이 달렸다. 사람들은 자신들의 삶 전체를 덮친 엄청난 불행에 기진맥진한 듯 보였다. 이제 그들에게 중요한 건 오직 한 가지, 문명사회에서 평화롭게 사는 것, 아내와 아이들을 빼앗아간 그 혐오스러운 전쟁을 다시는 안 하는 것뿐이었다. 그들은 포탄을 맞아 파괴된 집을 다시 짓기 위해 벽돌과 시멘트 부대를 들고 길거리를 돌아다녔다. 그리고 프랑스군들을 경계하는 눈빛으로 쳐다보았다. 우리는 숲과 들판, 마을, 군사 기지 사이를 세 시간 동안 달렸지만, 아무도 우리를 멈춰 세우지 않았다. 도로는 3년 전에 떨어진 포탄으로 아직도 황폐한 상태였다.

드디어 오후 3시경에 마엔스에 도착했다. 프랑크푸르트에서 40킬로미터쯤 떨어진 이 도시는 프랑스의 마지막 보루였다. 도시를 가로질러 흐르는 라인강 너머는 미군이 점령하고 있었다. 우리는 한 호텔 앞에 자동차를 세웠다. 마르크는 자동차에서 내리 148

더니 호텔 주인에게 인사를 건넸고, 호텔 주인은 두 팔을 벌리고 반가이 그를 맞았다. 호텔 주인은 알아들을 수 없는 독일어를 몇 마디 하고 나서 우리에게 가까이 오라고 손짓했다. 장과 나는 주인의 어깨가 운동선수처럼 떡 벌어진 것에 놀라며 자동차에서 내렸다. 우리가 겪은 것만으로 판단하자면 그를 독일인이라고 생각하기는 힘들었다. 그래도 우리는 그에게 정답게 인사를 건넸다.

호텔 주인은 정작 그런 거에는 전혀 신경을 안 쓰고 우리에게 호텔 안으로 따라오라고 말했다. 그는 우리를 식탁에 앉히고 푸짐한 식사를 내왔다. 독일인들은 선한 앙피트리옹(몰리에르의 희곡에 등장하는 인물로 식사를 접대하는 역)이라고 평판이 나 있는데, 이런 평판이 백 퍼센트 사실임을 이날 확인할 수 있었다. 호텔 주인은 우리에게 독일의 대표적인 요리인 소시지와 양배추를 대접하고, 맥주도 양껏 마실 수 있게 내왔다. 그는 나지막하면서도 소란스러운 목소리로 말했는데, 나는 무엇보다 세련되지 못한 음조를 가진 이 언어에 짜증이 났다. 더더구나 통역을 하는 마르크도 그가 하는 말의 속도를 잘 따라잡지 못했기 때문에 나는 단 한 마디도 이해하지 못한 채 그냥 예의상 듣는 척했을 뿐이었다.

식사를 마치고 나서 그는 우리를 자동차에 태우고 라인강 바로 위에 위치한 미군 국경 초소로 향했다. 반쯤 취한 호텔 주인은 콧노래를 흥얼거리며 운전을 했고, 나는 자동차가 차도에서 크게 벗어나곤 한다는 사실을 알아차렸다. 자동차는 몇 번이나 인도를 침범할 뻔했지만 간신히 모면했다. 어쨌든 우리는 무사히 국경 초소 앞에 도착했다. 미군 병사가 우리더러 자동차를 세우라고 손짓했다. 자동차로 다가온 그는 호텔 주인을 알아보고 인사했다가 우리를 보자 눈썹을 찌푸렸다. 우리는 증명서를 내밀었다. 병사는 우리의 국적이 미국의 동맹국인 프랑스라는 걸 알고 긴장을 풀었다. 파리의 연극 무대에서 수많은 영미권 배우들과 가까이 지냈던 장이 그 미군 병사에게 우리의 방문 목적을 설명했다. 병사는 우리를 꼼꼼히 살펴보면서 곰곰 생각해보더니 지나가도 좋다고 손짓했다. 그는 해가 지기 전까지는 돌아올 것을 요구하면서 만일 그렇게 하지 않을 경우에는 상부에 보고해야 할 것이라고 말했다. 우리는 알았다고 대답하고 전속력으로 프랑크푸르트를 향해 출발했다. 한 시간 뒤에 우리는 이 도시 특유의 다색 줄무늬가 나 있는 높은 건물들이 줄지어 늘어선 작은 거리에 도착했다. 호텔 주인이 한 건물의 입구 앞에서 급정거를 하더니 집 한 채를 손가락으로 가리켜 보였다. 차에서 내린 우리는 독일군 장교가 옛날에 아내와 딸과 함께 살았던 엄청 큰 건물을 마주하게 되었다. 나는 용기를 내려고 숨을 한 번 크게 들이마신 다음 그 집 현관으로 천천히 다가갔다. 문 옆에는 그 건물에 사는 사람들의 이름이 나와 있는 표지판이 붙어 있었다. 나는 모든 가족의 이름을 재빨리 훑어보았다. 나의 눈이 검은색과 흰색 글자로 쓰인 '게르하르트 & 마르타 샤페르'에서 멈췄다. 나는 저 위에서 누군가 들을 수 있도록 초인종을 오랫동안 눌렀다. 초인종을 계속 눌렀지만 아무 대답이 없었다. 나는 우울해지면서 그 집 사람들이 외출을 한 것이니 돌아올 때까지 기다려야 한다고 결론 지었다. 거기서 하루를 보내고 싶지 않았던 마르크는 건물 관리인을 부르기 위해 1층 초인종을 눌렀다. 잠시 후에 중년 여성의 목소리가 대답했고, 마르크가 독일어로 말했다. 그녀가 우리와 이야기를 나누기로 했다. 우리는 잠시 동안 기다렸다. 문이 열리고 나이 든 여성이 나타났다. 그녀는 프랑스 사람을 경계하는 게 분명한 듯 우리를 머리끝에서 발끝까지 훑어보았다. 마르크가 입을 열더니 우리의 상황을 설명해주었다. 마르크의 강한 억양을 알아듣기가 힘든 듯 그녀가 귀를 쫑긋 세웠다. 마르크가 말을 마치자마자 나는 카트린의 사진을 그녀에게 내밀었다. 그녀가 여전히 경계심을 늦추지 않으면서 사진을 받아들었다. 그러고 나서 사진 속 어린 소녀의 얼굴을 본 그녀의 얼굴이 환해졌다. 그녀는 추억에 잠겨 한편으로는 감격스러우면서도 또 한편으로는 혼란스러운 듯 보였다. 이윽고 그녀가 고개를 들더니 슬픈 표정을 지으며 나지막한 목소리로 말했다. "카트린이네." 나는 미소를 지으며 고개를 끄덕였다. 그녀는 여전히 슬픈 표정으로 카트린의 가족이 전쟁이 끝난 뒤에 이곳을 떠났다고 설명해주었다. 카트린의 어머니 친구들이 카나리아제도의 일부인 그란 카나리아섬의 라스팔마스에 살고 있어서 그리로 떠났다는 것이다. 남편이 죽자 딸과 함께 전쟁과 자기 몫의 고통으로부터 멀리 떨어진 곳으로 망명한 것이다. 뜻밖의 그 소식에 나는 당황해서 혹시 라스팔마스 주소를 알고 있는지 물었다. 그녀는 주소도 모르고, 날 위해서 해줄 수 있는 것이 아무것도 없다고 대답했다. 그녀는 내게 행운을 빌어준 다음 건물의 정문 뒤편으로 사라졌다. 나는 실망한 나머지 고개를 떨궜다. 카트린은 3년 전에 이곳을 떠난 것이다. 라스팔마스라는 곳이 지도의 어디쯤인지 전혀 감이 잡히지 않았다. 그건 내 능력에서 크게 벗어나는 일이다. 그 사실을 받아들여야 한다. 나는 자동차에 올라탔고, 우리는 마엔스까지 왔던 길을 다시 돌아갔다. 여기서 나는 조금 슬픈 심정으로 호텔 주인에게 오늘 친절하게 대해줘서 감사하다고 인사했다. 그는 내가 낙심한 걸 알아채고 역시 슬픈 표정으로 내게 미소 지으며 행운을 빈다고 말한 다음 사라졌다. 우리는 자정쯤 파리에 도착했다. 그 다음 날, 장은 2년 전 내가 처음으로 파리에 발을 디뎠던 기차역까지 나를 배웅해주었다.

나는 슬픈 목소리로 말했다.

"자, 여기서부터는 각자 갈 길을 가야 할 것 같군."

그도 허공을 바라보며 한숨을 내쉬었다.

"그래야겠군. 날 위해 애써줘서 고마워, 폴. 평생 못 잊을 거야."

나는 금방이라도 눈물이 터져 나올 것 같았지만 꾹 참고 대답했다.

"고마운 건 나야, 친구."

그가 미소를 지어 보였다.

"난 아무것도 한 게 없는데?"

"아니, 난 평생 처음으로 친구를 갖게 됐어. 말하자면 내 말에 귀 기울여주고 나라는 인간을 존중해준 진정한 친구 말이야. 영원히 감사할 일이지."

"자, 출발하기 전에 마지막으로 줄 게 있어."

나는 놀라서 물었다.

"응?"

그가 봉투를 내밀었다.

"자, 받아."

"이게 뭐지?"

그가 웃으며 대답했다.

"꿈의 왕국으로 들어가는 문을 여는 열쇠. 기차 안에서 열어 봐. 여행 잘하고 마틸드에게 안부 전해줘."

우리는 마치 영원히 이별하는 친구처럼 몽파르나스 기차역의 플랫폼에 그렇게 서 있었다. 시간도 정지한 듯, 미친 듯이 내달리던 시곗바늘이 일순간 멈춰 섰다. 무사태평함과 깊은 우정이 섬세하게 뒤섞인 것 같은 좋은 향기가 허공을 떠다녔다. 역경 속에서 서로 돕고 의지하는 사람들을 영원히 이어주는 그 눈에 보이지 않는 인정의 끈이 그 뒤로도 우리를 연결시켜줄 것이다. 렌행 열차가 곧 출발 예정이니 서둘러 승차하라는 방송이 들려왔다. 나는 마지막으로 장과 포옹하고 나서 열차 쪽으로 돌아섰다.

장이 멀리서 소리쳤다.

"폴!"

나는 놀라서 물었다.

"왜?"

"절대 잃어버리면 안 돼. 네 얼굴을 환하게 밝혀주는 그 미소 말야."

그는 이렇게 말하고 나서 멀어져갔다.

나는 잠시 플랫폼에 서 있었다. 그리고 중얼거렸다. "고마워, 장." 열차가 파리의 회색 건물들로부터 멀어지자 나는 그의 편지를 꺼내 감격스러운 기분으로 읽었다.

사랑하는 폴, 이 편지를 읽을 때쯤이면 아마도 파리라는 대
도시로부터, 결코 끊어지지 않는 소음으로부터 멀리 가 있겠지?

나를 위해 애써준 데 대해 다시 한 번 고맙다는 말을 하고 싶어. 나 역시 자네가 카트린의 흔적을 찾는 걸 도와주고 싶지만, 살다 보면 때로는 예기치 못한 일이 생기고, 또 그게 우리 삶을 아름답게 만들어주기도 하지. 난 너의 이번 미션을 도와주지 못했으니 다른 미션을 도와주기로 결심했어. 폴, 뱃사람이 되고 싶어 했다고 말했지, 그렇지? 지금 상선에서 일을 하는 중이고 집안끼리 잘 아는 사업가의 보르도 주소를 동봉했어. 이름은 피에르 장톰이고, 네가 찾아오리라는 걸 이미 알고 있어. 네가 찾아가서 자기소개를 하면 일자리를 알아봐줄 거야.

자, 이 모든 게 네가 어릴 때부터 꿈꿔온 뱃사람의 꿈을 이룰 수 있는 계기가 되기를 바랄게. 다시 만날 수 있길, 친구.

잘 있어. 장.

나는 그 소중한 편지를 접어서 다시 봉투 속에 집어넣었다. 벌판과 마을, 호수, 강이 눈 아래로 획획 지나갔다. 열차가 프랑스의 도시와 시골을 통과할 때마다 수많은 사람들의 얼굴이 자랑스럽게 나타났으나, 열차는 전속력으로 달리느라 거의 주의를 기울이는 것 같지 않았다. 이제 몇 시간 뒤면 그 긴 2년의 기다림 끝에 다시 마틸드를 만나게 될 것이다. 그러고 나서 우리는 보르도로 떠날 것이고, 나는 상선을 탈 것이다.

드디어 운명의 길이 열린 듯했다. 수평선을 향해 떠가는 괴물처럼 거대한 쇳덩어리를 보며 감탄하던 아이가 있었다. 그 아이가 방긋 웃게 만들고 싶었고, 그렇게 할 수 있는 기회를 놓치고 싶지 않았다.

17

　　　　　　　　　　1949년 여름은 내가 보낸 여름 중
에서 가장 아름다운 여름이었다. 브르타뉴 지방의 하늘에는 항
상 해가 났다. 나의 아름다운 마틸드는 참나무 아래 누워 있다
가 내가 군복 차림에 배낭을 매고 정원으로 들어서는 걸 보자
눈부시도록 환하게 웃어주었다. 그녀는 전선으로 떠났던 남편과
재회하는 아내처럼 내게 부드럽게 입을 맞추며 꼭 껴안아주었
다. 그 순간 이런 행운을 누리지 못한 독일군 장교가 생각났다.

블랑샤르 씨는 정원의 장미꽃을 자르고 있다가 달려와서 나
를 맞이해주었다. 그러고 나서 마틸드와 내가 회포를 풀 수 있도
록 자리를 비켜주었다. 우리는 손을 잡고 협만 쪽으로 출발, 로
제오 항구를 따라 걷다가 레므완섬이 마주 보이는 아래쪽 모래
밭에 누웠다. 우리는 황혼빛이 어둠의 턱뼈로 우리를 에워싸고,
얼마 지나지 않아 인간의 흔적이 지평선상에서 완전히 사라질
때까지 오랫동안 입을 맞추었다. 나는 그 순간을 노려 그녀 앞
에 무릎을 꿇고 반지도 없이 청혼했다. 내 눈과 목소리가 이 세
상의 보물을 다 합친 것보다 더 많은 것을 말해주었다. 그녀는

처음에는 화들짝 놀라더니 괜히 불편한지 눈을 크게 뜬 채 나를 응시만 할 뿐 일단 입 밖으로 나오면 우리 두 사람의 운명을 묶어주게 될 말을 감히 하지 못했다. 그러다가 이 대답의 결과에 대해 깊이 생각한 그녀의 얼굴이 환하게 빛났다. 그녀의 입술이 동그랗게 오므려지더니 마음에서 우러나온 "좋아요"를, 생명과 사랑으로 이어지는 "좋아요"를, 얼마 안 있어 그녀의 얼굴을 뒤덮게 될 정열과 눈물로 이어질 "좋아요"를 나지막한 목소리로 속삭였다. 여러 가지 감정으로 가득 찬 눈물이 그녀의 눈가에 한 방울 두 방울 모이더니 기쁨으로 환히 빛나는 보조개를 따라 흘러내렸다. 알고 보면 그렇게까지 다르지는 않은 두 가지 감정 사이에서 고민하는 인간의 역설이, 마틸드의 슬픔과 그녀의 행복이, 요컨대 그녀의 복잡한 마음이 그녀의 얼굴에 드러났다. 내 미래의 아내가 자신의 삶과 내 삶을 결합시킨다는 생각에 기쁨의 눈물을 터트리는 것을 보자 나도 오랫동안 눈물이 흘렀다. 바닷가 어두운 내포에서 나는 앞으로 그녀와 내가 영원히 결합되리라는 사실을 알았다. 그녀를 집에 데려다준 다음 나무딸기가 여기저기 떨어져 있는 흙길을 걸어 집으로 향했다. 변한 건 아무것도 없었다. 어머니는 나를 보자 목을 끌어안고 입을 맞추었다. 그녀를 꼭 껴안는 순간 우리 관계의 강렬함과 깊이가 느껴졌다. 피에르 형과 귀이 형도 식탁에서 일어나더니 인사를 하러 다가왔다. 그들은 서로 사랑하는 형제들이 그렇듯이 차례로 나를 꼭 껴안았다. 사실 그들이 그렇게 기쁨을 표현하는 데 놀랍기도 하고 감격스럽기도 했다. 나는 꼭 하늘이 내 머리 위로 떨어지기라도 한 것처럼 눈을 크게 뜨고 그들을 관찰했다. 자크 형은 식탁 한 모통이에서 밥을 먹고 있다가 내 쪽으로 고개를 들었다.

그가 조롱하듯 물었다.

"자, 이제 남자가 됐냐?"

나는 자랑스럽게 대답했다.

"그래, 난 자유로운 인간이 됐어."

"자유로워졌다고? 무엇에서 자유로워졌다는 거냐? 다시 밭일 나가는 것에서?"

나는 분명하게 말했다.

"이제 밭일은 안 나갈 거야."

포크로 음식접시를 긁던 소리가 일순간에 멈췄다. 그들은 마치 내가 그 존재 자체를 부인하는 보잘것없는 밭일 말고는 다른 살아갈 방법이 없다는 듯 그 말에 놀라 일제히 내 쪽으로 고개를 돌렸다. 어머니가 슬픈 눈으로 나를 바라보았다. 그녀는 내가 태어날 때부터 해방의 욕구가 내 영혼 속에 자리 잡고 있다는 사실을 다른 누구보다도 더 잘 알고 있었다. 그래서 언젠가는 내가 순응주의의 안락한 둥지를 떠나 불확실한 자유의 싸움터로 뛰어들 것이라는 사실도 알고 있었다. 그것은 내 선택이었고, 그녀는 그걸 받아들였다.

자크 형이 또 물었다.

"밭일 안 하고 뭐 하려고? 길거리에서 구걸이라도 할 생각이냐?"

"아니, 보르도로 가서 상선에서 일할 생각이야. 친구가 어떤 사업가를 만나볼 수 있도록 주선해줬어. 난 항상 뱃사람이 되고 싶었고, 이번 기회를 놓치지 않을 거야."

그러자 자크 형이 더 이상 나를 지배할 수 없게 되었다는 걸 불안해하며 물었다.

"그럼 가족은 어떻게 하고?"

"가끔 올게. 나는 아주 오래전부터 밭일을 싫어했어. 건초 다발이나 줍고 밀이나 베며 살고 싶지는 않아. 난 내가 원하는 대로, 내 방식대로 자유롭게 살고 싶은 것뿐이야."

자크 형이 주사위는 이미 던져졌다는 걸 느끼고 체념한 듯 말했다.

"너 좋을 대로 해."

"할 얘기가 또 있어요."

자크 형이 소리쳤다.

"또 뭐?"

"마틸드 블랑샤르와 결혼하겠어요."

그들은 다시 한 번 동시에 식사를 멈췄다. 형들은 자기들도 아직 짝을 못 찾았는데 가장 어린 막내가 결혼을 하겠다니 깜짝 놀라 내 얼굴을 뚫어지게 쳐다보았다. 내가 이미 얘기한 바 있어서 마틸드와의 관계를 알고 있는 어머니만 축하해주었다. 어머니가, 다정한 어머니가 바라는 건 오직 나의 행복뿐이었다. 비록 그녀의 존재 가장 깊숙한 곳, 삶의 불꽃이 내 마음을 불태운 그곳에서는 극심한 고통을 겪고 있었지만, 어머니는 내가 지구 저 반대편으로 떠나더라도 내가 슬퍼하지 않을 수만 있다면 그 먼 거리를 견뎌낼 것이다. 피에르 형과 귀이 형은 다시 한 번 식사를 하다 말고 일어나 무덤덤한 표정으로 축하해주었다. 얼굴에 질투의 기미가 살짝 드러났던 자크 형은 그냥 식당 한쪽 구석에 남아서 알아들을 수 없는 말 몇 마디를 투덜거리고 그만이었다. 이제 말을 하는 건 그가 아니고 아버지였다. 아버지가 증오심을 형에게 물려주었고, 형은 그와의 심리적 사슬을 끊을 수가 없어서 나쁜 사람인 척하는(어쩌면 형은 나쁜 사람이 아닌지도 모른다) 것이다. 자크 형은 자신의 가장 깊숙한 곳에 틀어박힌 채 넘쳐흐르는 쓰라린 감정을 여전히 간직하고 있었다. 하지만 그건 더 이상 나의 문제가 아니었다.

*

정말 놀랍게도 블랑샤르 씨는 마틸드가 나와 결혼하기로 했다는 사실을 알고 나서 몹시 기뻐했다. 그는 우리 식구 전부를 집으로 초대했다. 오만하기 짝이 없는 자크 형만 동생이 행복해하는 모습을 차마 볼 수 없었는지 참석하지 않았다. 블랑샤르 씨는 내가 돈 많고 경제를 이끌어가는 사람들의 눈에 잘 띄지도 않는 계층에 속하는 데도 불구하고 나를 인정해주었다. 내 생각에 그는 몇 년 전 세상을 떠난 아내에게 갖고 있던 바로 그 열정과 사랑의 광채를 내 눈 속에서 읽은 것 같다. 결코 입 밖에 내어 말한 적은 없지만, 그는 자신의 분신이나 다름없는 마틸드가 냉정하고 엄격하며 낯선 남자와 결혼하기보다는 자신과 닮은 남자와 결혼하기를 바랐던 것 같다. 하지만 뱃사람이 되기 위해 보르도로 떠날 생각을 하고 있다는 내 말에는 가슴이 미어지는 모양이었다. 딸이 멀리 떠난다고 하니 그 슬픔은 이루 말할 수 없을 정도였지만, 그로서는 어쩔 도리가 없었다. 우리는 1949년 7월 말에 결혼식을 올렸다. 그날은 정말 지독하게 더웠다. 예복을 입고 나온 하객들마다 모두 땀을 뻘뻘 흘렸다. 마을 교회는 정성스럽게 장식되었고, 하객들은 열광적으로 환호하며 블랑샤르 씨의 사무소로 밀려들었다. 어머니는 그녀 자신이 마을의 모든 세대가 한 명씩 자라나 신 앞에서 결합하는 것을 보곤 했던 이 소교구 교회의 아늑함 속에서 결혼식을 올렸던 그랬던 것처럼 신경을 잔뜩 곤두세운 채 교회 제단 앞에 똑바른 자세로 서 있었다. 마틸드도 내 바로 앞에 서 있었다. 흰색 면사포가 그녀의 얼굴을 완전히 덮고 있어서 보이지는 않았지만, 불안의 흔적 같은 건 전혀 느낄 수 없었다. 그녀에게선 훌륭한 선택 덕분에 준마를 타고 질주하게 되었다는 깊은 확신만이 느껴졌다.

"신부는 죽음이 두 사람을 갈라놓을 때까지 기쁠 때나 슬플 때나 신랑을 사랑하겠습니까?"

"예."

"신랑은 죽음이 두 사람을 갈라놓을 때까지 기쁠 때나 슬플 때나 신부를 사랑하겠습니까?"

"예."

기도문을 외우고, 어머니가 신중하게 고른 찬송가를 불렀다. 이제 우리는 모든 가족이 모인 가운데 교회에서 부부가 되었다. 그러고 나서 마틸드의 아버지가 면사무소에서 우리를 부부로 맺어줌으로써 우리의 결혼은 행정적으로도 완성되었다. 그러고 나자 오직 브르타뉴 사람들에게만 전해지는 잔치가 마을 전체에서 벌어졌다. 이 지역의 전통음식이 식탁을 가득 채우고 사과주가 철철 넘쳐흘렀다. 전통음악과 춤이 등장했고, 여자들은 지난 시절의 향수를 불러일으키는 음악 소리에 맞추어 빙빙 돌았다다. 나도 마틸드의 허리를 껴안았다. 우리는 빙글빙글 돌며 하객들 앞에서 춤을 추었다. 우리는 너무나 생소하지만 별다른 장애 없이 행복할 것으로 예상되는 이 새로운 부부생활을 향해 출발했다. 시간은 젊음이 갖고 있는 힘을 아무 예고도 없이 조금씩 갉아먹는다. 그날 밤 우리는 내일은 생각하지 않고 미친 듯이 춤을 추었다. 다리가 풀리기 전까지, 사랑에 만족하고 매혹되어 바닥에 털썩 주저앉을 때까지 춤을 추었다. 우리는 어린 시절의 사과나무 아래서 오랫동안 입을 맞추었다. 그리고 옷을 벗었다. 결국 서로를 깊이 알게 되었다는, 섹스의 즐거움을 느끼게 되었다는, 어서 빨리 어른이 되고 싶어 하는 우리 어린 영혼의 깊숙한 곳에서 타오르는 욕망을 충족시킬 수 있게 되었다는 생각에 흥분한 연인처럼 그렇게, 처음으로 나는 극도로 신중하게 마틸드의 몸속으로 들어갔다. 그녀의 얼굴에서 나에 대한 절대적 믿음이 느껴졌다. 나의 움직임에 그녀가 쾌감으로 신음했다. 하늘은 구름 한 점 없이 맑았다. 초승달이 하늘에 떠 있었다. 꼭 우주가 하늘에서 미소 짓는 듯했다. 별은 과학자들이 설명하는 것과는 달리 태양이 폭발해서 생겨난 것이 아니다. 별은 저 높은 곳에서 만개하는 지나간 사랑의 화석이다. 별은 우리의 믿음이 부족하긴 하지만 어쨌든 이 아래 세상에서 중요한 것은 오직 한 가지, 영원히 반짝이며 인간을 구원하는 사랑뿐이라는 사실을 우리에게 상기시키기 위해 끊임없이 빛나고 있다.

18

인생이 한 권의 책이라면 보르도
는 하나의 새로운 장이었다. 매우 긴 장. 처음 접한 이 도시는 얼
음처럼 차가워 보였다. 마치 그을음이 모든 것을 그 악취나는 자
국으로 뒤덮어 미래의 환경에 깊은 영향을 미치듯, 두텁고 거무
스레한 꺼풀이 도시를 가로지르는 강을 따라 서 있는 건물들의
정면을 뒤덮고 있었다. 가론강은 센강을 꼭 빼닮은 듯 빛깔도 검
누런색이고, 결코 말라붙지 않을 만큼 유량도 풍부했다. 강은 어
서 빨리 도시를 떠나 더 부드럽고, 더 푸르고, 더 반짝이는 하늘
을 향해 흘러가고 싶어 하는 듯 보였다. 특히 이 깨어 있는 감각
의 발레에서 한 가지가 우리의 주의를 끌었다. 소음은 이 도시
어디를 가나 들리며, 귀에 가장 거슬리는 완결된 형태의 전복이
었다. 우선은 포장된 도로 위를 굴러가는 포도주 통의 귀가 멍
멍하고 거대한 사륜마차의 바퀴 소리처럼 무거운 소리, 상품을
능숙하게 다루고 운반하는 사람들의 고함 소리와 노랫소리, 땅
을 거칠게 박차는 말발굽 소리, 배들이 위풍당당하게 항구에 접
근하며 울리는 사이렌 소리가 있었다. 그 소리의 혼돈 속에서 마

틸드와 나는 포도주로 유명한 이 도시의 상업적 활력에 깜짝 놀랐다. 장이 자기 친구의 회사에 관해 한 말은 거짓이 아니었다. 배들이 수입품을 가득 싣고 항구로 들어왔다가 이 도시 주변에 널리고 널린 포도밭에서 생산된 포도주를 잔뜩 싣고 다시 떠나는 횟수가 많아지면 많아질수록 그의 장사는 한층 더 번창했다. 이 도시에 넘칠 만큼 많은 부르주아 가문 출신인 피에르 장톰은 보르도가 속해 있는 아키텐 지방에서 가장 영향력이 큰 포도주 상인이었다. 포도주 업계에서는 보증수표나 다름없는 이 가족기업은 이름 높은 포도밭에서 포도주를 사들이는 것뿐만 아니라 그렇게 사들인 포도주를 항구까지 가져가서 배에 싣고 내리는 일, 그리고 각종 영업 서류와 판매에 필요한 기타 수속 등 이 업무에 수반되는 모든 행정 절차를 맡아서 처리했다. 이 무역 왕국은 키가 작고 수염이 난 한 남자에 의해 엄격하게 관리되고 있었다. 나는 1949년 가을에 이 사람을 만나 장이 준 편지를 내밀었지만, 그는 전혀 놀라는 기색이 없었다. 그는 편지를 읽고 나서 장과 내가 어떻게 친구가 되었는지도 묻지 않은 채 내게 장의 소식을 물었다. 역시 가족기업을 운영하느라 너무 바쁘고 권위적인 아버지 아래서 자라난 이 냉혹한 남자는 돈벌이가 안 된다고 판단되는 감정적 관계보다는 경제적 이해관계를 더 중요하게 생각했다. 우리는 모두 저마다 다른 사회적 지위를 갖고 태어나지만 사실 모두 똑같은 사람일 뿐이다. 어느 집안이 되었든 돈이 부모의 사랑을 대신하지는 못한다는 증거다. 그는 읽고 쓸 줄 아는지 내게 물었다.

삶의 우연이 나의 사회적 지위를 규정하는 규칙을 위반할 가능성을 내게 주었을 리는 없다고 생각했던 듯 그는 내가 그렇다고 대답하자 놀란 표정을 지었다. 그는 어깨를 한 번 으쓱거리더니 행정용 문서 한 장을 내밀었다. 나는 그걸 정성들여 작성했다. 그는 내 말이 사실인지 아닌지 확인하기 위해 나를 지켜보고 있었고, 나는 그런 그가 거북했다. 면담이 끝나고 나서 그는 오른손을 내밀며 자기 회사에서 일하게 된 것을 환영한다고 말했다. 그는 내게 상품운반원(좀 더 서정적으로 표현하자면 항만노동자)이라는 직위를 주고 회사 건물을 보여준 다음 일을 하고 있던 직원들에게 소개시켜주었다. 직원들은 같은 노동계급으로서 새 구성원이 된 내게 호의를 표하며 다정하게 인사했다. 제롬 씨는 처음 일을 시작하는 모든 부두노동자들이 그렇듯 나도 그다음 날 바로 내게 일을 가르쳐줄 십장과 스무 명의 노동자로 이루어진 야근반에 합류하게 될 것이라고 설명해주었다. 그러고 나서 결코 한가하지 않은 그는 내게 더 이상의 시간을 할애하지 않고 창고 쪽으로 향했다.

*

얼마 안 있어 마틸드와 나는 가론강 북쪽에 있는 보르도의 서민동네에 작은 정원이 딸린 단층집을 얻어 자리를 잡고 과일나무도 몇 그루 심고 채소도 이것저것 키웠다. 처음에 나는 어렸을 때부터 아버지와 단 둘이 넓은 집에서 사는 데 익숙해진 마틸드가 과연 이렇게 보잘것없는 집에서 살려고 할까 내심 불안했다. 나는 형들과 함께 좁은 집에서 사는 데 이미 익숙했고, 상황이 잠정적이기 때문에 더더욱 아무런 문제가 없었다. 그러나 뜻밖에도 마틸드는 나와 함께 이 누추한 집으로 이사하게 된 것을 무척 기뻐해서 내 마음속에 움텄던 불안감은 아예 처음부터 씻은 듯 사라져버렸다. 우리는 우리 두 사람이 갖고 있는 얼마 안 되는 살림살이를 다 집어넣을 수 있을 만큼 이 집이 넓다고 판단했다. 어쨌든 우리가 가진 돈으로는 더 넓은 집을 구하려야 구할 수도 없었다.

우리는 농담처럼 말했다. "살기 편한지 안 편한지는 살아보면 알겠지, 뭐." 나처럼 이 도시의 명성을 조금씩 쌓아올리기 위해 밤낮없이 일하는 노동자들인 이웃들은 다들 꽤나 좋은 사람들처럼 보였다. 우리는 별다른 어려움 없이 이 동네의 여러 가족과 돈독한 관계를 맺었다. 몇 달 만에 인접한 상가와 가게, 관습, 유지有志 등 우리의 새로운 생활환경을 완벽하게 터득했다. 이렇게 해서 우리는 태어난 브르타뉴 지방처럼 평온하고 소박하고 즐겁고 서로 굳게 결속되어 있는 프랑스의 다른 장소를 발견하게 되었다. 물론 브르타뉴보다 갑갑하긴 했다.

마틸드는 같은 층에 사는 이웃으로 동네 빵집 주인인 조세핀과 친구가 되었다. 조세핀은 집안끼리 알고 지내는 사람에게 마틸드를 소개시켜 주었는데, 이 부르주아 여성은 혼자 살기엔 너무 넓은 집에서 하루 종일 아무 일도 안 하면서 쓸쓸했다. 고급 의류를 팔아 큰돈을 모은 귀족가문에서 태어난 이 여성은 마틸드를 재봉사와 청소부, 아이들의 유모, 허드렛일을 다 맡아 하는 가정부로 정식 채용했다. 마틸드는 생-맥상 부인과 하루 종일 함께 있으면서 너무나 친절하게 차도 끓여주고, 신문도 읽어주고, 바느질도 가르쳐주고, 그녀의 아이들을 보살펴준 덕분에 얼마 지나지 않아서부터는 이 가정의 불안정한 균형을 잡아주는 데 없어서는 안 될 인물이 되었다. 어머니가 그랬듯 성실하고 책임감이 강했던 마틸드는 하루 종일 쉴 새 없이 일하느라 파김치가 되어 밤늦게 집에 돌아왔지만, 고된 일의 결실을 집에 가져올 수 있다는 것에 만족했다. 생-맥상 부인은 자신을 위해 몸을 아끼지 않고 성실하게 일하는 아내에게 월급은 쥐꼬리만큼 주었다.

우리가 보르도에서 살기 시작해서 처음 2년이 쏜살같이 지나갔다. 마틸드가 밤늦게 돌아오는 시간에 나는 부두로 나가 밤새도록 배에 실린 짐을 내렸고, 내가 아침 일찍 집에 돌아오면 이번에는 마틸드가 일을 하러 나갔다. 우리는 주말에만 잠깐 얼굴을 볼 수 있었고, 삶이 우리에게 짧은 휴식을 허용하는 이 특별한 순간을 만끽했다. 내가 하는 부두노동자 일은 무척 힘들었다. 처음에는 이 일이 별로 힘들어 보이지 않았다. 아니, 그 반대였다. 밤에 일을 하면 도시 전체가 잠들어 있는 시간에 일출과 일몰을 만끽할 수 있고, 월급도 더 많이 받을 수 있으며, 더 긴 주말을 즐길 수 있는 등의 큰 이점이 있었다. 나는 이런 이점을 중요하게 생각했다. 또한 다른 사람들이 보기에는 이상하겠지만 내가 가장 중요하게 생각하는 것은 브르타뉴의 초원에서 보낸 내 어린 시절의 추억을 되살려주고, 활기에 가득 찬 항구에 배들이 연이어 들어올 때 내 마음을 편하게 해주는 나의 달을 바라볼 수 있다는 사실이었다. 처음 얼마 동안은 비록 아내와 함께 보낼 수 있는 시간이 얼마 안 되기는 해도 꽤 만족스러웠고, 심지어 행복하기까지 했다. 그렇지만 얼마 안 있어서부터는 하는 일이 따분하게 느껴지기 시작했다. 몸도 피곤했다. 이 밤의 지옥에서는 배의 사이렌 소리가 작업 개시를 알렸고, 부두노동자들이 차가운 밤에 박자를 맞추어 절망의 노래를 부르곤 했다. 그리고 얼마 안 있어 내 몸은 이 지옥의 혼란 속으로 휩쓸려 들어갔다. 우리는 그 소중하고 감미로운 음료가 들어 있는 포도주통을 조심스럽게 땅바닥에 굴리며 항구에 정박해 있다가 내가 오직 초등학교 때 선생님의 세계지도를 통해서만 그 존재를 알고 있는 멀고 먼 목적지를 향해 이른 새벽에 떠나가는 그 쇳덩어리 괴물의 뱃속으로 들어갔다. 나는 이른 아침에 일을 마치면 항구를 떠나 쇠로 만든 늑재가 부러지는 것을 피하기 위해 가론 강의 모래톱 사이를 갈지자를 그리며 멀어져가는 배들을 바라보곤 했다. 그리고 그때마다 먼 나라를 갈구하는 뱃사람들이 탄 배가 수평선 위에서 멀어져가는 걸 보며 마음이 무거웠다. 내 어렸을 때의 꿈은 여전히 뱃사람이 되는 것이었다. 나는 그 꿈이 이루어지기를 마음속으로 기다려왔다. 이국적인 향기를 풍기는 그 뱃사람들의 일원이 될 수 있으리라는 희망을 잃지 않은 것이다. 나는 집으로 돌아가 마틸드의 체온이 아직 남아 있어 따뜻한 담요를 몸에 두르고 휴식을 취하며 나를 위안하곤 했다. 그리고 온갖 소음을 멀리한 채 천국 같은 장소와 풍경을 꿈꾸며 잠이 들었다.

19

3년이라는 세월이 생-맥상 부인의
변덕과 배들의 리듬에 맞추어 흘러갔다. 마틸드와 나는 우리의
사랑에 어울리는 인생을 설계하느라 바빠서 서로 얼굴을 거의
보지 못했다. 그렇지만 어느 날 운명이 또다시 우리 집 문을 두
드렸다. 그걸 어떻게 설명해야 할지 잘 모르겠다. 우연의 일치를
만들어내는 재료들은 여러 가지가 있는 것일까? 장소와 순간, 인
간, 행성의 특별한 위치 같은 것 말이다. 어쩌면 이 모든 재료가
신기하게 뒤섞여 일순간에 서로 조화를 이루고 모든 걸 뒤엎는
것인지도 모른다. 1952년 어느 날 아침, 우리가 방금 화물을 적
재한 배의 부두를 떠나려는데 뒤에서 시끄러운 소리가 들려왔
다. 나는 소스라치게 놀랐다.

"쉿, 여기!"

어떤 목소리가 속삭였다.

그 수상쩍은 소리 쪽으로 고개를 돌렸으나 차곡차곡 쌓여 있
는 녹슨 양철통들만 보이고 사람의 모습은 눈에 띄지 않았다.
다시 가드레일 쪽으로 걸어가던 나는 한창 아름다울 나이의 여

성 한 명이 팔짱을 낀 채 선착장에 서서 누군가를 기다리고 있는 것을 보았다. 뭔가 고민하고 있는 듯 얼굴에 주름이 져 있었다. 눈 밑에는 상당히 큰 검은색 주름이 축 늘어져 있었고, 눈 속에는 그녀가 감추고 싶어도 쉽게 못 감추는 절망의 흔적이 쌓여 있었다. 머리는 대충 말꼬리 모양으로 서둘러 묶어 뒤로 넘겼는데, 그것만 봐도 그녀가 심리적으로 공황상태에 있다는 것을 알 수 있었다.

"젊은이."

나를 부르는 소리가 다시 들려왔다.

산더미 같이 쌓아올려진 녹슨 양철통들 속에서 머리 하나가 쇳덩어리들 위로 힘들게 올라왔다. 덥수룩한 검은색 턱수염이 역시 혼란스러워하는 것 같은 그 남자의 얼굴을 거의 다 뒤덮고 있었다. 오늘은 모든 사람이 서로 짜고 이러는 게 틀림없어, 라고 나는 생각했다.

그가 들릴 듯 말 듯한 목소리로 속삭이듯 말했다.

"가까이 와. 이리 와 보라니까."

나는 놀라서 물었다.

"저요?"

짜증이 잔뜩 묻어나는 목소리로 그 사람이 소리쳤다.

"그래, 자네!"

나는 보는 사람을 놀라게 만드는 그 늙은 뱃사람의 겉모습이 겁났다기보다는 혹시 그가 완전히 미친 사람이면 어떡하나 두려웠던 나머지 경계심을 늦추지 않고 조심조심 그쪽으로 다가갔다. 그 남자로부터 몇 미터쯤 떨어진 곳까지 갔을 때 그가 양철통 더미를 돌아서 자기 쪽으로 오라고 손짓했다. 나는 그가 시키는 대로 천천히 양철통 더미를 돌아가 어깨가 떡 벌어진 남자와 마주하게 되었다. 그는 메달과 훈장으로 뒤덮인 푸른색 해군 군복을 입고 있었다. 그가 받은 여러 가지 색깔의 메달과 훈장이 보란 듯이 가슴 위에 붙어 있었다. 그는 해군에서 꽤 높은 지위에 있었음에 틀림없다. 성난 바다의 돌풍과 싸우고 거대한 파고 앞에서도 두려움 없이 용감히 싸우는 그가 왜 산더미처럼 쌓여 있는 쇳덩어리 뒤에 도망치는 죄수처럼 숨어 있는 것일까?

그가 애원하듯 말했다.

"좀 도와줘야겠네."

"도와달라구요? 뭘 도와달라는 말씀인가요?"

그러자 그가 짜증스러운 목소리로 대답했다.

"날 숨겨달란 말야."

나는 그의 말이 믿기지 않아서 다시 물었다.

"누가 못 보게 숨겨달라는 말씀이신가요?"

"선착장에 있는 여자가 못 보게 숨겨달란 말야. 좀 전에 그 여자 봤지?"

"예, 그런 것 같아요. 팔짱 끼고 기다리는 여자 말이죠?"

"맞아! 눈썰미가 좋군! 그것도 하나의 장점이지! 자, 내 말 잘 듣게나! 그 여자가 배에 타게 해서는 절대 안 되네, 알겠나?"

나는 황당해서 물었다.

"제가 왜 그래야 하죠?"

그러자 그가 위엄 있게 대답했다.

"지금 당장은 그냥 내가 시키는 대로만 하게. 나중에 설명해줄 테니까!"

나는 그의 반응에 놀라서 말했다.

"알았습니다. 제가 뭘 어떻게 해야 하죠?"

"그 여자가 배에 타면 막아서게!"

"배에 안 타면요?"

그 사람은 나의 질문에 당황하며 대답했다.

"그 여자가 배에 안 타면? 그럼 그냥 내버려둬."

나는 그의 이야기를 전혀 이해하지 못한 채 말했다.

"알았습니다. 그런데 그 여자분한테 정확히 뭐라고 말해야 하죠?"

"카나리아섬에서 바이러스가 유입되어 전염병이 돌고 있기 때문에 통과시킬 수 없다고 말하게."

나는 독일군 장교의 딸 카트린을 생각하며 물었다.

"카나리아섬요?"

"그래, 카나리아섬 말야. 카나리아섬이 어디 있는지 모르나? 내가 가르쳐줄까?"

"아니, 괜찮습니다."

반쯤 미친 것 같은 그 나이 든 남자가 말했다.

"좋아. 그럼 그 여자가 떠날 때까지 입구에 서서 길을 막고 있게."

"그런데 그렇게 해서 제가 얻는 건 뭐죠?"

이 질문이 무의식적으로 내 입에서 튀어나왔다. 서열관계가 순식간에 역전되었지만 그런 상황에 익숙하지 않은 듯, 남자는 내가 갑작스레 던진 질문에 당황한 것 같았다. 결국 그가 나를 필요로 하는 것이지 내가 그를 필요로 하는 건 아니었던 것이다. 그가 몸을 일으키더니 잠시 내 눈을 똑바로 쳐다보았다. 그런 다음 내 질문에 대해 곰곰이 생각해보고 나서 나를 향해 걸어왔다. 술 냄새가 나는 그의 입김이 내 콧구멍을 간지럽혔다.

그가 내게 확실하게 약속했다.

"날 이 함정에서 끄집어내 주면 자네가 원하는 걸 들어주지."

나는 그의 대답에 만족했다.

"좋습니다."

나는 선교 쪽으로 걸어가다가 뭉툭하게 부풀어오른 작은 나무(계단으로 쓰이기도 하고, 미끄러지지 않도록 안전판으로 쓰이기도 하는)를 조심조심 내려갔다. 여자는 여전히 팔짱을 낀채 선교 입구의 계단 아래에 버티고 서서 분노에 찬 눈길로 나를 지켜보고 있었다. 그쪽으로 걸어가면서 나는 우리 세 사람 모두가 참여하고 있는 이 우스꽝스런 희극에 등장하는 두 인물 사이에 일어난 일에 관한 그럴 듯한 시나리오를 상상하기 시작했다. 남자가 바람을 피워서 그 여자가 자존심에 상처를 입었거나, 아니면 그 반대로 환멸을 느낀 여자가 남자의 이미지에 흠집을 내려고 큰 소리로 동네방네 떠들어대며 소란을 피워대는 게 아닐까? 첫 번째 경우든 아니면 두 번째 경우든, 대립은 피할 수없어 보였다. 내가 그녀로부터 몇 미터가량 떨어진 곳까지 걸어갔을 때 그녀가 팔을 풀었다. 꼭 혓바닥으로 내 몸에 맹독을 불어넣으려 애쓰는 살모사처럼 보였다.

그녀가 쌀쌀맞은 말투로 말했다.

"거기, 나 좀 봐요!"

나는 침착하게 대답했다.

"저 말인가요, 부인?"

"당신, 누구죠?"

"제 이름은 폴 베르튄이고, 지금은…."

"당신이 누구든 상관없어요…."

"하지만 방금 부인이…."

그녀가 명령하듯 말했다.

"가서 선장 불러와요!"

"왜 그러시는 거죠, 부인?"

그러자 그녀가 화가 나서 떨리는 목소리로 소리쳤다.

"나는 그 사람 아내인데, 지금 당장 남편을 만나야 해요."

"유감이지만 그건 안 됩니다, 부인."

"왜 안 된다는 거죠?"

나는 확신 없이 거짓말을 했다.

"배가 지금 검역 중이어서 뱃사람들이 모두 배 안에 갇혀 있습니다."

"검역 중이라구요? 거짓말 말아요!"

"아무도 통과시키지 말라는 지시를 받았습니다. 이 배는 카나리아섬에서 전파된 바이러스에 감염되었습니다."

나는 전염에 대한 두려움을 그녀에게 불러일으키기 위해 그 자리에서 거짓말을 꾸며냈다.

"쥐들이 전파하는 이 바이러스는 전염성이 아주 강합니다."

그러나 여자는 내 말을 믿지 않고 물었다.

"아, 그래요? 그게 무슨 바이러스인데요?"

"아직은 모릅니다. 무슨 바이러스인지 확실히 파악될 때까지는 아무도 승선할 수 없습니다."

"또 남편이 말도 안 되는 핑곗거리를 지어냈군요, 그렇죠?"

"유감이지만 지금 무슨 말씀을 하시는지 모르겠군요, 부인."

"당신네 두 사람은 거짓말을 밥 먹듯 하는 사람들이에요."

"천만에요. 저는⋯."

그녀가 히스테릭하게 소리쳤다.

"내가 다 알고 있다고 남편한테 전해요! 그 사람, 보기만 하면 죽여버릴 거야!"

"제발 진정하세요, 부인."

"죽여버릴 거라고! 내 말 알아듣겠어?"

그녀는 이렇게 소리치고 나서 땅바닥에 털썩 주저앉았다.

그녀는 얼굴이 분노와 실망으로 일그러져 뜨거운 눈물을 흘리며 울기 시작했다. 그녀는 두 손으로 머리를 감싸더니 뭐라고 중얼거렸다. 자기를 너무나 힘들게 만드는 남자에게 욕설을 퍼붓는 것 같았다. 눈물은 그녀의 영혼 저 깊숙한 곳에서 곧장 터져 나오는 듯 수많은 의미가 담긴 흐느낌으로 변했다. 배신당한 이 여인의 엄청난 절망이 나를 서서히 사로잡았다. 내 마음이 이 삶의 비극 앞에서 조금씩 부풀어 오르더니 얼마 안 있어 일체의 고통을 흡수하는 두터운 스펀지로 바뀌었다. 도대체 나는 몇 분 전에 무엇으로 바뀌었는가? 악마의 변호사로? 도대체 그는 어떤 사람일까? 비겁자일까? 아니, 어떻게 오대양 육대주를 누비며 배를 몰던 사람이 자기 아내를 무서워할 수 있단 말인가? 놀랍게도 나는 우리 인간의 또 다른 역설을 발견했다. 나는 울고 있는 174

여자 옆에 쭈그리고 앉아 그녀를 일으켜 세우려고 했다.

"날 가만 내버려둬요! 당신도 남편이랑 다를 바 없는 거짓말쟁이에요!"

"그럴리가요, 저는….."

그녀는 계속해서 흐느껴 울며 말했다.

"난 그가 좋은 사람이라고 생각했어요. 그런데 지금 내가 뭘 하고 있는지 좀 봐요. 그 사람은 애인이랑 같이 있는데 난 이 더러운 부두에서 하염없이 기다리고 있을 뿐이에요."

나는 도대체 어디서부터 말을 꺼내야 할지 알 수가 없었다.

"그렇지 않습니다, 부인. 그러니 제발 일어나세요."

하지만 그녀는 땅바닥을 기어가며 애원했다.

"아녜요. 날 그냥 내버려둬요. 아니, 차라리 날 바다에 내던져버려요. 죽고 싶으니까."

나는 그녀 옆에 무릎을 꿇고 앉아 있는 힘을 다해 소리쳤다.

"그만하세요!"

"날 죽게 그냥 내버려둬요!"

항구에 있던 사람들의 시선이 일제히 우리에게 쏠렸다. 누군가가 와서 나를 좀 도와주었으면 해서 나는 애원하며 그녀에게 매달렸다. 극도로 히스테릭해진 그녀가 내게서 벗어나려고 발버둥치기 시작했던 것이다. 어떻게 된 상황인지 모르는 부두노동자와 뱃사람들이 그 장면을 보고 무슨 생각을 할지, 걱정이 되었다. 혹시 내가 땅바닥에서 몸부림치는 그 여인을 성폭행한다고 생각하는 건 아닐까? 사랑하는 마틸드의 모습이 떠올랐다. 아마도 그녀는 내가 이렇게 괴상한 자세를 취하고 있는 걸 보면 큰 충격을 받을 것이다. 잠시 후 나는 절망에 빠져 창자가 뒤틀릴 정도의 고통에서 벗어날 수만 있다면 뭐든지 할 각오가 되어 있는 그녀를 설득하도록 도와달라고 소리쳤다. 정지상태의 구경꾼들이 깜짝 놀라 나를 도와주러 달려왔다. 그중 한 사람이 그녀를 붙잡아준 덕분에 나는 금방이라도 손목이 끊어질 것처럼 힘들게 붙들고 있던 그녀를 드디어 놓아줄 수 있게 되었다. 사람들의 손에 붙잡혀 꼼짝할 수 없게 되자 그녀는 자신의 계획을 실행에 옮길 수 없다는 걸 깨닫고 땅바닥에 아무렇게나 주저앉아 버렸다.

그녀의 남편이 배 위에서 그 장면을 내려다보고 있었다. 사람들이 아내를 그렇게 난폭하게 다루자 당황한 듯 그의 실루엣이 왠지 불안해 보였다. 그러나 그는 자기네 부부생활이 그런 식으로 파탄 나는 것을 보며, 함께 살아온 그 오랜 세월이 자신의 새로운 것(뱃사람들이 흔히 하는 말대로라면, "싱싱한 몸뚱이")에 대한 욕망 때문에 일시에 끝장나는 것을 지켜보며 죄책감이 들었는지 꼼짝도 하지 않았다. 땅바닥을 뒤덮고 있는 기름얼룩이 묻어 더러워진 여자가 우는 걸 멈췄다. 구경꾼들이 그 불쌍한 여인에게 빈정거리고, 욕설을 퍼붓고, 그녀의 드러난 상처를 조롱하면서 한 명씩 흩어졌다. 그러나 그녀의 귀에는 더 이상 아무 소리도 들리지 않았다. 고통으로 만신창이가 된 그녀의 마음만 깨어 있을 뿐이었다. 나는 그녀 옆에 슬그머니 앉아 가론강의 검누런 하천 바닥을 물끄러미 바라보았다. 강물은 넓은 바다로 흘러내려가면서 이따금 수면으로 떠오르는 온갖 종류의 쓰레기를 쓸어갔다. 틀림없이 강 상류에서 떠내려왔을 자전거의 뼈대와

구두 한 켤레가 눈에 들어왔다. 때로는 잘못 하천 바닥으로 굴러떨어져 마치 보잘것없는 인형처럼 강물에 휩쓸려 내려와 수면으로 떠오른 동물들의 시신도 눈에 띄었다. 우리 두 사람, 남편에게 버림받은 여인과 밀밭을 떠난 농사꾼이 바로 거기서 삶의 공허함을 내려다보고 있었다. 무거운 침묵이 흘렀다. 그 여인이 속마음을 털어놓으려는 것 같았다. 그녀는 난간의 어둠 속에서 우리를 관찰하고 있는 바로 그 남편의 애인이 보낸 열렬한 연애편지를 우연히 보게 된 이후로 더 이상 부부가 아닌 자기 부부 이야기를 내게 들려주었다.

선장은 배가 부두에 정박해 있는 동안 애인을 자신의 선실로 끌어들였다. 두 사람은 바다 냄새가 나는 좁은 선실에서 온갖 종류의 에로틱한 놀이에 열중했는데, 그녀는 수치스러워하며 이게 구체적으로 어떤 놀이였는지는 말하지 않았다. 턱수염이 무성한 늙은 선장이 홀라당 벌거벗은 채 손에 채찍을 들고 애인 뒤를 쫓아다니는 모습이 순간적으로 상상되었다. 나는 이 혐오스러운 생각을 바로 떨쳐버렸다. 몇 분 뒤, 이야기를 마친 그녀가 내게 정중하게 고맙다는 뜻을 전한 다음 일어나서 슬픔과 환멸에 취해 비틀거리며 멀어져갔다. 개가 주인에게 충실하듯 사랑에 충실한 나는 나의 거짓말이 선장의 추잡스러운 성행위를 비호했다는 사실을 확인하며 무거운 마음으로 그녀를 바라보았다. 한 인간의, 아니 한 마리 괴물의 과오를 옹호해주었다는 죄책감에 괴로워하며 발을 질질 끌고 서글픈 심정으로 계단을 올라갔다. 두 발을 배의 선교에 올려놓는 순간, 난간에 등을 기대고 있는 그 남자의 축 처진 모습이 눈에 들어왔다. 비겁한 인간 같으니. 그에게 다가가 옆에 앉았다. 우리는 오랫동안 아무 말도 하지 않았다.

그가 머리를 숙인 채 낮은 목소리로 말했다.

"고맙네."

나는 기계적으로 대답했다.

"천만에요."

그는 유치하기 짝이 없는 자신의 행위를 다시 한 번 정당화하기 위해 말했다.

"아내는 상황을 부풀려 말하는 경향이 있다네."

"그럴 수도 있겠죠. 어쨌든 전 잘 모르겠습니다."

선장이 수염을 쓰다듬었다.

"사는 건 복잡하다네, 젊은이. 자네 나이 때는 모든 게 간단하고 앞으로도 계속 그럴 거라고 생각하지. 하지만 그건 잘못된 생각일세. 모든 게 복잡해지고 슬퍼진다네. 시간이 흘러가도 신경을 안 쓰다가 어느 날 문득 깨닫게 되는 거지. 거울을 보는데 자기 얼굴이 주름으로 덮여 있다는 걸, 자기가 변해서 늙었다는 걸 알게 되는 걸세. 30년 전에 봤던 그 희망으로 가득 찬 젊은 얼굴이 사라져버리는 거야. 모든 게 일순간에 사라져버리는 거지. 우리 꿈처럼 말일세. 그래서 그 사실을 깨닫는 순간 오직 한가지 생각밖에 안 난다네. 옛날 모습으로 돌아가는 것 말일세."

나는 허공을 멍하니 바라보며 물었다.

"그래서 바람을 피우는 건가요?"

"그건 나로서도 어쩔 수 없었다네. 파트리샤를 만났을 때 난 그녀의 눈빛에서 주름도 없고 상처도 없는 30년 전 젊은 남자의 178

얼굴을 봤지. 젊음의 부름에 저항할 수가 없었어."

"그럼 아내분의 눈 속에선 뭘 보았나요?"

이 질문이 그를 혼란에 빠트렸다.

"세월이 좀먹어서 늙고 보기 흉하게 변한 내 모습을 보았다네."

"그리고 그 모습을 보며 뭘 생각했나요?"

"죽음을 생각했다네."

"죽음이 두려우신가요, 선장님?"

그가 고개를 숙이며 대답했다.

"그래, 두렵네."

눈물이 이 나이 든 남자의 눈가에 맺혀 있었다. 그 눈물은 그
가 자신의 감정을 억제할 수 있다는 것을, 그 감정을 자신의 가
장 깊숙한 곳에 파묻어버릴 수 있다는 걸 말해주었다. 이 모든
게 왜 이렇게 복잡하단 말인가? 삶의 미스터리가 우리의 머리
위를, 배와 이 지역을, 이 나라를, 세계 전역을 떠돌아다니고 있
었다. 오랜 시간이 흘렀지만 우리는 여전히 단순한 무식쟁이에
불과하며, 우리 같은 무식쟁이의 유일한 희망은 그 아우라로 우
리를 둘러싸고 있는 비밀을 언젠가는 알아내는 것이다.

선장이 말을 이었다.

"만일 자네가 날 곤경에서 구해준다면 소원을 들어주겠다고
좀 전에 약속했었지."

나는 생각에 잠긴 채 대답했다.

"그렇습니다."

"말해보게."

20년 전에 크루스티 항구에서 보았던 그 뱃사람의 실루엣과

그가 제모를 머리에 올려놓으면서 짓던 미소, 그가 내게 전해준 그 소년의 꿈이 눈앞을 스치고 지나갔다. 그러고 나서 카트린 샤페르와 죽은 그녀 아버지의 모습, 장과 함께한 독일 여행, 자신의 호텔에서 우리를 접대했던 게르만족 앙피트리옹, 건물관리인 여자가 카트린의 사진을 보고 짓던 미소 등 모든 것이 머릿속에 차례로 떠올랐다. 선장은 카트린의 어머니가 남편이 죽었다는 소식을 듣고 딸과 함께 고국을 떠나 자리 잡은 바로 그 카나리아 섬에 대해 말했었다. 내 삶을 구성하는 퍼즐조각들이 빙빙 돌기 시작하여 상상의 탁자 위로 날아오른 다음 처음에는 모서리가, 이어서 주변과 중심이 짜맞추어지더니 모든 것이 완벽할 정도로 결합되고 정렬되어 무엇인가를 암시했다. 선장 쪽으로 돌아선 나는 자신감에 가득 찬 엄숙한 목소리로 이렇게 말했다.

"저도 뱃사람이 되고 싶습니다."

*

선장은 처음에는 자신의 귀를 의심하는 듯한 표정이었다. 그러면서 나를 방금 눈앞에서 벌어진 비극에서 전혀 아무 교훈도 얻어내지 못한 미치광이로 생각하는 듯, 어안이 벙벙한 표정으로 쳐다보았다. 그는 고개를 숙이더니 다시 배의 난간에 등을 기댔다. 오랜 세월 항해를 하고, 빙산 사이로 뱃길을 트고, 살인적인 태풍과 파도 등 자신의 영역을 침범하지 못하도록 가만 내버려두지 않는 고삐 풀린 자연과 싸우느라 몸이 지칠 대로 지친 상태였던 것이다. 그는 나의 선택이 확고한 것인지, 그의 말대로라면 그 어떤 직업보다 더 힘들고 어려운 이 직업에 대해 잘 알고 있는지 물었다. 그는 나의 바람이 그냥 모험을 한 번 해보고 싶어 하는 청년의 변덕에서 비롯된 게 아닐까 생각하는 듯 내가 왜 뱃사람이 되려고 하는지를 알고 싶어 했다. 내가 어린 시절의 추억에 대해, 이 터무니없어 보이는 꿈을 꾸게 해준 그 외국인들에 대해 짧게 이야기해주자 그는 알았다는 듯 미소 지었다. 결단코 더 이상은 아무 할 일이 없었다. 젊은이의 꿈은 그 무엇도, 그 누구도 막을 수 없을 만큼 완벽하게 작동하는 기계이며, 자기 차례가 돌아오기를 기다리며 서두르거나 쓸데없이 힘을 빼지 않고 이런 믿음을 온전히 간직하는 젊은이의 경우에는 더더욱 그렇다. 선장은 마치 턱수염이 무슨 결정기관이라도 되는 듯 열심히 쓰다듬으며 오랫동안 깊은 생각에 빠졌다. 마침내 그가 몸을 일으키더니 내게 손을 내밀어 일어나는 걸 도와주었다. 그는 나를 자신의 '티만파야 화산'호에 고용하기로 결정했다. 그는 용선회사가 서부아프리카와 아시아 쪽 무역을 전문으로 한다고 설명해주었다. 이 회사에 소속된 배들은 보르도와 리스본, 테네리페, 라스팔마스, 아비잔, 남아프리카의 더번, 뭄바이, 싱가포르, 상하이 같은 큰 항구를 여러 곳 지나갔다. 수습선원들은 가족과 멀리 떨어져 지내는 것과 배멀미를 견딜 수 있는지 시험해보기 위해 우선 짧은 노선에 투입되는 것이 원칙이었다. 그러고 나서 몇 년 뒤에 완전히 숙련되면 일터가 바뀌어 더 많은 화물을 싣고 파도를 가르는 거대한 수송선을 타게 된다. 월급은 크게 오르지만 바다에 머무르는 기간이 때로는 6개월 이상으로 늘어남에 따라 그들 중 일부는 멀리 떨어져 살기 때문에 가정이 붕괴되는 것을 보며 일할 의욕을 잃어버렸다. 선장 말에 의하면, 뱃사람이라는 직업은 욕구불만 아니면 자유만 존재할 뿐 그 중간은 없는 기묘한 패러독스와 같다는 것이다. 그는 마치 그리스의 철학자라도 된 듯한 표정으로 덧붙였다.

"뱃사람들이 자기가 살아 있다고 느끼는 건 이런저런 감정들이 이렇게 뒤섞여 규칙적으로 흔들리기 때문이라네. 선원은 정말 힘든 직업일세. 왜냐하면 아이들이 크는 것도 볼 수가 없고, 원할 때 가족을 안아줄 수도 없기 때문에 지속적으로 욕구불만을 느낄 수밖에 없거든. 하지만 그건 또한 만족을 안겨주는 직업이기도 해. 세상으로 나가는 문을 열어주고, 바다의 동물과 식물, 그리고 바닷길에서 몇 연(바다에서 쓰던 길이 단위로 1연은 185.2미터)가량 떨어진 곳에 장엄하게 펼쳐져 있는 멋진 풍경을 몇 시간씩 관찰할 수 있게 해주니까 말일세. 다른 직업을 가진 사람들은 이 자유의 감각을 결코 느낄 수 없지."

그는 고맙다고 말한 다음 부두 쪽으로 나 있는 문으로 들어가더니 얼마 있지 않아 내 움직이는 거처가 될 쇳덩어리 속으로 사라져버렸다. 나는 배로 접근하는 난간을 가벼운 마음으로 뛰어 내려갔다. 집으로 돌아가는데 아침에 우리 집 과수원에서 과일을 따며 콧노래를 부르던 어머니가 생각났다. 나는 그녀가 부르던 노래 한 곡을 흥얼거리기 시작했다. 20년 전에 모자를 내 머리에 올려놓았던 그 뱃사람의 모습이 머릿속에 떠올랐다.

그의 말이 내게 깊은 영향을 미치면서 무모해 보이는 꿈의 씨앗을 뿌려놓았고, 이 씨앗은 시간이 지나면서 점점 커지더니 마침내 여러 가지 켜켜이 쌓인 상황들 속에서 이제 막 싹을 틔웠다. "아버지가 살아 계셨더라면 날 자랑스럽게 생각하셨을 거야."

나는 이렇게 혼잣말로 중얼거렸지만, 이 말을 백 퍼센트 확신하지는 못했다. 나는 서둘러 집으로 걸어갔다. 어서 빨리 이 소식을 마틸드에게 전하고 싶었던 것이다. 그녀가 나의 선택을 받아들여야 할 텐데.

20

　　　　　　3주일 뒤에 나는 카나리아섬으로
가는 '티만파야 화산호'에 승선했다. 피에르 장톰 씨는 내가 사
표를 내밀어도 놀라는 표정을 짓지 않았다. 그냥 어깨만 한 번
으쓱하더니 행운을 빌어줄 뿐이었다. 그렇지만 떠나기 전에 혹시
라도 생각이 바뀌거든 회사 문은 언제든지 활짝 열려 있으니 찾
아오라고 덧붙였다. 마틸드는 처음에는 뛸 듯 기뻐하며 이 소식
을 받아들였다. 나를 누구보다도 더 잘 알고 있는 마틸드는 오랜
항해 경력을 가지고 있는 선장이 자기 배에 나를 채용하려 했다
는 사실을 자랑스러워했다. 그러고 나서 내가 1년에 몇 달씩 바
다에서 지내야 한다는 사실을 알게 되자 자기가 뱃사람이라는
직업의 특수성에 대해 생각하는 걸 깜빡 잊고 있었다는 듯 더
이상 그런 반응을 보이지 않고 시무룩해졌다. 우리는 어떤 꿈이
꿈에 불과한 동안에는 그것이 얼마나 많은 것을 요구하는지를
알지 못한다. 그렇기는 하지만 나의 새로운 신분은 몇 가지 무시
할 수 없는 특전을 베풀었다. 한 달 동안 바다에 나가 있게 될
나를 위해 회사는 내가 오직 아내에게만 할애할 수 있을 2주 동

안의 자유 시간을 주었다. 월급도 부두 노동자 월급보다 두 배 많았다. 그래서 한 지역에서 다른 지역으로 망명한 거나 마찬가지인 우리는 너무 갑작스럽게 우리의 일상을 바꾸지 않기 위해 우리가 살고 있던 셋집에서 그다지 멀지 않은 곳에 집을 샀다. 우리는 이 동네에서 사는 게 좋았고, 우리의 일상도 바꾸고 싶지 않았다. 내가 배를 타기 전에 우리는 나의 취업을 축하하는 동네잔치를 벌였다. 이웃사람들은 많은 남자가 탐내지만 감히 결정을 내리지 못하는 이런 자리를 얻게 된 것을 축하해주었다. 남자들이 결정을 못 내리고 주저하는 건 아마도 남편을 곁에 두고 싶어 하는 아내들이 완강하게 반대하기 때문일 것이다. 얼마 안 있어 해류에 요동치는 이 남성적인 세계 속으로 뛰어들기 위해 먼 길을 떠나야만 하는 날이 되었다.

어느 5월 아침, 우리는 앞으로 한 달 동안은 함께 잠을 잘 수도 없고, 필요할 때 곁에 있어줄 수도 없다는 두려움에 사로잡힌 채 잠자리에서 일어났다. 만일 내가 없는 동안 마틸드에게 무슨 일이 일어나면 난 평생 죄책감을 떨쳐버릴 수 없을 것이다. 순간적으로 나는 다 포기하고 아내 곁에 몸을 바짝 붙인 채 사랑을 나누고 싶었다. 마치 정원의 작은 오두막에 있는 두 아이처럼 우리를 보호해줄 따뜻한 털 이불을 덮고 그녀 옆에서 잠들고 싶었다. 결국 마틸드는 나의 가장 열렬한 꿈이었다. 나는 내 눈길이 그녀의 눈길과 마주쳤던 그 첫 순간부터 내 심장을 뛰게 만들었던 이 소녀를 사랑해서 결혼했다. 나는 침대 가장자리에 앉아 내 머리를 그녀의 손에 파묻었다. 어떻게 해야 하지? 포기해야 하나?

항구에서 멀어져가는 배의 모습이 눈앞에 떠올랐다. 긴 기둥 모양의 연기가 "폴! 폴! 폴!" 하며 내 이름을 외쳐대는 갈매기들로 뒤덮인 하늘로 올라갔다. 나는 눈에 눈물이 가득 고인 채 고개를 숙이고 부두에 서 있었다. 나는 아버지 말대로 계집애에 불과했다. 그래, 그 사람 말이 옳았다. 선장의 실루엣이 배 난간 위로 떠오르더니 나의 우유부단한 성격을 조롱하며 큰 소리로 웃음을 터트렸다. 아버지가 그의 팔짱을 끼더니 갈매기들이 "계집애! 계집애! 계집애!"라고 노래하며 리듬을 맞추는 신비의 춤을 추자며 데려갔다. 얼마 안 있어 요란스런 문신을 한 뱃사람들이 그들과 합류하더니 서로 부둥켜안고 함께 어울려 악마의 프렌치 캉캉 춤을 추었다. 나는 계집애에 불과한 내가, 자신의 선택을 밀고나가지 못하고 망설이는 나 자신이 진저리나서 그 자리에 털썩 주저앉았다. 배가 안개 속으로 사라져갔다. 내 귀에는 더 이상 아무 소리도 들려오지 않았다. 나는 어렸을 때의 꿈을 실현시키기가 얼마나 어려운지, 정해놓은 목표에 정진하기가 얼마나 힘든지 알았다. 삶은 우리를 덜 구속하고 더 수월한 길을 우리에게 끊임없이 제안한다. 우리는 너무나 쉽게 이 길로 접어든다. 나는 끝까지 한 번 가보고 싶었고, 모자를 쓰고 부두에 서 있던 어린 나를 만족시키고 싶었고, 조롱하는 듯한 냉소적인 웃음을 아버지 얼굴에서 지워버리고 싶었고, 내 인생의 두 여성인 어머니와 마틸드가 나를 자랑스러워하도록 만들고 싶었다.

불안과 흥분에 뒤섞어 눈에 보이지 않는 어떤 힘에 사로잡혀 침대에서 일어나 옷을 입었다. 마틸드도 불안한 표정으로 자리에서 일어났다. 그녀 앞에 섰다. 그리고 당신을 사랑해, 당신은 늘 내 인생의 여인이었어, 라는 말을 되풀이했다. 내 안 깊숙한 곳에서 살고 있는 어린아이는 더 이상 기다릴 수가 없었다. 이 어린아이는 자기 몫의 케이크를 달라고 요구했다. 살고 싶어 했다. 사랑하고 싶어 했다. 탈출하고 싶어 했다. 떠나고 싶어 했다. 느끼고 싶어 했다. 운명을 향해 두 팔을 벌리고 싶어 했다. 여행을 하고 싶어 했다. 발견하고 싶어 했다. 상상하고 싶어 했다. 알고 싶어 했다. 감탄하고 싶어 했다. 놀고 싶어 했다. 경탄하고 싶어 했다. 느끼고 싶어 했다. 맛보고 싶어 했다. 만지고 싶어 했다. 듣고 싶어 했다. 보고 싶어 했다. 사랑하고 싶어 했다. 삶의 양쪽 뺨에 입 맞추고 싶어 했다. 이 어린아이는 이제 떠나야만 했다. 마틸드는 마치 그녀에게 달라붙기 위해 다시 돌아온 유령의 흰 베일이 자기 앞에 서 있기라도 한 듯 눈을 똥그랗게 뜨고 깜짝 놀란 표정으로 나를 응시했다. 나는 그녀를 안심시키기 위해 꼭 껴안아주었다. 그리고 흥분이 극에 달해 분별을 잃었다. 남자들이 행복할 때 느끼는 그 부드러운 격정이, 우리 가슴을 뛰게 하고 산을 들어 올리게 만드는 그 흥분이 마음속에서 싹트는 것이 느껴졌다. 마틸드는 자기 남자가 집을 떠나 어린 시절의 꿈을 향해 항해하는 것을 보며 몹시 슬퍼하며 배까지 배웅해주었다. 나는 편지를 써두었다가 배가 어느 항구든 정박하는 즉시 부치겠노라고 약속했다. 그녀는 소맷자락으로 눈물을 닦으며 수줍게 미소 지었다. 내가 사랑하는 여인. 나의 마틸드. 나의 반쪽. 항구에 가보니 풍경이 훤히 내려다보이는 배로 접근하는 난간 근처에 수많은 남자와 여자들이 모여 있었다. 배의 엔진이 정박지에서 부르릉거리고 있었다. 거대한 거품이 배의 선미 부분에서 형성되면서 마치 지구 저 깊은 곳에서 분출하는 간헐온천처럼 물 위로 떠올랐다. 이런 의식에 익숙해져 있는 남자들이 또다시 혼자 남겨지는 데 진력이 난 여자들을 부두에서 위로하고 있었다. 이제 그들은 대양이 규칙을 정하는 삶의 제 2선으로 물러난 것이다. 여기 이 깔끔하게 생긴 항구의 은밀함 속에서 그들은 호화로운 저택에서 편안하게 지내느라 결코 욕구불만 같은 건 느끼지 않는 부르주아들이 축적하는 막대한 이익과 해상무역의 리듬에 맞추어 인연을 맺고 헤어지기를 되풀이했다. 불평등은 단지 물질적일 뿐만 아니라 감정적이기도 하다. 어떤 사람들은 다른 사람들을 희생시켜가며 즐거움과 행복을 독점하고, 안 좋은 가문에서 태어난 그 다른 사람들은 슬픔과 절망으로 만족한다. 나는 아내를 다정하게 껴안고 이마와 뺨에 입을 맞추었다.

나는 그녀에게 사랑한다는 말을 되풀이했다. 그 무엇도, 그 누구도 그녀에 대한 나의 사랑을 중단시키지 못할 것이다. 넓은 바다도, 멀고 먼 거리도 내가 우리 부부에 대해 갖고 있는 믿음을 무너뜨리지는 못할 것이다. 나는 브르타뉴 지방에 있는 로제오 항구 근처 협만에서의 프로포즈를 생각하며 그녀의 입에 키스했다. 선장의 호각소리가 별안간 울려 나의 부드럽고 달콤한 생각을 중단시켰다. 눈물 흘리는 마틸드를 내버려둔 채 배낭을 주워들고 배의 갑판 난간 쪽으로 걸어갔다. 부두에 눈물의 강이 흘렀다. 여자들이 눈물 젖은 손수건을 머리 위로 흔들며 학교에 가는 어린 학생처럼 배에 올라타는 남편에게 인사했다. 나는 20년 전에 이런 이별의 광경을 감탄스러운 눈으로 지켜보았지만, 사실은 슬픔의 강이 뱃사람들의 핏속을 흐르고 있다는 사실은 알아차리지 못했다. 나는 격정으로 불타올라 "사랑해!"라고 절규하며 마틸드와 작별 인사를 했다. 그녀는 마치 단 한 순간도 수줍어했던 적이 없었다는 듯, 그렇게 함으로써 부모들이 물려준 예의범절을 그리고 그녀가 그 안에 갇혀 살았고 우리 모두가 갇혀 살았던 까다로운 관습과 풍습을 깨트리려는 듯 미친 듯이 두 팔을 흔들었다. 잠시나마 그녀는 어린 시절로 돌아갔다. 불행이 그녀의 가족을 덮쳐 어머니를 영원히 데려간 그날 막을 내렸던 어린 시절로 돌아갔다. 얼마 안 있어 그녀는 수평선상의 작고 검은 점 하나가 되었다가 조금씩 희미해지더니 결국에는 사라져버렸다. 내 눈에는 더 이상 아무것도 보이지 않았다. 카운트다운이 시작되었다. 그녀 없이 지내야만 하는 한 달. 선장의 호각소리가 선교 위에서 요란하게 울려 퍼졌다. 아무런 양심의 가책도 없이 바람을 피웠던 그는 우리가 눈물 흘리는 아내와 작별 인사를 나눌 때까지 끼어들지 않고 담담한 표정으로 기다려주었다. 잠시 후 그는 다시 배를 지휘하는 선장이 되었다. 수천 킬로미터 떨어진 두 도시를 항해하는 노련한 뱃사람으로 돌아간 것이다. 이제는 더 이상 생각이라는 걸 하지 않기 위해, 배에 탈 준비를 하기 위해, 넓은 바다의 파도가 밀려와서 우리 배의 선체를 혀로 핥으면 무슨 수를 써서라도 그걸 다시 원래의 위치로 돌려놓기 위한 준비를 하기 위해 부지런히 움직여야 했다. 그는 고래고래 고함을 질러가며 좌우측에 지시를 내리고, 분주히 돌아다니며 오직 그만이 판단할 수 있는 필요에 따라 선원들을 적재적소에 배치했다.

"드누와 본아름므는 식당!"

"예, 알겠습니다, 선장님!"

"부케는 엔진!"

"예, 알겠습니다, 선장님!"

"뒤코는 선교!"

"예, 알겠습니다, 선장님!"

나를 제외한 모든 뱃사람에게 지시를 내리고 난 그가 내 쪽으로 고개를 돌리더니 잠시 무슨 생각인가를 하다가 따라오라고 말했다. 우리는 좁은 복도로 들어가서 오른쪽으로 꺾어졌다가 다시 왼쪽으로 그리고 이어 오른쪽으로 다시 왼쪽으로 꺾어졌다. 그리스 신화 속으로, 미로와 뚜껑문, 복도가 끝없이 이어지는 미궁 속으로 들어가는 듯한 느낌이 들었다. 나는 마치 실패의 실을 풀며 나오는 아리안처럼 미노타우로스와 흡사하게 생긴 그 배의 지배자를 따라 쇠로 만든 그 거대한 물체 안에 나 있는 좁은 길을 따라 걸어갔다. 선장은 문 앞에 멈춰 서더니 그걸 열고 나더러 거기에 내 배낭을 내려놓으라고 손짓했다. 그곳이 나의 선실이었다. 선실 안에는 양쪽으로 침대가 두 개씩 포개져 있었고, 작은 옷장 네 개가 놓여 있었다. 내가 서둘러 배낭을 내려놓자 선장은 다시 문을 닫고는 열쇠 하나를 내밀었다. 우리는 다시 미로 속으로 들어가 때로는 왼쪽으로 꺾어지기도 했고, 또 때로는 오른쪽으로 꺾어지기도 했다. 전체가 다 짙은 초록색으로 칠해진 복도가 꼭 나를 물어뜯는 것 같았다. 선장은 문 앞에서 걸음을 멈추고 자루 달린 빗자루와 양동이를 꺼냈다. 그는 내게 선교 청소를 시켰다. 바닥을 문지르고, 악취 나는 화장실을 청소하고, 유리창을 닦고, 식기와 접시를 닦으며 헤아릴 수 없이 많 190

은 시간을 보냈던 토르시 부대에서의 기억이 어렴풋이 떠올랐다. "다들 처음에는 이렇게 시작한다네." 선장은 내가 청소 일에 별다른 관심을 보이지 않는다는 걸 눈치채고 이렇게 말했다. 그러고 나서 빈정거리듯 웃더니 나를 기다리지 않고 미로 같은 복도 속으로 사라졌다. 나는 가정부들이 쓰는 도구들을 집어 들고 왔던 길을 다시 돌아서 나가려고 애쓰면서 선교 쪽으로 향했다. 여러 번이나 잘못 들어온 길로 다시 되돌아가기도 하고, 불 꺼진 복도에서는 전기스위치를 찾지 못해 더듬거리기도 했다. 그러다가 길을 완전히 잃고 말았다. 보초가 살아남기 위해서는 끊임없이 수하를 해야 하는 것처럼 바다에서 살아남기 위해 빠른 걸음으로 지나가는 뱃사람 몇 사람에게 내가 어디로 가야 하는지 물었다. 그들은 웃음을 터트리며 나를 안심시켜 주었다. 그것은 말하자면 선장이 나를 위해 마련한 입문의식이었다. "길을 잃어야만 자신의 길을 찾을 수 있다네." 선장은 바다에서의 모험이나 에로틱한 모험 같은 위험으로 가득 찬 일화를 들려주면서 틈틈이 이렇게 말하곤 했다. "내가 방금 한 말은 인생에서만큼이나 배 안에서도 유효하다네." 그는 자신의 명령을 따르는 선원들에게 철학자의 가르침을 줄 수 있다는 사실을 자랑스러워하며 너털웃음과 함께 이렇게 결론지었다. 그의 말은 틀리지 않았다. 우리 모두는 삶이라는 거대한 정기선에 갇혀 있는 것과 같다. 우리는 기분에 따라 문을 열기도 하고 닫기도 한다. 어떤 사람들은 빛을 보기 전에 바닥을 만져본다. 또 어떤 사람들은 빛을 보는 것도 피곤하고, 그 빛을 더 많이 볼 수 없어 불만스러운 나머지 빠져죽을 위험을 감수하고서라도 바다 밑바닥을 탐사해보자는 생각에 난간 너머로 몸을 던진다. 마지막으로, 출구를 찾으려고 안간힘을 쓰지만 결국은 찾지 못하고, 배를 앞뒤로 흔드는 거친 물결이 일렁이는 대로 복도 여기저기에 부딪치며 평생 배의 깊은 곳을 돌아다니는 사람들도 있다. 인생의 길을 가는 데 유일한 진리란 존재하지 않는다.

나 역시 길을 잃어버렸다. 여러 차례 시도했지만 실패를 거듭한 끝에 결국 내 두 눈이 더 이상 익숙하지 않은 햇빛을 발견하는 데 성공했다. 나를 본 다른 뱃사람들이 일제히 박수갈채를 보냈다. 선장이 다가오더니 다정하게 내 손을 잡고 악수했다. 그는 이 모든 것이 입문의식이며, 앞으로 몇 달 동안 여자 없이 살게 될 남자들 사이의 유대를 단단하게 하는 한 가지 방법이라고 설명해주었다.

*

일주일이 순식간에 지나갔다. 나는 돌풍이 휩쓸고 지나갈 때마다 쌓이는 소금을 없애기 위해 바닥을 박박 문지르며 밤낮으로 배의 선교를 청소했다. 사실 그건 쉬운 일이 아니었다. 하루가 지나고 이틀이 지나면서 힘겨움은 더욱 커져만 갔다. 그러나 마치 암사자가 새끼들에게 집착하듯 나는 그렇게 내 꿈에 매달렸다. 밤이 되어 사람들이 다들 잠들고, 바다가 내가 갑판으로 나가는 걸 허용할 때마다 나는 선교에 길게 드러누워 하늘과, 하늘을 뒤덮고 있는 무수히 많은 별들을 올려다보았다. 어렸을 때 우리 집 정원에서 그랬던 것처럼 그곳 바닥에 드러누우니 마냥 행복했다. 달이 하늘에서 자신의 모습을 과시하면서 금빛 반 192

사광으로 바다를 환히 밝혀주기도 하고, 위치에 따라 모습을 바꿔 때로는 웃음 짓는 초승달이 되기도 하고, 또 때로는 마음을 진정시키는 반달이 되기도 하고, 어쩔 때는 애수에 잠긴 보름달이 되기도 했다. 달의 눈길은 항상 똑같이 강력한 힘과 똑같은 격정, 한결같이 변함없는 충만함을 갖추고 있었다. 나는 열정적인 하늘을, 수십억 년 전에 오직 나만을 위해 암벽에 새겨놓은 운석의 분화구를 올려다보며 기도했다. 그 어느 것도, 마틸드에 대한 사랑도, 어머니에 대한 사랑도, 가족들에 대한 사랑도 시들지 않기를 기도했다. 삶이 결국은 애정의 바다에 불과해지기를, 나의 작은 배가 그 안에서 자유롭게 돌아다니게 될 평온한 호수에 불과해지기를 기도했다. 플라네타륨을 연상시키는 선교 위에서 내 마음이 최고로 편안해졌을 때 달이 눈부시게 아름다운 미소를 지었다. 나는 그 미소를 보았다. 그렇다, 나는 그 미소를 보았다. 달빛의 미소를….

반

Quartier de Lune

달

21

2주일 뒤에 드디어 우리는 목적지인 라스팔마스 데 그란 카나리아에 도착했다. 물에서 솟아난 거무스레하고 거대한 형체 하나가, 대서양 한가운데 고립된 곳이 마치 마술을 부린 것처럼 맨 먼저 수평선에 모습을 나타냈다. 갈매기들이 몰려들어 빈틈이 없을 정도로 하늘을 까맣게 뒤덮더니 알아들을 수 없는 명령을 내리느라 까악까악 소리를 내지르기도 하고, 날개를 활짝 펴면서 배 위에 내려앉기도 했다. 짙푸른 바다와 거무스레한 바위 그리고 쪽빛 하늘의 대비가 놀랍게 느껴졌다. 그리고 태양이 있었다.

커다란 태양은 하늘 높은 곳에서 반짝이며 황금색으로 풍경 전체를 물들이고, 불에 타듯 뜨거운 빛으로 공간을 휩쓸었다. 내 눈앞에 펼쳐진 전경은 무한한 상상력을 가진 화가의 그림인 듯 비현실적으로 보였다. 내가 선교에서 본 것은 바로 이 상상력으로 고양된 화가의 환상이었다.

"아름답지, 안 그런가?"

선장이 내 귀에 대고 낮은 목소리로 물었다.

나는 수평선 쪽으로 눈을 돌린 채 대답했다.

"그렇습니다, 선장님."

그는 감동한 표정으로 덧붙였다.

"이 바다를 항해한 지가 이제 30년이 다 되어가는데, 아직도 이 카나리아섬의 아름다움에 감탄하곤 한다네."

우리는 시간을 초월한 그 감탄스러운 풍경에 넋이 나가 잠시 꼼짝도 하지 않았다. 그 어느 것도, 그 어떤 순간도, 그 어떤 장소도 한 인간을 그 정도로 감동시킬 수는 없다. 선장과 나는 자연과 완벽한 관계를 맺었고, 이 세상의 그 어떤 근심 걱정도 해칠 수 없는 영혼의 평정과 조화를 이루었다. 더 이상의 근심거리는 없었다. 모든 것이 오직 아름다움과 희망에 불과했다. 그렇지만 우리가 아무 문제없이 순풍에 돛 단 듯 항해해서 라스팔마스에 도착한 건 아니었다. 우리는 포르투갈 해안에서 폭풍우를 만났고, 그 바람에 나는 어쩔 수 없이 하루 종일 침대에 누워 구토를 하며 담즙을 몇 양동이나 쏟아냈는지 모른다. 파도의 출렁거림이 계속되면서 전후좌우로 몸이 흔들리니 도저히 견딜 수가 없었다. 나는 모든 것이 멈추도록, 영원히 움직이는 이 먼 바다의 세계 속에서 약간의 안정을 되찾기 위해 몇 차례나 현창을 통해 뛰어내리고 싶은 욕구를 느꼈다. 뱃멀미는 긴 시련이요, 오랜 고독의 순간이다. 아무리 우리가 교만하게 굴어도 결국 우리는 자연이 벌이는 연회에 초대받은 손님에 불과하다. 이 사실을 확인시켜주기 위해 모든 힘을 끌어모은 자연이 원망스러웠다. 나는 편의시설이라곤 일절 없는 데다 좁디좁은 그 공간을 다른 선원 세 명(그중에서 두 명은 프랑스 사람이고, 또 한 명은 스페인 사람이다)과 함께 썼다. "고즈넉하게 지내려고 뱃사람이 된 건 아 니니까." 프랑스 사람 중 한 명은 이렇게 이죽거렸다. 나는 이 사 람과 소통하기 위해 애썼으나 잘 되지 않았다. 또 다른 프랑스인 역시 말이 없는 편이었다. 마르탱이라고 부르면 대답은 하지만 진짜 이름은 마르티네인 스페인 사람은 강렬한 색채와 생기로 충만한 자신의 조국이 그렇듯 두 사람보다 말이 훨씬 더 많았다. 프랑스 선원들은 그에 비하면 왠지 우울해 보이고, 멋없어 보이 고, 매사에 무관심해 보였다. 마르탱은 몰리에르의 언어를 완벽 하게 구사했으며, 자기네 모국어의 모든 글자를 다 발음하는 스 페인 사람 특유의 강한 억양을 써가며 자신의 생각을 표현했다. 그는 자기가 하는 말을 증명하기 위해서 욕을 섞어가며 큰 소리 로, 아주 큰 소리로 말하곤 했다. 그러나 그가 이러는 걸 모든 사람이 좋아하는 건 아니었다. 그는 자기가 파시즘이 수천 명의 목숨을 앗아간 지역 출신이라는 사실을 자랑스러워한다는 걸 확인시키기 위해 "난 안달루시아의 마르탱이야."라고 말하곤 했 다. 이따금 술에 잔뜩 취할 때마다 그는 탁자 위로 올라가 손가 락을 머리 위로 올려 서로 부딪쳐 딱딱 소리를 내고 발뒤꿈치로 탁자 바닥을 세게 때리며 춤을 추곤 했다. 그러면 다들 큰 소리 로 웃으며 박수를 쳤다. 사실 마르탱은 우리를 즐겁게 해주는 유 일한 선원이었다. 그가 없으면 사람들은 죽도록 지루해했다. 어 느 날 밤, 그는 선교 위에서 자기가 살아온 이야기를 내게 들려 주었다. 그는 내 온몸의 털이 연민으로 곤두서게 만드는 비극적 인 문장과 도저히 웃음을 멈출 수가 없게 만드는 희극적인 문장 을 번갈아 구사해가며 자신의 삶을 이야기할 수 있는 놀라운 재주를 갖고 있었다. 그는 프랑코 장군과 말 그대로 이 체제의 희생양이라고 할 수 있는 공산주의자들에 대한 그의 증오를 놀랍도록 잘 흉내 내면서 스페인 전쟁의 무시무시한 일화들을 조롱했다. 나는 히틀러가 "까우디오"(스페인에서는 프랑코 장군을 이렇게 부른다)를 놀랄 만큼 닮았다는 내용의 글을 읽은 적이 있다. 이 두 미치광이는 웅변술을 완벽하게 구사했다. 바로 이것이 그들이 성공을 거둔 비결이다. 마르탱은 결코 지치지 않고 계속해서 무슨 이야기인가를 했으며, 나는 마치 어린 소년이 할아버지 말에 귀 기울이듯 그의 말에 귀를 기울였다. 나는 그가 들려주는 이야기에서 인간의 본성에 대한 변함없는 믿음과 매우 강렬한 삶의 욕구를 동반한 타인에 대한 무조건적인 사랑을 느꼈다. 그는 독재자 중에서 가장 잔혹한 독재자도 인간적으로 만들었다. 그건 결코 쉬운 일이 아니다. 그가 이야기를 마치자 이번에는 내가 이야기를 했다. 그는 끊임없이 내 말허리를 자르는 자기중심주의적인 사람들과는 다르게 중간에 끼어들지 않았다. 그것은 그가 내 말에 공감하고 있다는 증거였다. 나는 평생 내 말을 자주 끊는 부류의 사람들과 관계를 맺는 데 큰 어려움을 겪었다. 그래서 나는 독일군 장교에 관한 이야기, 그가 우리 마을 사람들 앞에서 비극적인 죽음을 맞았다는 이야기, 내가 그의 딸을 만나려고 독일까지 찾아갔던 이야기, 그녀가 카나리아섬으로 건너갔다는 이야기, 그리고 내가 어떻게 뱃사람이 되었나 하는 이야기를 들려주었다. 내가 살아온 스토리와 우리의 항해를 비교해보던 그의 눈이 돌연 환하게 빛났다. 내가 이 열정적인 남자의 예민한 부분을, 그의 공상적인 성향을 건드린 것이다. 그

는 당장 내일부터라도 카트린 샤페르를 만나도록 도와주겠다고
제안했다. 우리는 며칠 동안 휴식을 취하고 나서 다시 반대 방
향으로 항해를 할 계획이었기 때문에 현지에서 조사할 수 있는
시간은 충분했다. 우리는 다음 날 동이 트자마자 이 일을 시작
했다.

"어디서부터 시작하지?"

나는 우리가 어디로 카트린을 찾으러 가야 할지 알고 싶어서
물었다.

마르탱이 내가 거북해할 만큼 너무 분명한 말투로 대답했다.

"아윤타미엔토부터 시작해야지."

"아윤… 뭐라고?"

"아윤타미엔토는 스페인 말로 시청이라는 뜻이야. 자, 거기서
부터 시작하자구!"

우리는 배에서 물건을 내리느라 분주하게 움직이는 상품운반
원들 사이를 뚫고 우리가 가까이 다가갈 때마다 갈매기들이 날
아오르는 항구를 걸어갔다. 상품취급원들도 기운을 내려고 큰
소리로 노래를 부르고 있었다. 이 방법이 앞으로 널리 쓰이게 될
것이다. 도시는 수평선 위에 서로 색깔이 다르고 특이하게 생긴
큰 건물들을 펼쳐놓으며 모습을 드러내기 시작했다. 건물 정면에
서는 때로는 보라색, 때로는 노란색, 때로는 붉은색, 또 때로는
푸른색 등 수많은 색깔이 공존하고 있었다. 마치 건물 색깔이
일종의 사회적 지위(주민들이 그것의 외적 특징을 노골적으로
과시하는)를 나타내는 것 같았다. 나는 그게 사실은 부와 관련
되어 있다는 걸 모르는 채, 참 이상한 관습이라고 생각했다. 도

시의 맨 끝에서는 두 개의 거대한 산이 전체 풍경을 내려다보며 인간에 대한 자연의 우위를 당당하게 과시하고 있었다.

마르탱이 내가 놀라워하는 걸 보고 말했다.

"저 멀리 보이는 산은 라 일레타라는 마을이야. 라스팔마스에는 여러 마을이 있는데, 베구에타와 메사 이 로페즈, 라스 칸테라스, 구아나르테메 등이 가장 잘 알려져 있다네. 마을마다 각각의 고유 역사와 관습을 갖고 있지. 예를 들어 베구에타는 크리스토퍼 콜럼버스가 아메리카 대륙을 발견했을 때 카나리아섬에 잠시 머물면서 집을 지은 마을이지. 라스 칸테라스는 해변 마을이고."

나는 놀라서 물었다.

"그럼 라 일레타는?"

"거긴 위험한 곳이야… 안 가는 게 좋아."

마르탱이 문득 입을 다물더니 뭔가를 생각하며 계속 걸었다. 그는 내게 뭔가를 감추고 있었다. 하지만 나는 내 친구를 존중해주는 뜻에서 더 이상 캐묻지 않았다. 우리는 활기로 가득 찬 도시의 길거리로 접어들어 기분 좋은 생선 냄새가 풍기는 시장 옆을 지나갔다. 그리고 유럽의 유적으로부터 영감을 얻은 오래된 건물 앞에서 걸음을 멈추었다.

"다 왔네."

마르탱이 별안간 다시 즐거운 표정을 지으며 말했다.

그는 꼭 곡예사가 저글링 핀을 갖고 놀 듯 자신의 감정 상태를 자유자재로 조절했다. 순식간에 미소 짓다 분노하고, 도발에서 열정으로 옮겨타고, 웃다가 눈물을 흘리는 것인데, 이 모두가 놀라울 정도로 쉽게 이루어졌다. 마르탱은 하나의 미스터리였고, 나는 끈기 있게 그 비밀을 알아내려고 애썼다. 한편에선 삶의 환희를 만끽하면서도 또 한편에선 갑작스레 찾아오는 우울증에 시달리곤 하던 마르탱은 그 혼돈스러운 삶에서 깊은 영향을 받았고 또 자신의 존재 가장 깊숙한 곳에 상처를 입은 듯했다. 우리는 건물 안으로 들어가서 안내 데스크로 다가갔다. 지겨운 표정으로 거기 앉아 있던 나이 든 여성이 우리를 보자 환하게 미소 지었다. '친절하네.'라고 나는 생각했다. 마르탱이 상냥하게 그녀에게 인사를 하더니 대화를 시작했다. 나는 그들의 대화에서 내 모국어와 비슷한 단어 몇 개를 알아들을 수 있었다. 독일인에게 특별한 반감 같은 건 갖고 있지 않았지만, 괴테의 언어보다는 세르반테스의 언어가 물이 흐르듯 유려한 가락을 갖고 있다는 사실을 인정하지 않을 수 없었다. 알아들을 수는 없었지만 그의 이야기에 귀 기울이는 게 즐거웠다. 그 나이 든 여성은 우리 이야기를 듣더니 놀라서 안내 데스크 뒤로 사라졌다가 몇 분 뒤에 한 남자와 함께 다시 나타났고, 이 남자는 우리에게 사무실로 들어오라고 손짓했다. 마르탱이 다시 대화를 시작했지만, 나는 그중에 절반도 알아듣지 못했다. 우리 앞에 앉아있는 남자는 마르탱의 말을 자르지 않고 주의 깊게 귀 기울이다가 마치 내 행동이야말로 극도로 인간적이라는 사실을 이해한 듯 이따금 내게 연민으로 가득 찬 눈길을 던지곤 했다. 마르탱이 이야기를 마치자 남자는 진심으로 감동한 듯한 표정을 지으며 잠시 턱을 긁적이더니 시청에 있는 호적대장과 이 섬에 정착한 외국인 거류민들의 호적대장을 확인해볼 테니 잠시 기다려달라고 부탁했다.

오랫동안 기다리다가 드디어 목적을 달성했다고 생각하니 꼭 물이 불어난 강이 강둑 위로 넘쳐흐르는 것처럼 가슴이 터질 듯 흥분되었다. 친구의 눈길 속에서도 역시 희망의 섬광이 반짝였다. 기다림은 끝없이 이어졌다. 나는 마치 상상 속의 공처럼 이쪽 벽에서 저쪽 벽으로 튀어 오르며 방 안을 이리저리 걸어 다녔다. 그때 남자가 굳은 얼굴로 난처한 표정을 지으며 나타났다. 그가 아무 성과도 얻지 못한 채 돌아왔다는 걸 알 수 있었다. 그는 미안하다면서 우리가 찾는 사람을 하루 빨리 찾기 바란다고 말했다. 우리는 슬픈 마음으로 축 처져서 건물에서 나왔다.

마르탱에게 물었다.

"이제 어떻게 하지?"

그러자 그가 미소 지으며 대답했다.

"우선 밥부터 먹자구. 그런 다음 길거리로 나가서 지나가는 사람들을 붙잡고 혹시 사진 속 소녀를 본 적이 없는지 물어보자구."

나는 대답했다.

"가능성이 전혀 없어."

그가 나를 어두운 눈길로 바라보았고, 나는 아무 생각 없이 이런 말을 내뱉은 걸 즉시 후회했다.

"자네가 그렇게 생각한다면 지금 당장 이 일을 그만두고 배로 돌아가세. 그리고 자네 마음속 깊은 곳에 살고 있는 그 소녀에게 그 장교의 딸을 찾아내지 못했다고 설명하게. 난 어떻게 되든 상관없네. 내 일이 아니니까."

이렇게 말하고 난 그는 나를 기다리지 않고 길을 건너갔다.

나는 절망스런 심정으로 소리쳤다.

"마르탱, 기다려!"

그가 길 건너편에서 고개를 돌리더니 휙 돌아섰다.

"무슨 일인가?"

"미안해. 내가 잘못했어. 사진을 길거리에서 보여주자는 생각에 나도 동의해. 좋은 생각이야."

그가 다시 길을 건너와서 내 앞에 우뚝 섰다.

"우리는 전투에서는 졌지만 전쟁에서는 지지 않았어. 만일 프랑코를 지지하는 놈들이 내 눈앞에서 우리 아버지를 총살시켰던 날, 내가 팔을 내렸더라면 난 지금쯤 살아 있지 못했을 거야. 내 말, 알아듣겠나?"

나는 머뭇거리며 대답했다.

"알았어."

"그렇다면 우는 소리는 이제 그만하게. 자, 자네가 말하는 그 독일 소녀를 찾으러 가세."

마르탱의 미스터리가 조금씩 드러나기 시작했다. 이 남자가 감추고 있는 상처는 한없이 깊어 보였다. 그러나 바닥이 없는 이 깊은 심리적 구렁에서 튀어 오를 만한 힘은 없는 것 같았다. 그는 내게 큰 힘을 불어넣어 주었고, 나는 희망을 잃지 않으려고 한층 더 노력을 기울였다. 그날 오후에 우리는 몇 시간 동안 그 도시를 걸으며 지나가는 사람마다 붙잡고 카트린 사진을 보여주었다. 걸음을 멈추고 우리 이야기에 귀를 기울이는 사람들도 있었고, 자기네들의 일상적인 걱정거리에 너무 골몰해 있어서 걸음을 멈추지 않는 사람들도 있었다. 어쨌든 모든 사람이 우리에게 부정적으로 대답했다. 카트린 샤페르를 봤다는 사람은 단 한 명도 없었다.

*

그녀를 찾기 시작한 뒤로 여러 날이 흘렀다. 물론 아직 희망을 버리지는 않았지만, 우리는 두 발이 물집으로 뒤덮인 채 기진맥진해서 알카라바네라스 해변에 길게 드러누웠다. 알카라바네라스는 항구에서 멀지 않은 이 도시 서쪽에 자리 잡고 있었는데, 사회적 통합이 전위적으로 이루어진 서민동네처럼 보였다. 뱃사람에서 행상에 이르는, 부르주아에서 창녀들에 이르는 온갖 부류의 사람들이 밤낮을 안 가리고 몰려들어 산책로에서 서로 몸을 부딪치는 곳이 바로 여기다. 우리는 이 해안에서 잠시 휴식을 취했다. 뜨거운 햇빛이 모래사장을 달구고 있었다. 얼마 지나지 않아 우리는 살짝 잠이 들어 영상과 소리가 무질서하게 뒤섞이는 혼돈상태에 빠져들었다.

밀밭에서 연극배우 장이 땀을 뻘뻘 흘리는 부대장에게 고래고래 고함을 지르며 명령을 내리고 있었다. 그들 옆에서 아버지가 핏기 하나 없이 창백한 얼굴로 풀밭에 누워 있었고, 밀 이삭 하나가 그의 입 밖으로 삐져나와 있었다. 어머니는 아버지 옆에서 뜨거운 눈물을 흘리고 있었다. 자크 형도 거기서 나를 똑바로 마주 보고 서 있었다. "이 모든 건 다 네 잘못 때문이야! 네 잘못 때문이라고!" 그가 분노에 가득 찬 눈길로 나를 지켜보며 소리쳤다. 폭풍우가 하늘에서 요란하게 쿵쾅거리더니 돌연 돌풍이 불면서 밀 이삭들이 부르르 몸을 떨었다. 바로 그때 마틸드가 나타났다. 알몸에 창백한 얼굴의 그녀가 나를 빤히 쳐다보며 형을 향해 걸어갔다. 그녀가 형의 팔을 잡더니 그에게 입을 맞추었다. 숲 쪽으로 고개를 돌렸더니 선장이 수염을 문지르며 냉소적으로 소리쳤다. "내가 경고했지?" 얼마 지나지 않아 불안감이 마치 공처럼 내 가슴속으로 굴러들어와 있는 힘껏 가슴을 짓눌렀다. 숨이 막혔다. 폭풍우가 우레와 같은 소리를 내며 몰려왔다. 벼락이 들판을 후려치더니 전기로 가득 채워진 가지들을 우리 머리 위에 펼쳤다. 마틸드를 제외한 모든 사람이 모습을 감추었다. "제발 부탁이니 돌아와, 돌아오란 말야." 하고 마틸드가 중얼거리는데 가슴이 미어졌다. 그러고 나자 소나기가 쏟아졌다. 마틸드는 우울한 표정으로 들판을 가로질러 멀어져갔다. 그녀의 긴 다리가 밀 이삭으로 덮여 있었다. 나는 혹시 그녀가 뒤돌아보지 않을까 하는 희망에서 "마틸드! 마틸드!" 하고 소리쳤으나 그 뒤로는 모든 게 다 암흑으로 변해서 더 이상 아무것도 보이지 않았다. 나는 내 무의식의 끝에서 길을 잃고 말았다.

작은 목소리가 어둠 속에서 처음에는 나지막하게, 그러고 나서는 점점 더 크게 "여보세요, 여보세요."라고 속삭였다. 결국 나는 사냥꾼에게 쫓기는 짐승처럼 눈을 떴다. 내 앞에 30대 여성 한 사람이 서 있었다. 눈은 쪽빛이었고, 머리는 내가 꿈에서 본 밀 이삭처럼 금색이었다. 더운 계절이 되면 카나리아제도를 입김으로 적시는 무역풍이 그녀의 긴 머리칼을 들어올렸다. "페사딜라! 페사딜라!" 그녀가 놀란 표정으로 이렇게 말했다. 내 옆에 있던 마르탱도 불쑥 잠에서 깨어나더니 햇빛이 너무 강했는지 눈을 찌푸렸다. 그는 손으로 얼굴을 문지르더니 우리 앞에 서 있는 여인이 방금 한 말을 통역해주었다. "페사딜라"는 악몽이라는 뜻이었다. 마르탱은 그 여인 쪽으로 돌아서서 대화를 시작했고, 중간 중간 나를 위해 통역도 해주었다. 마르탱이 물었다.

"원하는 게 뭐요?"

그러자 그녀가 미소를 지으며 대답했다.

"당신 친구가 악몽을 꾸었어요."

마르탱이 짜증을 내며 말했다.

"맞아요. 하지만 사람이 악몽을 꿀 수도 있는 것 아니요?"

"그래요. 무엇인가에 몰두할 때 악몽을 꾸죠."

"도대체 원하는 게 뭡니까?"

그 여인은 마르탱의 불쾌한 태도에 기분이 상한 듯 돌연 얼굴을 찌푸렸다. 그녀의 얼굴을 환히 밝혀주던 미소가 곧바로 사라졌다.

"원하는 거 없어요."

그녀는 해변 산책로를 따라 멀어지면서 이렇게 대답했다.

"빌어먹을 약쟁이들 같으니!"

마르탱은 모래 위에 다시 드러누우며 소리쳤다.

지금 생각해보면 바로 그 순간에 내가 살아오는 동안 특히 나의 아주 중요한 장점처럼 되어버린 직관이란 걸 발동시키지 않았더라면 이후에 내게 일어날 일들 중 그 어느 것도 벌어지지 않았을 것이다. 그건 이상한 일이었다. 아까 그 여자는 우리를 경멸하면서 자기 갈 길을 계속 갔을 것이다. 나는 내 친구처럼 모래 위에 길게 드러누웠을 것이다. 이야기가 끝났을 것이다. 아니면 다른 이야기가 시작되었을지도 모른다. 무언가 이상한 일이 일어났다고 확신한 나는 이미 멀리 간 그 여자를 향해 "세뇨라!"라고 소리쳤다. 그건 내가 유일하게 알고 있는 스페인어 단어였다. 그녀가 바로 뒤돌아보았지만, 자존심에 상처를 입어 더 이상 아무 노력도 하지 않으려는 사람의 그 무관심한 표정으로 바라보기만 할 뿐 꼼짝도 하지 않았다. 나는 마르탱을 깨웠고, 그는 투덜거리며 일어났다. 우리는 모래밭에서 꼼짝 않고 있는 그 여자를 향해 걸어갔다.

"기다려주세요, 부인. 조금 전에 무례하게 행동한 점 사과드립니다. 저희가 며칠 전부터 땡볕 아래 하루 종일 걷다 보니 지쳐서 그랬습니다. 용서해주세요."

그녀는 내 말을 듣고 좀 누그러진 듯했다. 그녀의 말에서 앙심 같은 건 전혀 느껴지지 않았다.

"사과를 받아들이겠어요."

나는 서둘러 물었다.

"그런데 아까 우리에게 무슨 이야기를 하시려던 건가요, 부인?"

"독일 소녀를 찾아다니는 게 당신들인가요?"

마르탱과 나는 이 말을 듣고서 깜짝 놀라 서로의 얼굴을 쳐다보았다. 우리를 도와줄 수 있는 사람을 만났다는 사실이 몹시 놀라웠다. 서로에게 말은 안 했지만, 사실 우리는 카트린을 만날 수 있으리라는 희망을 몇 시간 전에 버렸던 것이다.

나는 내 가슴속에서 희망의 불길이 더 활활 타오르는 걸 느끼며 대답했다.

"맞아요. 우리가 맞습니다. 그런데 어떻게 그걸 아셨죠?"

그러자 그녀가 가벼운 옷차림으로 호객하고 있는 창녀를 손으로 가리키며 대답했다.

"당신들이 방금 저기 해안가에서 내 동료에게… 혹시 독일 소녀를 본 적이 없는지 물었잖아요?"

"예, 맞습니다. 그녀를 아세요?"

나는 가슴속에서 심장이 콩닥거리는 걸 느끼며 이렇게 대답했다.

"그 창녀 말예요? 맞아요. 저의 동료예요."

"아니, 제 말은….."

그녀는 내 말을 자르며 우리에게 손을 내밀었다.

"내 이름은 마리아예요. 나도 길거리에서 호객을 해요. 우리가 이러는 게 눈에 거슬리나요?"

우리는 한목소리로 대답했다.

"아니요!"

"다행이네요…. 난 반도의 말라가에서 살고 있는 우리 아이를 키우려고 이 짓을 해요."

나는 바보처럼 물었다.

"어디 산다고요?"

"반도… 스페인요. 카나리아섬 사람들은 스페인을 반도라고 불러요. 사실 난 말라가 출신이랍니다."

마리아가 서글프게 미소 지었다. 이 세상의 온갖 우울함이 그녀의 두 눈과 완전히 아래쪽으로 잡아당겨진 입가에 어려 있는 듯했다. 마리아는 길거리에서 호객 일을 하는 동안 몸과 마음

모두에 깊은 상처를 받은 것 같았다. 그녀는 독일 소녀의 이야기를 들려주기 전에 먼저 자기 이야기를 털어놓고 싶어 했다. 나는 삶의 절망과 우연의 비극에 시달리는 그녀의 이야기에 경건하게 귀 기울였다.

나는 물었다.

"그런데 왜 여기 오게 된 건가요?"

그녀는 몹시 슬픈 표정으로 대답했다.

"3년 전에 어떤 남자를 따라온 거예요. 그 남자는 나와 결혼도 하겠다, 아이도 데려오겠다, 집도 사주겠다, 하면서 이것저것 달콤한 약속을 했거든요. 하지만 약속을 지키기는커녕 여기 도착하자마자 온몸을 때리고 길거리에서 손님을 상대하도록 시켰지요. 나를 감시하면서 말예요. 난 그 인간이 자리를 비운 틈을 이용해서 당신들을 찾아온 거예요. 안 그러면 이러는 게 불가능하죠."

우리는 뭐라고 대답을 해야 할지 알 수가 없어 그냥 고개만 끄덕거리고 말았다.

그녀는 슬픈 표정을 짓고 있는 소년의 사진을 우리에게 내밀며 계속 말을 이었다.

"아이를 못 본 지 3년이나 됐어요. 아이 이름은 마누엘이랍니다."

나는 그 사진을 보고 마음이 짠해져서 말했다.

"정말 잘생겼네요."

그때 마르탱이 기다리는 게 지겨웠던지 이렇게 물었다.

"그 독일 소녀는요?"

"사진을 보여줘요."

내가 카트린 사진을 마리아에게 내밀자 그녀는 그걸 잠시 살펴보다가 즉시 내게 돌려주었다.

"분명히 맞아요. 그래요, 누군지 알 수 있어요."

그러자 마르탱이 궁금해서 도저히 더 이상 못 참겠다는 듯 다급하게 물었다.

"어디 가면 만날 수 있지요?"

그녀가 슬픈 표정을 지으며 대답했다.

"그 아이 어머니가 얼마 전까지만 해도 우리랑 같이 있었어요. 말하자면… 길에서 호객 일을 한 거죠."

나는 놀라서 물었다.

"길에서요?"

"네. 스페인어를 잘 하지는 못했지만, 착한 여자였어요. 전쟁을 피해 독일에서 이곳으로 왔다더군요. 남편의 죽음을 잊으려고 카나리아섬에 정착했다고 말했어요. 이곳에 친구들이 있었지만, 아무도 그녀를 도와주지 않았대요. 그래서 돈 한 푼 없이 길거리에 나앉게 된 거죠. 그리고 딸아이를 키우기 위해 몸을 팔기 시작했답니다."

내가 물었다.

"카트린을 보셨나요?"

"네. 한두 번… 그 애 어머니가 일을 안 할 때 바닷가에 데려 왔지요. 전 거기서 그 아이를 봤답니다. 아주 착한 아이였어요. 우리 마누엘처럼…."

햇볕에 까맣게 그을린 그녀의 뺨 위로 눈물이 한 줄기 흘러내렸다. 그녀가 코를 훌쩍이더니 손수건을 꺼내 닦았다.

"어디 가면 만날 수 있을까요?"

"모르겠어요. 그러고 나서 몇 달 뒤에 모습을 감추었으니까요. 그 후로는 소식이 끊겼어요. 저기 저 높은 산에 있는 라 일레타에 있는 작은 건물에서 살았던 것 같은데, 정확히 어딘지는 몰라요."

"두 사람이 지금 어디 살고 있는지, 전혀 짐작이 안 가세요?"

"전혀요. 그 아이 어머니는 어디론가 떠나고 싶어 했어요. 하지만 어디로 떠났는지 나는 전혀 몰라요···."

내가 물었다.

"그럼 혹시 라 일레타에 아는 사람이 없을까요?"

"남의 이목 안 끌고 오직 자기 딸만 보살피며 살아서 거기에도 친구가 많지 않을 거예요."

마리아는 우리를 더 이상 도와줄 수 없다는 사실을 안타까워하며 고개를 숙였다. 우리는 카트린과 어머니의 도피를, 두 사람이 직면한 비극적인 운명을 상상하며 잠시 침묵을 지켰다. 불행한 우연이 이 가족을 덮친 것이다. 아버지의 복수를 위해 전선으로 떠났던 카트린의 아버지는 마을 사람들 손에 죽었고, 그 바람에 그의 아내와 딸은 삶의 회오리 속에 휘말렸다. 나는 무력하게 그의 죽음을 지켜볼 수밖에 없었다. 죄책감이 머릿속에서 고개를 쳐들기 시작했다. 어쨌든 나 역시 이 비극에 부분적인 책임이 있지 않은가? 책임의 한계는 어디서 시작하고 끝나는가? 카트린의 어머니는 우리를 안내해줄 수 있는 그 어떤 흔적도, 그 어떤 징후도, 그 어떤 단서도 남겨두지 않았다. 그 무엇 하나 남겨두지 않았다. 도대체 지금 그녀는 어디 있는 것일까? 아직 살아 있기는 한 걸까? 확실한 건 단 한 가지도 없었다. 붙잡을 수 있는 지푸라기 하나 없었다. 순간 나를 두 나라로 데려간 이 괴상한 이야기를, 이 터무니없는 미친 짓을 그만둘까 하는 생각이 들었다. 도대체 진실을 찾아가는 이 여정에서 어떤 비밀스런 욕구를 충족시켜야 한단 말인가? 마틸드는 내게서 멀리 떨어진 곳에서, 텅 빈 우리 집에서 혼자 지내고 있다. 내가 라스팔마스에 상륙하자마자 부친 편지가 목적지에 제대로 잘 도착했는지조차 모른다. 사실 나는 아주 어렸을 때부터 너무나 많은 시간을 내적 갈등과 주변 사람들의 문제 제기에 시달려왔고, 내 존재의 뿌리에 실타래처럼 엉킨 채 쌓여 있는 향수와 불안에 지칠 대로 지쳐 있었다. 결국 나는 다른 사람들에게 인정받는 것이 인생의 유일한 목표인 미치광이에 불과했던 게 아닌가? 나는 동료들보다 더 큰 고통의 권리를 갖고 있었던 것일까? 마리아는 자기 몸을 팔아서 생활비를 벌었다. 아니면 벌써 죽었을지도 모른다. 이보다 더 끔찍한 상황이 있을 수 있는가? 마르탱은 아버지가 독일군 병사들에게 총살을 당해 몸에서 피가 솟아오르는 것을 보았다. 나는 내 삶을 원망할 수 없었다. 그래도 내 삶은 나를 정중하게 대해주었으니까. '티만파야의 화산호'는 저녁에 닻을 올릴 예정이었다. 그러므로 우리가 평온함과 인간적 온기, 태양, 소금기가 섞인 물보라로 이루어진 이 마지막 순간을 즐길 수 있는 시간은 이제 겨우 몇 시간밖에 남지 않았다. 그러고 나면 다시 바다로 돌아가 변덕스럽고 거친 파도에 시달려야 한다.

　나는 카스틸라어로 말했다.

"진심으로 감사드립니다."

그녀가 대답했다.

"천만에요."

"자, 이제 갈까, 마르탱?"

"그래, 가자구."

22

우리는 일어나서 마리아에게 인사를 했고, 그녀는 몹시 슬픈 표정을 지으며 우리에게 즐거운 여행을 기원했다. 그러고 나서 그녀는 인도 쪽으로 걸어가다가 자기 동료 옆에 서서 꼼짝도 하지 않았는데, 마치 아들의 모습이 머릿속에서 떠나지 않는 듯 혼란스럽고 슬픈 표정이었다. 나는 엄마가 곁에 없는 어린 마누엘이 초췌한 표정으로 그네에 앉아 두 발을 건들거리는 모습을 상상했다. 서로를 죽도록 사랑하는 어머니와 아이가 떨어져 산다는 것만큼, 어머니가 어느 날 갑자기 어디론가 떠나야만 해서 더 이상 자기 아이를 볼 수 없게 된 것만큼 가슴 찢어지는 일이 있을까? 나는 오래된 아늑한 빨래터에서 회오리바람처럼 소용돌이치는 비누 거품 속에서 춤을 추고, 동생들에게 비눗물을 끼얹고, 자신의 모든 입술로 삶에 입맞춤을 하던 어머니를 다시 생각했다. 왜 어린 마누엘은 삶에 열광하는 어머니의 모습을 바라보는 즐거움을 빼앗긴 것일까? 나는 걸음을 멈췄다. 마르탱은 내가 자기를 더 이상 따라오지 않는다는 걸 눈치채지 못한 채 계속 걸어갔다.

내가 소리쳤다.

"마르탱!"

그가 가던 길을 멈추더니 당황스러운 얼굴로 뒤를 돌아보았다. 그리고 불안한 표정으로 물었다.

"무슨 일 있어?"

"저렇게 내버려둘 수는 없어…."

"내버려두다니… 뭘?"

"잘 알면서… 마리아 말일세…."

"마리아가 어떻다는 거지?"

나는 그녀를 기다리고 있는 아이를 생각하며 대답했다.

"그냥 저대로 놔두면 죽고 말 거야."

마르탱은 마치 내가 왜 급하게 즉흥적인 계획을 세우게 되었는지 그 이유를 짐작한 듯 화난 표정을 지었다. 그는 위협적인 태도로 내게 다가왔다.

"그 여자를 위해 우리가 할 수 있는 일은 아무것도 없어, 폴! 내 말 알아듣겠나?"

"그럼 말라가에 있는 아이 생각은 해봤나?"

"아니, 그 아이 생각은 하고 싶지 않아! 그건 자네 문제가 아냐, 친구. 자네가 모든 사람의 문제를 해결해줄 수는 없어. 사는 게 다 그렇지 뭐. 사는 건 힘들어. 자네도 사는 게 힘들고, 나도 사는 게 힘들고, 마리아도 사는 게 힘들어. 다들 사는 게 힘들다구. 그러니 자네가 지금 할 수 있는 최선의 방법은, 저 빌어먹을 배까지 걸어가서 보르도에서 자네를 기다리고 있는 자네 아내 생각을 하는 걸세!"

"난 그럴 수 없어!"

그러자 마르탱이 지친 표정으로 소리쳤다.

"아냐, 자넨 그렇게 할 수 있어, 폴! 이젠 됐어! 자넨 그 독일 소녀를 만나기 위해 최선을 다했다구! 자네는 자네가 할 수 있는 모든 일을 했어. 그러니 이제 자신을 자랑스러워해야 해! 자, 이제 다 끝났어…."

"하지만 불과 며칠 전까지만 해도 자네는 정반대로 말을 했어…. 그 어느 것도 끝나지 않았다고 말했단 말야…."

"내가 그렇게 말한 건 오직 자네를 격려하기 위해서였을 뿐, 그 이상도 그 이하도 아니네. 제발 내 말을 믿게. 자네가 마리아에게 돌아가면 우리로서는 하나도 좋은 게 없어."

나는 그 어느 때보다 더 결연하게 말했다.

"그냥 이대로 놔둘 수는 없어."

마르탱이 위협적인 표정으로 내 얼굴을 뚫어지게 쳐다보았다. 내 눈을 뚫어지게 쳐다보고 있는 그의 눈은 "그러지 마, 제발. 자네와 자네 아내, 자네 가족을 생각하라구. 자네가 뭔 짓을 하든 난 관심 없어. 하지만 절대 마리아에게 돌아가지는 마."라고 말하는 듯했다. 우리는 잠시 동안 꼼짝하지 않고 서로 얼굴만 마주 바라보고 있었다. 지나가는 사람들이 우리를 힐끗 쳐다보더니 혹시 주먹다짐이 벌어지더라도 자기네들은 끼어들지 않겠다는 듯 발뒤꿈치를 들고 살금살금 걸어 모습을 감추었다. 잠시 후, 내가 결코 물러서지 않을 거라는 사실을 깨닫자 마르탱의 표정이 부드러워졌다. 이성과 감정이 벌인 싸움은 결국 나의 승리로 끝이 났다. 그는 머리를 긁적거리며 깊은 한숨을 내쉬었다. 218

그가 체념한 듯 물었다.

"알았네. 자네 계획이란 게 뭔가?"

나는 미소 지으며 물었다.

"우리가 마리아를 프랑스로 데려가는 거야."

"어떻게?"

"배에 태워서."

마르탱은 믿을 수 없다는 듯 어떤 논리로 나를 설득해야 내게 이성을 되찾게 할 수 있을지 몰라 멀거니 입을 벌리고 있었다. 그럴 듯한 논리는 얼마든지 있었지만, 그 어떤 논리도 나를 굴복 시킬 만큼 강력하지는 못했다.

그가 절망스런 목소리로 말했다.

"자네, 완전히 미쳤군."

"나도 알아."

"선장은 절대 자네가 창녀를 데리고 배에 타도록 내버려두지 않을 걸세."

나는 태연하게 대답했다.

"꼭 선장한테 그 말을 할 필요는 없어."

"아, 그래? 그럼 뭐라고 할 건데?"

"몰라. 그건 그때 가서 생각해볼 거야."

"정말 그렇게 하려는 거야?"

"그래. 그녀를 그렇게 그냥 내버려둘 수는 없어. 그녀는 그럴 의무가 없었는데도 나를 도와줬어. 그녀가 아니었더라면 우리는 계속 카트린을 찾고 있었을 거야. 난 그녀에게 많은 빚을 졌어."

그러자 마르탱이 소리쳤다.

"자넨 그녀에게 아무것도 빚지지 않았어!"

"아냐. 이번엔 그녀가 아이를 만나도록 내가 도와줘야 해."

"자넨 완전히 돌았어."

나는 웃으며 대답했다.

"맞아."

나는 발걸음을 돌려 이 도시의 길거리를 가로질러 갔다. 마르탱은 이성을 되찾아 이 터무니없는 생각을 버리라고 내게 애원했다. 나는 곤궁에 빠진 한 영혼을 도와주러 간다는 생각에 들떠 길 위를 거의 날아가다시피 했다. 심장이 가슴속에서 방망이질 쳤다. 내 몸은 어떤 신비로운 힘에 사로잡힌 듯했다. 다른 사람들을 돕는다는 감정이 내게 생기를 가득 불어넣는다는 사실을 알게 되었다.

마르탱은 아무리 애를 써도 내 마음을 돌릴 수는 없을 거라는 사실을 깨달았다. 그는 "오, 빌어먹을!"이라고 투덜거리더니 역시 단호한 표정으로 나를 따라왔다. 내 친구는 나와 같이 마리아를 돕기로 결정함으로써 뜨거운 김이 모락모락 피어오르는 욕조 속으로 뛰어들었다. '인간을 이렇게 쉽게 조종할 수 있다니, 참 이상한 일이군.' 어떤 존재의 확신과 인내심이 타인의 회의적인 태도를 약화시키고, 급기야 자신의 에너지로 뒤덮어 그 회의를 불식시킬 수 있어. 그가 생각을 바꾸는 걸 보며 그런 생각이 들었다. 얼마 안 있어 해변 근처에 도착해 보니 마리아가 절망스런 표정으로 어떤 남자와 이야기를 나누고 있었다. 우리는 이 안달루시아 출신 여인의, 남자가 자기 몸속으로 들어올 때마다 아들을 생각하지 않으려고 필사적으로 노력하는 여인의 벌거벗은 몸을 떠올리며 잔뜩 흥분한 그 남자가, 우리를 보지 않도록 조심하며 모래사장을 따라 걸어갔다. 우리는 두 사람이 길을 건너 어두운 건물 안으로 사라지는 것을 지켜보았다. 남자는 두 손을 비벼대고 있었다. 마리아는 이제 곧 자기와 성관계를 갖게 될 남자에게 큰 소리로 저주를 퍼붓고 있었다.

마르탱이 소리쳤다.

"이제 어떻게 하지?"

나는 일분일초라도 빨리 마리아를 도와주고 싶어 이렇게 대답했다.

"그건 그때 가서 생각해보자구."

우리는 그 건물 쪽으로 달려갔다. 가슴이 불안으로 터질것 같고, 핏줄은 두려움 때문에 얼어붙는 듯했다. 나는 그 남자가 우리가 하는 행동의 인간적 차원에 설득당해 우리에게 저항하지 않기를 바랐다. 나는 만일 일이 잘못되면 내 인생이 어떻게 될까 생각해봤다. 마틸드와 어머니. 이 두 사람은 영영 못 보게 될 것이다. 우리는 건물 현관으로 들어갔다. 마리아와 그 남자가 거기서 다른 여자들의 불행을 이용하여 돈을 번 부유한 차림의 나이 든 포주와 큰 소리로 다투고 있었다. 그들 세 사람은 놀라서 우리 쪽으로 고개를 돌렸다.

"경찰이다! 다들 꼼짝 마!"

마르탱이 번득이는 재치를 발휘하여 스페인어로 이렇게 소리쳤다. 남자의 얼굴이 자신의 신분이 노출되었다는 죄책감에 사로잡혀 일그러졌다. 그의 방탕함이 두 명이나 되는 경찰 앞에서 백일하에 드러난 것이었다. 그는 거짓말을 하기도 지쳐서 부모에게 사실대로 털어놓는 어린 소년처럼 두 손을 포개고 바닥에 납작 엎드렸다.

남자가 애원했다.

"잘못했습니다. 용서해주세요. 전 이러고 싶지 않았어요."

마르탱이 자기가 연기하는 인물에 몰입하여 소리쳤다.

"물러서!"

그러자 경찰의 검문에 익숙한 늙은 포주가 우리 앞으로 나서며 소리질렀다.

"경찰 신분증을 보여줘요!"

마르탱이 옷에서 신분증을 찾는 척하며 중얼거렸다.

"잠깐만! 폴, 저 창녀를 체포해!"

"예, 알겠습니다!"

나는 마리아에게 다가가 거칠게 그녀의 팔짱을 끼었다. 포주는 마르탱이 프랑스어로 명령을 내렸다는 사실을 알아차렸는데, 그녀가 볼 때 스페인 경찰이 프랑스어를 쓴다는 건 이상한 일이었다.

나는 단호하게 말했다.

"당신, 나 따라와!"

마리아는 아무 저항 없이 순순히 내 말에 따랐다. 나는 그녀의 팔을 붙잡고 건물 밖으로 데려갔다. 마르탱은 계속 호주머니를 뒤지다가 종이조각 하나를 꺼내 여전히 의심의 눈초리를 거두지 않고 있는 노파에게 내밀었다.

"자, 여기 있소, 부인!"

그는 이렇게 소리치고 나서 모습을 감추었다.

우리는 최대한 빨리 배에 도착해야 한다는 생각에 사로잡혀 서로 쳐다보지도 않고 도시의 길거리를 전속력으로 달려 도로를 건넜다. 우리는 잡힐지도 모른다는 두려움에 오히려 흥분하며 위험을 피해 달아났다. 자유의 바람이 우리 귓속으로 몰아쳤다. 정말 기분 좋은 느낌이네, 이건 이 세상 어디에 가도 느낄 수 없는 감흥이야, 나는 이렇게 생각했다. 운동 부족으로 숨이 차서 헐떡거리기는 했지만 우리는 결국 항구에 도착했다. 우리는 땅바닥에 펼쳐진 그물 더미 뒤로 몸을 피했다. 마르탱이 쭈그리고 앉아 숨을 골랐다. 마리아와 나는 허리를 구부리고 앉아 두 손을 무릎 위에 올려놓았다. 잠시 그러고 있다가 다시 숨을 들이마셨다. 들숨과 날숨이 되풀이될 때마다 우리의 가슴이 들어 올려졌다. 마리아는 비록 앞으로 자신에게 어떤 운명이 닥칠지는 알수 없지만(그건 우리도 마찬가지였다) 우리의 대담한 행동에 아연실색한 듯했다.

정상적으로 호흡할 수 있게 되자 마르탱이 물었다.

"자, 이제 어떻게 하지?"

"마리아를 배 안으로 데려가야지. 우리랑 같이 들어가는 거야."

나는 프랑스어로 이렇게 말했고, 마르탱은 내 말을 서둘러 스페인어로 통역해주었다.

마리아가 경계가 모호한 두 가지 감정인 두려움과 흥분이 뒤섞여 휘둥그레진 눈으로 나를 바라보았다. 그녀는 내 품에 안겨 울음을 터트렸다. 수많은 남자에게 더럽혀진 그녀의 뜨거운 몸이 내 어깨의 움푹한 곳에 내맡겨지면서 그녀의 거친 숨소리가 내 목덜미를 어루만졌다. 그녀는 "정말 고마워요."라고 중얼거렸고,

그 말은 내게 용기를 북돋아주었다. '감사'라는 감정은 어린 시절 생긴 아물지 않은 상처를 치유하기 위해 마음에 품고 있던 감미로운 감각이다. 이제는 그녀를 배 안으로 들여보내야만 한다. 그러지 않으면 우리가 지금까지 기울인 모든 노력은 물거품이 되고 만다. 그러면 마리아는 다시 불확실한 미래로 나가야 할 것이다. 그건 도저히 있을 수 없는 일이다. 우리가 즉흥적으로 세운 계획의 제 2막이 시작되었다. 우리는 티만파야 화산호 근처에 도착했다. 뱃사람들이 어서 빨리 바다로 돌아가 가족들을 만나기 위해 아무 말 없이 한 사람씩 차례로 배에 오르고 있었다. 역시 한시라도 빨리 넓은 바다로 나가고 싶어 하며 입에 파이프를 문 채선교 위에 서서 마치 군인처럼 뱃사람들의 숫자를 세고 있는 선장의 실루엣이 눈에 띄었다. 그의 앞을 지나가지 않고 배 안으로 들어갈 수 있는 방법은 없었다. 나의 비현실적이고 허술한 계획은 삶과 그 제약의 현실에 부딪쳤다. 우리는 선장의 눈이 미치지 않는 배의 그늘에 잠시 머물러 있었다. 나는 해결책을 찾기 위해 머리를 쥐어짰다. 선장은 뱃사람들이 한 명도 빠짐없이 모두 배에 오르기를 끈기 있게 기다리고 있었다. 뱃사람이 단 한 사람이라도 승선하지 않으면 그는 닻을 올리지 않을 것이다.

마르탱이 말했다.

"방법은 없어. 마리아는 반드시 저기를 지나가야만 해."

나는 자신 있게 말했다.

"선장에게 가서 얘기하겠어."

"그럼 자넨 더 이상 일을 못하게 될 거야, 폴. 뱃사람이 되는게 자네 꿈이었잖아, 안 그래?"

나는 그의 말에 귀 기울이지 않고 대답했다.

"만일 마리아를 데리고 들어가지 못한다면 난 그냥 그녀와 함께 여기 남겠어."

그러자 마르탱은 눈이 휘둥그레지면서 물었다.

"그럼 마틸드는?"

"이해할 거야. 내가 알아서 하겠어. 여기서 기다려줘."

"서둘러. 배가 곧 닻을 올릴 거니까!"

나는 선교 쪽으로 걸어가다가 그 아래에서 걸음을 멈췄다. 선장이 나를 관찰하고 있었다. 그가 파이프를 한 번씩 빨아들였다가 다시 내뱉을 때마다 담배 연기가 공기 속으로 엷게 퍼져나갔다.

나는 배에서 내리겠다고 그에게 손짓했다. 그가 이해하지 못한 것 같아 다시 같은 동작을 되풀이했다. 그가 돌연 의아한 표정을 지으며 멈춰 서더니 나무 계단을 하나씩 내려왔다.

그가 파이프를 입에서 빼내며 물었다.

"무슨 일인가, 베르튄?"

"선장님, 절 죽이려고 하실지도 모르지만…."

그러자 그가 얼굴을 찌푸리며 물었다.

"왜?"

"배에서 제게 하신 말씀 기억하실 겁니다. 사는 게 쉽지 않다는 말씀, 그리고 사람이 늘 자기 원하는 것만 하고 살 수는 없다는 말씀…."

"그래, 기억하고 있네."

"전 선장님의 의도를 이해했습니다."

그가 의심쩍은 표정으로 물었다.

"그게 무슨 말이지?"

"저기, 마르탱 옆에 서 있는 여성은 제가 전쟁 때 저를 죽이지 않고 그냥 놓아준 독일군 장교의 가족이 남긴 자취를 발견하도록 도와주었습니다. 그 장교가 죽었을 때 저는 옆에서 그 사람 딸의 사진을 발견하고 그녀를 꼭 만나봐야겠다고 맹세했지요."

선장은 내 말에 흥미를 느끼고 물었다.

"그 사람 딸을 만났나?"

나는 머리를 숙이며 대답했다.

"아니요. 그녀의 자취를 잃어버렸습니다."

그러자 그가 마리아를 가리키며 물었다.

"저 여자랑 무슨 상관이 있는 거지?"

"라스팔마스의 길거리에서 그 독일군 장교의 아내와 친하게 지냈답니다."

"저 여자가 창녀라는 얘긴가?"

"예, 그렇습니다, 선장님. 저 분은 강제로 매춘을 하면서 착취 당했어요. 스페인에 남아 있는 아들 얼굴을 못 본 지 3년이나 됐습니다."

"그래서 나한테 바라는 게 뭔가?"

"저 분을 배에 태워 데려가고 싶습니다, 선장님."

그러자 그는 다시 선교를 걸어 올라가면서 냉정하게 말했다.

"자네, 돌았군, 베르튕. 배에는 아무도 태우지 않을 거야! 저 여자는 부두에 그냥 내버려두고 빨리 배에 타! 십 분 뒤에 닻을 올릴 거니까!"

"선장님, 제발 부탁입니다. 저 분이 배에 못 타면 저도 여기 남 226

을 겁니다."

선장이 우뚝 멈춰 섰다. 그는 일순 표정이 굳어졌다가 파이프 담배 연기를 한 번 길게 내뿜고 나서 돌아섰다.

그가 쌀쌀맞게 물었다.

"자네 지금 날 협박하는 건가, 베르틴?"

"아닙니다, 선장님. 하지만 제발 부탁이니 저 분을 도와주세요."

그는 다시 한 번 파이프를 빨아들이더니 기둥 모양의 담배 연기를 뿜어냈고, 무역풍이 담배 연기를 바로 쓸어갔다. 그러고 나서 그는 마르탱 쪽으로 돌아섰고, 마리아는 그들을 잠시 관찰하다가 내 눈을 똑바로 쳐다보았다.

"자네는 인간존재를 믿지, 안 그런가?"

"네, 믿습니다, 선장님."

그러자 그가 이죽거렸다.

"자네는 젊고 이상적이지."

그는 파이프 담배를 길게 한 번 들이마시더니 연기가 모락모락 나는 파이프를 바라보았다.

그가 다시 한 번 이죽거렸다.

"나도 젊었을 땐 자네처럼 가슴속이 인간 본성에 대한 희망과 환상으로 가득 찼었지."

그가 별안간 얼굴을 찌푸렸다.

"그러다가 어느 날 된통 당했지. 세 놈이 나한테 덤벼들었고, 나는 더 이상 몸을 일으킬 수 없을 때까지 두들겨 맞은 거야. 하마터면 항구에서 죽을 뻔했지. 그게 다 몇 푼 안 되는 돈 때문이었어."

그는 파이프의 나무 부분을 쓰다듬더니 담배를 한 모금 들이마시고 검은 눈으로 내 눈을 쳐다보았다.

"베르튄, 인간은 잔인하고, 인생은 배가 고프면 자기 새끼들을 잡아먹는 개나 다름없네. 우리에게 선물 같은 건 하지 않고, 너 그렇지도 않다네. 나처럼 되고 싶지 않거든 이 사실을 일찌감치 깨달아야 해. 베르튄, 나도 인생을 안 좋아하고 인생도 나를 안 좋아한다네."

"맞습니다, 선장님. 제가 인생과 화해할 수 있는 기회를 선장님께 드리겠습니다."

그는 파이프를 입에서 빼내더니 의심스러운 표정을 지으며 눈썹을 찌푸렸다.

"인생과 화해한다구?"

"그렇습니다, 선장님. 젊은이가 선장님 안에서 다시 태어나게 하는 겁니다."

선장은 꼭 동굴로 들어와 감히 자신의 끔찍하게 추한 모습을 바라보는 자들을 마비시켜 버리는 그리스 여신 메두사의 얼굴이라도 본 사람처럼 얼굴이 딱딱하게 굳었다. 그리고 동시에 표정이 어두워졌다. 순간 나는 서둘러 그렇게 말한 것을 후회했다. 그의 눈이 내 가슴 높이에 있는 가상의 한 지점을 뚫어지게 바라보고 있었다. 그 눈은 허공 속을 헤매고 있었으며, 냄새와 소리, 영상이 서로 뒤섞이는 어린 시절의 아련한 추억 속에 잠겨 있었다. 그의 파이프에서는 더 이상 담배 연기가 흘러나오지 않았고, 축축하게 젖은 담배에서 풍기는 가벼운 냄새가 허공을 떠돌아다녔다. 그가 꺼진 담뱃불을 다시 피웠다.

"자네, 아까, 다시 젊어진다고 말했나?"

"예, 선장님. 어린아이는 인간미가 존재한다고 믿으니까요. 아이는 아직 비극적인 시련이라든지 운명의 냉혹한 타격, 인간의 잔인함을 견뎌내지 못해요. 안달루시아 어딘가에 사는 그 창녀의 어린 아들은 매일같이 어머니를 찾으며 울고 있습니다. 만일 선장님이 마리아가 여기서 탈출하도록 도와준다면 그건 곧 인류 전체에 도움을 주는 것이 됩니다. 이런 감정은 이 세상의 모든 애인을 합친 것보다 더 큰 가치가 있습니다."

그는 내 말의 진지함과 내 영혼의 견고함에 놀라 나를 뚫어지게 응시했다. 잠시 후 파이프 담배 연기를 길게 내뿜었다.

"자네는 완전히 미쳤어, 베르튄. 하지만 난 그게 좋아. 나의 30년 전 모습을 보는 것 같군. 저 여자를 올라오게 해서 308호 선실로 데려가. 지금 비어 있으니까. 하지만 항해 중에 단 한 순간이라도 선실 밖으로 나오게 해서는 안 되네, 알겠나?"

"알겠습니다, 선장님."

"좋아. 그럼 닻을 올리기로 하지."

"선장님?"

"또 뭐지, 베르튄?"

"감사합니다…."

23

　　우리는 2주 뒤에 보르도항에 닿았
다. 가벼운 이슬비가 잠든 도시 위에 내리고 있었다. 가느다란 물
방울들이 웅덩이 속에서 부서지더니 작고 규칙적인 원을 이루었
고, 이 원은 점점 더 커지다가 사라졌다. 카나리아섬과는 극명하
게 대비되었다. 마치 우리가 앞으로는 잊어버려야 하는 멀고 먼
천국에서 돌아온 듯 태양도, 바다도, 하늘의 쪽빛도 없었다. 우
리는 두 개의 평행한 세계를, 너무나 가깝지만 또 너무나 다른
두 개의 지리학적 장소를 단 2주 만에 연결시켰다. 나는 생각했
다. 이거야말로 지구가 부리는 마술이며, 동시에 뱃사람이라는
직업이 부리는 마술이기도 하다. 항해는 별다른 어려움 없이 이
루어졌고, 우리는 거친 파도 덕분에 몇 차례 휴식도 취할 수 있
었다. 마리아는 자신의 선실에 격리되어 시간을 보내며 한시라
도 빨리 육지에 있는 아들 마누엘을 만나고 싶어 조바심을 냈
다. 나는 하루에 한 번씩 식사를 들고 그녀가 있는 선실로 내려
가곤 했는데, 그때마다 그녀는 허겁지겁 그걸 먹어치우면서 내
가 옆에 있는 걸 이용, 내가 알아들을 수 없는 말을 몇 마디씩

하곤 했다. 감사의 뜻이 담긴 광채가 그녀의 눈 속에서 반짝였다. 그녀는 아무도 날 보지 않는 걸 확인하고 난 다음 내가 그녀의 선실 문을 열 때마다 "정말 고마워요, 폴. 당신은 성인이에요."라는 말을 되풀이했다. 그리하여 나는 정말 오래간만에 처음으로 어떤 남자가 자기를 범할까봐 더 이상 두려워하지 않는 아름다운 마리아가 시성한 성인이 되었다. 마리아는 거친 파도가 흔들어대는 좁은 감옥에서 삶의 의욕을 되찾고 있었다. 그녀는 한 송이 꽃처럼 조금씩 피어났고, 나는 의무를 완수했다는 만족감을 느끼며 그 꽃의 꽃잎을 하나씩 모았다. 몇몇 뱃사람은 우리가 출발하는 날 마리아가 배에 올라타는 걸 보았다. 여자가 배에 타고 있다는 소문이 설왕설래로 이어졌고, 배에서 여자 없이 생활하는 남자들의 환상을 불러일으켰다. 그러나 소문은 선장이 목소리를 높여 마리아는 자기 선실을 청소시키려고 배에 태운 가정부라고 설명하면서 잠잠해졌다. 거짓말 한 번 더 한다고 해서 이 나이 든 남자가 죽지는 않을 것이다. 떠돌아다니는 이 직업에서 부부간의 부정은 너무나 흔한 일이어서 아무도 관심을 보이지 않았다. 뱃사람들이 다시 일상으로 돌아가 더 직업적인 일에 몰두하자 나는 깊은 안도의 한숨을 내쉬었다. 마르탱은 비록 처음에는 망설였지만 그래도 마리아를 해방시키는 데 일조했다는 걸 자랑스러워하며 우리 두 사람 모두의 친구인 마리아의 소식을 종종 묻곤 했다. 그가 사창가에서 재치를 발휘한 덕분에 우리는 폭력을 쓰지 않고 시간을 벌 수 있었다. 나는 그를 칭찬해주었다. 그는 당연히 해야 될 일을 했다는 듯 짐짓 겸손한 척하며 어깨를 으쓱거렸고, 나는 그 모습을 보며 미소 지었다. 사실 그는 이렇게 내게 칭찬받은 걸 몹시 기뻐했다. 한시라도 빨리 남편을 만나고 싶어 하는 여인들이 부두에 모여 바다의 영웅인 우리에게 팔을 흔들어 인사했다. 나는 그 여인들 속에서 아내의 실루엣을 찾아보려고 애썼지만 소용없었다. 생-맥상 부인 집에 붙잡혀 있는 게 틀림없었다. 뱃사람들이 어서 빨리 가족들을 만나고 싶어 서두르며 한 명씩 차례로 배에서 내렸다. 마르탱과 나는 배에 더 이상 아무도 남아 있지 않다는 사실을 확인한 다음 마리아의 선실을 향해 서둘러 통로를 달려갔다. 내가 문을 열었다. 그녀는 얼굴 양쪽 뺨을 따라 방울져 떨어지는 눈물로 뒤범벅이 된 채 몸을 움츠리고 있었다. 그녀 옆에 쪼그리고 앉은 마르탱이 그녀를 보며 슬픈 미소를 지었다.

그가 동정 어린 목소리로 말했다.

"마리아, 이제 떠나야 할 시간이에요."

그러자 그녀는 너무 슬퍼서 제정신이 아닌 상태로 대답했다.

"어디로 가야 할지 모르겠어요. 두려워요."

"우리 집으로 가요. 내일 말라가까지 가는 기차표를 사면 다시 마누엘을 만날 수 있어요."

그녀가 걱정스러운 표정으로 물었다.

"그런데 만일 아이가 날 알아보지 못하면 어떻게 하죠? 내가 누군지 모르면 어떡해요? 다시 라스팔마스로 돌아가고 싶어요. 날 배 안에 그냥 내버려둬요. 나가고 싶지 않아요."

마르탱은 아무 말 없이 몸을 일으키더니 이제 막 자라나기 시작해서 털이 청소년의 잔털처럼 부드러운 턱수염을 쓰다듬었다. 뭐라고 대답해야 할지 감이 안 잡히는 모양이었다. 그녀는 무릎을 끌어안은 채 몸을 좌우로 흔들며 차가운 바닥에 비벼댔다. 길바닥에 내던져진 불쌍한 마리아는 언젠가는 아들을 다시 만날 수 있으리라는 희망을 결코 잃지 않았다. 그녀는 아들을 다시 한 번 안을 수만 있다면 기꺼이 죽을 각오를 하고 아들을 진심으로, 혼신의 힘을 다해 원했다. 그러나 목적지에 도달하자 원할 수 없었다. 더 이상 원할 수 없었다. 도대체 어떤 이상한 무의식적 심리 때문에 이 여인은 자기가 더 이상 아들에게 어울리는 사람이 아니라는 두려움에 동요하게 된 것일까?

나는 낮은 목소리로 말했다.

"마리아, 일어나요. 아이 걱정은 하지 말아요. 당신을 알아볼 테니까. 어머니의 체취는 잊히지 않는 법이에요. 내 말 믿어요."

마리아는 몸을 좌우로 흔들다 말고 내 쪽으로 눈을 돌렸다.

그녀가 중얼거렸다.

"그 말, 확실해요?"

"확실하고 분명합니다."

"난 당신 믿어요, 폴. 당신은 좋은 사람이에요."

"고마워요, 마리아. 이제 일어나요. 가야 해요."

나는 그녀에게 손을 내밀어 일어나도록 도와주었다. 선실에서 나온 우리는 내가 구석구석 훤히 알고 있는 통로의 무한한 미로 속으로 뛰어들어갔다. 밖으로 나오자 마리아는 눈을 감으며 공기를 한 입 가득 들이마셨다.

그녀가 중얼거렸다.

"정말 좋다!"

그러고 나서 우리 세 사람은 선교의 계단을 성큼성큼 뛰어올라 다른 사람들의 시선이 미치지 않는 땅바닥에 멈춰 섰다. 아무리 둘러봐도 마틸드의 모습은 보이지 않았다. 어쩌면 그녀는 우리가 도착하는 정확한 시간을 잊어버렸는지도 모른다. 그렇지만 불안하지는 않았다. 어서 빨리 마틸드를 만나 껴안고 싶었다. 하지만 우선 마리아와 작별 인사를 나누어야만 했다.

나는 길거리에서 구해준 여인의 얼굴을 바라보며 말했다.

"이제 우리의 길은 여기서 갈라집니다."

"고마워요, 폴. 당신이 날 위해 해준 행동은 결코 잊을 수 없을 거예요. 언젠가는 신세를 갚을 날이 오겠죠."

이렇게 말하고 난 그녀는 내 뺨에 입을 맞추었다. 그녀의 부드럽고 뜨거운 입술이 나를 전율시켰다.

"몸조심해요, 마리아. 그리고 나 대신 마누엘에게 입맞춰주세요. 이건 내 주소인데, 마누엘 사진 있으면 몇 장만 보내주고요."

"그렇게 할 테니까 걱정 마세요. 신께서 당신을 축복하기를 기도할게요, 베르튄…."

나는 내 주소가 적힌 종이쪽지가 들어 있는 봉투를 그녀에게 내밀었다. 그녀는 그걸 호주머니 속에 집어넣었다. 길거리에서 심신이 황폐해지고 남성들의 폭력에 지칠 대로 지친 한 여인이 표하는 감사의 마음이 고스란히 그녀의 얼굴에 드러났다. 그녀는 감동해서 아무 말 없이 그 광경을 바라만보고 있는 마르탱을 향해 돌아섰다. 그들은 항구에서 멀지 않은 마르탱의 집으로 향했다. 마리아는 내게 손짓을 하고 입을 모아 "고마워요."라고 발음한 다음 길모퉁이에서 모습을 감추었다. 무거운 책임감이 부두의 포석 위에서 부서지더니 포도주통이 망가뜨린 그 틈을 따라 흘러갔다. 나는 마음이 가라앉는 것을, 내가 나 자신과 화합하는 것을 느꼈다. 이 얼마나 감미로운 느낌인가? 불안이나 두려움은 더 이상 느껴지지 않고 오직 의무를 완수했다는 느낌만, 마리아를 위해 헌신했다는 만족감만 느껴졌다. 그러고 나서는 다른 생각이 들었다. 그 전날 밤에 나는 선실에서 봉투를 준비하면서 카트린 샤페르 이야기의 결말을 내고 싶었다. 독일과 스페인에서 나는 내 행동이 가져올 결과도, 이 미스터리한 탐색이 초래할 위기도 생각하지 않은 채 목숨을 걸고 엄청난 위험 속에서 허우적댔다. "인생은 배가 고프면 자기 새끼들을 잡아먹는 개나 다름없네."라는 선장의 말이 여전히 내 머릿속에서 울렸다. 비록 그 말의 의미를 완전히 이해하지는 못했지만 나는 이 모든 이야기에 선을 긋고 마틸드에게만 집중하고 싶었다. 나와 그녀에게는 함께해야 할 일이 많았다. 나는 그녀가 애타게 보고 싶었다. 그래서 봉투 속에 카트린 샤페르의 사진을 넣어버렸다. 그건 우리의 만남을 기억나게 할 증표일 뿐이다. 소녀의 모습이 봉투 속으로 사라지는 순간 나는 눈물을 꾹 참아야만 했다. 내 인생의 한 장이 끝나가고 있었다. 이제는 집으로 돌아가야 할 때다. 나의 첫 번째 여행이 끝났다. 나는 내 모든 여행이 이처럼 파란만장하지만은 않기를 바랐다. 배 쪽으로 고개를 돌리는 순간 빗속에 서 있는 마틸드의 모습이 눈에 들어왔다. 머리칼이 빗물에 젖어 얼굴에 찰싹 달라붙어 있었다. 옷도 이슬비에 이어진 소낙비에 흠뻑 젖었다. 나의 마틸드는 심지어 그런 모습을 하고 있어도 우아하고 고상해 보였다. 그녀가 입고 있는 긴 원피스는 그녀의 쭉 뻗은 몸매와 완벽한 조화를 이루었다. 태양과 달, 구름과 별이

어우러져 빚어낸 듯, 그녀는 아름다웠다. 나는 마틸드에게 다가가 그녀를 꼭 껴안았다.

"사랑해, 마틸드."

나는 그녀의 몸이 얼음처럼 차가운 걸 느끼며 말했다.

"나도 사랑해, 폴."

"당신 몸이 꽁꽁 얼었어. 빨리 집으로 가자."

"잠깐 기다려. 당신한테 할 말이 있어."

"해봐."

"나, 임신했어."

완전한 침묵 속에서 밤과 낮이 하나가 되었고, 땅과 바다가 서로 얽혔다. 먼 바다에 사로잡힌 뱃사람들의 함성이 머릿속에서 울렸다. 그러고 나자 모든 것이 뒤섞였다. 나는 본능적으로 아버지를, 그가 전통에 따라 입에 물고 있던 밀 이삭을 생각했다. 이번에는 내가 탄생과 교육, 자식 사랑의 전율을 느끼게 될 것이다. 인생이란 한 편의 연극과도 같아서, 세대마다 사람들은 자기들 나름대로 등장인물을 해석하여 다른 식으로 연기하고 새로운 깊이를 부여하여 그 리듬을 개선시킨다. 이따금 관객은 연극의 변화에 매혹되어 자리에서 일어나 박수갈채를 보내기도 한다. 또 때로는 그 같은 변화가 지루하게 느껴져 원작이 개작보다 낫다고 생각하며 그냥 가만히 앉아 있기도 한다. 나는 이제 태어날 등장인물이 중요한 역할을 해내게 될 멋진 연극을 벌써부터 상상하고 있었다. 나는 아버지가 될 준비가 되어 있을까? 나는 마틸드의 배 속에 들어 있는 사랑의 결실을 상상하며 아내를 꼭 껴안았다. 우리는 셋이 되었다.

24

"머리를 빨리 *끄집어내요!*"

스트레스가 쌓일 대로 쌓인 간호사가 소리쳤다.

"아파요!"

마틸드가 고함을 내질렀다.

"곧 끝날 겁니다, 부인. 자, 힘을 주세요, 더 세게!"

"아아아아아!"

내 아이의 머리가 아내의 허벅지 사이에서 나타나는 날, 처음에 나는 내가 고개를 돌려버릴 것이라고 믿었다. 그 자연의 행위 앞에서 감탄과 혐오가 뒤섞인 감정을 느끼며 나는 내가 태어난 날 왜 아버지가 급한 일이 있다는 핑계를 대고 집을 비웠는지, 그 이유를 어느 정도는 알게 되었다. 아내의 음부에서 흥건하게 흘러나오는 피가 아직 여자인지 남자인지 구별이 안 되는 아이의 얼굴을 뒤덮고 있었다. 간호사가 아이를 붙잡더니 탯줄을 자른 다음 흰색 수건으로 몸을 감싸자마자 수건이 금세 피로 물들었다.

237　간호사가 입가에 미소를 띠며 소리쳤다.

"딸이에요! 축하합니다!"

나는 그 말에 당혹스러워하며 대답했다.

"감사합니다."

"아이 이름은 뭐라고 지으실 건가요?"

나는 아이의 몸에 묻은 피와 아이의 울음소리에 겁이 나서 우물거렸다.

"난… 난…."

그러자 마틸드가 소리쳤다.

"잔! 아이 이름은 잔이에요!"

나는 혼란스러웠다. 정말 혼란스러웠다. 마틸드의 임신은 제약이 가해지거나 복잡하게 얽히지 않고 정상적으로 이루어졌다. 내가 바다로 나갔다가 다시 뭍으로 돌아오는 동안 그녀의 배는 조금씩 부풀어 올랐다. 그녀로서는 너무나 힘들었을 임신이라는 시련을 겪는 동안, 그녀가 호르몬의 나라를 횡단하는 동안 곁에 없었다는 사실에 나는 죄책감을 느꼈다. 하지만 당장 먹고 살아야만 했으므로 나로서는 선택의 여지가 없었다. 마틸드는 지난 두 달 동안 일을 중단했다. 그러자 자기가 버려지고 자신의 일상이 엉망이 되었다고 생각한 생-맥상 부인은 화를 내며 더 이상 아내에게 월급을 주지 않았다. 이 부르주아 여성의 호의는 병적일 정도로 자기중심적이라는 한계와 자신의 가정이 아닌 다른 가정도 행복해야 한다는 생각을 아예 할 수가 없다는 한계를 갖고 있었고, 마틸드는 바로 그 한계에 부딪친 것이다. 간호사가 잔의 작은 몸을 문질러 팔다리와 얼굴을 따라 흘러내리는 핏자국을 지웠다. 그러고 나서 울고 있는 아이를 저울 위에 올려놓은 238

다음 체중을 재기도 하고, 전통적인 건강 체크용 도구인 청진기로 아이를 진찰하면서 건강한지 확인하기도 했다. 세련되지는 않았지만 꼭 필요한 이 의식을 마친 그녀는 새 수건으로 잔의 몸을 감싼 다음 마틸드에게 내밀었다. 마틸드는 감동적인 표정으로 잔을 받아 안더니 달래려고 앞뒤로 흔들어주었다. 아이가 엄마의 젖에 입을 갖다 댈 수 있도록 간호사가 그녀를 도와 젖가슴을 끌어내주었다. 침묵이 다시 입원실을 가득 메웠다. 나는 마틸드에게 다가가 내 딸의 얼굴을 찬찬히 들여다보았다. 두 손과 두 발, 피부, 코, 마틸드의 젖꼭지에 달라붙은 입 등 아이의 모든 것이 너무나 가늘고 고왔다. 고통이 쌓이고 쌓이면서 모든 것을 망가뜨리고, 우리의 얼굴 윤곽을 변형시키고, 우리의 정신을 훼손시키는 삶의 흔적이 전혀 보이지 않았다. 모든 것이 다 이제 시작되었다. 죽음을 향한 질주가, 그 누구도 피할 수 없지만 모든 사람이 자기 나름의 방식으로 잊으려 애쓰는 이 미스터리를 향한 카운트다운이 이제 시작된 것이다. 내 딸도 죽음에서 벗어날 수 없으리라. 하지만 그때까지만 해도 이 아이가 세상에서 고통받을 수도 있다는 생각은 아예 내 뇌리를 아주 살짝이라도 스쳐지나가지 않았다.

"아이가 참 예쁘게 생겼어."

나는 아이의 뺨을 어루만지며 마틸드에게 속삭였다.

"정말이야."

"당신을 꼭 빼닮았어. 눈도 당신 눈이랑 똑같이 생겼네…"

마틸드가 수줍게 미소 지었다. 우리는 그 다음 날 우리 딸을 안고 집으로 돌아가 마음씨 좋은 이웃이 준 아이 침대에 눕혔다. 생-맥상 부인네 만큼 풍요로운 건 아니었지만, 우리 세대 이후로 생활이 나아진 건 사실이었다. 잔은 태어나자마자 아늑한 공간을 자기 혼자 쓴다는 특혜를 누린 것이다. 그렇지만 질투를 느끼지는 않았다. 아니, 그 반대였다. 누구나 저마다 자신의 시대를, 자기 몫의 걱정거리를 갖는 법이다. 나는 잔이 최소한의 걱정거리만을 갖게 되기를 진심으로 바랐다. 전쟁이 끝난 지 이제 겨우 10년도 되지 않았다. 이런 끔찍한 재난이 다시 되풀이되지 않도록 모든 사람이 숨을 꾹 참고 있었다.

미국은 자유주의 이념을 지구 전역에 불어넣으려 애쓰고 있었다. 소련은 집단주의와 분배, 연대에 근거한 반대되는 가치를 큰소리로 표방하며 이런 이념적 불합리함에 정면으로 맞섰다. 그리고 프랑스는 이 두 사조의 중간에 있는 제3의 길로 들어서고 있었다.

*

시골에서 자라난 부모와는 달리 잔은 멀리 떨어진 문명의 한가운데서 비약적인 발전을 거듭하고 있는, 뱃고동 소리가 흔들어 재우는 도시의 활력 속에서 자라났다. 마틸드는 딸이 유치원에 들어갈 나이가 된 바로 그날, 생-맥상 부인의 집에 다시 채용되어 가정부 일을 시작했다. 나는 승진해서 아시아와 유럽을 연결하는 배를 타게 되어 대부분 4개월이 넘는 오랜 기간 바다에 나가 있었다. 내 인생의 두 여성은 항구의 부두 위에서 내게 인사를 하곤 했다. 그들이 몹시 슬퍼하며 뜨거운 눈물을 흘릴 때마다 내 가슴도 미어졌다. 하지만 그건 어쩔 수 없이 내 꿈이 계 240

속 존재하기 위해선 반드시 치러야만 하는 대가였다. 배가 4개월 뒤 항구에 접근할 때마다 나는 그들을 다시 만나 잔이 나를 기다려주지 않은 채 자라난 것을 슬픈 심정으로 확인하곤 했다. 내가 가족과 최대한 많은 시간을 보내 잃어버린 시간을 회복할 수 있도록 회사가 제공한 2개월이 지나면 나는 다시 망망대해와 그곳의 격심한 풍랑을 향해 떠나야만 했다. 그리고 매년 여름휴가 때면 우리 가족은 브르타뉴로 가서 가족을 만나곤 했다. 나는 잔이 나와 마틸드가 자라난 환경을 발견한다는 생각에 기뻐했다. 아이는 우리가 어렸을 때 자라난 해변에서 행복한 시간을 보냈다. 개흙에 덮인 조개를 주우며 까르르 웃음을 터트리고, 모래사장에서 게를 발견하면 두 눈을 크게 뜨곤 했다. 이따금 나는 내가 자라난 농가의 정원에 있는 나무 뒤에 몸을 숨긴 채 내 딸이 삶의 즐거움에 감탄하는 것을 관찰했다. 아이는 땅에 떨어진 사과 한 알을 집어 들더니 눈에 가까이 가져가서는 아직은 전혀 훼손되지 않은 어린 소녀의 상상력을 발휘해가면서 과일의 미스터리를 알아내려고 애썼다. 나의 사과나무 뒤편에서 다시 어린 시절로 돌아간 나는 내 성격의 몇 가지 특징을 잔에게서 발견하고 감동했다. 부모가 되면서 우리 부부는 과거를 재발견하고, 불행했던 어린 시절의 악운을 쫓아내거나 유복한 어린 시절의 즐거움을 연장시킬 수 있는 기회를 얻은 것이다. 부모가 된다는 건 상처를 치료하기 위한 약을 사러 약국으로 가는 게 아니다. 아니, 정반대다. 그건 다시 젊은 시절로 돌아갈 수 있는 기회를 제공받는 것이다. 물론 그 기회를 남용하면 안 되겠지만 말이다. 나는 다시 아이가 되어 몇 시간이고 잔과 놀고, 정글과 빙산, 사막에 사는 동물들의 흉내를 내고 싶어 그 기회에 매달렸다. 잔은 내가 자기 가슴을 치는 고릴라나 자기가 사는 푸른색 섬의 얼음 위에서 몸을 이리저리 비트는 바다표범, 내 어린 시절의 사과나무를 향해 전속력으로 돌진하는 코뿔소 흉내를 낼 때마다 웃음을 터트렸다. 결국 태양 아래서 노느라 피곤해진 우리는 풀밭에 길게 누워 하늘을 올려다보았다. 잔이 그 작은 몸을 내 몸에 바짝 붙였다.

자기 아빠만큼이나 호기심이 강한 잔이 내게 물었다.

"왜 하늘은 파래요, 아빠?"

나는 무의식중에 이렇게 대답했다.

"바다랑 친구가 되고 싶어서 그렇단다."

"왜 바다랑 친구가 되고 싶어 하는 거예요?"

"바다가 친절하니까."

"바다는 아빠에게도 친절해?"

"응. 돌풍이 불 때만 빼면."

"돌풍이 뭐야?"

"바람이 많이 부는 걸 돌풍이라고 한단다, 잔."

나의 대답이 만족스러우면 잔은 정원의 나무 밑에서 꿈을 꾸기 시작했고, 때로는 스르르 잠이 들기도 했다. 내가 안아서 침대에 내려놓으면 잔은 새근새근 한 번도 안 깨고 푹 낮잠을 즐겼다. 우리는 여름휴가를 이용해 그 지역의 전통이 암묵적으로 요구하는 대로 인근에 사는 처녀와 결혼한 형들을 방문했다. 피에르 형과 귀이 형은 부모님 소유의 농가에서 멀지 않은 곳에서 형수들과 함께 살고 있었다. 그들은 여전히 큰형을 도와 밀농사를 짓고 있었다. 기술이 발전하고 콤바인이 출현한 덕분에 그들은 훨씬 더 수월하게 일할 수 있게 되었을 뿐만 아니라 형편도 나아졌다. 죽을 때까지 자신에게 충실한 그들은 말을 많이 하지 않았고, 갈등이 마치 흑사병이라도 되는 것처럼 피하면서 결코 저항하지 않고 복종하는 것으로 만족했다. 자크 형은 일을 할 때는 여전히 악착같았지만, 그래도 나이가 들면서 많이 부드러워졌다. 귀여운 남자아이의 아버지가 된 그는 우리에게는 단 한 번도 그런 적이 없었지만, 이 아이만은 귀여워하면서 원하는 건 다 들어주고 아이에게 말을 하거나 아이 말에 귀를 기울일 때는 특별히 마음을 쓰며 부권의 악운을 쫓아버렸다. 우리의 관계는 시간이 지나면서 개선되었지만 내가 원하던 것, 즉 내가 마틸드를 처음 본 날 독일군 트럭 안에서 처음 느꼈던 견고한 형제애에는 결코 도달하지 못했다. 어렸을 때 나는 형제라는 것이 마치 사람들이 물이 절대 마르지 않도록 조심하면서 우물에서 물을 조심스럽게 퍼내듯이 우리 각자가 그 안에서 힘을 끌어내곤 하는 피난처라고 생각했다. 형제간에 다툼도, 갈등도 없다는 건 불가능한 일이다. 나는 형들이 늘 내 곁에 있을 거라고, 삶이 파렴치함과 사랑의 슬픔, 배신 속에서도 나를 도와줄 거라고 생각했었다. 그러나 나는 형들이 길과 숲에서는 미친 듯이 달리다가도 아버지 앞에서는 감정을 밖으로 드러내지 않는 걸 보고 이런 환상에서 깨어났다. 나는 폭력을 경험하면서 의기소침해졌다. 그래서 떠났다. 나 자신의 날개로 날고 싶어서 가족이라는 고치를 떠난 것이다. 물론 그들 모두는 동생이 뱃사람이 된 걸 기뻐했지만, 그 어느 것도 예전 같지는 않았다. 우리는 며칠 동안 바지락을 캐고, 바닷가로 피크닉을 가고, 아이에게 물수제비뜨는 법을 가르쳐주는 걸로 만족했다. 장인어른도 오셔서 애정이 가득한 눈으로 딸과 손녀가 노는 걸 바라보고 있었다. 아마도 그는 아내도 옆에 있었더라면 얼마나 좋아했을까, 하는 생각을 하고 있을 것이다. 결국 8월이 막바지에 접어들었다. 즐거운 휴가가 막을 내린 것이다. 우리 세 사람은 짐을 꾸려 보르도를 향해 떠났다. 잔은 열차 유리창을 통해 외할아버지와 친할머니에게 수줍게 인사했다. 어머니는 열차가 자기 옆에 두고 싶었던 자식을 싣고 멀어져가자 흐느껴 울었다.

"할머니가 떠났어요!"

아직 어린 잔이 이렇게 말했다.

나는 잔에게 대답했다.

"그래, 할머니가 가셨구나! 우린 내년에 또 할머니를 만나게 될 거야, 알겠지?"

"할머니는 항상 떠나셔! 아빠처럼!"

아이는 어쨌든 아이에 불과하지만, 그렇다고 해서 판단력이 전혀 없는 건 아니다. 잔도 마찬가지였다. 잔은 자기 아빠가 '일을 해야만 하기 때문에' 의무적으로 배를 타고 떠나야 해서 자신을 돌볼 수 없다는 사실을 깨닫기 시작한 것이다. 하지만 아이들에게 '일'이라는 단어는 과연 무엇을 뜻할까? 대단한 걸 뜻하지는 않을 것 같다. 내 어린 시절의 꿈이 한계에 도달한 것이다. 비록 내 직업을 열렬히 좋아하기는 했지만, 딸 옆에 있어줄 수 없다는 죄책감이 날이 갈수록 점점 더 커져만 갔다. 이제 막 은퇴한 선장은 내게 이렇게 경고했었다. "뱃사람이란 아무 보람 없는 직업 244

이야. 자식들이 커가는 걸 볼 수가 없다니까." 그 노련한 뱃사람의 말이 옳았다. 잔은 내가 주기적으로 집을 비우고 멀리 떠난다며 나를 비난할 것이다. 아버지는 내게 불통을 안겨주었는데, 이제 나는 딸에게 장차 우리의 관계를 위기에 빠트리게 될 부재를 안겨준 것이다. 재생산은 단지 사회적이거나 문화적인 것에만 그치는 게 아니라 다른 여러 가지 형태를 띨 수 있다. 그래서 9월 초에 바다로 나가 그 다음 해 1월에 돌아왔으나, 잔이 더 한층 커버렸다는 사실을 쓰라린 심정으로 확인해야만 했다. 그렇지만 또 한편으로는 물속의 물고기처럼 자유롭다는 기분이 든 것도 사실이었다. 게다가 나는 여행을 하는 동안 수많은 만남을 가졌다. 나는 꼭 꿀벌처럼 일하면서 지구 곳곳에서 꿀을 모으기도 하고, 먼 나라의 문명이 풍기는 향기에 취하기도 했다. 나는 인류 전체가 비록 언어의 의미론적 차이를 갖고 있긴 하지만, 그래도 유일하고 불가분하다고 생각했다. 오직 언어만 달랐다. 서부 아프리카에서 아시아에 이르기까지, 중동에서 오세아니아에 이르기까지 어디를 가나 사람들은 똑같은 미소를 짓고 있었다. 바다에서 몇 달씩 지내다가 현지인들에게 따뜻한 접대를 받으면 마음이 따뜻해졌다. 휴가 때 나와 마르탱은 그 나라의 가장 외진 지역까지 찾아가서 사람들과 이야기도 나누고, 그 지역의 관례와 풍습을 발견했다. 어떻게 생각하면 나는 이론과 실제를 혼합함으로써 초등학교 때 선생님에게서 받았던 지리 교육을 완성한 셈이었다. 뒤크르 선생님께서 이 사실을 아셨더라면 분명히 나를 자랑스러워하셨을 것이다.

마리아에게서는 소식을 여러 차례 받았다. 그녀는 일 년에 한 번씩 우편엽서에 스페인어 문장을 써서 보내오곤 했고, 마르탱이 그걸 해석해주었다. 봉투 속에 아들 사진도 동봉했기 때문에 나는 세월이 지나면서 아이가 커가는 걸 볼 수 있었다. 카트린 샤페르 주변을 떠도는 미스터리를 그대로 유지하고 싶었는지 그녀는 편지에서 이 독일 소녀에 대해 단 한 마디도 언급하지 않았다. 그렇지만 10년째 되는 해부터는 그녀로부터 더 이상 아무 소식도 듣지 못했다.

처음에는 망각이라고 생각했던 게 내 마음속에서 차츰 불안으로 바뀌어갔다. 나는 별일 없는지 확인하기 위해 그녀에게 편지를 보내기로 결심했다. 몇 주일 뒤, 편지는 '수취인 부재'라는 도장이 찍힌 채 반송되었다. 나는 그게 우체국의 실수라고 생각하여 몇 번이나 같은 일을 되풀이했다. 그렇지만 우편물은 결코 수취인의 손에 들어가지 않았다. 결과는 매번 똑같아서 편지는 개봉되지 않은 채 늘 '수취인 부재'라는 도장이 찍힌 채 반송되곤 했다.

마르탱이 말라가 시청에 전화를 했지만 거기서도 그 이상은 우리에게 말해줄 것이 없었다. 전화선 반대편의 비서는 조사해보겠다고 말할 뿐이다. 하지만 마리아에 관한 이야기는 더 이상 들을 수가 없었다. 그녀는 어느 날 아무 흔적도 남기지 않고 어디론가 증발해버렸다. 그녀가 돌연 사라져버리자 불안해진 나는 경찰서에 수차례 전화를 했다. 이웃에 사는 사람의 전화번호까지 얻어 전화를 해보았으나 들려오는 대답은 늘 똑같았다. 마리아가 어디 있는지 아는 사람은 아무도 없었다. 이 느닷없는 도피에 어떤 이상한 미스터리가 숨어 있는 것일까? 마리아, 그녀는 도대체 왜 자기가 살아 있다는 기별을 보내지 않는 것일까? 이 일에는 어떤 수수께끼가 숨어 있을 테지만 도저히 그걸 풀 수가 없었다. 그런데도 알아 볼 수 없으니 갑갑할 따름이었다. 회사가 내게 준 짧은 휴가는 그동안 잔과 지내지 못한 시간을 보충하는 데 써야 했던 것이다.

마틸드는 나의 불안이 점점 더 커져가고 있다는 걸 알아차리고 자기가 할 수 있는 최대한 나를 안심시켰다. 하지만 그녀의 노력은 헛수고가 되었다. 회의적인 생각이 들기도 했지만, 마리아에게 아무 일도 일어나지 않았기를 남몰래 기도했다. 나는 오랫동안 초인종이 울릴 때마다 문을 여는 순간 아들 마누엘을 품에 안고 있는 마리아의 얼굴이 나타났으면 하는 은밀한 희망을 품고 통로를 걸어가곤 했다. 숨을 크게 한번 들이마신 다음 문 손잡이를 돌렸다. 하지만 매번 같은 실망을 맛보았다.

세월이 흘렀고, 나는 이성을 되찾았다. 남자는 빨리 잊어버린다. 어쨌든 마리아는 내게 아무것도 빚지지 않았다. 나는 인도주의적 견지에서 순수한 마음으로 그녀를 도와준 거지 평생 내게 감사하라고 그녀를 도와준 것은 아니었다. 나는 그 누구의 영웅도 아니다. 일개 인간에 불과한 것이다. 자기 자신도 혁신시키지 못하면서 세계를 변혁시키려고 해봤자 무슨 소용이 있겠는가? 마리아는 살아 있다는 기미를 더 이상 보여주지 않았다. 내가 품고 있던 많은 환상도 그녀와 함께 사라져갔다. 우리 모두는 누구나 언젠가는 어른이 되고 만다. 각자의 리듬에 맞추어. 나 역시 그녀 덕분에, 이 세상이 나의 형상을 본떠 그려진 것이 아니라 나의 형상이 이 세상의 그림에 맞춰져야 한다는 사실을 깨닫던 바로 그날 성장했다.

25

　　　　　　운명의 그날 1965년 7월 17일. 숫자와 글자가 줄지어 있다. 평범한 날이다. 보통사람들에게 이날은 다른 날처럼 아무 의미 없이 그렇고 그런 날이다. 어쩌면 여름휴가 기간이라는 것만 빼면 전 세계 권력자들의 비망록에서도 역시 특기할 만한 게 없는 날이다. 지나가는 나날은 하늘의 별똥별과도 같다. 어느 순간 우리는 별똥별의 이상한 기원에 매혹되어 걸음을 멈추고 그걸 바라본다. 그러다가 별똥별이 곧 사라져버리고 그 광경이 더 이상 재미없으면 매혹적인 꼬리를 보며 감탄하는 것에 싫증을 내며 다시 제자리로 돌아가 일에 몰두한다. 그러나 내게 1965년 7월 17일은 중요한 날이다. 우리 이야기의 흐름을 뒤집어놓고, 그 어렴풋한 형체가 알아채기 어렵게 조금씩 나타나 우리를 혼란에 빠트린 날이다. 이날이 되기 3주 전에 우리는 희망봉을 지나갔다. 진한 안개가 희끄무레한 장막으로 남아프리카 해안을 감추자 그전까지만 해도 우리가 넋을 잃고 바라보곤 했던 불의 땅(티에라델푸에고)도 가려졌다. 배 앞에 우뚝 장엄하게 솟아 있는 거대한 인도양의 문이 멀리 보이는 듯했는데, 상상 속의 벽에 끼워져 있는 그 문의 경첩은 맨눈으로는 보이지 않았다. 문에서 몇 미터가량 떨어진 곳에서 꼭 심술궂은 할머니가 누군가를 비웃는 것 같이 날카롭게 삐걱거리는 소리가 들려왔다. 나는 꼭 그 소리가 선생님이 칠판에 분필로 글씨를 쓸 때 긁히는 소리가 나면 그러는 것처럼 불쾌해져 입을 삐죽거렸다. 우리가 지나가자 문들이 열리면서 우쭐거리듯 가문을 자랑스럽게 흔들어댔고, 초등학교 때 선생님이나 선장처럼 불타오르는 듯한 수염을 가진 포세이돈은 하늘을 향해 삼지창을 흔들며 자기가 이 세상을 지배한다는 것을 모든 사람에게 알리고 있었다. 짙은 안개 속에서 바다의 신은 우리에게 행운을 빌어주거나 혹시 닥칠지 모르는 위험을 경고하기 위해 슬쩍 장난기 머금은 미소를 지었다. 우리가 멀리 떨어지자 문들은 또다시 굉음과 함께 닫히며 안개 속으로 사라져갔다. 그 다음부터는 우리의 최종 목적지인 아름다운 사이공을 향해 항해했다. 계속해서 빗방울이 우리 주변에 떨어져 으깨지면서 우리의 몸을 뼛속까지 적셔 놓긴했지만, 날씨는 대체로 푸근한 편이었다. 물에 젖은 축축한 선교에서 미끄러진 뱃사람들이 아픈 팔다리를 부여잡으며 큰 소리로 욕설을 퍼붓곤 했다. 인도양의 바닷물 속으로 들어가는 일은 수많은 안전규칙과 긴급한 경우에 채택해야 하는 행동규칙을 엄격하게 따라야만 하는 심각한 일이다. 지구상의 이 지점에서는 포효하는 40도 해역의 그림자가 배 위를 떠돌아다녔다. 수많은 이야기들이, 지구상에서 가장 강한 바람과 가장 파괴적인 파도와 거친 물결에 뒤집혀 난파된 배들이 쓸려 지나가는 이 지역의 신화를 흥미롭게 만들어주었다. 이 바다에서는 잠시

만 주의를 게을리해도 엄청난 대가를 치러야 한다.

뱃사람들은 다들 이 바다의 위험성을 잘 알고 있었다. 그러므로 여기서 방임주의는 용서할 수 없는 일이었다. 여기서는 선장이 항해규칙을 엄밀하게 적용하고 지나치다 싶을 정도로 재삼재사 확인했다. 아프리카 대륙의 해안이 수평선 너머로 서서히 사라져가면, 나는 타고 다니는 자전거의 작은 바퀴를 다 빼내버리는 아이의 부모가 느끼는 것 같은 긴장감이 우리 각자의 마음속에서 점점 더 커져가는 것을 분명하게 느끼곤 했다. 그때부터 뱃사람들 간에는 형제 같은 연대감이 형성되었다. 격심한 풍랑이 일 거라고 선장이 경고할 때마다 모든 뱃사람들이 사방으로 뛰어다니며 내용골과 엔진, 화물을 체크하는 한편 안전규칙 한 가지 한 가지를 열심히 재확인했다. 어제까지만 해도 방임주의자였던 사람이 한순간에 편집광이 되는 것이다. 회사 경영진은 지구 반대편의 푹신푹신한 가죽 소파에 편안하게 몸을 파묻은 채 쉴 새 없이 선장에게 연락해서 화물 상태에 관해 별의별 질문을 다 퍼붓고, 배가 목적지에 좀 더 빨리 도착하도록 온갖 지시사항으로 그를 들볶았다. 그들은 사람을 깔보고 온갖 소리를 해대지만 "뱃사람들의 건강을 염려하는 일은 단 한 번도 없다."며 선장은 씁쓸한 표정을 지었다. 인간을 그다지 존중하지 않는 게 분명한 그들에게는 화물인도기한이 사람보다 더 중요했다. 그들에게 우리는 이익을 남기기 위해 과도한 경쟁을 벌이려면 최대한 잘 조직해야 하는 장기판의 졸에 불과했고, 그들의 물질주의적 신경증에 접근할 수 있는 단순한 수단에 불과했다. 그럼에도 가장 중요한 것이, 어둠 속에서 개미처럼 일하는 그 굵은 팔뚝들의 공조가 바로 내 눈앞에서 펼쳐지고 있었다. 나는 위험을 무릅쓰더라도 그 바다가 좋았다. 미스터리와 위험으로 가득 차 있기에 개인들로 하여금 서로 돕지 않을 수 없도록, 다른 환경에서와는 달리 연대하지 않을 수 없도록 만드는 그 바다의 광대함이 좋았다. 그러다가 아시아 해변이 모습을 나타내면 긴장은 조금씩 풀렸다. 우리는 다시 인간으로 돌아갔고, 고양된 연대감보다 각 개인의 껄껄함이 다시 우세해졌다.

*

그리하여 1965년 7월 17일에 선장이 자신의 배에 있는 모든 뱃사람은 한 명도 빠짐없이 갑판으로 모이라는 사이렌을 울렸다. 우리는 3주 전부터 파도가 높은 인도양을 항해하고 있었으며, 뭍으로부터 고립된 채 아시아의 해안을 보게 되기를 고대하고 있었다. 우리 중 몇 사람은 오랜 항해와 여자 없이 지내야 하는 매일매일에 불만이 쌓일 대로 쌓여 베트남의 창녀들을 찾아가겠다는 계획을 공공연하게 세웠다. 나로서는 도저히 그 원류를 알 수 없는 거만함 같은 것이 그들의 말에서 풍겼는데, 마치 그 불쌍한 여자들이 벽에 걸어놓으면 좋을 사냥 노획물처럼 생각되는 모양이었다. 배의 사이렌 소리가 나를 깊은 몽상에서 느닷없이 끄집어냈다. 10여 년 전부터 나와 같은 방을 쓰는 마르탱이 열심히 읽고 있던 책을 내려놓고 일어나더니 현창 너머로 보이는 바다를 물끄러미 바라보았다.

그가 멍한 표정으로 말했다.

"바다가 잔잔하네."

아직 젊지만 노련한 뱃사람이 된 나는 물었다.

"그럼 구름은?"

"없어. 곧 어둠이 내릴 거야."

"그럼 아무 일 없겠군. 점호만 마치면…"

그러자 마르탱이 회의적인 표정으로 대답했다.

"모르겠어."

나는 놀라서 물었다.

"뭘 모르겠다는 거야?"

"이상한 예감이 들어."

나는 농담을 하듯 말했다.

"자네, 점쟁이라도 된 건가?"

"뭔가가 준비되고 있다는 느낌이 들어. 복장을 갖추게. 올라가자구."

나는 아무 대답도 하지 않았다. 마르탱은 아무 감정도 느껴지지 않는 목소리로 말했는데, 그의 목소리치고는 너무 단조로웠다. 평상시 같으면 말을 하면서 상하좌우로 제스처를 취했을 그가 웬일인지 현창 옆에서 심각한 표정을 짓고 있었다. 뭔가에 몰두한 것처럼 보였다. 나는 더 이상 파고들고 싶지 않았다. 우리는 복장을 갖춘 다음 배의 통로로 뛰어나갔다. 혼란이 그곳을 지배하고 있었다.

모든 뱃사람이 사방으로 내달리고 있었다. 위층으로 올라가는 계단에서는 큰 혼잡이 일어났다. 되는 대로 뱃사람 몇 명을 붙잡고 무슨 일인가 물었지만, 나나 그들이나 모르기는 마찬가지였다. 도대체 무슨 일이 일어났는지 아는 사람은 아무도 없었다.

나는 생각했다. 참 이상하네. 우리가 계단을 올라갔더니 다시 계
단이 나타났다. 우리는 계단을 세 개나 더 올라간 끝에 결국 밖
으로 나가는 데 성공했다. 밖은 끔찍하게 더웠다. 느닷없이 화덕
속으로 들어간 것 같은 느낌이 들면서 숨이 막힐 지경이 되었다.
내 곁에 있는 마르탱은 여전히 뭔가에 몰두해 있는 듯했다. 도대
체 무슨 생각을 하는 것일까? 우리 주위의 뱃사람들은 다들 무
슨 일인지도 모르는 채 분주하게 움직이고 있었다.

그때 배의 반대쪽에서 느닷없이 고함 소리가 들려왔다. 뱃사
람 하나가 갑판으로 이어지는 통로를 따라가더니 잠시 후 새파
랗게 질린 얼굴로 돌아왔다.

그가 소리쳤다.

"다들 이리 와봐!"

우리는 배의 반대편에 숨겨진 것을 볼 수 있다는 생각에 흥분
하여 다함께 통로를 따라 걸어갔다. 몇 미터 더 가서 선교를 돌
아가니 많은 사람이 갑판에서 가장 넓고 배 전체를 조망할 수
있는 지점에 나와 있었다. 모든 뱃사람이 모여 손으로 수평선을
가리키고 있었다. 나도 눈을 들어 하늘을 올려다보았다. 나는
1965년 7월 17일에 내가 본 것을 결코 지워지지 않을 천에 윤곽
을 새기듯 내 기억 속에 그려놓았다. 자연은 어둑어둑해지는 황
혼녘에 웅장한 모습을 펼쳤다. 하늘 높은 곳에서 내가 사랑하는
파리한 반달이 반짝이고 있었다. 희끄무레한 달빛은 물 위에 반
사되어 바다를 온통 반짝거리는 무수한 잔주름으로 장식했다.
장엄한 광경이었다. 그러나 다른 모든 뱃사람들이 관심을 갖는
건 달이 아니었다. 달이 아닌 다른 것이었다. 거대한 구름이 지평 254

선에서 뭉게뭉게 일어 죽음의 소용돌이를 만들어냈고, 이 소용돌이가 별들을 향해 올라갔다. 이렇게 만들어진 거대한 나팔 모양의 소용돌이는 바닷물을 모두 빨아들여 바다의 주요한 자원을 거덜내고 하늘을 향해 물을 퍼 올리는 것처럼 보였다. 내 눈에 이상해 보였던 것은 어둠과 빛 사이의 이 놀라운 경계선, 수평선 위에 펼쳐져 있는 이 선이었다. 마치 너그러운 자연이 자신이 정해놓은 규칙을 끊임없이 위반하는 보잘것없는 우리 인간들에게 넘지 말아야 할 경계선을 강요하는 것 같았다. 경고 메시지가 분명했다. 만일 우리가 그 경계선을 넘을 경우 우리는 휘몰아치는 자연의 혼란 속으로 빨려 들어가 위험을 맞게 될 것이다. 전기를 띤 기다란 번개가 하늘에 줄무늬를 만들고 바다를 혀로 핥았다. 그러고 나서 몇 초 뒤, 거죽이 물렁물렁한 가죽으로 되어 있는 북소리를 연상시키는 번개의 으르렁거리는 소리가 우리 귀에 닿으며 죽음이 임박했음을 알렸다. 나는 혼잣말로 중얼거렸다.

"정말 괴상하군. 혼란스러우면서도 정말 아름다워. 정말 초현실적인 광경이야."

배가 맹렬한 바람과 억수 같이 쏟아지는 빗물에 휩쓸려 태풍 속으로 휩쓸려 들어가는 모습을 마음속으로 상상했다.

나는 일상의 진부함에서 벗어나기 위해, 강렬한 체험을 하기 위해 뱃사람이 되지 않았던가? 우리에게 더 이상 다른 선택의 여지는 없었다. 뒤로 물러서기에는 이미 너무 늦은 것이다. 배는 재난 혹은 영광을 향해 똑바로 돌진하고 있었다. 그것 때문에 나는 미리 몸을 부르르 떨었다. 얼마 지나지 않아 큰 목소리가 갑작스럽게 들려왔다.

"이러다 우리 모두 다 죽을 거야!"

한 선원이 소리쳤다.

"천만에! 저건 폭풍우에 불과해!"

다른 선원이 대꾸했다.

"신이시여, 우리를 불쌍히 여기소서!"

"그만 좀 징징대, 이 겁쟁이들아!"

"자, 폭풍우를 뚫고 나가서 여기서 벗어나자구!"

인간미 넘치는 행위가 내 눈앞에서 완전하게 이루어졌다. 위험한 순간에 닥치면 인간은 남이 뭐라든 개의치 않고 전력을 기울인다. 드디어 선장이 선원들을 차례차례 밀어내기도 하고 그들에게 마구 욕설을 퍼붓기도 하면서 길을 터 나갔다. 하지만 경험 많은 노련한 선장도 갑판에 올라와서는 아연실색해 순간 걸음을 뗄 수 없었다.

"태풍이군."

그는 차분하지만 공포에 사로잡힌 표정으로 이렇게 말했다.

그러자 이 말을 듣고 놀란 선원 한 사람이 물었다.

"태풍이라고요, 선장님?"

"그래. 며칠 전 회사에서 무전으로 말하기를, 여기는 태풍 영향권 밖이라고 했거든. 일기예보를 엉터리로 한 거지. 회사 간부 놈들은 다 바보 멍청이야. 망할 인간들 같으니!"

내가 물었다.

"이제 어떻게 해요?"

선장이 바다를 뚫어지게 쳐다보며 대답했다.

"기도해야지."

선장은 수평선을 바라보고 있는 수많은 선원들 쪽으로 돌아섰다.

선장이 하늘을 손으로 가리키며 소리쳤다.

"여러분, 여러분이 뱃사람이 된 이후로 그토록 기다려왔던 순간이 지금 다가왔다! 자, 여러분에게 태풍을 소개하겠다! 태풍과 맞설 수 있는 기회는 자주 찾아오지 않는다! 원래 이런 종류의 것들은 다 무전으로 미리 알려주거든! 하지만 회사에는 바보들만 득실거려서 우리는 이제 저 태풍을 이겨내야만 한다! 여러분, 태풍을 만난 걸 영광으로 알라! 그리고 당연히 태풍에게도 감사할 줄 알아야 할 것이다!"

선원 일부가 즐거운 함성을 몇 차례 내질렀으나 다른 선원들의 회의적인 태도에 곧 묻히고 말았다.

그러자 선장이 그보다 더 큰 소리로 외쳤다.

"전투준비를 하라! 다들 자기 위치로 돌아가도록! 갑판에는 단 한 명도 남아 있어선 안 돼! 몇 시간 뒤에는 바로 여기서 전쟁이 치러질 테니 갑판으로 통하는 모든 문을 다 잠그도록! 뭘 먹어서도 안 된다! 창자 안에 있는 걸 다 토해버리면 낭비니까! 잠도 자지 마라! 하기야 자고 싶어도 못 자겠지만! 오줌도 싸지 마라! 그랬다가는 그 오줌이 너희들 머리로 쏟아질 테니까! 오직 한 가지만 생각하라! 사이공에 도착하면 회사에서 너희들이 오입질하는 데 드는 돈을 다 내주리라는 걸 말이다! 한 가지 또 있다! 너희들과 함께 항해하는 건 나로선 명예로운 일이다, 나의 사랑하는 선원들이여!"

선장의 연설은 전혀 좋은 징조가 아니었다. 폭풍우가 점점 더 가까이 몰려와 으르렁거렸고 소스라치게 놀란 선원들이 재빨리 정위치로 이동하기 위해 더 분주히 움직였다. 나의 반달은 여전히 하늘에서 미소 짓고 있었다. 나는 달을 향해 눈을 한번 찡긋하고 난 다음 내 목소리를 들은 달이 우리를 구하게 해달라고 기도하며 어쩌면 내 무덤이 될지도 모르는 곳으로 몸을 감추었다. 태어난 뒤로 제대로 돌보지 않은 잔과 어린 시절 내가 품은 꿈 때문에 버려지다시피 한 마틸드, 이제는 어떻게 지내는지 소식을 알 수 없는 마리아, 더 이상 소녀가 아닌 카트린 샤페르, 파리 연극계에서 잘나가는 장, 어머니, 형들이 생각났다. 그들이 보고 싶었다. 진심으로.

26

자연은 변덕스럽다. 인간에게 차곡차곡 품어온 앙심이 포화상태에 이르면 때때로 서로 힘을 합쳐 인간이 사실은 세입자에 불과하다는, 철새에 불과하다는 사실을 깨닫게 해준다. 진짜 집주인은 오직 자연뿐인 것이다. 인간은 자만심에 빠져들다 보면 이따금 임대계약을 맺은 사실은 잊어버리고 집세 내는 걸 잊어버리게 된다. 그날 밤 배 위에서 우리는 그동안 인간들이 안 낸 집세를 전부 다 지불했다.

우리는 아무 거리낌 없이 살의와 앙심을 내비치는 자연에 복종했다. 통로로 들어가고 나서 몇 분 뒤에 우리는 첫 번째 거친 파도가 배의 고철을 쓰다듬는 걸 느꼈다. 비가 내리기 시작했는데, 처음에는 한두 방울씩 떨어지다가 1분이 지나고 2분이 지나면서 점점 더 세차게 쏟아져 내렸다. 돌풍이 불어 기와가 들어올려질 때처럼, 바람 소리가 휙휙 소리를 내며 바다의 거인이 만들어놓은 틈으로부터 증폭했다. 멀리서 천둥소리가 나더니 거침없이 다가왔다. 선원들이 사방으로 뛰어다녔다. 태풍을 헤치고 나간다는 생각에 기쁨의 고함을 내지르는 선원들도 있었고, 불안한 듯 잔뜩 겁에 질려 아무 말 안 하는 선원들도 있었다. 거친 파도의 울렁임이 더 심해졌다. 통로에서 바람 소리가 한층 더 크게 들렸다. 우리는 바닷물이 출렁일 때마다 이리저리 요동치는 화물이 잘 있는지 확인하기 위해 화물창으로 내려갔다. 모든 화물이 제자리에 잘 놓여 있었다. 우리는 앞으로 나가기 위해 문의 손잡이를 꼭 붙잡고 선교 쪽을 향해 통로를 다시 올라갔다. 마르탱은 어디 있는 것일까? 화물창과 통로는 물론 그 어느 곳에서도 그의 모습은 보이지 않았다. 나는 며칠 전부터 무슨 생각엔가 골몰해 있는 그를 보며 왠지 불안했다. 도대체 어떤 예감이 그의 마음을 그렇게 동요시키는 것일까? 어쨌든 그건 그냥 규모가 좀 큰 태풍일 뿐, 그 이상도 그 이하도 아니었다. 이번에는 배가 다른 때보다 더 심하게 흔들렸다. 난류 지역 속으로 곧장 들어가 마치 키질을 하듯 전후좌우로 움직이는 것이었다. 친구가 안 보이자 불안해진 나는 마르탱이 거기 있는지 없는지 확인하기 위해 내가 쓰는 선실로 이어지는 통로로 다시 내려갔다. 나는 배가 심하게 요동칠 때마다 걸음을 멈추기도 하고, 균형을 잡으려고 애쓰느라 히공 속에 멈춰 있기도 하면서 힘들게 앞으로 걸어갔다. 나는 통로를 걸어갈 때마다 우리를 불안정하게 만드는 그 거친 파도의 움직임이 싫었다. 선실로 들어갔다. 마르탱이 자기 침대에 앉아 뭔가 깊은 생각에 잠긴 채 선실 바닥을 내려다보고 있었다. 그는 내 존재를 느꼈음에도 고개를 돌리지 않고 그 자세 그대로 꼼짝 않고 있었다. 나는 그런 그의 모습을 보며 극도로 불안해졌다. 나는 나와 가장 친한 친구 옆에 앉았다.

그리고 불안한 마음으로 물었다.

"아무 일 없지, 친구?"

그가 뜻밖에 차분한 목소리로 대답했다.

"나, 이제 죽을 거야, 폴."

"바보 같은 소리 하지 마. 이건 태풍에 불과해. 아무것도 아니라구!"

"아냐. 자넨 이해 못해. 이건 최후의 심판이야."

나는 한편으로는 그의 신비주의에 당황하고 또 한편으로는 그의 확신에 찬 말투에 불안해져 물었다.

"최후의 심판이라고?"

"그래."

"말해봐, 젠장. 도대체 무슨 일이야?"

그는 내 피가 얼어붙는 것 같은 느낌이 들 정도로 차분한 말투로 대답했다.

"이 배에서는 죽음의 냄새가 풍겨. 우리 아버지가 가슴에 총을 맞고 내 앞에 쓰러졌을 때 내가 그의 눈을 보며 느꼈던 바로 그 죽음의 냄새 말야. 그 냄새가 나. 그게 우리 주변에 머무르면서 우리를 감시하고 있어."

나는 느닷없이 심장이 요동치는 걸 느꼈다. 그러다가 두려움이 내 팔다리와 목덜미, 몸통 등 온몸으로 밀려들면서 심장이 뛰는 속도가 다시 느려졌다. 나는 도대체 무슨 연유로 그가 이런 불길한 생각을 하게 되었는지 캐묻고 싶었으나 입이 떼지지 않았다.

그가 조금 전과 똑같이 단조로운 목소리로 말을 이어갔다.

"자, 폴, 자네는 나의 가장 친한 친구일세. 자네를 처음 만날 그날 나는 자네가 다른 사람들이랑은 다르다는 걸 느꼈지. 그래서 자네와 가까워진 거야. 그리고 또 마리아가 있지. 자네가 그녀를 구해냈어."

"아니, 우리 두 사람이 구해낸 거지."

"그렇지 않아. 난 처음에는 자네 제안에 찬성하지 않았어. 자네가 아니었더라면 그녀는 아직 거기서 몸을 팔고 있을 거야…."

"자네는 내가 카트린을 찾는 걸 계속하도록 격려해주었어. 자네가 없었더라면 난 아무 성과도 못 얻고 그냥 떠났을 거야. 우린 힘을 합쳐 살아야 해, 마르탱."

그러자 그는 미소를 지으며 대답했다.

"그럴지도 모르지. 어쨌든 그녀는 이제 자유야."

"그래서 어쩌자는 건가?"

거대한 번갯불이 현창을 후려치더니 선실이 섬광으로 가득 찼고, 곧이어 귀가 멍해질 만큼 엄청난 천둥소리가 들려왔다. 배 밖에서는 서서히 혼돈이 자리를 잡아가기 시작했다.

마르탱이 평소보다 더 큰 소리로 말했다.

"뭘 어쩌자는 게 아냐. 모든 건 여기서 멈추니까, 친구."

"근데 자네는 어떻게 모든 게 다 여기서 끝날 거라고 그렇게 확신할 수 있는 거지?"

"카르멘이 내게 말을…."

나는 도대체 그가 무슨 말을 하는지 이해가 가지를 않아서 물었다.

"카르멘이 누군데?"

"몇 년 전에 만난 여자야…."

"어디서?"

"스페인에서⋯."

"난 자네가 무슨 말을 하는지 전혀 모르겠어, 마르탱. 난 이제 자네 때문에 두려워지기 시작했어. 자, 나랑 같이 갑판으로 올라가자구! 지금 당장!"

그는 내 말은 들은 척도 하지 않고 말을 이어갔다.

"아버지가 세상을 떠난 뒤로 내 삶은 혼돈 그 자체였어. 집 밖으로 떠돌며 매일같이 술이나 퍼마시고, 아무 여자하고나 잠자리를 했지. 말 그대로 무너져버린 거야. 내 삶은 더 이상 아무 의미도 없었어. 술 마시는 게 내 유일한 소일거리였고, 내가 유일하게 즐거워하는 순간이었지. 난 모든 걸 다 잊어버렸어. 그런데 어느 날 술집에 들어갔다가 카르멘을 만난 거야⋯."

카르멘이라고 말하는 순간 그의 표정이 부드러워졌다. 내 친구가 그 여성을 추억하며 흥분하는 동안 나는 다시 조금씩 그의 원래 모습을 볼 수 있었다.

그는 코를 킁킁대며 주변 공기의 냄새를 맡고 나서 계속 이야기했다.

"난 그녀의 몸에서 나던 재스민 향기를 아직도 느낄 수 있다네. 우리는 몇 달 동안 함께 잠을 잤지. 그녀와 함께 있고 싶어서 그동안 모아둔 돈을 펑펑 썼어. 우리는 매트리스 위에 드러누워 서로를 꼭 껴안은 채 시간을 보냈어. 그녀의 존재를 느끼며 나는 미소와 삶의 희망을 되찾았지. 나의 카르멘은 정말 아름다웠어. 나는 여러 번이나 청혼을 했지. 그때마다 그녀는 자기는 다른 남자의 것이라고 대답했지만, 그게 누군지는 말해주지 않았다네."

"이해가 안 가는군, 마르탱."

그의 얼굴에 떠올랐던 미소가 싹 사라지고 그의 몸 전체가 뻣뻣해졌다. 꼭 피부와 성격, 생각 모두를 바꿔버린 것 같았다.

"그날 밤에 나는 호텔방을 하나 빌렸지. 우리는 여러 번이나 사랑을 나누었다네. 결국 그녀는 온몸에서 재스민 향기를 풍기며 잠이 들었지. 나는 어슴푸레한 빛 속에서 그녀를 부드럽게 쓰다듬어주었어. 나의 카르멘은 너무 아름다워서 나는 그녀가 내 아내가 될 수만 있다면 뭐든지 못할 게 없을 것 같았어. 그러다가 그녀의 얼굴이 불현듯 어두워지더군. 몸도 꼭 딱딱한 나무 조각처럼 뻣뻣해졌어. 그리고 눈을 떴는데, 눈동자가 뒤집히면서 흰자위가 드러나더라구. 눈이 꼭 눈처럼 새하얗게 변하더군. 그녀의 두 손이 내 목을 움켜잡았어. 그리고 엄청난 힘으로 조르기 시작했어. 그러면서 나지막한 남자 목소리가 '너의 영혼은 대양의 혼돈 속에서 불태워질 것이다.'라고 수차례나 소리쳤어. 그렇게 말한 건 카르멘이 아니라 악마였어. 나는 간신히 몸을 빼내고선 허겁지겁 달려 그곳을 빠져나왔다네. 무서워서 몸을 바들바들 떨면서 말야."

나는 그의 이야기를 듣고 아연실색했다. 그 모든 건 하나의 공상에 불과하다, 유령은 존재하지 않는다, 합리적인 설명이 분명히 존재한다, 라고 그를 설득하고 싶은 유혹이 뇌리를 스치고 지나갔지만, 나는 불현듯 생각을 고쳐먹었다. 아니, 제까짓 게 뭐라고 그의 말을 의심하고 문제삼는단 말인가? 마르탱은 산 채로 가죽이 벗겨진 사람이며 삶의 생존자였다.

그가 다시 말을 이어갔다.

"며칠 뒤 나는 다시 그녀가 단골로 드나들던 술집을 찾아갔 264

지. 그리고 그녀가 어디 있는지 물었네. 그런데 술집 주인이 하는 말이 카르멘이라는 여자가 단 한 번도 온 적이 없다는 거였어…."

나는 그의 말을 중단시키고 소리쳤다.

"정신차려, 마르탱! 제발 부탁이야! 날 따라오게!"

그러나 그는 내 말은 들은 척도 하지 않고 하던 말을 계속해 나갔다.

"난 카르멘이 한 말의 의미를 이해하지 못했어. 그래서 그걸 이해하려고 선원이 된 거야. 이제야 그걸 이해하게 됐어…."

"뭘 이해했다는 거야?"

그가 서글픈 표정으로 대답했다.

"인생은 한 편의 헛된 꿈에 불과해. 환상 속에서 사랑이 시들어가고 어린 시절의 꿈이 희미해져가는 거지. 폴, 남자들은 끔찍할 정도로 잔인해. 오직 여자들만이 우리가 휩쓸려 들어가는 죽음의 소용돌이를, 우리의 내적 혼돈을 뒤엎을 수 있어. 카르멘은 나의 모든 것이었지. 카르멘이 보고 싶어. 오직 카르멘만이…."

그 순간 심한 진동이 그의 말을 중단시키고 우리를 선실 바닥에 인정사정없이 내팽개쳤다. 거친 파도가 휘몰아치자 고철덩어리가 삐걱거리면서 몸을 비틀어 꼬는 소리가 멀리서 들려왔다. 날카로운 경보사이렌 소리가 배 안의 모든 곳에서 울렸다. 배 밖에서는 천둥소리가 폭발하듯 터져 나왔다. 눈이 부실 정도로 강렬한 섬광이 연이어 터지면서 우리의 각막과 망막, 동공을 고통스럽게 만들었다. 새로운 진동이 쇠로 만들어진 선체를 훑고 지나갔다. 우리는 끝없이 이어진 경사를 전속력으로 오르락내리락거렸다. 우리 배가 그 경사 위로 질질 끌려가는 것처럼 느껴졌다. 지표면이 뱃머리에서 선미까지, 선미에서 뱃머리까지 45도 기울면서 우리를 선실의 침대와 가구 위로 인정사정없이 내팽개쳤다.

마르탱이 불안에 휩싸여 고함쳤다.

"이건 최후의 심판이야, 폴! 악마의 힘과 위력이 느껴지지 않나?…"

또다시 진동이 일어나 이 기울어진 배경을 아까보다 더 난폭하게 뒤흔들었다. 배가 성난 파도에 부딪쳐 바닷물 위에서 꼼짝도 하지 않았다. 우리가 뒷걸음질 치는 것 같은 느낌이 들었다. 간신히 가구의 손잡이를 움켜잡고 선실 바닥에서 균형을 잡으려 애쓰고 있을 때 새로운 진동이 강철구조물을 물에 담갔다. 선체가 거친 파도와 바람을 맞아 몸을 비틀며 내는 소리가 종말이 머지않았음을, 파선이 임박했음을 예고했다. 두려움으로 가득 찬 외침이, 이 악몽이 끝나게 해달라고 애원하는 헐떡거림이 우리 귀에 들려왔다. 작은 성당에서 기도를 올리고 있는 어머니의 모습이 불쑥 머릿속에 떠올랐다. 나도 어머니 옆에 앉아 밖에서 맹렬한 위세를 떨치고 있는 그 거친 풍랑으로부터 나를 보호하여 몇 년 더 살게 해달라고, 내 딸과 아내를 포옹할 수 있게 해달라고, 마지막으로 내 어린 시절의 사과나무 아래 몸을 펴고 눕게 해달라고 마음속으로 기도를 올렸다. 다시 진동이 배를 뒤흔들었고, 어렸을 때 우리 집 정원을 강타했던 포탄 소리처럼 귀를 멍하게 하는 굉음이 다시 들려왔다. 저 진동과 굉음을 앞으로 얼마나 더 견뎌내야 하는 것일까? 한 시간? 하루? 일주일? 삶이 흔들릴 때는 시간이라는 개념이 더 이상 중요하지 않다. 중요한 건 오직 지금 이 순간뿐이다. 차라리 달콤한 과거의 향수나 자극적인 미래의 불안감 속으로 빠져들고픈, 이 순간은 우리들 모두가 우리 스스로를 피하려는 것이다. 다시 배가 흔들렸다. "제발 부탁이니 딸을 다시 보게 해주세요." 쇳덩어리가 다시 삐걱거렸다. 도대체 무슨 일이 일어나고 있는 것일까? "신이시여, 우리가 서로 이야기를 나눈 적은 별로 없지만, 저는 이제 당신이 제게 어떤 교훈을 주시려고 했는지를 깨달았습니다. 맹세컨대 이제부터는 제 가족을 위해 살겠습니다." 가느다란 물줄기 하나가 선실의 문 아래로 흘러들어왔다. 선실 바닥에 드러누워 있던 마르탱은 아무것도 느끼지 못했다. 그는 무기력하고 멍해 보였다. 나는 바닷물이 집어삼켜 버리는 바람에 배에 타고 있던 사람들이 한 명도 빠짐없이 대서양의 얼음처럼 차가운 물속에 잠긴 타이타닉 호를 생각했다.

최소한 우리는 더운 바닷물 속을 항해하고 있으니 그것만 해도 어디야. 나는 최악의 상황과 비교하며 이렇게 생각했다. 얼마 안 있어 물이 무릎까지 차올랐다. 수온은 기분 좋게 느껴질 정도로 푸근했다. 배가 또 진동했다. 경보사이렌 소리가 뚝 그쳤다. 우리 모두가 확실한 죽음으로 항해하고 있는데 계속 경보를 울려봤자 무슨 소용일까? 번개가 내리쳤다. 비, 천둥, 파도, 바람…. 현창이 물에 잠기고 배가 바닷속으로 처박혔다. 오, 신이여, 이제 다 끝났다. 무슨 일이 있어도 지금 당장 여기서 나가야만 한다. 나는 마르탱의 팔을 잡고 얼굴을 손으로 후려쳤다. 그가 느닷없이 깨어나더니 내게 미소 지었다.

그는 신들린 상태에서 말했다.

"우린 아무것도 할 수가 없어. 악마가 그렇게 말했다구."

나는 있는 힘을 다해 그의 몸을 흔들며 소리쳤다.

"제발 부탁이니 입 닥쳐! 입 닥치라구!"

나는 그의 몸을 통째로 움켜잡고 억지로 통로로 끌고 갔다. 사방에서 물이 솟아올라 왔다. 두 구의 시신이 우리 앞 몇 미터 떨어진 곳에서 둥둥 떠다니고 있었다. 우리는 공포에 싸여 시신을 뛰어넘었다. 그들의 머리에서 흥건히 흘러나온 피가 바닷물을 붉게 물들였다. 배가 또다시 진동했다. 우리는 뒷걸음질치다가 물에 젖은 바닥 위로 미끄러지면서 간신히 문손잡이를 움켜잡았다.

통로 안쪽에서 누군가가 소리쳤다.

"여기로!"

우람한 근육의 실루엣이 눈에 띄었다.

나는 소리쳤다.

"도와줘!"

그 남자가 사라졌다. 연대는 한낱 환상에 불과했다. 각자 자기가 알아서 살아남아야만 하는 것이다.

우리는 통로 안쪽까지 걸어간 다음 물이 마치 폭포처럼 쏟아지고 있는 계단을 기어 올라갔다. 마르탱이 미끄러졌지만 내가 넘어지지 않게 붙잡았다. 다시 배가 진동했다. 나는 생-맥상 부인 집에서 책을 읽어주고 있는 마틸드와 학교에 가는 잔, 빨래터에서 이모들과 같이 옷을 치대고 있는 어머니의 모습을 상상했다. 그들은 내게 닥친 상황을 단 한순간이라도 상상할 수 있을 268

까? 우리는 수차례에 걸친 진동과 배의 금속 표면을 뚫고 맺힌 바닷물에 휩쓸리면서 간신히 앞으로 걸어나갔다.

나는 별다른 기대 없이 소리쳤다.

"도와줘요!"

통로에는 벽에 사정없이 부딪쳐 목숨을 잃은 불행한 선원들의 시체뿐 아무도 없었다. 다른 선원들은 다 어디로 간 걸까? 자연은 우리에게 잠시 쉴 틈을 주었다. 몇 초 동안 진동이 전혀 일어나지 않았고, 내게는 그 몇 초가 몇 시간처럼 느껴졌다. 우리는 그 틈을 이용, 계단을 올라간 다음 위층 계단에서 앞으로 전진해나갔다. 근육이 잘 발달한 선원의 실루엣 하나가 우리 앞에 서 있었다. 그 역시 도망치려 애쓰고 있었다. 그런데 도대체 어디로 도망친단 말인가? 나는 일단 갑판까지만 가면 모든 게 다 해결될 것이라 생각했다. 사실 최악의 상황은 이제부터 시작인데 말이다.

나는 그 실루엣 쪽에 대고 다시 한 번 소리 질렀다.

"도와줘요!"

그러자 그 실루엣이 고개를 돌리며 소리쳤다.

"이리로 와요! 날 따라오라니까!"

"어디로 갈 건데요?"

그가 내 질문에 당황하여 중얼거리듯 말했다.

"모… 모… 모르겠어요…."

다시 진동이 시작되었다. 배가 이번에는 옆으로 기울어졌다. 수직적 무질서와 수평적 무질서의 혼합이라고 할 수 있는 불안정성이 별안간 확대되었다. 내가 손가락으로 눌러 열었던 문을 움켜잡고 있는 동안 마르탱이 통로 안쪽까지 미끄러져갔다. 나는 있는 힘을 다해 문을 당겨서 닫은 다음 선실 안으로 기어 올라갔다. 배가 다시 한 번 진동했고, 현창을 통해 다시 또 섬광이 번득였다. 배의 이 부분은 아직 물에 잠기지 않았다. 선실 안에서는 한 남자가 침대 위에 길게 드러누워 두 손을 다리 사이에 집어넣은 채 몸을 웅크리고 있었다. 그는 내가 들어오는 걸 보고 깜짝 놀랐다.

나는 소리쳤다.

"일어나요! 여기서 나가야 해요!"

그 남자는 의아하다는 눈으로 나를 뚫어지게 쳐다보았다.

"그래서 어디로 간단 말이오?"

그가 이렇게 묻자 나는 뭐라 대답할 말이 없었다.

나는 그 사람을 혼자 작은 선실에 놔둔 채 다시 통로 쪽으로 향했다. 조금 전 통로에서 봤던 그 거구의 선원은 어디론가 모습을 감추었다. 절망적인 심정으로 마르탱을 눈으로 찾았지만, 그는 더 이상 거기에 없었다. 내 옆에서는 전등이 탁탁 소리를 냈고, 곧이어 두 번째 전등이, 다시 세 번째 전등이 탁탁 소리를 냈다. 전기 고장은 마치 중세에 흑사병이 퍼져나가듯 그렇게 이어졌다. 배의 퓨즈들이 미친 듯 날뛰는 자연과 싸우며 몇 초 동안 저항했다. 조명이 찍찍거렸다. 빛이 마치 스트로보처럼 짧게 연속적으로 켜졌다 꺼졌다를 되풀이했다. 이젠 끝이었다. 물에 잠긴 주 전원이 아예 끊겨버렸다.

칠흑 같은 어둠. 게다가 배가 다시 한 번 진동했다. 나는 생각했다. 이제 마지막으로 계단 하나만 기어오르고 통로만 지나가면 된다. 나는 배를 구석구석까지 훤히 알고 있었다. 그런데 마르탱은? 도대체 어디 있는 것일까? 그의 이름을 여러 차례 큰 소리로 불렀다. 하지만 들리는 건 거친 물결에 일그러진 고철이 내는 소리뿐이었다.

마르탱을 찾을 것인가, 아니면 출구를 찾을 것인가? 나는 한 치의 망설임도 없이 내 친구를 선택했다. 더듬거리기도 하고, 문의 손잡이를 움켜잡기도 하고, 때로는 오르막을 기어오르기도 하고, 또 때로는 내리막에 저항하기도 하면서 오던 길을 되돌아갔다. 거친 파도가 물결치는 대로 바닷물이 내 다리 사이에서 앞뒤로 흘러 지나갔다. 다시 그의 이름을 소리쳐 불렀다. 대답이 없었다. 꼭 지팡이 없는 맹인처럼 두 손을 흔들며 계속 그를 불렀다. 결국 나는 계단에 도착하여 그의 이름을 또 불렀다. 여전히 아무 대답도 들려오지 않았다. 내려갈 준비를 하는데 그 어느 때보다 더 난폭한 진동이 배를 뒤흔들어놓더니 나를 인정사정없이 벽에 내팽개쳤고, 내 눈두덩에서는 피가 솟아났다. 나는 격렬한 충격으로 머리가 멍해진 상태로 잠시 그냥 서 있었다. 두 손으로 피투성이가 된 이마를 감쌌다.

나는 어둠 속에서 목이 쉬어라 외쳤다.

"마르탱! 마르탱! 마르탱!"

아무 대답이 없었다. 내 주변에는 공간을 그 공백으로 뒤덮는 어둠뿐, 다른 건 아무것도 보이지 않았다. 잔, 마틸드, 내가 사랑하는 사람들아, 제발 애원하노니 날 도와줘.

나는 공포에 질려 소리쳤다.

"대답해, 마르탱! 제발! 대답하란 말야! 대답하라구, 빌어먹을!"

내 심장이 격한 감정에 휩싸여 요동쳤다. 내 얼굴에 흐르는 눈물이 곧 바닷물과 뒤섞였다. 바닷물이 위험하게 아래층으로 휩쓸려 들어갔다. 그곳으로 내려갔다가는 목숨을 잃을지도 몰랐다. 배가 또다시 진동하면 나는 사정없이 벽에 가 부딪칠 것이기 때문에 더더욱 위험은 컸다. 내가 마르탱을 위해 할 수 있는 일은 더 이상 없었다. 바닷물이 계단까지 올라와 내가 서 있는 층으로 쏟아져 들어왔다. 우리는 이제 침몰할 것이다. 선체는 거듭된 진동을 견뎌내지 못했다. 마틸드와 잔, 어머니, 친구들, 가족들을 다시는 못 볼 것이다. 나는 배가 적당히 기울어진 틈을 이용, 내게 타박상을 입힐 만한 물체가 수면에 떠다닐 경우에 대비하여 눈을 보호하며 전속력으로 통로를 건너갔다. 배가 다시 뒤흔들렸지만, 이번에는 강도가 약했다.

나는 계단을 꽉 붙잡고 서둘러 위층 통로로 기어 올라갔다. 이제 통로만 지나가면 된다. 바람이 내 귓속에서 휙휙 소리를 내며 불어닥치는 게 느껴졌다. 멀리서 문이 달가닥거리며 빛을 간헐적으로 여과시켰다. 형태와 그림자들이 구분되었다.

나는 소리쳤다.

"도와줘요!"

어둠 속에서 누군가가 들릴락말락한 목소리로 대답했다.

"거기 누구 있어요?"

"예! 나 여기 있어요! 지금 어디 있나요?"

한 줄기 섬광이 통로를 훤히 비추었고, 나는 우리 몇 미터 앞의 바닥에 앉아 있는 한 남자를 순간적으로 보았다.

그가 소리쳤다.

"나, 여기 있어요! 도와줘요! 부상을 당했어요!"

나는 허리를 앞으로 구부리고 그를 향해 걸어나갔다. 배가 수직으로 기울어져 있어서 전진하기가 쉽지 않았다. 희미한 빛 속에서 그의 다리가 느껴졌고, 나는 몸을 피하기 위해 손에 잡히는 대로 문을 열었다.

나는 그 남자를 일으켜 세우며 말했다.

"이쪽으로!"

그가 바닥에 앉으며 대답했다.

"고마워요."

내가 물었다.

"선원들은 다 어디 갔습니까?"

"모르겠어요! 선교가 붕괴되고 물이 배 안으로 쏟아져 들어오자 다들 구명보트를 향해 몰려갔어요. 아마 지금쯤 다 죽었을 겁니다!"

"선장님은요?"

"전혀 모르겠어요…."

"이제 어떻게 하죠?"

"이제 우리가 할 수 있는 일은 아무것도 없어요. 당신은 어떻게 하고 싶은데요?"

"여기서 떠나야지요! 배가 곧 침몰할 겁니다!"

그는 아무 대답도 하지 않았다. 천둥소리가 멀리서 들려왔다. 돌풍이 불고 지나가자 출입문이 "꽝" 하고 닫혔다. 나는 잠시 생각에 잠겼다. 그 남자는 꼭 내 생각을 읽으려고 애쓰는 듯 내 얼굴을 유심히 살피면서 내 앞에서 태연한 표정으로 기다리고 있었다.

나는 통로 쪽으로 뛰어가며 소리쳤다.

"거기 잠깐 있어요. 다시 올 테니!"

그러자 그가 버려진 아이처럼 애원했다.

"어디 가요? 날 혼자 내버려두지 마요!"

출구 근처까지 간 나는 바람이 불 때마다 쾅 소리를 내며 열렸다 닫혔다를 되풀이하는 문에서 나는 쇳소리에 소스라쳤다. 공포스런 장면이 밖에서 나를 기다리고 있을까봐 두려워하며 출구 쪽으로 천천히 다가갔다. 출구 손잡이를 움켜잡은 채 태풍이 황폐하게 만들어놓은 풍경을 바라보았다. 희끄무레한 색깔의 진한 거품이 맹위를 떨치고 있는 바다 위에 끝없이 펼쳐져 있었다. 다발 모양의 거품은 돌풍이 불 때마다 빙빙 돌면서 상갑판의 난간 위로 치솟아 오르곤 했다. 한 줄기 섬광이 그 가지들을 어슴푸레한 빛 속에 펼쳐놓으면서 배에서 몇 연 떨어진 하늘에 줄무늬를 새겼다. 높은 파도의 움직임은 마치 자연이 우리에게 자신의 힘을 과시라도 하듯 비현실적이고 활기차 보였다. 혼란에 빠진 배는 자기 앞에 버티고 서 있는 거대한 수면 경사를 넘어서려 애쓰고 있었다. 주변의 소음이 엔진 소리를 뒤덮었다. 엔진이 정상적으로 가동되는지 궁금했다.

우리가 기울어진 배의 가장 높은 지점에 도착했을 때 지표가 안정되었다. 꼼짝하지 않고 있던 배는 다시 숨을 내쉬더니 뱃머리를 앞으로 한 채 허공 속에 파묻혔다. 가속이 급작스럽게 이루어졌고, 지표가 배의 앞쪽을 향해 또다시 기울었다. 나는 생각했다. 이제 더 이상 갈 데는 없어. 여기서 나가면 물에 빠져 죽는 거야. 우리는 쥐새끼처럼 덫에 걸렸어.

두꺼운 구름으로 뒤덮인 하늘이 내가 눈으로 찾고 있던 달빛을 가리고 있었다. 달빛은 나를 떠나버렸다. 나의 전지전능한 달. 짜디짠 바닷물이 살짝 열린 문틈으로 쏟아져 들어오더니 내게로 튀었다. 나는 더 이상 환영받는 사람이 아니었다. 서둘러 문을 닫고 나서 차가운 금속에 등을 기댄 채 바닥을 미끄러져 갔다. 우리의 유일한 희망은 배가 견고한지 견고하지 않은지에 달려 있다. 만일 우리가 침몰하면 생존자는 단 한 명도 없을 것이다. 나는 선실로 돌아갔다. 그 남자가 내 쪽으로 고개를 돌리더니 내가 어떤 결정을 내렸는지 어서 빨리 알고 싶은 듯 눈을 동그랗게 뜨고 내 표정을 살폈다.

나는 유감스런 표정을 지으며 말했다.

"이제 더 이상은 우리가 할 수 있는 게 없습니다. 배 밖으로 나갈 수도 없어요. 그랬다가는 물에 빠져 죽을 테니까요."

그는 내 말을 듣고도 실망하는 기색이 아니었다. 아직 살아 있는 건 바로 이런 식의 추론 덕분이었다. 나는 물에 젖은 침대에 드러누워 눈을 감은 채 나를 내 머릿속 후미진 곳에 고립시켜 마틸드와 잔과 함께 내 어린 시절의 사과나무 아래에 안식처를 구하려고 애썼다.

27

며칠 낮, 며칠 밤을 거친 물결에 시달렸는지 모르겠다. 시간이 정확히 얼마나 흘렀는지 알 수 없었다. 시간은 더 이상 중요하지 않았다. 나는 눈을 감고 더 이상 생각이라는 걸 하지 않으려고 애썼다. 내 앞의 남자는 배 속에 있는 걸 모두 게워냈다. 고약한 냄새가 선실 안을 가득 메웠다. 그가 계속 울부짖다가 간간히 통곡하는 걸 보면서 나는 죽음을 맞을 때의 태도가 사람마다 다 다르다는 사실을 확인할 수 있었다. 그래도 그가 옆에 있으니 두렵지는 않았다. 이따금 그가 너무 크게 소리를 지르면 나는 그가 입을 다물도록 두 팔로 껴안았다. 두려움으로 가득 찬 그의 고함이 나를 실성시키겠다고 위협했다. 그는 몸을 움츠린 채 소리 없이 울고 있다가 서서히 광기에 사로잡혀갔다. 나는 바다에 끝없이 펼쳐져 있는 폐허의 벌판과 물회오리, 그리고 양초 심지에 불을 붙인 것처럼 서로 부딪치는 기둥 모양의 희끄무레한 물거품을 바라보았다. 회색을 띤 안개가 뒤덮고 있는 하늘은 이제 더 이상 하늘이 아니었다. 태양은 더 이상 존재하지 않았다. 배 안은 벽과 전등을 타고 바닷물이 줄줄 흘렀다. 하루하루 지날수록 수위가 점점 더 높아져 바닷물이 통로까지 들어차더니 이제는 금속 괴물에게까지 도전장을 내밀어 치열한 전투를 벌이고 있다. 어둠이 내려 풍경을 검은색으로 물들이면 나는 내가 그 다음 날 새벽에도 살아 있기를 기원했다. 우리는 밤에도 깨어 있고 낮에도 깨어 있었다. 수면 부족으로 현기증이 났다. 더더구나 우리에게는 먹을 게 하나도 없었다. 우리의 위는 배고파 죽겠다고 난리를 쳤지만, 우리 운명에 관심을 갖는 사람은 아무도 없어 보였다. 며칠 만에 바다는 잠잠해진 듯했다. 높은 파도의 움직임이 점점 더 뜸해졌고, 바람은 조금씩 누그러졌다. 나는 지칠 대로 지쳐서 침대에 누워 있었다. 내 앞의 남자 역시 누워서 천장을 올려다보고 있었다. 시신에 입히는 수의처럼 새하얀 것이 꼭 죽은 사람이 관속에 누워 있는 것 같아 보였다. 그는 모든 걸 체념했는지 몇 시간 전부터는 고함을 내지르지 않았다.

나도 언젠가는 다시 뜨기를 바라면서 눈을 감았다. 선실 안은 더웠고 열대성 습기가 내 피부를 간지럽혔다. 나는 서서히 잠속으로 빠져들었다가 중간 중간 기묘한 악몽을 꾸곤 했다. 엄청나게 큰 물고기 한 마리가 갑판 위에 우뚝 서 있었다. 그 물고기는 선원들과 마주 서서 독일어로 욕설을 퍼부었다. 나는 두려워서 선교 뒤에 몸을 숨긴 채 그 광경을 지켜보았다. 물고기는 이번에는 스페인어로 한 남자에게 앞으로 나오라고 명령했다. 마르탱이 대열에서 빠져나왔다.

물고기가 소리쳤다.

"그자는 어디 있나?"

그러자 마르탱이 내 쪽을 손으로 가리키며 대답했다.

"그는 나를 통로에 버려두었습니다. 자기 아버지와 어머니, 아내, 딸, 마리아, 카트린도 버려두었지요. 비겁한 인간입니다!"

모든 선원이 비웃으며 돌아섰다. 가족과 친구들, 물고기가 내 쪽으로 걸어오더니 내 가슴에 총을 겨누었다.

"그 독일 여자를 찾아내!"

이렇게 말하고 나서 물고기가 방아쇠를 당겼다. 빵!

*

나는 숨이 멎을 정도로 몹시 놀라 소스라쳐 깨어났다. 두 손이 가슴 위에 놓여 있었다. 심장이 흉곽을 후려쳐서 일시에 흘러드는 피를 퍼냈다. 산소가 필요했던 허파는 이 죽음의 꿈이 불러일으키는 두려움을 진정시키기 위해 숨을 크게 몇 번 들이마시기를 간절히 원했다. 주변을 둘러보았다. 아무도 없었다. 나 혼자뿐이었다. 한 줄기 햇살이 현창을 뚫고 들어와서 내 얼굴의 피부를 가볍게 건드렸다. 나는 둥근 창을 열고 코를 맑은 공기로 가득 채웠다. 유리처럼 매끈한 수면은 눈부시게 반짝거리며 햇빛을 반사했고, 나는 그걸 보며 눈을 찌푸렸다. 폭풍우는 지나갔다. 나는 축축한 바닥에서 미끄러지지 않으려고 조심하며 통로를 달려갔다. 그리고 문을 열고 갑판으로 이어지는 통로로 들어섰다.

거기 모인 선원 몇 명이 눈앞에 펼쳐진 유린의 현장을 보며 경악하고 있었다. 배의 선교는 뽑혀버렸고, 그 자리에는 엄청나게 큰 구멍이 생겨 그 속으로 물이 스며들고 있었다. 뱃머리에 있던

278

상갑판 난간도 물밀 듯이 밀려오는 파도의 충격을 이겨내지 못하고 무너져버렸다. 지표가 기울었다는 사실이 화물창까지 물이 잠겼다는 것을 증명해주었고, 배는 왼쪽으로 기울어져 있었다. 엔진은 더 이상 부르릉거리지 않았다. 우리는 해류에 따라 이리저리 표류하고 있었다. 푸르스름한 망망대해만 끝도 없이 펼쳐져 있을 뿐 수평선 위로 구조선의 흔적은 눈을 씻고 봐도 없었다. 갑판 위에서는 살아남은 선원 십여 명이 다들 아직 살아 있음을 기쁘게 생각하며 꼼짝하지 않고 있었다.

그들 중 한 사람이 큰 소리로 물었다.

"선장님은 어디 계시지?"

아무도 대답하지 않았다.

선장님은 어디 계시냐고 물었던 선원이 말을 이어갔다.

"구조요청을 해야 해! 무선전신 할 줄 아는 사람 있어?"

아무 대답이 없었다.

그러자 그 선원이 투덜거렸다.

"이런, 젠장! 이제 어떻게 하지? 식량은 어디 저장되어 있는 거야?"

또 다른 선원이 대답했다.

"화물창에 있을 거야. 하지만 물에 잠겨 있고, 더더구나 통로에 접근하는 건 불가능해."

"이 고철덩어리 어딘가에 낚싯대가 있는지 없는지 알고 있는 사람 있나?"

선원들 모두가 입을 모아 대답했다.

279   "아니."

그러자 아직 명령을 내릴 수 있을 만큼의 명석함을 유지하고 있던 그 선원은 다른 선원들에게 권고했다.

"다들 낚싯대를 찾아봐! 통로로 내려가서 구석구석 다 찾아봐야 해. 아무것도 안 하고 있으면 다 굶어죽고 말 거야!"

우리는 뭔가 먹을 걸 발견할 수 있다는 생각에 모두 함께 움직였다. 몇 시간에 걸쳐 수납장과 접근이 가능한 통로, 구급상자 등 뭔가 쓸모 있는 것이 들어 있을 가능성이 있는 건 뭐든지 다 뒤졌다. 끔찍한 악취가 공중에 떠다니고 있었다. 폭풍우에 수장당한 선원들의 시신이 역한 냄새를 풍기며 부패해가고 있었다. 우리가 원하지 않았는데도 죽음의 냄새는 우리 콧구멍 속으로 스며들어왔다. 나는 시신들이 여기저기 널려 있는 통로로 들어갔다가 그것들을 겨우겨우 헤치며 앞으로 나가 간신히 숨을 내쉬었다. 구역질 나는 악취에 내 입에서 저절로 욕설이 튀어나왔다. 코로 숨을 쉰다는 건 불가능한 일이었다. 나는 죽음의 신이 머물렀던 바닷물 속으로 다시 들어가 문이 활짝 열려 있는 선실을 향해 헤엄쳐 갔다. 이 선실에는 배가 기울어져 있는 덕분에 에어포켓이 형성되었다. 나는 이 바닷속 묘지에 오래 머무르지 않기 위해 서둘러 수납장을 뒤졌다. 시신 한 구가 수면 위에 떠 있었다. 여러 가지 물건들이 마치 달 표면을 밟는 우주비행사들처럼 물속에 매달린 채 내 주위를 뱅뱅 돌고 있었다. 나는 마지막 벽장 쪽으로 고개를 돌렸다. 한 줄기 햇살이 현창을 통해 새어 들어와 시체에 매달린 물건 하나를 환히 비추었다. 눈을 찌푸리고 그 물건을 살펴보니 시신의 목에 매달린 작은 은줄이었다. 그제야 나는 부패되고 있는 마르탱의 시신이 입을 벌린 채 내 눈 앞에서 떠다니고 있다는 사실을 깨달았다. 공포의 외침이 목구멍 속에서 새어 나와 커다란 거품들을 만들어냈고, 이 거품들은 소리 없이 수면으로 올라와 터졌다. 나는 내 친구에게 달려들어 몸을 뒤집어놓았다. 마치 그렇게 해놓으면 뭔가가 달라질 수도 있을 것처럼 말이다. 하지만 내가 본 것은 물에 부풀어 오르고, 태풍의 영향으로 부어오른 얼굴이었다. 내 위는 자신이 느낀 공포를 표현하지 않을 수 없었다. 다발 모양의 누르스름한 담즙이 내 입에서 솟아나더니 그 구역질 나는 악취를 물속에 희석시켰다. 나는 내 친구의 일그러진 실루엣을 보면서 두려움에 휩싸여 구토를 해댔다. 외향적이고 변덕스러웠던 그는 이제 생명 없는 살덩어리에 불과했다. 죽음의 신은 거기서 자신의 역설을 내세워 뜨거운 피가 흘렀던 이 존재를 차마 눈뜨고 봐줄 수 없을 만큼 여기저기 흉측하게 부풀어 오른 차가운 살덩어리로 만들어놓았다. 죽음의 신은 우리의 인격이나 삶에 대한 우리의 인식, 우리의 즐거움, 우리의 고통, 우리의 재산 따위에는 개의치 않았다. 이 모든 것 중 어느 것에도 관심이 없었던 것이다. 죽음의 신은 훨씬 더 섬세하고 심오한 무언가에 자극을 받는데, 그건 바로 마음대로 처분할 수 있는 사람들 중 하나를 무작위로 골라서 그 사람의 육체를 꼼짝 못하게 만들 수 있는 마력이다. 더 이상 참을 수가 없었다. 나는 내 목을 조르는 고통의 무게에 숨이 막혀 출구를 향해 헤엄쳐 갔다. 그리고 통로를 달려가 갑판에 길게 드러누웠다. 불안이 가슴을 짓눌렀고, 심장이 마구 뛰었다. 내 머리 위 구름 한 점 없이 푸른 하늘이 눈에 들어왔고, 나는 하늘을 올려다보며 용서를 빌었다.

"마틸드와 잔을 다시 보게 해주세요."

나는 침묵 속에서 이렇게 애원했는데, 오랫동안, 아주 오랫동안 숨을 멈추고 있다가 물속으로 뛰어드는 것 같은 이상한 느낌이 들었다. 그때 내 뇌 속에서는 찰카닥 소리를 내며 시동장치가 작동하여 그때까지만 해도 집단적 노력에 참여하지 않았던 시냅스를 자극했다. 그날 나는 내 어린 시절을 기록한 필름을 재빨리 보고 난 뒤에 다른 관점을 채택했고, 이 관점은 내 강의 물길을 바꾸어놓았다. 내 어린 시절의 꿈은 선원도 아니었고 넓은 바다도 아니었다. 또 수평선을 향해 떠나고 또 떠나는 것도 아니었다. 30년 전에 선원이 내 머리에 챙 달린 모자를 올려놓았을 때, 나를 열광시킨 것은 자유가 아니라 내가 생전 처음으로 느낀 한 남자의 온정이었다. 그 선원은 아버지가 베풀기를 완강히 거부했던 남성적 호의를 내게 베풀어주었다. 나는 내 가슴이 몰이해의 바위에 부딪쳐 여러 차례 부서졌던 이 시기의 내 삶을 잊으려고 애썼다. 나의 꿈은 도망치는 것이 아니라 사랑하는 것이었다. 나의 꿈은 내 딸의 좋은 아빠가 되는 것이었다(나는 내 딸이 자라나는 걸 보지 못했다). 이제 딸을 돌봐야 할 때가 되었다. 잔이나 마틸드와 못 보낸 시간을 무슨 일이 있어도 벌충해야 한다. 나는 두 사람을 다시 만나 그들을 또 한번 힘껏 포옹할 수 있게 해달라고 기도했다. 내 삶의 키메라들은 선교 위에서 흩어져버렸다. 나는 두 번째로 삶에 눈을 떴다.

*

  하늘이 내 기도에 귀를 기울여 나를 구원해주신 것일까, 아니면 뭔가 우연에 의해 그렇게 된 것일까? 모르겠다. 멀리서 사이렌이 울렸다. 고개를 돌려보니 배 한 척이 물을 가르며 우리 쪽으로 달려오고 있었다. 나는 눈을 감고 하늘, 혹은 우연의 결실에 감사했다. 모든 존재는 어떤 식으로든 밀접하게 연관되어 있다. 선원들이 내 주위에서 고함을 내지르면서 다가오는 배를 향해 손을 흔들었다. 우리 모두에게 두 번째 기회가 주어진 것이다.

보름
Pleine Lune
달

때로는 충만함이 삶의 교차로에 자리 잡기도 한다. 그것은 커다란 날개를 활짝 펼치고 땅 위를 날아다닌다. 아래서 올려다본 그 날개폭은 거대하게 느껴진다. 마치 잿더미에서 다시 태어나는 불사조처럼, 내가 어렸을 때 꿈꾸었던 그 전설적인 새처럼 충만함은 우리를 발톱으로 움켜잡고 하늘로 데려가서 새로운 시야와 사고방식을 발견하게 해준다. 그 높은 곳의 공기는 맑고 전경은 숨이 막힐 정도로 아름답다. 우리는 자신도 모르게 편안하게 숨쉬고, 생각에 잠기고, 햇살이 우리 살을 어루만지는 걸 만끽한다. 쪽빛 하늘은 끝없이 펼쳐져 있고, 주기적으로 불어오는 바람은 머리를 풀어헤쳐 놓는다. 어제의 폭풍우는 멀어졌다. 억수 같은 비도 쏟아지기를 멈추고 이제는 평화로운 강으로 흘러든다. 뭍에서는 호기심 많은 사람 몇 명이 망원경으로 우리를 관찰하며 미스터리를 간파하고 우리 마음속의 피라미드에 새겨진 상형문자를 해독하려 애쓴다. 삶의 회오리에 휩쓸려가는, 그들이 허공 속에서 노를 저어 움직이는 배를 불안정하게 만드는 파도에 휩쓸려가는 또 다른 사람들은 거기서 꾸물거리지 않는다. 저 높은 곳에 머무르고 싶다. 거기서 더 이상은 고통받고 싶지 않다. 어둠 속에서 별들이 속삭이는 소리에 귀를 기울이고 싶다. 보름달이 짓는 미소를 바라보고 싶다.

28

 그 이후의 25년은 내 삶에서 가장
평온한 시절이었다. 우리가 프랑스로 돌아오고 난 직후에 한 보
험 전문가가 배를 구석구석 철저히 검사했다. 그가 내린 평가는
결정적이었다. 배는 너무 낡아서 상업적 용도로는 사용될 수 없
는 것으로 판명되었다. 회사는 사망하거나 구조된 희생자들의
가족 모두에게 천문학적인 액수의 배상금을 지불하라는 판결을
받았다. 회사는 또 이 재난이 트라우마가 되어 전직을 원하는
선원들에게는 재취업을 시켜주어야만 했다. 그것은 프롤레타리
아가 경영자에게 거둔 주목할 만한 승리이며, 현대의 "제르미날
(프랑스 혁명력의 제7월, '싹트는 날'을 의미)" 같은 것이었다. 우리가 이
배를 타고 항해를 시작한 10년 전부터 회사도, 선장도, 당국도
배의 노후한 상태에 결코 불안해하지 않았다는 사실을 고려한
다면 이런 상황은 매우 역설적이었다. 내가 삶에서 이끌어낸 결
론들 중 한 가지는 명백하다. 생각하는 기계, 살아남기 위해 상
황에 적응하는 기계인 인간도 돈 문제가 관련되면 자신을 자신
답게 만드는 그 자신의 본성을 잊고 미래의 재난을 예측할 능력

을 돌연 잃어버리는 것이다. 이 망각, 혹은 물질주의적 무분별의 단계에서 인간은 무엇을 예측하기보다는 아예 손을 놓아버린다. 바꿔 말하자면, 돈은 인간의 사고를 단절시키고, 그의 미래 예측 능력을 무력화시킴으로써 그의 정신을 변질시킨다는 것이다. 우리 선원들은 자본의 논리가 지배하는 이 방임주의의 희생양들이었으며, 나는 내가 만일 더 불행한 운명을 맞았더라면 내 딸은 아버지를, 내 아내는 남편을 잃었을 거라는 생각만 했는데도 역겨워졌다. 나는 목숨을 잃은 친구를 추모하는 뜻에서 저항을 시작, 오래지 않아 이 프롤레타리아 저항운동의 첨병 노릇을 하게 되었다. 내가 재판정에 나가서 아연실색하는 판사들과 경악한 신문기자들 앞에서 똑같은 이야기를 수도 없이 되풀이한 덕분에 결국 이 사건은 프랑스 전역에 알려지게 되었다. 회사는 내 입을 막기 위해 나를 매수하려고 시도했다. 나는 부패의 악덕에 굴복하지 않고 그것의 폐해를 널리 알렸고, 그 결과 이 비극을 둘러싼 논쟁이 더 활발히 이루어지게 되었다. 우리 모두는 큰 액수의 배상금을 받았고, 나는 이 선물 덕분에 내 딸을 공부시키기에 충분한 돈을 따로 떼어놓을 수 있었다. 어느 날 밤, 이 모든 이야기가 언론을 타기 전에 나는 마르탱이 죽었다는 소식을 그의 어머니에게 알려주었다. 음산한 아파트에서 혼자 살고 있던 이 노부인은 멍한 눈길로 나를 바라보았다. 그녀는 아마도 자기로서는 감당할 수 없는 삶의 고통에 무감각해진 듯 내 말을 이해하지 못하고 그냥 고개만 끄덕였다. 몇 달 뒤에 회사가 우리에게 배상금을 지불했을 때 나는 그녀에게 수표를 내밀었고, 그녀는 기계적인 동작으로 그걸 블라우스 주머니에 집어넣었다. 우리는 마르탱을 보르도의 한 묘지에 묻었다. 나는 그의 무덤에 '내 절친한 친구였던 마르탱의 무덤'이라고 새겨진 대리석 비석을 세웠다. 보슬비가 비석 위에 내리기 시작하더니 작은 방울들로 대리석을 덮었고, 이 방울들은 패인 글자 속에 덩어리져 있다가 너무 무거워지면 흘러내리곤 했다. 나는 그가 숨지기 전에 내게 말해줬던 카르멘을 기념하는 뜻에서 그의 무덤을 재스민 꽃다발로 장식했다. 우정이란 사랑에 가깝지만 육체적 욕망은 결핍된 심오한 감정이다. 우리가 함께 썼던 선실에서 보낸 그 모든 밤이, 그가 자신의 삶을 더 매력적으로 만들기 위해 지어낸 그 이야기들이 생각났다. 밤이 되면 그는 자기가 하는 이야기를 더 재미있게 만들기 위해 사방으로 손짓발짓해가며 쉴 새 없이 떠들었다. 그는 현창에 몸을 기댄 채 담배를 피우고, 특별히 좋아하는 리오하 포도주를 마셨다. 이 친구는 정말 괴짜였다. 마치 어린애들처럼 겁에 질린 채 상상의 유령들을 피해 마리아와 함께 라스팔마스의 길거리를 달려가던 우리의 모습이 다시 생각났다. 그나저나 그 빌어먹을 마리아는 어디 있는 것일까? 왜 그녀는 그녀를 매춘의 손아귀에서 빼내 주려고 자신의 삶을 위태롭게 만들었던 마르탱의 장례식에 나타나지 않은 것일까? 나는 몇몇 사람들이 보여주는 인간적 배은망덕과 신의의 결핍을 비난했다. 헌신보다 더 훌륭한 행동은 없지 않은가? 그의 시신이 순간적으로 기억 속에서 떠올랐다. 나는 그를 구해내지 못했다는 죄책감으로 숨조차 제대로 못 쉬는 지경이 되었다. 그가 죽고 난 뒤로는 내 가슴에 총을 쏘는 그 거대한 물고기가 매일 밤 꿈속에 나타났다. 마틸드가, 그 수원이 결코 마르지 않는 사랑의 상징인 내 사랑하는 마틸드가 나를 상냥한 말로 안심시켜주었다. 나는 흉측할 정도로 팅팅 부어오른 시신의 모습을 머릿속에서 쫓아냈다. 그것은 내가 알고 있던 마르탱이 아니었다. 내가 알고 있던 마르탱은 삶을 노래하고, 움직이고, 춤추고, 열정을 발산했다. 내 얼굴이 눈물에 흥건히 젖었다. 나는 마틸드와 이미 사춘기가 된 잔의 손을 잡았다. 내 인생의 두 여성을 힘껏 껴안은 나는 그들과 함께 지평선 위로 윤곽을 드러낸 행복을 향해 나아갔다. 나는 스페인어로 중얼거렸다.

"고맙네, 친구."

*

선박회사를 그만두고 나서 얼마 뒤에 넓은 인맥을 갖고 있는 생-맥상 부인이 나를 보르도 귀족계급 출신인 한 정치인에게 소개해주었다. 완벽한 용모의 소유자로서 언제 어느 때나 보란 듯이 멋진 양복 차림으로 나타나는 이 사람은 나를 보르도 전람회장의 총감독으로 채용했다. 머리카락이 후추와 소금 색깔을 띠는 그는 사람들의 기질을 손쉽게 분석하곤 했고, 이런 자질을 갖춘 덕분에 모든 사람이 오르고 싶어 하는 이 국회의원이라는 지위에 오를 수 있었다. 나는 끊임없이 움직여야 하지만 이따금은 내 사무실에서 혼자 꿈꿀 수 있는 시간이 허용되는 새로운 직업이 적성에 잘 맞았다. 당시에 바다를 사랑하는 한 뱃사람의 모험을 다룬 책을 쓰고 있었다. 이 책은 반은 자서전이고 또 반은 가상의 이야기였다. 밤이 되어 사람들이 다들 잠자리에 들면 나는 내 사무실에 틀어박혀 잠시 평정의 시간을 보냈다. 가느다란 불빛 아래서 이 현대의 영웅에 관한 격정적인 이야기를 써내려갔는데, 그 시절이 그립기도 했지만 그보다는 매일 저녁 잔과 마틸드를 포옹할 수 있어서 행복했다. 나는 창조의 뮤즈와 가깝게 지낼 수 있는 이 밀폐된 장소가, 이 작은 자유의 천국이 좋았다. 나의 온 정신은 생각과 상념들 사이를 옮겨다니고 과거를 낭만적으로 승화하면서 즐거워했다. 나는 삶에서 새로운 균형을 발견했다. 꼭 백지를 어루만지는 내 만년필 촉이 내 존재의 기반을 견고하게 만들기라도 하는 것처럼 말이다. 한 글자 한 글자, 한 행 한 행, 한 문단 한 문단이 이 표현 욕구(그것이 솟아나는 샘은 다나오스의 딸들이 영원히 채워야 하는 밑빠진 독과 흡사했다)를 더욱더 자극했다.

그러고 나서 정신노동을 하느라 지쳐서 기진맥진해지면 마틸드 옆으로 가서 몸을 웅크리고 따뜻하게 덥힌 시트를 덮었다. 거기 어둠 속에서 나는 한편으로는 어서 빨리 내 소설의 새로운 페이지들을 쓰고 싶어 안달하고 또 한편으로는 이 시간이 영원히 끝나지 않게 해달라고 기도하다가 행복한 기분으로 곧 잠이 들었다.

*

이 기간 동안에 나는 새로운 일자리 덕분에 생긴 자유 시간을 이용해 그동안 잔과 함께 지내지 못한 시간을 보충했다. 아이의 교육은 이론과 실제가 마치 밤과 낮처럼 서로 대립적인 동시에 보완적인 하나의 과학이다. 우리는 완벽한 형태와 견고한 기초를 가진 건축물의 설계도를 고딕 양식이나 로마네스크 양식,

바로크 양식, 현대 양식 등 우리에게 맞는 양식으로 종이에 그린다. 그러고 나서 공사가 시작되면 예상했던 대로 딱딱 맞아 떨어지는 건 하나도 없다. 노동자가 부상을 당할 수도 있고, 시멘트가 떨어질 수도 있고, 이따금 벽돌의 품질이 의심스러울 수도 있고, 한 층 전체가 붕괴될 위험에 처할 수도 있다. 그러면 우리는 건축물이 우리가 요구하는 대로 제자리에 잘 서 있기를 바라면서 급히 설계도를 재검토해서 수정해야 한다. 우리가 종이 위에서 상상했던 화려한 건축물이 사실은 개성이라고는 전혀 없이 거의 눈에 띄지 않는 평범한 건물에 불과한 경우가 이따금 있다. 또 때로는 종이에 대충 그려 설계한 보잘것없는 건물이 걸작으로 밝혀져 이 분야의 전문가들이 우리에게 축하 인사를 건네고, 그들은 갖고 있지 못한 재능인 탁월한 영감을 우리는 갖고 있다며 질투하기도 한다. 마지막으로 세 번째 전형의 경우에는 설계도와 완공된 건축물이 거의 비슷하며, 우리는 과대망상과 거리가 먼 이 현실주의에 만족스러워한다. 그런데 잔의 경우에는 그렇지가 않아서, 나는 너무나 오랫동안 집을 비웠기 때문에 아무것도 요구할 수가 없었다. 잔은 마틸드의 빛 속에서 그리고 나의 어둠 속에서 자신을 만들어냈다. 렌즈 앞의 사진작가처럼 나는 이 빛과 어둠의 유희가 부드럽게 이루어지도록 하면서도 그것의 여성적 균형을 깨트리지는 않으려고 애썼다. 한 달이 지나고 두 달이 지나면서 나는 내 딸의 세계 속으로 스며 들어가고, 그녀의 풍경에 동화되고, 그녀로부터 다시 존경받는 데 성공했다. 나는 그녀의 말에 관심을 갖고 귀를 기울이면서 단속적으로 흘러나오는 수많은 음절들을 그대로 흡수하면서도 결코 그녀의 말

을 중간에 자르거나 그녀의 의견을 무시하지 않았으며 반대주장
으로 그녀를 설득하지도 않았다. 나는 아버지의 유령과 정반대
되는 입장을 취하려고 애쓰면서 그녀와 신뢰의 관계를 맺었다.
나는 내 딸이 내가 저지른 잘못을 되풀이하는 걸 원치 않았고,
인격을 구성하는 데 결정적인 영향을 미치는 시기인 사춘기를
온갖 상처를 입으며 보내는 걸 원치 않았다. 그래서 더 한층 노
력했고 더 깊은 주의를 기울였다. 어느 날 밤, 사무실에 편안히
자리를 잡고 만년필로 열심히 백지에 글을 써나가고 있는데 누
군가가 살그머니 문을 두드리는 소리가 들려왔다. 나는 일을 멈
추고 일어나 문을 열었다. 잔이 방금 울어서 눈이 퉁퉁 부은 채
잠옷 바람으로 내 앞에 서 있었다.

내 딸이 그렇게 슬픈 표정을 짓고 있는 걸 보고 마음이 무거
워져 물었다.

"아니, 무슨 일 있니, 얘야?"

"아빠, 아빠한테 할 말이 있어요."

"그래, 하고 싶은 말이 있으면 뭐든지 해도 좋아. 자, 여기 앉으
렴. 뭐 덮을 걸 가져다주마."

나는 벽장에서 두꺼운 담요를 꺼내 딸에게 덮어주었다.

"자, 말해보렴. 무슨 일이니?"

그러자 잔은 부끄러운 듯 고개를 숙이며 말했다.

"저, 사랑에 빠진 것 같아요."

"그래? 그건 정말 멋진 일인데 왜 우니?"

"하지만 그 남자애는 절 좋아하지 않아요."

나는 사랑이라는 복잡한 감정 때문에 힘들어하는 내 딸의 얼

굴을 찬찬히 들여다보았다. 사춘기 아이들은 이런 태평스러움을 눈 속에 담고 있지만, 어른들은 나이가 들면서 자신의 등 뒤에서 축적되는 실망과 고통, 힘겨운 일상에 시달리다보면 그것을 잃어버리게 된다. 나는 오래전에 나무그늘 아래서 끈질기게 바느질을 하던 마틸드의 얼굴을 작은 등불 아래서 얼핏 본 듯했다. 너무 빨리 지나가는 시간이, 그 어느 것도 멈출 수가 없으며, 지나가는 길에 관점에 따라 모든 걸 파괴하거나 미화하는 그 저주받은 시간이 불러일으키는 불안이 불현듯 나를 사로잡았다. 나의 시간은 마치 오실로스코프(전압의 변화를 화면에 출력하는 장치)에서 무한히 되풀이되는 사인곡선처럼 둘 사이에서 진동하며 때로는 향수에 젖고, 때로는 열광하고, 때로는 의기소침하게 만들고, 또 때로는 감탄했다. 초인간적인 노력을 기울인 끝에 나는 오직 양쪽 뺨을 따라 굴러떨어지기만 하면 되는 우울한 눈물을 간신히 참는 데 성공했다.

나는 떨리는 목소리로 물었다.

"그 아이가 널 안 좋아한다는 걸 어떻게 아니, 잔?"

"그 아이는 절 보질 않아요. 그 아이 눈에 전 투명인간이나 다름없어요."

나는 미심쩍은 말투로 물었다.

"그게 그 아이가 너를 안 좋아한다고 단정 지을 만한 이유야?"

잔은 이 질문에 마음이 동요하는 듯했다. 아이는 고개를 들더니 제 엄마처럼 가늘고 긴 눈으로 나를 뚫어지게 바라보았다. 아이는 마치 뇌의 다른 부분이 이 상황을 새로운 관점에서 바라보는 듯 잠시 생각에 잠겼다.

"네, 그런 것 같아요! 만일 그 애가 날 좋아한다면 날 뚫어지게 처다볼 거예요! 제가 그러듯이 말예요!"

"어쩌면 그 아이는 너랑은 다른 식으로 반응하는 건지도 몰라. 아마 그 아이가 사랑하는 방식은 다를지도 모르고, 또 사랑의 감정을 느끼긴 하지만 그걸 드러내는 건 원치 않을지도 모르지."

잔이 물었다.

"아빠 그렇게 생각하세요?"

"그래. 어떤 사람들은 자신의 감정을 들킬까봐 두려운 나머지 다른 사람들의 시선을 피하기도 한단다. 누군가를 똑바로 처다본다는 것은 곧 어떻게 보면 그 누군가가 자신의 마음을 파고들도록 내버려둔다는 것이고, 벌거벗겨진다는 것이고, 자신이 약하다는 걸 인정한다는 것이지. 어떤 남자들은 그걸 싫어한단다, 잔. 왜냐하면 자신의 감성과 여성성을 보여주고 싶어 하지 않거든. 어른들의 세계에서는 그런 걸 좋게 보지 않아."

"그럼 그 아이도 절 좋아한다는 말인가요?"

나는 문제의 남자아이가 정말로 내 딸을 좋아하게 해달라고 기도하며 대답했다.

"그건 네가 너의 감정을 두려워하지 말고 그 아이가 감춰놓은 자신의 여성성을 드러내 보여주도록 자극해서 알아내야지."

"그걸 제가 어떻게 해요?"

"네 마음이 말하도록 해야 해. 네가 느끼는 걸 그 아이에게 이해시킬 수 있는 방법을 생각해봐."

그러자 잔이 난처한 표정을 지으며 물었다.

"근데 그 아이가 절 좋아하지 않으면 어떡해요?"

"설사 그렇다고 해도 큰일은 아냐. 어쨌든 넌 최선을 다했으니까. 처음엔 힘들겠지만, 차츰 괜찮아질 거고, 넌 이 경험 덕분에 더 강한 사람이 될 거야. 그리고 우리끼리니까 하는 얘기다만, 어떻게 너 같은 아이를 좋아하지 않을 수가 있겠니? 널 보렴. 넌 눈부시게 아름답고 총명해. 정말이지, 내가 그 아이라면 절대 주저하지 않을 거야. 내 말 믿으렴!"

우리 두 사람은 마음껏 웃었다. 나는 생각했다. 딸이 웃는 걸 보고 들으니 정말 행복하네. 딸 옆에 있으니 놀라울 정도로 마음이 편안해지고 밝아지며, 스스로가 자랑스럽게 느껴졌다. 내게 이토록 잘 어울리는 아버지 역할을 해내니, 내 얼굴에는 행복이 넘쳐흘렀다. 사무실 문이 열리고, 마틸드의 얼굴이 방긋이 벌어진 문틈 속으로 슬그머니 끼어들었다. 그녀가 장난기 어린 표정을 지으며 물었다.

"두 사람, 또 무슨 일을 꾸미시나?"

"아무 일도 안 꾸미는데? 우린 그냥 깨어 있는 두 어른처럼 의견을 나누고 있을 뿐이야."

우리의 목구멍에서 다시 웃음이 터져나왔다.

"마침 잘 왔어, 마틸드. 지금 잔에게 한 가지 얘기를 해주려던 참이거든."

그러자 잔이 화를 내며 말했다.

"얘기라구요? 전 얘기나 듣고 그럴 나이는 지났다구요, 아빠!"

나는 농담처럼 말했다.

"그럴 나이를 지난 사람은 이 세상에 아무도 없단다. 우리 옆에 앉아, 마틸드."

그날 밤 나는 내 딸에게 나의 어린 시절과 사춘기 시절, 언젠가는 뱃사람이 되려고 했던 나의 꿈, 역시 처음에는 나를 쳐다보지 않았던 마틸드와의 만남에 대해 이야기했다. 독일군 장교, 숲속에서 이루어진 그와의 만남, 그의 너무 이른 죽음, 그의 딸 사진, 군대와 연극배우 장, 독일로 독일군 장교의 딸을 찾아 갔던 일, 내가 느낀 실망감, 라스팔마스 여행, 마르탱, 마리아, 마리아의 아들 마누엘의 사진, 지구 끝으로의 여행, 내 가장 친한 친구의 목숨을 앗아간 태풍, 그리고 나의 글쓰기 계획에 관한 이야기도 들려주었다. 잔이 감탄스러운 눈길로 나를 바라보고 있다가 이따금 제 엄마 쪽으로 고개를 돌리면 마틸드는 고개를 끄덕여 이야기꾼이자 풋내기 소설가인 나의 말이 모두 사실이라고 확인해주곤 했다. 내가 이야기를 끝내자 이야기에 귀를 기울이는 나이는 지났다던 잔은 좋아한다던 남자아이는 그새 잊어버렸는지 내 이야기에 사로잡혀 질문세례를 퍼부었다. 그녀는 내 이야기의 결말을 꼭 알고 싶다면서 내가 스페인에서 그 흔적을 잃어버린 카트린 샤페르를 찾도록 도와주겠다고 제안했다.

"그리고 마리아는 어디 있어요? 무슨 수를 써서라도 그 두 사람을 찾아내야 해요, 아빠! 아빠 얘기는 소설로 쓸 가치가 충분할 만큼 정말 굉장해요, 꼭 쓰세요!"

나는 그녀의 눈에서 나와 똑같은 삶의 광채를, 행동에 옮기고 말겠다는 의지를, 끈기를 구별해내고 미소 지었다. 어린아이는 염색체와 과학적 메커니즘, 그리고 나로서는 그 의미를 이해할 수가 없는 이론의 합이다.

잔 베르튄은 아빠와 엄마를 교묘하게 섞어놓은 아이로 차분
하면서도 열정적이었고, 총명하면서도 순수했고, 비밀스러우면
서도 발랄했다. 삶은 더없이 소중한 선물을 내게 안겨준 것이다.
잔은 눈을 별처럼 반짝거리며 우리 사랑의 흔적을 영원토록 전
할 것이다.

29

보르도의 어느 길거리를 돌아서
는 순간 눈에 들어온 포스터 한 장이 내 관심을 끌었다. 이 포스
터는 어느 가게의 쇼윈도에 붙어 있었는데, 낯이 익은 두 사람이
행복한 미소를 짓고 있었다. 나는 쇼윈도로 다가가 그 종이조각
을 찬찬히 들여다보았다.

"네, 지시하신 대로 하겠습니다, 부대장님!"

장 브리스카와 마르크 당투즈가 극본을 쓰고 직접 연기까지
하는 연극이었다. 내 눈이 글자들 위를 굴러감에 따라 그 이름
들이 군대에서 만난 내 두 친구, 두 배우라는 사실을 확인하고
몹시 놀랐다. 그들은 전국 순회 중이었고, 그날 밤 보르도에서
공연이 예정되어 있었다. 나는 거기서 멀지 않은 곳에 있는 매
표소로 가서 표를 세 장 샀다. 공연이 다 끝나면 두 배우 친구
가 있는 대기실로 찾아가 놀래켜주고, 마틸드와 잔도 소개해주
고 싶었다. 오후의 기다림이 한없이 길게 느껴졌다. 나는 한시라
도 빨리 그들과 그동안 쌓인 회포를 풀고 싶어서 조바심을 내며
발을 굴렀다. 두 연극배우는 전국적인 인기를 누리고 있었다. 나

는 이런 성공으로 인해 두 사람이 군 시절에 가졌던 삶의 철학이 변질되지 않았기를 바랐다. 이제 그들은 파리 상류사회의 일원이었고, 쇼 비즈니스계의 스타였다. 나는 두 친구가 거만해져서 나를 못 알아보지는 않을까, 심지어 나를 무시하지는 않을까 생각했다. 그건 그들의 스타일이 아니었다. 하지만 그동안 변했을지도 모르잖는가? 나는 그런지 안 그런지 분명하게 알고 싶어서 그날 밤 내 인생의 두 여성을 극장에 데려가기로 했다. 우리는 세 번째 열에 앉아 연극이 시작되기를 기다렸다. 내 이야기의 일부를 알고 있는 잔은 특히 두 유명 배우와 이야기를 하고 싶어 안달하는 것 같았다. 그녀는 두 사람으로부터 사인을 받아 친구들에게 자랑하려고 종이까지 챙겨 왔다. 한 줄기 빛이 잔의 얼굴을 비추자 젊은 어른이라고 말할 수 있는 그녀의 얼굴이 환하게 빛났다. 그녀는 비극적 사건이나 소란을 겪지 않고 사춘기를 보냈다. 어쨌든 내게는 그렇게 보였다. 빙하의 대부분은 물 밑에 있어서 그것의 멋진 모습을 보려면 물속으로 들어가야 한다. 아버지 역할은 우리가 아무리 애를 써도 우리 자식들을 속속들이 안다는 건 불가능하다는 사실을 내게 가르쳐주었다. 그렇긴 하지만 사람들은 자식들의 미스터리를 파 들어가고 영화를 보며 그들이 하는 생각의 배경을 발견하여 그들에게 닥칠지도 모르는 재난을 예측하고, 또 그들이 한 걸음 뒤로 물러서서 과거를 돌아볼 수 있도록 도와주고 싶어한다. 하지만 이건 불가능한 일이다. 자식들은 그들 몫의 불가사의와 감춰진 상처, 즐거움, 고통을 간직하고 있다. 연극이 시작된다고 알리는 종소리가 세 번 극장에 울렸다. 소리가 사라지고, 모든 사람의 시선이 무

301

대로 향했다.

커튼이 올라가자 곧 부대장의 모습으로 분장한 장의 호리호리한 실루엣이 나타났다. 그도 이제 늙었다. 공연에 온 힘을 쏟아붓느라 지치고 상한 탓인지 더 이상 옛날 얼굴이 아니었다. 객석여기저기서 웃음이 터져나왔다. 잔과 마틸드도 다른 배우들에게 고래고래 소리를 질러 명령을 내리는 내 옛 전우의 연기에 매료되어 웃음을 터트렸다. 나는 그 등장인물에서 군생활 당시 부대의 부대장 모습을 보는 듯했다. 부대장은 어떻게 되었을까? 구불구불 오랫동안 흐르는 강과도 같은 인생은 그가 자기 몫의 고통을 겪지 않도록 해주었을까? 아직 살아 있을까? 이런 사람들, 혹은 저런 사람들의 인생 여정은 항상 내게 궁금증을 불러일으켰다. 거기서 나는 자신의 목적을 달성하기 위해 거대한 장기판위에서 말들을 앞으로 밀어내고 수백만 가지의 가능성을 계산하는 눈에 안 보이는 힘의 흔적을 보았다. 그렇지만 나는 한 가지 사실을 여전히 이해할 수가 없었다. 그 힘의 목적은 무엇일까? 도대체 무엇을 노리는 것일까? 그것은 너무 좁아서 그 표면을 뒤덮은 수십 억의 주민들을 다 받아들일 수 없는 조약돌 위에 올라앉아 있는 우리 인간에게 어떤 운명을 마련해놓은 것일까? 나는 이 모든 것의 의미를 이해하고, 그것의 미스터리를 알아내고 싶었다. 또 그것의 관심사를 발견하고 싶었다. 그러나 무엇인가가 그 힘에 맞섰다. 수십억 광년 떨어진 곳에 위치한 우주에너지가 장기판을 장악한 것이다.

그때 잔이 어둠 속에서 속삭였다.

"아빠, 괜찮으세요?"

"그래, 고맙구나, 얘야. 난 다른 걸 생각하고 있었단다."

"카트린 생각을 하신 거예요?"

"아냐. 그런 거 아니니 불안해하지 말고 연극 보렴."

잔은 내가 공상적인 기질의 소유자라는 사실을 재미있어하며 무대 쪽으로 고개를 돌렸다. 마르크와 장이 군대를 풍자하는 찬가를 노래하기 시작했다. 관객들이 더 큰 소리로 웃었다. 그들의 연극은 보는 사람을 즐겁게 해주었다. 그건 전혀 의심의 여지가 없었다. 몇 분 뒤 연극이 막바지를 향해 치닫자 과거가 다시 떠올랐다. 부하들에게 가혹행위를 서슴지 않았던 부대장이 의식을 잃고 바닥에 쓰러져 있는 두 사람과 함께 꼼짝도 하지 않고 있었다. 뭘 어떻게 해야 할지 몰라 당황한 부대장은 두려운 표정으로 관객들을 쳐다보다가 정신을 잃고 바닥에 쓰러져버렸다. 관객들은 부대장의 그 희극적인 착각을 보고 웃음을 터트리며 이 번득이는 천재성에 발수갈채를 보냈는데, 사실 이 천재성은 20년 전에 파리 근교의 다 허물어져가는 군대 막사에서 내가 발휘한 것이었다. 두 배우는 우리의 이야기에서 영감을 얻어 이 연극을 만든 것이다. 나 역시 이처럼 과거를 일별하고 마음이 한껏 고양되어 목청이 터져라 환호를 보냈다. 장은 관객들에게 인사를 했고, 관객들은 한 명씩 흩어졌다. 사람들이 여가시간을 이용해서 연극을 보며 스트레스를 풀고 나면 그 다음엔 삶의 온갖 비열함이 시니컬한 표정으로 난롯가에서 그들을 기다리고 있는 집으로 돌아간다. 나는 자리에서 일어나 잔과 마틸드를 데리고 무대 옆에 나 있는 문을 두드렸다. 한 남자가 나타나더니 나를 머리끝에서 발끝까지 훑어보았다.

그가 거만한 말투로 물었다.

"무슨 일입니까?"

"장과 마르크를 좀 만났으면 합니다만…"

그 남자가 기분 나쁜 표정을 지으며 대답했다.

"모든 사람이 두 사람을 만나고 싶어 합니다."

"아, 물론 그렇겠지요. 하지만 전 두 사람이랑 같은 부대에서 근무한 사람입니다."

그러자 그가 이렇게 이죽거렸다.

"같은 부대에서 근무했다는 얘기는 또 첨 들어보네. 방법도 참 여러 가지라니까!"

그는 "쾅" 소리가 나게 문을 닫아버렸다. 문이 닫히면서 빠져 나온 공기가 내 뺨을 어루만졌다. 나는 정중함이라고는 전혀 찾아볼 수 없는 그 남자의 행동에 당황한 마틸드와 잔 쪽으로 고개를 돌렸다. 나는 다시 문을 두드렸다. 아까 그 남자가 다시 나타났다.

그가 조금 전과 똑같이 거만한 표정을 지으며 위협적인 말투로 말했다.

"또 당신이오?"

"이것 보세요. 맹세컨대 난 두 사람과 아는 사이입니다. 그러니 폴 베르튕이 찾아왔다고 좀 전해주세요."

"폴 베르트륑?"

"아니, 베르트륑이 아니고 베르튕이에요. 베르트-윈."

그 남자가 짜증 나는 말투로 대답했다.

"다시 오겠소."

우리는 몇 분 동안 아무 말 없이 기다렸다. 황급히 걸어오는 발자국 소리가 문 뒤의 복도에서 울렸다. 문이 열리고, 장 브리스카의 실루엣이 눈앞에 나타났다.

그가 소리쳤다.

"폴! 이게 도대체 얼마만인가? 그동안 잘 지냈어?"

그는 따뜻함이 느껴지는 두 팔로 나를 얼싸안았다.

나는 그가 그렇게 환영해주는 데 감동해서 대답했다.

"그럼, 난 잘 지냈다네. 자네도 그동안 잘 지냈지?"

그러자 그가 웃으며 말했다.

"보다시피 아주 건강하다네. 그런데 자네 옆에 계시는 이 두 아름다운 아가씨들은 누구신가? 자, 내가 맞춰보지. 그 유명한 마틸드?"

그러자 아내가 놀라서 대답했다.

"맞아요. 제가 마틸드예요."

나는 감탄하면서 소리쳤다.

"정말 대단한 기억력이군! 여긴 내 딸 잔일세."

"오, 정말 아름다운 아가씨로군! 혹시 배우가 되고 싶다는 생각 해본 적 없어요, 아가씨?"

그러자 잔이 당황하며 대답했다.

"아… 아녜요. 만나뵙게 돼서 반갑습니다."

"자, 절 따라 오세요. 배우 대기실로 갑시다. 마르크가 세 사람을 보면 무척 좋아할 겁니다!"

우리는 그를 따라 무대 뒤로 가서 마르크가 분장을 지우고 있는 좁은 배우 대기실로 들어갔다. 마르크도 나를 금방 알아보고 얼싸안았다. 그들은 우리에게 뜨거운 커피를 대접하고 잔이 들고 간 종이에 사인도 해주었다. 그러고 나서 긴 대화가 이어졌고, 대화 중에 우리는 각자가 제대 후에 어떻게 살아왔는지를 서로에게 이야기해주었다. 이 두 배우에게서는 끝없는 인간적 온기가 풍겨 내 마음을 따뜻하게 해주었다. 두 사람 모두 바뀌지 않았다. 이 좁은 배우 대기실에서는 시간이 20년 전으로 되돌아간 듯, 우정의 바람이 획획 소리를 내며 대기실 안으로 들이쳤다.

우리의 독일 여행을 기억해낸 마르크가 물었다.

"그 독일 여자는 만났나?"

장도 그 일이 문득 생각난 듯 똑같은 질문을 던졌다.

"아, 맞아! 그 독일 여자 만났어?"

나는 실망한 표정으로 대답했다.

"아니, 전혀 소식을 몰라. 카나리아섬에서 잘하면 만날 뻔했는데, 어디론가 종적을 감춰버렸어. 이젠 다 과거지사야…."

장이 말했다.

"유감이군. 이 이야기의 결말을 꼭 알고 싶었는데…."

나는 농담처럼 대답했다.

"그걸 다음 연극의 결말로 쓸 생각은 없나?"

두 사람은 즐겁게 웃었다. 우리는 서로 전화번호를 교환했다. 두 연극배우는 우리를 파리로 초대했다. 텅 빈 극장이 어둠 속으로 사라지기 전에 우리는 그들에게 감사의 뜻을 전했다. 그날 밤 나는 그들의 눈 속에서 여전히 광채가 난다는 사실을 확인할 수 있어 기뻤다. 내 친구들은 삶에 대한 확고한 믿음과 상상력의 306

경계를 넘어서는 낙관주의를 여전히 간직하고 있었다. 그들은 그들의 예술적 열정을, 그리고 그들이 어렸을 때 품었던 꿈을, 내가 태어난 그날부터 내 눈 속에서 빛을 발했던 바로 그 꿈을 실현시킨 것이다.

30

몇 년 동안 밤을 홀딱 새워가며 열심히 쓰고 몇 차례씩 고쳐 쓴 끝에 결국 나는 나의 첫 작품을 완성했다. 보르도의 한 출판사가 내 작품에 관심을 갖고 출판하기로 결정했다. 어느 날, 길모퉁이를 돌아서서 한 서점의 쇼윈도를 유심히 살펴보던 나는 내 책이 다른 작품들과 함께 나무로 된 책꽂이에 위풍당당하게 꽂혀 있는 것을 보았다. 초등학교를 다닐 때 나의 뇌를 지식으로 채워주었던 그 둥근 안경과 텁수룩한 수염의 선생님이 기억 속에서 떠올랐다. 비록 그분은 돌아가셨지만, 나는 책 끝에 그에게 감사하는 걸 잊지 않았다. 이 책을 써서 번 돈으로 나는 내 인생의 두 여성과 함께 몇 차례 휴가를 갈 수가 있었다. 안달루시아 지방으로 떠나 2주일을 보낸 우리는 태양이 눈부시게 내리쬐는 스페인 해변에서 편안히 쉬었다. 행복했다. 정말 행복했다. 나는 원하던 것을 다 이루어 모든 점에서 만족스러운 남자였다. 개인적 차원에서 볼 때 내 삶은 이상적이라 할 만큼 완벽했다. 그리고 직업적인 차원에서 보자면 나는 내 일에 거의 열중하지 못했다. 하지만 저녁 시간에 소설은 쓸

수 있었다. 어렸을 때 나는 내가 커서 이런 행복을, 이런 충만함을 느낄 수 있으리라고는 상상조차 못했다. 과연 누가 폴 베르틴이, 밀 이삭에 손이 다 망가진 이 소년이 그런 행복을 느낄 것이라는 쪽에 동전 한 잎이라도 걸었겠는가? 지금까지 내가 걸어온 길을 헤아려보았는데, 그 길은 장애와 비난, 악의뿐만 아니라 즐거움과 가슴 따뜻했던 순간, 사랑으로 점철되었다. 삶은 양극화되어 있으며 그 양극화의 흔적을 담게 되어 있다. 그러고 나서 나는 나를 어떤 식으로든지 이 나라로 이끌어주신 데 대해 하늘에 진심으로 감사했다. 프랑스. 이 나라의 파란색과 흰색, 빨간색. 수도 파리의 하늘에서 나부끼는 삼색기. 오랜 세월이 흐르면서 높은 명성을 누리고, 문화 세계의 중심이며 독특한 철학적 사유의 정점이라는 사실을 자랑스러워하는 도시 파리. 나는 파리에 매료되고, 이 도시의 역사와 이 도시를 지배한 모든 위대한 인물들, 이 도시의 예술가들, 이 도시의 작가들에게 완전히 사로잡혔다. 프랑스라는 나라는 신권을 가진 기하학자가 그 비밀을 간직하고 있는 삼각법의 미스터리를 감추고 있었다. 프랑스에서는 모든 것이 가능하다. 나는 국가가 그 초석을 놓았던 공화주의적인 능력 위주 사회의 건물을 손으로 어루만졌다. 내 나라는 단순히 내 나라일 뿐만 아니라 나의 삶이기도 하고 나의 문화이기도 하고 나의 혈통이기도 하다.

나는 우리가 도버해협 저편에서 맹위를 떨치고 있는 자본주의의 광기로부터 멀리 멀리 떨어져 모두 함께 쌓아올리는 이 연대감을 소중히 여겼다. 마리안느(프랑스 공화국을 상징하는 여성)여, 당신을 진심으로 사랑합니다. 마틸드와 잔은 스페인에서의 생활 리듬과 이 나라의 여러 가지 전채 요리들, 최근에 프랑코의 독재에서 벗어나 늘 싱글벙글 웃고 있는 사람들로 넘쳐나는 길거리에 도취되어 내 앞에서 서로의 몸에 물을 끼얹고 있었다. 태양이 하늘 저 높은 곳에서 빛나고 있었다. 햇빛은 모래성을 쌓는 데 온통 정신이 팔려서 병의 위험을 소홀히하는 해수욕객들의 살갗에 불그스레한 도장을 찍어놓았다. 안달루시아의 해안은 다른 해안이 갖지 못한 매력을 갖고 있었는데, 그건 바로 구름이 감히 그 관례를 깨트릴 생각을 못할 정도로 온종일 해가 난다는 것이었다.

잔이 멀리서 소리쳤다.

"아빠, 이리 오세요!"

나는 딸에게 손을 흔들며 대답했다.

"그래, 금방 갈게!"

나는 감미롭게 어루만지는 햇빛에 팔다리가 무감각해진 몸을 타월에서 일으켜 세운 다음 물가에서 두 다리를 모래 위에 쭉 뻗고 있는 두 여성을 향해 걸어갔다. 잔물결이 들락날락 모래 기슭을 덮었다가 드러내기를 되풀이하면서 바다에 맡겨진 두 사람의 발바닥을 간질이고 있었다.

바닷물이 그들의 발가락 끝을 핥자 두 사람은 어린아이들이 뭔가를 보고 감탄하며 까르르 웃을 때처럼 기쁨의 환호성을 내질렀다. 조약돌이 모래밭 위를 구르면서 마치 사랑하는 연인이 들릴락말락한 목소리로 귀에 대고 속삭일 때처럼 싱그러운 느낌을 불러일으켰다. 나는 두 사람 옆 물에 젖은 모래 위에 앉아 두 다리를 물속으로 쭉 뻗었다. 바닷물의 수온은 기분 좋을 정도로 푸근했다. 몇 년 전 조난사고를 당한 뒤로 나는 푸른 바다를 보지 못했다. 바닷물의 향기는 전혀 그립지 않았다. 그러나 이날은 소란스러운 도시에서 멀리 떨어져 잔과 마틸드에게 둘러싸여 내밀한 순간을 보내면서 스트레스도 풀고 우리 가족의 관계도 좀 더 돈독히 했다. 우리 세 사람은 서로를 보며 마음껏 웃었다.

잔이 들릴락말락한 목소리로 말했다.

"여기 참 좋아요."

마틸드가 대답했다.

"그렇구나."

"아빠?"

"응."

"이렇게 휴가를 즐기게 해주셔서 고맙습니다."

나는 잔이 금방 한 말과 마틸드의 미소, 우리의 삶을 비추는 햇볕, 잔물결 소리, 조약돌이 구르며 속삭이는 듯한 소리, 푸른 하늘, 잔잔하고 푸근한 바다, 우리 머리 위에서 날갯짓을 하는 갈매기들, 수평선, 드넓게 펼쳐진 전경 등 그 모든 삶의 단편들을 둥근 그물 속에 담고 싶었다. 그것들을 병 속에 집어넣은 다음 입이 가벼운 사람들이 보지 못하도록 금고 같은 곳에 감춰두고 싶었다. 그러다가 지나간 과거에 대한 향수에 사로잡히면 얼굴을 병 속에 집어넣은 다음 다시 그 작은 세계를 응시하고, 보고, 귀 기울이며 그 순간의 감정을 다시 느껴보고 싶었다. 나는 생각했다. 행복은 덧없는 것이어서 순식간에 사라져버린다. 그게 마치 유순해서 누가 뭘 해도 가만히 있는 개의 털을 쓰다듬는 것처럼 행복을 손으로 쓰다듬다 보면 우리는 그걸 우리 곁에 붙잡아두기 위해, 그것이 더 이상 멀리 도망치지 않도록 하기 위해, 더 이상 그것을 쫓아다니며 그것의 머리털을 쓰다듬지 않기 위해서 아예 부리망을 씌우고 싶어 한다. 하지만 개는 가만히 있지 않는다. 이 동물은 부리망의 가죽을 싫어하고 부드러운 자유의 향기와 새로움의 불확실성을 더 좋아해서 저항하는 것이다. 행복도 그렇다. 보헤미안처럼 고독하고 자유분방한 행복은 난롯가에 가만히 앉아 있는 것보다는 새로운 지평선을 향해 항해하는 것을 더 좋아한다. 개는 누군가가 쓰다듬어주는 걸 충분히 즐기다가 마치 배은망덕한 인간처럼 발끝으로 소리 없이 살금살금 걸어서 완전히 모습을 감춰버린다. 개를 쓰다듬어줄 사람은 늘 있게 마련이다. 선택의 여지가 얼마든지 있는 것이다. 요컨대 행복이란 우리 마음속에 그려지는 것이어서 결코 만족스러울 수 없다. 우리의 가장 훌륭한 동반자. 이 안달루시아 해안에서 행복은 혀를 내민 채 우리 옆에 앉아 사랑이 그득한 눈으로 우리를 뚫어지게 바라보고 있었다. 우리 세 사람은 행복의 비단처럼 부드러운 털을 쓰다듬어주었다. 그리고 며칠 뒤에 우리가 보르도로 돌아왔을 때 행복은 어디론가 도망쳐버렸다. 우리의 시야에서 사라진 것이다. 어디론가 모습을 감춰버렸다. 다시 한 번.

31

전화벨이 울렸다.

내가 수화기를 들었다.

"여보세요?"

"폴?"

"예, 제가 폴인데요. 누구십니까?"

"자크 형이야."

"아, 자크 형! 잘 지내?"

그러자 형이 떨리는 목소리로 대답했다.

"할 얘기가 있다."

"무슨 얘기?"

"엄마가 오늘 아침에 돌아가셨다."

처음에는 그 말이 믿기지 않았다. 그럴 리가 없다고 생각하려
고, 그 말을 안 들은 척하려고 애썼다. 어머니가 죽다니, 그건 있
을 수 없는 일이었다. 이틀 전에 전화 드렸을 때만 해도 아무 일
없다고 말씀하셨는데 말이다. 어머니가 안 계신데도 지구가 태
양 주위를 돌 수 있다고 어떻게 단 한 순간이나마 상상할 수 있

단 말인가? 그럴 리가 없어, 그럴 리가 없어, 그럴 리가 없어. 우리는 이렇게 같은 말을 마음속으로 되뇌인다. 그러다가 의심이 자리를 잡고, 되풀이해서 말하는 문장이 그것의 확고함을 상실하면 끔찍한 진실을 받아들이기 시작한다. 그래, 그럴 수도 있지, 뭐. 우리는 가까운 사람의 죽음을 받아들일 준비가 되어 있다고 항상 생각한다. 우리는 죽음에 대해 생각하고, 죽은 사람이 없는 삶이 어떤 삶이 될지 상상할 수 있는 시간을 충분히 갖고 있다. 때로는 잠들기 전에 베개를 베고 여러 가지 시나리오를 그려본다. 이런저런 감정과 기억들을 결합시키기도 하고, 허구가 일순간에 현실로 바뀔 수 있다는 사실을 인정하지 않은 채 시나리오가 영원히 실현되지 않기를 바라기도 한다. 내가 어머니의 죽음을 알게 된 날, 나의 일부는 그녀와 함께 사라져버렸다. 심령체 하나가 내 몸에서 떨어져 나가더니 무無로 빨려들어가 공중으로 날아올랐다. 내 머리 위를 떠돌며 죽음의 냄새와 곰팡내를, 희끄무레한 빛을 방 안에 퍼트렸다. 나는 나의 일부가 허공을 떠돌아다니는 것을 바라보고만 있을 뿐이었다. 내 일부가 입고 있는 하얀 옷에 내 어린 시절의 온갖 추억이 투사되었다. 하지만 그 옷을 움켜잡을 수는 없었다. 내 어린 시절의 실루엣이 마치 영화에서처럼 임시로 설치된 화면 위로 내던져졌다. 어머니의 손을 잡고 걷던 나는 그 손을 꽉, 아주 꽉 움켜잡았다. 우리 두 사람은 내 어린 시절의 과수원으로 들어가서 두 발이 아침이슬에 젖은 채 땅바닥에 쭈그리고 앉아 과일을 주웠다. 기분 좋은 향기가 허공을 떠다니고 있었다. 어머니에게서 나는 향기가 야채밭에 심어놓은 채소들이 풍기는 신선한 냄새와 잘 어울렸 314

다. 그러다가 이 모습이 조금씩 사라지고 이번에는 내 어린 시절 빨래터와 비눗방울을 서로에게 뿌려가며 장난치는 모습, 존경할 만한 아내가 되어야 한다는 사실을 잊어버린 그 여성들이 몸을 움직이는 모습이 등장했다. 영사 기사는 다시 필름을 갈아 끼우더니 내게 새로운 배경을 보여주었고, 이어서 또 다른 배경을, 다시 세 번째 배경을 보여주었다. 필름이 돌아가는 속도가 느닷없이 빨라지면서 내 과거의 흔적들을 투사했다. 눈물이 내 두 뺨 위로 흘러내렸다. 나는 수화기를 내려놓고 소파에 털썩 주저앉았다. 자크 형이 큰 소리로 내 이름을 부르는 소리가 수화기를 통해 들려왔다. "폴! 폴! 내 말 듣고 있니?" 아니, 폴은 더 이상 거기 있지 않았다. 슬픔이 솟구쳐 올라 폭발했다. 불안이 가슴을 짓누르는 바람에 숨을 제대로 쉴 수가 없었다. 숨이 막혀왔다. 나의 흐느낌이 방 안에서 큰 소리로 울렸다. 절망의 외침에 놀란 마틸드가 바로 거실에 나타났다. 그녀는 내게 아무것도 묻지 않았지만 무슨 일인지 알아차렸다. 나는 그녀의 품에 안겨 몸을 웅크리면서 꼭 금붕어가 괴어서 썩은 물속에서 발버둥치듯 산소가 위축된 허파 속을 순환할 수 있도록 입을 벌렸다. 어머니가 세상을 떠나셨다. 날아가셨다. 사라지셨다. 더 이상 어머니를 볼 수 없을 것이다. 가족의 죽음은 마치 우리의 모든 감각이 느닷없이 앞으로 휙, 지나가는 것과도 같다. 나는 마틸드의 온정과 사랑을 한껏 끌어내기 위해 그녀의 품으로 달려들었다. 어머니가 내게 오랫동안 베풀어주었던 바로 그 사랑을. 하지만 어머니가 이제 더 이상은 내게 베풀어주지 못할 그 사랑을.

마틸드와 잔 그리고 나는 그 다음 날 아침에 떠나 저녁 늦게 사르조에 도착했다. 어두운 기차역 플랫폼에서 자크 형이 두 손을 호주머니에 집어넣은 채 초췌한 얼굴로 우리를 기다리고 있었다. 그는 마치 어머니의 죽음이 어린 시절의 유령들을, 그의 기억 구석구석에 흩어져 있던 기억들을 되살려내기라도 한 것처럼 깊은 생각에 잠겨 있었다. 브레이크가 레일 위에서 끼이익 소리를 내며 열차가 멈추어 서자 그가 이를 갈며 손으로 귀를 막았다. 우리는 기차에서 내렸다. 자크 형은 우리가 내리는 걸 보자 다정하게 두 팔을 벌리며 우리를 맞으러 달려왔다. 그는 마틸드에 이어 잔을 정중하게 포옹한 다음 나를 부둥켜안았다. 나는 끊임없이 자신의 욕구를 억누르고 자신의 행동을 통제하던 형이 그렇게 인간적인 면모를 보여주려고 애쓰는 걸 보며 놀랐다. 그가 우리 짐을 집어 들었고, 우리는 돌아가신 두 분 부모님이 살던 집에서 멀지 않은 케라셀에 있는 그의 집으로 향했다. 뮈리엘 형수는 문 앞 낮은 층계에 서서 담배를 피우고 있었다. 형의 자동차가 양쪽에 꽃이 피어 있는 작은 길로 들어서자 그녀는 담배를 끄고 우리를 맞으러 달려왔다. 처음 보면 무뚝뚝하게 느껴지는 형수는 사실 모든 땀구멍에서 배어나오는 인간미와 감정을 좀처럼 밖으로 드러내지 않는 형의 성격과 대조되는 외향적인 성격을 갖추고 있었다. 이 부부의 균형은 분명하게 느껴지는 이 대조적인 성격에 근거하여 이루어졌다. 자크 형에게는 타인에 대한 열린 태도가 절대적으로 부족했는데, 이런 태도를 형수에게 배웠다. 또 형수는 그 어떤 상황에서도 자신의 감정을 억제하여 그 회오리 속으로 쓸려 들어가지 않는 능력을 형에게서 배웠다. 형수는 다정하게 우리를 포옹하며 그런 상황에서의 전통을 따라 우리에게 심심한 애도의 뜻을 전했다. 그녀는 우리의 짐을 집어 들더니 마틸드, 잔과 함께 사라졌다. 나중에 우리 다섯 명은 함께 죽을 먹었다. 장례 분위기가 식사를 슬픔으로 에워쌌다. 우리는 별로 말을 하지 않았고, 형수는 그런 침묵이 몹시 불편한 기색이었다. 저녁 식사가 끝나고 나서 우리는 식사 잘했다며 정중한 태도로 형수에게 인사를 했고, 잔과 마틸드는 잠을 자러 2층으로 올라갔다. 형수도 형과 포옹하고 나서 역시 사라졌다. 형과 나만 식탁 주변에 남게 되었다. 다른 때 같았으면 옆에 앉아 이런저런 이야기를 나누었을 아내와 형수가 없으니 좀 거북했다.

형이 물었다.

"위스키 한 잔 할래? 난 한 잔 마실 건데."

나는 어머니를 생각하며 대답했다.

"그래, 한 잔 줘."

일어나서 거실을 장식하고 있는 호화로운 마호가니 장식장 쪽으로 간 그는 거의 손을 대지 않은 술병을 꺼냈다. 그런 다음 누르스름한 액체를 두 개의 잔에 따라 식탁 위에 내려놓았다. 그가 담배에 불을 붙였다.

나는 그걸 보고 신기해서 물었다.

"형, 담배 피워?"

"가끔씩 좋은 일이 있으면 피워. 안 좋은 일이 있을 때도 피우고… 너도 한 대 피울래?"

좁은 선실에선 늘 연기가 자욱해서 담배에 대해서는 혐오감을 갖고 있었는데 나도 모르는 사이에 담배를 피우겠다고 대답하고 말았다. 담배에 불을 붙인 나는 잔기침을 하며 빨갛게 달구어질 때까지 한 모금 깊숙이 빨았다. 담배 연기는 우리 주변에서 소용돌이치고 있었고 그 속에서 형은 흥미로운 듯 나를 바라보고 있었다. 형은 위스키를 한 모금 마신 다음 잔을 내려놓았다. 무거운 침묵이 거실에 밀려들었다. 시곗바늘이 그 틈을 이용, 전통적인 리듬으로 그냥 유사하고 반복적인 시간의 크기만을 노래했다.

 형이 위스키 잔의 둥그스름한 부분을 어루만지며 말했다.

 "우린 이제 고아가 되었어."

 나는 당황해하며 대답했다.

 "그렇네."

 "넌 엄마를 사랑했지, 안 그래?"

 "맞아… 형은 아냐?"

 형도 당황해하며 대답했다.

 "물론 나도 사랑했지…. 내 말은, 어머니가 우리 형제들 중에서 널 가장 사랑하셨다는 거야."

 "모르겠어. 어쨌든 그건 더 이상 중요하지 않아."

 형은 단숨에 잔을 비우더니 술맛이 까칠했는지 얼굴을 찌푸렸다. 그가 술병을 흔들어대더니 증류된 액체를 자신의 잔에 다시 따랐다.

 그가 말을 이어갔다.

 "엄마는 네 얘기를 많이 하셨어. 말하자면 엄마는 네가 자기 318

곁을 떠났다는 사실을 결코 받아들이지 못했다고 생각해. 넌 언제나 엄마의 어린 폴이었던 거지. 엄마로서는 힘든 일이었던 거야."

"나도 힘들었어, 형."

"그런데 왜 떠난 거야?"

그의 말투는 나무라는 것에 가까웠다. 형은 앙갚음을 하려는 게 분명했다. 그는 제대하고 고향으로 돌아와 가족들에게 보르도에 가서 뱃사람이 되겠다고 선언한 젊은이에 대한 기억을 오래전부터 반추해왔다. 나는 상중에 그와 다투며 가족 이야기로 왈가왈부하고 싶은 생각이 전혀 없었다. 그러나 삶에선 감정들이, 몰아치겠다고 위협하는 폭풍우처럼 대기 중에 불확실한 상태로 남아 있지 않도록 단단히 마음먹고 용기를 내야 하는 때가 있는 법이다.

"내가 집을 떠난 건, 집에서는 내게 좋은 게 더 이상 아무것도 없어서였어. 난 밀밭에서 도망치고 싶었지."

"밀밭에서 도망치고 싶었던 거야, 아니면 아빠의 기억에서 도망치고 싶었던 거야?"

나는 짜증이 나서 물었다.

"왜 그런 질문을 하지, 형? 우리 모두가 이미 그것 때문에 큰 고통을 겪었다고 생각하지 않아? 아빠는 나를 평생 싫어했어. 내가 태어난 그날부터 항상 나를 아무짝에도 쓸모없는 인간으로 취급했다구! 형은 내가 그렇게 냉정한 아버지를 좋아할 거라고 믿었던 거야?"

"아니, 난…."

"아버지가 형제들 중에서 가장 좋아한 건 형이었어. 가족들도 형을 좋아했고…. 모든 사람이 형을 좋아했지. 형은 어린아이가 자기 형의 그늘 속에서 자라나는 것이 쉬운 일이라고 생각해?"

형은 위스키를 또 한 잔 마신 다음 잔을 식탁 위에 내려놓았다. 그는 고개를 숙인 채 어린 시절의 추억을 더듬더니 술잔을 신경질적으로 쓰다듬다가 다시 또 다른 담배에 불을 붙였다. 시계의 자명종이 영원히 지워지지 않는 흔적을 남기거나 어렴풋하게나마 속죄의 윤곽을 그려내야 하는 갈등을 풀 시간이 되었음을 알렸다. 우리 모두는 한 사람도 빠짐없이 언젠가는 이 같은 순간을 맞게 된다.

형이 대답했다.

"내가 항상 너를 다정하게 대하지 않았던 건 사실이야."

나는 그의 고백에 감동하여 말했다.

"다 지나간 일이야."

그는 마치 알코올이 그에게 자신을 열 수 있는 힘을, 그리하여 회한에 가득 차서 둘둘 감긴 자기 마음의 매듭을 풀 수 있는 힘을 부여하기라도 한 듯 세 번째 위스키 잔을 들이켰다. 그리고 그 틈을 이용하여 내 잔을 다시 채워주었다.

그가 말을 이어갔다.

"사실 겉보기와는 달리 아버지가 늘 내게 다정했던 건 아니었어. 그분은 까다롭고 권위적인 분이셨지. 그리고 너와는 다르게 나를 옹호해주는 사람은 아무도 없었어."

"나도 알아. 엄마는 항상 나를 아버지로부터 보호해주셨지. 하지만 난 아무도 원망하지 않아. 난 이 모든 것으로부터 멀어지려고 집을 떠난 거야."

그러자 형은 술잔에 담긴 위스키를 뚫어지게 쳐다보며 속마음을 털어놓았다.

"그래. 난 네가 그런 용기를 발휘하는 걸 보고 너에게 감탄했지. 넌 우리 형제들 중에서 유일하게 여기서 먼 곳으로 떠났어."

"그렇게 말해주니 고마워, 형."

"뱃일은 좋았니?"

"응, 얼마 동안은 그랬지. 지금은 잔이랑 마틸드하고 더 많은 시간을 보내고 있는데, 훨씬 더 행복해."

형은 담배를 한 모금 빨아들이고 나서 대답했다.

"참 잘됐구나. 내일 엄마 장례식을 치를 거야. 우리, 엄마를 묻을 때 우리 어린 시절의 악마들도 같이 묻어버리자."

나는 마지못해 대답했다.

"알았어. 자, 밤이 늦었으니 이제 자러 가야 할 것 같아."

우리는 의자에서 일어나 식탁 위에 놓여 있는 술잔을 집어 들었다. 방 안에는 옛 시절의 향수가 떠돌고 있었다. 꼭 과거가 벽과 가구, 바닥, 천장에 지문을 찍어놓은 것 같았다. 형의 급격하고 불규칙적인 동작은 그의 마음이 후회와 회한으로 큰 고통을 받고 있다는 사실을 보여주었다. 나는 그 모습을 보며 마음이 아팠다. 도대체 무슨 말로 형을 위로해야 할지 알 수가 없었다. 생명의 물이 우리 영혼의 다리 밑으로 흘러가고 있었다. 물은 그 다리의 기초를 끈기 있게 부식시키고, 겉에 작게 나 있는 틈이 없어질 때까지 돌을 반질반질하게 깎았다. 나는 형에게 인사를 하고 난 다음 계단 쪽으로 걸어갔다.

그때 형이 나를 불렀다.

"폴?"

나는 고개를 돌리며 대답했다.

"응?"

형이 마치 올림픽 경기 백 미터 최종결선에서 달릴 준비라도 하는 듯 숨을 헐떡이고 두 다리를 비틀거리며 내게 다가왔다. 그는 총애받는 아들이었다. 많은 사람이 오직 그의 승리만을 기다렸으며, 그의 양 어깨를 엄청난 무게로 짓눌렀다. 그는 내 앞에서 꼼짝도 하지 않았다. 두 눈이 방울진 눈물로 축축하게 젖어 있었다. 그는 무슨 말인가를 하려고 했지만, 마치 단어들이 그의 입에서 나오려고 하지 않는 듯, 소리가 성대에서 멎어버린 듯 목이 잠겨버렸다. 그는 드디어 내가 듣고 싶어 하던 말을 하려는 것일까? 아버지가 내게 해주지 않고 영원히 무덤 속으로 가져가버린 그 말을.

그가 나를 껴안으며 말했다.

"잘 자라."

"그래, 형도 잘 자."

나는 무거운 걸음으로 계단을 올라갔다. 형은 아래층에서 나를 지켜보고 있었다. 아쉬움이 머릿속으로 슬그머니 미끄러져 들어왔다. 하지만, 나는 마틸드가 그 속에서 나를 기다리고 있을 따뜻한 이불을 상상하며 그런 감정을 쫓아버리는 데 성공했다. 내가 살면서 배운 게 한 가지 있는데, 그건 바로 한발 뒤로 물러서서 거리를 두고 바라보는 것이다. 그 이후로 나는 무엇이 되었든지 간에 더 이상은 그걸 찾으러 다니지 않게 되었다. 내 322

가족들로부터 다정한 말을 듣기를 바라는 것보다는 차라리 내 인생의 두 여성을 변치 않고 사랑하는 것이 더 좋았다. 어쨌든 형은 나름대로 애를 썼다. 그는 자신이 했던 행동에 대해 사과를 한 것이다. 그 정도면 됐다. 이불 속으로 미끄러져 들어가 아내의 따뜻한 몸에 내 몸을 바짝 갖다 댔다. 그날 밤 나는 다음 날 무덤에 길게 누워 있는 어머니의 하얀 시신을 보게 될 그 순간이 두려워 잠을 제대로 이루지 못했다. 시립 묘지의 텅 빈 구덩이 속에서 앞뒤로 움직이던 관 속의 아버지 모습이 떠올랐다. 나는 그를 잃어 슬프다기보다는 죽음에 더 매혹되어 형제들과 함께 그의 차가운 몸을 물끄러미 바라보았다. 이번에는 어머니 차례였다. 거대한 운명의 수레바퀴가 그녀 위에서 멈춰 섰다. 이른 아침에 우리가 영안실로 출발할 때 우리 눈앞에 펼쳐진 풍경은 마치 그 광채를 잃어버린 듯 특별한 색조를 띠고 있었다. 나는 작은 숲, 지붕 위의 청석돌, 협만, 높은 파도에 가볍게 흔들리는 배들, 나와 형들이 함께 놀던 키 큰 풀밭, 밀밭 그리고 자랑스럽게 서 있는 밀 이삭 등 내 어린 시절의 장소들을 기억해냈다. 그러나 무사태평한 분위기를 풍기는 그 배경 속에서 한 가지가 부름에 응하지 않았다. 나는 영안실 앞에서 장인어른과 귀이 형, 피에르 형, 사촌들, 친지들을 만나 반갑게 인사를 나누었다. 모든 사람이 고인이 되신 어머니에게 마지막으로 경의를 표하기 위해 거기 모여 있었다. 우리는 건물 안으로 들어갔다. 직원 한 사람이 어머니의 시신이 안치되어 있는 영안실의 위치를 알려주었다. 벽은 어두웠다. 가는 빛 한 줄기만이 커튼을 통해 약하게 새어 들어왔다. 죽음이 제2의 탄생으로, 즐거운 환생을 위해 반드시 거쳐야 할 과정으로 여겨지는 인도네시아식 장례식을 언젠가 본 적이 있는데, 생각이 났다. 모든 사람이 춤을 추고 노래를 불렀다. 온갖 색깔이 어디에서나 넘쳐났지만, 검은색은 그 어디에도 보이지 않았다. 그곳에서 죽음은 아름다웠다. 그러나 여기서는 달랐다. 옆에 앉아 있는 잔이 긴장해서 내 손을 꽉 쥐었다.

잔이 상냥하게 물었다.

"준비됐어요, 아빠?"

"그런 것 같다."

"좋아요. 그럼 우리 가요."

우리는 폭풍우를 만나 침몰하는 바람에 시신들이 쌓여 있던 배의 복도와 흡사하게 죽음의 냄새를 풍기는 복도로 걸어 들어갔다. 그곳에서는 시큼하고 떫은 특이한 냄새가, 삶의 종말을 알리는 냄새가 떠돌고 있었다. 직원과 우리 가족들이 걸음을 멈추었다. 직원이 문을 열었다. 사람들이 내 앞에서 한 명 두 명 영안실로 들어가자 나는 심장이 뛰고, 두 손이 축축해지고, 배가 당기는 것을 느꼈다.

때때로 우리는 심지어는 상상 속에서도 벗어날 수가 없는, 아니면 갖은 애를 다 써야만 어렵게 벗어날 수 있는 현실에 직면하게 된다. 거대한 독수리가 발톱으로 내 등을 움켜잡고 나를 멀리 하늘과 구름 속으로 데려가서 내가 이 시나리오에서 주연배우 역할을 그만두게 해주었으면 싶었다. 무슨 일이 있어도 도망치고 싶었다. 나를 짓누르는 듯한 이 현실의 평범함에서, 요령 부족에서, 고통에서 도망치고 싶었다. 내가 오래전부터 밀밭 일과 뱃일, 소설 쓰는 일에서 벗어났듯이 그렇게 거기서 도망치고 싶었다. 우주비행사가 되어 해가 지면 하늘에서 밝게 빛나는 내 아름다운 달의 땅바닥을 밟고 싶었다.

그러나 잘 알려져 있다시피 현실은 흔히 허구를 넘어선다. 내 딸의 손이 나를 영안실로 이끄는 것을 느끼면서 나는 마치 심해 속으로 들어가는 잠수부처럼 꾹 숨을 참았다.

32

　　　　　　　　　어머니가 거기 누워 있었다. 아버
지가 돌아가셨을 때 그랬던 것처럼 피부가 살짝 하얗게 변했고,
얼굴 표정이 풀려 있었다. 나는 어머니에게 다가가 그녀를 바라
보면서 그녀의 차가운 피부를 어루만지고 귀까지 흘러내린 머리
칼 타래 하나를 제자리에 올려놓았다. 어머니는 생전에 외모에
상당히 신경을 쓰던 분이어서 사람들이 자신에 대해 안 좋은 이
미지를 갖는 걸 원치 않을 것이고, 더더구나 자신의 마지막 모습
을 안 좋은 이미지로 남기고 싶어 하지 않을 것이다. 죽은 사람
을 본다는 것이 여전히 이상하게 느껴졌다. 내 앞에 누워 있던
시신이 금방이라도 깨어나 몸을 일으켜 마치 아무 일도 없었다
는 듯 집안일을 하러 갈 것만 같았다. 그건 어떻게 보면 한 편의
희극이라고 할 수 있었다. 모든 것이 지금 여기서 멈췄다는 사실
이, 이제는 정말 다 끝났다는 사실이 받아들여지지 않았다. 어쩌
면 내 뇌를 움직이는 프로그램에 문제가 생겨서 그런 것일 수도
있고, 아니면 그냥 어른이 되고 싶어 하지 않거나 현실을 직시하
고 싶어 하지 않는 어린아이의 미성숙한 정신상태 때문에 그런

것일 수도 있다. 현실은 슬픔을 품고 있지만, 상상력은 이 슬픔을 제멋대로 지우고 비틀거나, 거리를 두고 이상화한다. 나는 어머니의 이마에 입을 맞추며 거기에 눈물 몇 방울을 흘렸고, 눈물은 그녀의 목으로 흘러내렸다. 내 이름을, 나를 부르는 어머니의 목소리가 처음에는 멀리 들려왔으나 차츰차츰 커지는 것 같았다. "폴, 폴." 어디서 나는 것인지 알 수 없는 그 소리를 좀 더 주의 깊게 들어보기 위해 귀를 기울였다. "폴, 폴." 다시 어머니의 목소리가 들려왔다. 광기가 이성을 제압한 것일까? 또다시 나의 상상력이 발휘된 것일까? 나는 그녀를 향해 달려가고 싶은, 영원히 그녀와 함께 있고 싶은 강렬한 욕구에 사로잡혔다. 내가 마틸드의 귀에 대고 "금방 올게."라고 속삭이자, 그녀는 뭔가 의심스러운 표정으로 입을 실룩거렸다. 나는 말로 표현할 수 없는 어떤 힘에 끌려, 멀리 빛 속에서 울리는 어머니의 목소리에 끌려 영안실에서 나왔다. 밀밭을 가로질러 뛰어가 진흙탕 길로 들어섰다가 하마터면 이 길에 드러누울 뻔했다. 그 어느 것도, 심지어는 신분증을 보여달라고 요구하던 독일군 장교들도, 내 주위의 땅을 강타하던 포탄도, 배를 덮치던 귀청이 떨어져 나갈 듯한 천둥소리의 굉음도 내가 달리는 걸 막지 못했다. 그렇다, 그 어느 것도 날 가로막지 못했다. 나는 그녀를 향해, 저 먼 곳에서 아직 살고 있는 어머니를 향해 달려갔다. 나는 높은 파도에 흔들리는 배의 덜커덩거리는 소리에 에워싸인 협만으로 이어지는 도로를 따라 걸어가다가 어머니가 그걸로 파이를 만들곤 하던 나무딸기가 양쪽에 즐비하게 늘어서 있는 길로 들어섰다. 그렇게 몇 분 동안 쉬지 않고 달렸더니 내 어린 시절의 길이, 어머니가 그 안에서 즐거워하던 빨래터로 이어지는 길이 나왔다. 나는 그 길로 들어섰다. 내가 흘리는 눈물은 이제 더 이상 눈물이 아니라 마치 엄지공주의 빵부스러기처럼 서둘러 뿌려져 땅바닥에서 부서진 생명의 구슬이 되었다. 내 어린 시절의 빨래터가 멀리 눈에 들어왔다. 그곳에서는 어머니가 소용돌이치는 비누방울 속에서 빙글빙글 돌고 있었고, 나는 걸음을 멈춘 채 그런 어머니의 모습을 보며 감탄했다. 그녀는 두 팔을 벌리고 하늘을 올려다보며 빙글빙글 돌았다. 시간의 힘에 침식당하지 않은 그녀의 얼굴을 미소가 환히 밝혀주었다. 나도 어렸을 때 그랬던 것처럼 웃음을 터트렸다. 우리는 나이에 상관없이 언제나 우리 어머니의 자식들이다. 마치 시간이 그 밀도와 현실성을 잃어버린 듯 모든 시절이 우리 머릿속에서 뒤섞인 것 같았다. 어머니는 얼마 안 있어서 양탄자가, 마치 식탁에 깔린 식탁보처럼 푹신푹신한 초록색 양탄자가 땅바닥에 널려 있는 풀밭 위에 털썩 주저앉았다. 그리고 즐거움의 한숨을, 또한 권태의 한숨을 내쉬며 드러누웠다. 그녀의 가슴은 그녀가 숨을 돌리려고 산소를 내뿜을 때마다 들어 올려지곤 했다. 젊은 사람들처럼 매끈한 피부가 그녀의 몸을 뒤덮었고, 그녀의 두 다리는 구부러져 있었다. 내 손이 미친 듯이 흔들리더니 나의 의지와는 상관없이 손바닥이 서로 격렬하게 부딪쳤다. 나는 어머니가 나무로 된 옷을 입기 전에 마지막으로 이렇게 그녀에게 박수갈채를 보냈다. 그녀가 몸을 일으키더니 내 앞에 책상다리를 하고 앉았다. 그녀는 화관이 풀 위로 올라와 있는 데이지꽃 한 송이를 따서 귀에 꽂았다. 미소가 그녀의 얼굴을 환하게 밝혀주었고, 그 얼굴의 부드러움은 영안실에 누워 있는 어 328

머니의 얼굴과 대조되었다.

어머니가 착 가라앉은 목소리로 말했다.

"폴, 이리 와서 앉아보렴."

그녀가 가까이 오라고 손짓했고, 나는 물에 젖은 풀밭에 앉았다. 습기가 나의 넥타이를 맨 정장에 스며들어 옷을 더럽혔지만 아랑곳하지 않았다. 인간들은 그들의 진짜 신분을 감추고, 그들 존재의 허약함을 은폐하고, 발견되는 것이 두려운 나머지 스스로를 발견하지 않기 위해 옷 속으로 미끄러져 들어간다. 나는 옷을 입고 다니는 게 늘 싫었다.

나는 슬픈 심정으로 물었다.

"자, 됐어요, 엄마. 이번에는 정말 끝인가요?"

어머니가 대답했다.

"끝? 이건 시작에 불과하단다…."

"무엇의 시작이라는 거예요?"

"새로운 모험의…."

"하지만 엄마는 절 혼자 내버려두고 가버리시잖아요?"

어머니는 나의 이 질문에 당황하지 않고 손을 내 무릎에 올려놓았다.

"난 널 절대 혼자 내버려두지 않을 거야, 폴. 게다가 마틸드와 잔도 네 곁에 있잖니."

나는 절망에 빠져 물었다.

"그건 그렇지만… 그럼 엄마는요?"

"난 떠나야지…."

"가지 마세요…."

"가야 해. 모든 인간은 언젠가는 떠나야 한단다."

"엄마는 아니에요…."

"그렇지 않아. 엄마도 떠나야 해. 하지만 걱정하지 마, 폴. 우리를 이어주는 것은 죽음보다 더 강하니까. 인간존재들은 사라지지만, 그들에 대한 기억은 하늘에 떠다니는 구름처럼 계속 공중에 떠다닌단다. 그들의 존재와 그들의 냄새, 그들의 마법에만 신경을 쓰면 돼. 그게 전부야."

"엄마?"

"응?"

"사랑해요."

"나도 널 사랑한단다, 얘야."

어머니의 모습은 내 앞에서 서서히 희미해져갔다. 그녀의 얼굴은 새로운 평온함으로, 오직 죽음만이 그 비밀을 알고 있는 정숙함으로 환하게 빛났다. 얼마 지나지 않아 그녀는 마치 이제 막 비치기 시작한 햇빛에 찢겨나가는 안개처럼 윤곽이 조금씩 사라져가는 신기루에 불과해졌다. 나는 다시 혼자가 되어 시들어가는 감정의 혼돈 속으로, 서로 얽히고 무질서하게 뒤섞이는 감각의 혼란 속으로 빠져들어 갔다. 잔잔한 수면에 반사된 내 얼굴을 바라보았다. 입아귀와 눈가, 이마 등 내 얼굴은 온통 주름투성이였다. 머리칼도 탈모증이 이마 양쪽에서부터 시작되어 서서히 생명력을 잃어가고 있었다. 눈 아래 생긴 두 개의 거무스레한 얼룩은 내가 처음에는 배에서, 그러고 나서는 작가 사무실에서 오랫동안 밤에 잠을 자지 못했다는 사실을 증명해주었다. 내 목의 피부는 그동안 너무 파란만장하게 살아온 탓인지 꼭 농가에서 풀어놓고 키운 닭의 닭벼슬처럼 물러지고 눈에 확 띌 정도로 생기를 잃어버렸다. 40년 전 그 넓은 물웅덩이 속에서 웃음을 터트렸던 아이의 얼굴은 이제 아득한 추억에 불과했다. 나는 늙었다. 정말 늙었다. 하지만 지금은 예전보다 덜 불안하다. 어렸을 때 나를 괴롭혔던 그 복잡한 감정에도 덜 시달린다. 그리고 마음도 예전과는 달리 많이 안정되었다. 시간이 과일의 껍질을 부식시키는 동안에 그 안의 씨는 깨끗해진다는 사실, 바로 이것이 시간의 역설이다. 나는 생각했다. 젊음은 아름답다. 하지만 노화는 지식과 추억, 지혜가 샘솟는 우물이다. 어렸을 때는 빨리 어른이 되고 싶어 하지만 나이가 들면 다시 아이가 되고 싶어 한다. 이 이야기가 시작될 때부터 얘기했다시피, 인간은 하나의 역설을 근거로 스스로를 만들어간다. 거기에 논리는 일체 존재하지 않는다. 빨래터에 담겨 있는 얼음처럼 차가운 물에 손을 대자 그 표면에 커다란 원이 잇달아 만들어지면서 잔잔했던 수면에 파문이 일었다. 내 얼굴이 물의 거울 속에서 흔들렸다. 내 두 손은 탁할 정도로 짙은 물속에 잠기더니 빨래터의 벽을 물이 튀어 묻은 자국으로 뒤덮었다. 어머니처럼 나도 너무 낡아서 이제는 빨래터로 이용되지 않는 그곳에 물을 마구 뿌려대며 큰 소리로 웃었다. 기술은 생활하기가 쉽지 않은 이 문명의 합류점까지 끊임없이 영향을 미쳤다. 나는 마지막으로 어머니를 생각하며 그녀에게 최고의 찬사를, 그녀를 너무나 행복하게 만들었던 이 어린애 같은 놀이를 순식간에 다시 되풀이하도록 만든 찬사를 바쳤다. 결국 즐거움으로 환하게 빛나는 이 여인의 역할을 해내느라 피곤해진 나는 어머니를 시립묘지의 아버지 옆으로 보내드리

기 전에 악운을 쫓아냈다는 걸 자랑스러워하며 입가에 미소를
떠고 다시 진흙탕 길로 떠났다.

33

1980년대 초에 잔은 평생을 함께 할 남자를 만나 결혼을 했고, 얼마 안 있어 임신을 했다. 아홉 달 뒤에 아이가 세상에 나왔다. 이번에는 사내아이였다. 이름은 프랑수아. 가문의 전통이 회복되었다. 마틸드와 나는 이제 막 한 고비를 넘긴 것이다. 우리는 이제 할아버지 할머니가 되었다. 어린 시절은 무사태평하고, 청소년기는 잔혹하고, 부모가 된다는 것은 절대 미끄러지면 안 되는 꾸불꾸불한 길이나 마찬가지다. 하지만 할머니 할아버지가 되면 꽃이 활짝 피어나듯 모든 것이 만개한다. 어머니 장례식을 치르고 난 뒤 몇 달 뒤에 우린 부모님이 사시던 집의 운명을 결정해야 했다. 복덕방 주인이 이 집을 보러 왔다가 거기서 멀지 않은 곳에 있는 집 한 채가 헐값에 매물로 나왔다고 알려주었다. 집 주인은 자식이 없는 부유한 영국인으로 1년에 한 번밖에 안 찾는 이 집을 최대한 빨리 처분하고 싶어 했다. 복덕방 주인이 이 집을 우리에게 보여주고 가격을 말해주는데 마틸드와 나는 깜짝 놀라서 서로의 얼굴을 쳐다보았다. 두 시간 뒤, 우리는 은행에 전화를 해 대출 가능성을 알아본 다음 모르비앙 협만에 있는 별장의 행복한 주인이 되었다. 부모님의 농가와 농지는 한 농민에게 팔렸고, 새 주인은 그 땅에 다시 농사를 짓기 시작했다. 자크 형은 우리가 살던 마을의 면장과 면의회 의원으로 선출되었고, 다른 두 형은 동업으로 고기잡이를 시작했기 때문에 부모님의 낡은 집은 우리에게 아무 쓸모가 없었다. 보르도로 돌아간 우리는 매년 여름 각각의 고용주에게서 휴가를 더 얻어 우리 별장에서의 시간을 충분히 즐겼다. 보르도에서 변호사로 일하던 잔은 여름방학 동안에는 어린 프랑수아를 우리에게 맡겼고, 아이는 눈에 띌 정도로 무럭무럭 자라났다. 프랑수아는 끈기도 있고 호기심도 많았으며 같은 것도 몇 번씩 되풀이하여 배웠다. 새로운 영역과 새로운 어장을 열심히 찾아다니는 아이였다. 아이는 늘 웃는 얼굴로 걸어 다니며 끊임없이 질문을 던졌다.

"할아버지, 반딧불이는 왜 어두운 데서 반짝여요?"

"낮에 햇빛을 몸속에 모아놓기 때문이란다."

"아! 근데 왜 그러는 거예요?"

"왜냐하면 어둠을 환히 밝히는 게 반딧불이가 할 일이거든."

"아! 자동차 헤드라이트처럼요?"

"맞아. 대신 반딧불이는 헤드라이트보다 더 자연적이고 눈을 덜 아프게 하지."

프랑수아는 내 설명이 맞다고 굳게 믿고 크게 머리를 끄덕였다. 그는 일종의 명상에 잠겼다. 그러고 나서 정보가 뇌 속에 저장되자 다시 조금 전보다 더 날카로운 질문을 던지기 시작했다.

"그럼 반딧불이를 자동차 헤드라이트 위에 올려놓으면 눈이 334

덜 아프지 않을까요?"

"그럴 수도 있겠지만… 그렇게 하면 빛을 제대로 비추지 못할 것 같다…. 사고가 일어날 테니까 말이다."

"음… 그럼 반딧불이를 수천 마리 헤드라이트 위에 올려놓으면 될 것 같은데요, 할아버지? 안 그래요?"

나는 웃으며 대답했다.

"그래. 그럴지도 모르겠다."

프랑수아는 하나를 가르쳐주면 열을 깨치는 아이라서 볼 때마다 점점 더 나를 놀라게 만들었다. 어느 날 오후, 우리가 걸어서 로제오 항구에서 돌아오고 있는데 아이가 밀물에 뒤덮인 해변을 따라 나 있는 콘크리트 포장길에서 문득 걸음을 멈추었다.

프랑수아가 눈을 반짝이며 물었다.

"할아버지, 카트린이 누구예요?"

나는 뭐라고 대답해야 될지 당황스러워서 아이 앞에서 갑자기 멈추어 섰다.

나는 떨리는 목소리로 대답했다.

"으음… 카트린은 친구란다…."

"엄마가 카트린 얘기도 해주시고, 스페인의 어떤 항구에서 카트린을 찾던 마리아 얘기도 해주셨어요."

나는 안도의 한숨을 내쉬며 말했다.

"그래. 엄마가 어릴 때 내가 그 얘기를 해주었단다."

"할아버지?"

"응?"

아이가 슬픈 목소리로 말했다.

"할아버지는 언젠가는 스페인에서 카트린을 찾을 수 있을 거라고 생각하세요?"

땅바닥에 쓰러져 있던 그 독일군 장교와 카트린의 사진, 독일의 노파, 라스팔마스의 여관, 마리아, 마르탱을 생각하니 가슴이 아파왔다.

"물론 찾게 될 거야."

그러자 프랑수아가 실망한 목소리로 대꾸했다.

"엄마가 그러는데, 이 이야기는 항구에서 끝이 나고, 그 다음 얘기는 없대요."

나는 프랑수아가 영리한 아이라는 사실을 깜박 잊은 채 무심코 대답했다.

"그건 엄마가 그 다음 얘기를 잊어버려서 그런 거란다."

"아! 그럼 그 다음 얘기를 알고 계세요, 할아버지?"

아니, 난 그 다음 얘기가 어떻게 되는지 알지 못했다. 오랜 세월이 지나면서 시간이 사진에 나오는 어린 소녀 카트린과 아무 설명 없이 사라져버린 마리아의 얼굴 윤곽을 기억에서 조금씩 지워버렸다. 나는 내 손자의 얼굴에서 이 이야기 위에 떠도는 온갖 미스터리를, 거기에 마침표를 찍을 수 없다는 데서 비롯되는, 이 이야기를 행복하게 마무리지을 수 없다는 데서 비롯되는 불안감을 보았다. 어른들은 나이가 들어가면서 꿈꾸는 걸 그만두지만, 아이들은 꿈을 꾸어야만 한다. 프랑수아는 내 가슴속에 잠들어 있던 옛날의 망령을, 그 어린 시절을 되살려냈고, 나는 여름만 되면 이 아이 덕분에 다시 어린 시절로 돌아갈 수 있었다. 나는 그 이야기의 속편을 지어내고 싶지 않았다. 그래서 아무 대답도 하지 않았다. 우리 두 사람은 우리의 밤을 황홀하게 만들 수도 있었을 행복한 결말을 알지 못한 탓에 고개를 푹 숙이고 집으로 들어갔다. 그날 밤 자리에 누우면서 나는 내가 젊었을 때 시도했던 이 탐색에 대한 진실을 알고 싶다는 생각을 했다. 하지만 어떻게 알아낸단 말인가? 이 모든 이야기는 이제 먼 옛날의 추억에 불과하였고, 수없이 많은 버려진 희망들 가운데 하나에 불과했다.

저 높은 곳에 머물고 싶다. 더 이상 고통받지 않기 위해서, 밤이 되면 별들이 속삭이는 소리에 귀 기울이고 싶어서, 보름달이 뜨는 밤에는 우주먼지에 가볍게 흔들리는 달의 미소를 보고 싶어서… 그리고 불사조는 세월의 무게 때문에 몸이 무거워져 더 이상 땅 위를 못 날게 되면 추락하는 것을 막기 위해 양쪽 날개를 활짝 편 채 허공 속으로 망설임 없이 날아 들어간다. 이 새가 어둠 때문에 흐려진 구름을 뚫고 날아가면 땅바닥이 전속력으로 다가온다. 저 아래 쪽은 모든 것이 검고, 모든 사람이 잠들어 있다. 우리를 관찰하던 구경꾼들은 사라지고 이제는 아무도 없다. 불사조는 마치 자석에 끌리듯 땅에 이끌려 몇 차례 낙하를 거듭했다. 그러다가 새는 우리를 지상에서 몇 미터 높은 곳에서 놓아주었고, 그 바람에 우리는 땅바닥에 "쿵" 소리를 내며 떨어졌다. 그리고 나서 새는 그 입김으로 나무들을 휘청거리게 만들 만큼 거대한 날개를 파닥거리며 칠흑 같은 어둠 속으로 다시 날아올랐다. 불사조는 새로운 먹이를 찾아 지평선으로 사

라져갔다. 충만의 시간은 이제 끝났다. 암울한 시간이 성큼성큼
다가오고 있다.

34

우리는 일요일마다 보르도의 공원을 걷곤 했다. 그리고 이렇게 산책하며 우리의 삶에 대해 이야기했다. 우리는 그 얼마 전에 은퇴해서 1년 중 6개월은 보르도의 딸 옆에서, 나머지 6개월은 모르비앙에 있는 별장에서 지냈다. 마틸드와 나는 행복했다. 40년간의 부부생활, 그건 굉장한 것이다. 우리 사랑의 뿌리는 수천 년 된 바오바브나무 뿌리보다 튼튼하다. 사랑이란 지상에서 가장 아름다운 것이며, 인간존재를 꽃피울 수 있는, 우리가 우리 삶을 더럽히는 경박함에서 멀리 떨어져 지혜를 발견하게 해줄 수 있는 단 하나의 방법이다. 아스팔트 길에서 마틸드가 처음으로 휘청거렸다. 그녀의 실루엣이 허공 속에서 비틀거렸고, 나는 그녀에게 무슨 일이 일어날 수도 있겠다는 생각에 몹시 당황해 그녀를 붙잡았다.

나는 불안해서 물었다.

"괜찮아, 여보?"

그녀는 팔다리가 저린 듯했다.

"어지러워."

우리는 집으로 돌아갔고, 나는 그녀를 방에 눕혔다. 그녀는 즉시 잠이 들었다. 열이 좀 있었지만, 그냥 감기인가보다 생각했다. 하지만 그 다음 날에도 그녀의 상태가 호전되지 않기에 의사를 부르기로 했다. 의사는 마틸드가 의식이 없는 걸 보고 불안해하며 그녀를 즉시 입원시키도록 조처를 취했다. 우리는 앰뷸런스를 타고 도시가 떠나가도록 사이렌을 요란하게 울리며 출발했는데, 이따금 길모퉁이에서 울리는 걸 듣고 차 안에 누워 있을 불행한 희생자를 상상하며 가슴 졸였던 바로 그 사이렌 소리였다. 그런데 이번에는 희생자가 내 아내, 내가 살아가는 이유인 마틸드였다. 삶이 뿌리째 흔들리더니 산산조각 나는 것 같았다. 태풍의 위협이 수평선 위에서 그냥 느껴지기만 하는 정도가 아니라 또다시 냉소를 지으며 모든 걸 휩쓸고 지나가는 것이었다. 우리는 병원에 도착했고, 마틸드는 병실로 옮겨져 여러 가지 검사를 받았다. 커피를 몇 잔씩 마셔가며 피가 마르는 심정으로 서너 시간을 기다린 뒤에 흰 가운을 입은 남자가 내게 다가오더니 따라오라고 손짓했다. 우리는 최소한의 가구만 놓여 있는 흰색 방으로 들어갔다. 그 남자의 진료실에는 그의 아내와 아이들인 듯한 가족들의 삶의 순간들을 렌즈로 포착한 사진이 여기저기 놓여 있었다.

그가 안절부절못하며 말했다.

"앉으세요, 베르퇴 씨."

나는 의자에 앉으며 대답했다.

"고맙습니다."

"기분이 좀 어떠세요?"

"솔직히 좀 불안합니다."

그는 내 눈을 똑바로 쳐다보며 말했다.

"그러시겠죠. 이해합니다."

"제 아내는 좀 어떤가요?"

"지금은 휴식을 취하고 계십니다."

"아, 그래요? 그럼 언제쯤 퇴원할 수 있죠?"

"베르틴 씨, 드릴 말씀이 있습니다."

"말씀하세요."

"아내분께서는 조금 전에 여러 가지 정밀검사를 받았습니다."

"결과가 나왔나요?"

남자는 자리에서 일어나더니 검은색 엑스레이 사진을 집어서 흰색 빛을 발하는 발광판에 끼웠다. 엑스레이 사진에는 뇌가 찍혀 있는 것 같았다. 그가 오른손에 작은 지시봉 같은 것을 들고 화면을 가리키며 말했다.

"이 하얀 점 보이세요?"

"예."

"악성종양입니다, 베르틴 씨. 아내분의 뇌 속에 이게 있어요."

나는 그 말에 기겁하며 물었다.

"종양이라구요?"

"그렇습니다."

"암을 말씀하시는 겁니까?"

"말하자면 그렇지요."

"심각한가요?"

"자, 전 엄격한 진실을 말씀드려야 합니다. 종양은 뇌의 접근할

수 없는 부위에 자리 잡고 있어서 수술이 불가능합니다. 저희가
아내분을 위해서 할 수 있는 일은 아무것도 없습니다."

나는 너무 놀라서 물었다.

"치료가 불가능하다는 건가요?"

"아내분 나이로 볼 때 화학요법은 생명을 위태롭게 할 가능성
이 있습니다. 효과도 확실히 보장할 수 없고요. 전혀 없다고는
말할 수 없겠지만요."

"그렇다면 그 사람이 살 수 있는 가능성은 전혀 없는 건가요?"

"유감이지만, 전혀 없습니다."

"그럼 그 사람은 앞으로 얼마나 더 살 수 있나요?"

"이미 종양이 상당히 전이되어 있는 상태라서 길어야 2개월밖
에 못 사실 겁니다. 정말 가슴이 아프군요. 저희가 부인을 위해
할 수 있는 게 아무것도 없어서요."

나는 아내의 뇌가 그 윤곽을 보여주고 있는 발광판을 주시했
다. 그리고 엄청 큰 흰색 반점도 주시했다. 2개월. 어떻게 이런 일
이 있을 수 있단 말인가? 내가 도대체 살면서 무슨 나쁜 짓을
했기에 이런 운명을 맞이해야 한단 말인가? 아버지, 친한 친구,
어머니를 데려가더니 이제는 아내까지 데려가겠다는 것인가? 어
쩌다가 불행이 내 주위에 이렇게 퍼져나간단 말인가? 나의 마틸
드, 황금의 손을 가진 나의 재봉사 없이 어찌 살아간단 말인가?
우리는 진료실에서 나왔고, 나는 의사가 잘못된 진단을 내렸기
를 바라면서 절망스러운 심정으로 집에 돌아갔다. 어쨌든 마틸
드는 나이가 많은 편이 아니다. 우리 두 사람은 함께 해야 할 일
도 아직 많고, 함께 보내야 할 시간도 여전히 많이 남아 있다. 마   342

틸드는 내가 우울한 어린 시절의 악운을 쫓기 위해 누비고 다녔던 너무나 넓은 세상을, 인도네시아 사람들이 짓던 미소와 리우데자네이루 축제에서 울리던 북소리, 낮에는 따스한 햇살이 비추고 밤이 되면 원주민들이 고기 굽는 틀 주변에 모여드는 푸에르테벤투라의 바닷가를 봐야만 한다. 삶의 모래시계는 모래를 아직 다 흘려보내지 않았다. 우리는 의술이 발달하고 문명이 발전한 덕분에 몇 년은 더 살 수 있게 되었다. 인류는 드디어 교훈을 깨달은 듯했다. 마틸드가 죽다니, 도저히 있을 수 없는 일이다. 그녀는 언제나 낙천적이니 자신의 뇌를 소리 없이 좀먹어 들어가는 병을 이겨낼 것이다. 우리는 곧 우리가 태어난 브르타뉴로 갈 것이고, 여름이 되어 손자가 오면 밀밭으로 데리고 가 함께 뛰어놀게 될 것이다. 이제 밀밭에 가면 나는 어렸을 때 여기서 느꼈던 불편한 감정을 떨쳐버린 채 밀 이삭이 다리에 생채기를 내도 아파하지 않고 웃음을 터트린다. 우리 세 사람은 다시 바닷가로 산책을 갈 것이고, 일요일 점심때 먹을 바지락과 게, 경단고동, 맛조개, 그리고 이런저런 조개류를 잡을 것이다. 또 우리는 케라셀 해안으로 가서 굴 양식장의 경계를 표시하려고 나무를 뾰족하게 깎아 바닷속에 박아둔 푯말까지 헤엄쳐갈 것이다. 어렸을 때 우리 형제들은 바다에 자랑스럽게 세워져 있는 푯말에 누가 먼저 도착하나 시합하곤 했다. 마틸드는 프랑수아와 즐거운 시간을 보내고, 비록 아이가 사춘기에 가까워지는 나이이긴 하지만 그가 먹을 간식을 준비해줄 것이다. 그녀는 프랑수아와 함께 채소밭에서 나무딸기를 딸 것이고, 정원으로 우리를 찾으러 와서 웃으며 "식사들 해요!"라고 소리칠 것이다. 그녀는 황홀한 여름 황혼녘에 우리와 함께 로제오 항구를 산책하고, 대나무를 주워서 입으로 부는 화살통을 만들고, 하늘에서 우리에게 호의를 보이며 윙크하는 멋진 달을 바라볼 것이다. 생전 처음으로 나는 조건법이 상상의 세계에 속한 프랑스어의 시제이며, 과거와 미래의 단순한 현실에 실망한 예술가들이 만들어낸 것이라는 생각을 버렸다. 그렇지만 나는 평생 동안 이 조건법이라는 시제를 사용했다. 끔찍한 동사변화의 진실에서 벗어나기 위해서였다. 베르됭 참호전을 벌이느라 지칠 대로 지쳐 얼굴에 표정이 없는 무명 병사들의 군번과 흡사해지도록 시간을 고정시켜 보려는 성급한 욕구를 떨쳐버리기 위해서였다.

마틸드는 단순한 군번 숫자도 아니고, 단순한 복합시제의 결합도 아니었다. 그녀는 내 아내였고, 어둠 속에서 나를 비춰주는 빛이었다. 그 빛이 꺼진다는 건 생각조차 할 수 없는 일이었다. 아직도 하늘에서 빛을 발하는 우리 만남의 별이 그렇듯 그녀도 불멸의 존재였다. 이 모든 것은 단지 한 편의 거대한 희극에 불과했다.

나는 하루도 빠짐없이 아내를 찾아가서 일을 그만두고 달려온 잔과 함께 아침부터 저녁까지 그녀 옆을 지켰다. 아내가 암에 걸렸다는 사실을 알게 되었을 때 나는 그게 오진이라고 생각했다. 그녀는 놀랍도록 잘 견뎌냈고, 병원 옆에 있는 공원도 아무 문제없이 걸어 다녔다. 의사들의 충고에도 불구하고 그녀는 화학치료에 이어 방사선치료를 받고 싶어 했는데, 화학치료라든지 방사선치료는 오직 흰 가운을 입은 과학자들이나 이해하지 우리 같이 무식한 사람들은 무슨 뜻인지 잘 모르는 개념들이다. 현기   344

증이 점점 더 자주 일어났고, 구토도 조금씩 심해졌으며, 울부짖음도 점차로 더 끔찍해져 갔다. 나는 그러는 그녀가 너무나 무서웠다. 그녀의 삶이 흔들리고 있다는 것에는 의심의 여지가 없었다. 밤이 되어 면회시간이 끝나면 나는 집으로 돌아가 정원에 앉아 있곤 했다. 손재주가 뛰어난 아내가 공들여 세심하게 가꾼 보르도의 우리 집 채소밭은 그걸 설계한 사람이 다시 돌아와서 형태를 유지해주기를 초초하게 기다리고 있었다. 그녀는 브르타뉴와 그곳의 광활한 공간을 떠올리게 하는 이 작은 땅을 그 무엇보다도 좋아했다. 그녀는 두 손을 까만 흙 속에 집어넣은 채 햇빛이 이마를 후려칠 때마다 굵은 땀방울을 흘리며 거기서 행복한 순간을 보냈었다. 나는 그녀가 만든 걸작을 응시하다가 병이라는 이 불확실성의 넓은 바다에서 키도 없이 항해를 해야 한다는 생각에 낙심했다. 어느 날, 내가 그녀 옆에 있는데 의사가 나를 만나러 왔다.

내가 끔찍하게 싫어하는 과학자의 논리로 그가 말했다.

"치료를 중단하겠습니다, 베르튈 씨."

애써 치료를 해봤자 아무 소용없다는 걸 알고 있던 나는 대답했다.

"예, 알겠습니다."

"이제 사실 날이 며칠밖에 남지 않았습니다. 부인께서 소중하게 생각하는 곳으로 모시고 가세요. 스스로 생을 마감할 수 있도록요. 원하시면 병원에서 휠체어를 빌려드릴 겁니다."

우리 마을 사람들이 독일군 장교들에게 했던 것처럼 그의 뺨을 올려붙인 다음 흠씬 두들겨 패고 싶은 생각이 치밀어올랐다.

자본주의는 심지어 삶의 가장 암담한 순간에도 그 잔혹함과 비열함, 야만스러움을 공공연히 과시했다. 어느 날, 세상의 균형은 급격하게 흔들릴 것이다. 인간존재의 마법이 수익성과 그 숫자의 구역질 나는 독재를 무너뜨릴 것이다. 하지만 그건 아직 조건부 단계에 불과했다. 또 하나의 유토피아에 불과했고, 자기실현적인 예언에 불과했다. 의식이 눈을 뜬다는 것은 아직 예정에 불과했다. 우리는 마틸드를 휠체어에 앉혀 병원에서 나왔다.

*

파리한 태양이 수평선 너머로 뉘엿뉘엿 저물어갔다. 매일 저녁마다 그러듯이 이번에도 태양이 항복했다. 로제오 항구의 내포에는 쥐새끼 한 마리 보이지 않았다. 나는 마틸드를 협만과 그녀가 어린 시절을 보낸 섬들 앞으로 데려갔다. 며칠 전부터 그녀는 성대도 팔다리처럼 병마에 굴복하여 더 이상 말을 하지 못했다. 우리는 43년 전에 내가 그녀에게 청혼했던 바로 그 내포에 서 있었다. 그때 우리는 정말 젊었고, 힘과 활력으로 가득 차 있었다. 미래는 우리에게 문을 활짝 열어주었다. 그러나 삶은 단 한 번도 멈추지 않고 빠르게 흘러가버렸다. 그것의 질주를 막기 위해 기계장치 속에 작은 자갈을 집어넣은 적은 한 번도 없다. 그럼에도 불구하고 우리는 풍경을 만끽했다. 마틸드는 쇠로 만든 휠체어에 앉아 있었고, 나는 모래밭에 앉았다. 나는 그녀의 손을 꼭 잡았다.

우리 두 사람은 너무나 많은 일을 함께 해냈다.

나는 그녀의 대답은 기대하지 않고 이렇게 말했다.

"그 오랜 세월, 당신과 함께 해서 너무나 행복했어."

아무 대답이 없었다. 그녀는 너무 허약해져서 말을 할 수가 없었다. 그렇지만 나는 그녀가 우리의 삶 전체를 요약한 내 말을 듣고 있다는 사실을 알고 있었다. 간단한 단어 몇 개가 끝없이 이어져서 결국은 아무것도 의미하지 않는 정치인의 연설보다 더 나았다. 마틸드는 그날 밤 숨을 거두었다. 우리는 그녀를 우리 부모님도 잠들어 있는 시립묘지의 그녀 어머니 곁에 묻어주었다. 삶의 에너지가 너무나 충만하여 죽음의 신이 감히 접근할 엄두를 못내는 블랑샤르 씨는 내 옆에서 소리 없이 흐느꼈다. 그의 딸이 맞은 잔인한 운명은 마치 암이 불길한 유산처럼, 한 세대가 지나고 두 세대가 지나면서 계속 반복되기라도 하는 것처럼 그의 아내가 맞은 운명과 연관되어 있었다. 늘 같은 나무 그늘에 앉아 털실 뭉치와 바늘을 다루던 어린 재단사가 생각났다. 잔과 프랑수아도 울었다. 나는 마치 유령처럼 우리가 함께한 삶의 잔해 사이를 떠돌아다녔다. 마틸드가 세상을 떠난 날, 나는 미소를 잃어버렸다. 내가 태어날 때부터 자랑스럽게 함께했던 그 미소를….

35

　　　　　　　　　나는 거기 있었다. 아니, 내 몸이
거기 있었다고 말해야 할 것이다. 내 정신은 다른 곳에 있었다.
수평선 근처 어딘가를 헤매고 있었다. 넓은 바다가 내 앞에 끝없
이 펼쳐져 있었다. 나의 놀이터, 나의 역사. 마치 나무가 검은 흙
속에 뿌리를 내리듯 나도 푸르른 바닷물 속에 뿌리를 내렸다. 여
기, 바다에는 뭔가 마술적이고 불가해하고 비이성적인 것이 있었
다. 삶의 에너지가 고갈될 때마다 나는 이곳을 찾아와서 파도가
모래사장을 혀로 핥곤 하는 이 드넓은 바닷물을 응시하며 내
영혼의 배터리를 다시 충전하곤 했다. 나는 과연 그 어떤 자연
이 나의 바다보다 더 아름다울 수 있을지 수도 없이 스스로에게
묻곤 했지만, 단 한 번도 대답을 듣지 못했다. 15년 동안 나는
내가 알고 있지 못하는 진실을 발견하기 위해 화물이 실려 있는
그 화물선 안에서 나의 과거를 찾아 바다를 구석구석 면밀하게
뒤지며 대답을 찾았지만 허사였다. 나는 바다의 변덕스러움과
위험에 질려 그곳을 떠났다. 그러나 이제는 모든 게 달라졌다. 마
틸드는 세상을 떠났고, 나는 아내의 죽음이 남겨 놓은 깊은 구　348

렁을 메우기 위해 기꺼이 여기로 돌아와 바다를 노려보고 있다. 사실 자연이 끊임없이 움직이며 추는 이 발레는 마치 포도주가 주정뱅이들을 취하게 하듯 나를 도취시킨다. 나는 바다의 짜디 짠 물보라에 주리고, 요오드를 함유한 그 향기와 소용돌이, 거대한 모양에 흠뻑 빠져 중독된 술꾼이 되었다. 나는 하루에도 몇 시간씩 모래밭에 앉아 멍하니 바다를 바라보곤 했다. 마틸드가 저세상으로 가고 난 뒤로는 매일같이 똑같은 생활이 되풀이되었다. 나는 아침 9시에 일어나 아침 식사를 한 다음 해가 질 때까지 모래밭에 앉아 있었다. 시간은 그다지 중요하지 않았다. 나는 하루도 빠짐없이 그곳을 찾아가 삶을 사는 걸 잊어버린 채 때로는 이슬비가 몰아치는 바람을 맞으며, 또 때로는 태양이나 구름을 올려다보며 시간을 보냈다. 시작되는 매일매일이 마치 금방 포장상자에서 꺼낸 상품처럼 새로웠다. 아무 생각도 하지 않으려고 애썼다. 아니, 마틸드 생각을 안 하려고 애썼다. 무진 애를 썼다. 잠시만 넋을 놓고 있으면 나도 어쩔 수 없이 눈물이 쏟아져 양쪽 뺨을 타고 흘러내린 다음 내 수염에 달라붙기도 하고 목덜미에서 길을 트고 나가기도 했다. 사느라 쇠약해지고 비극적 운명과 싸우느라 지친 한 육신이 안겨주는 고통이 나를 죽을 만큼 기진맥진하게 만들었다. 마틸드는 내 몸을 흐르는 피 같은 존재였다. 때로는 해변에서 구경꾼들이 바닷물 속을 걸어가곤 했다. 그들은 빵을 새들에게 던져주고 나서 새들이 그걸 낚아채기 위해 물속으로 뛰어들 때마다 재미있어하곤 했다. 때때로 나는 도대체 이 두 동물 중에서 어느 동물이 어느 동물을 먹이는 것인지 궁금해졌다. 그들 중 일부는 이따금 내게 인사를 하기도 했지만, 나는 아무 생각을 하지 않고 적대적인 현실에서 도망치는 데 몰두해 있어서 그들의 인사를 받아주지 않았다. 날이 어두워지고 구름이 걷히면서 나의 고요하지만 전지전능한 보름달이 나타나면 나는 달에게 미소를 지어 보였다. 나의 달에게만, 오직 나의 달에게만. 달은 내가 어렸을 때부터 나와 동행했고, 나는 마치 잉카족이 태양을 숭배하듯 달에게 숭배에 가까운 경의를 표했다. 나는 달이 낮에 눈부시게 빛나는 의기양양하고 오만한 태양과 달리 더 신중하고 조용하며, 보는 사람의 마음을 편안하게 해준다는 것을 알았다. 달은 밝게 빛날 필요도 없었고, 허풍을 떨 필요도 없었고, 자기가 가진 힘을 과시할 필요도 없었다. 달은 그냥 밤이 되어 사람들이 모두 잠들었을 때 슬그머니 하늘에 나타나기 때문에 오직 불면증 환자들만 뽐내지도 않고 위신을 과시하지도 않는 달을 볼 수 있다. 달은 아무리 쳐다봐도 눈이 안 아프다. 그 미스터리를 알아내려고 하면 우리의 망막에서 멀어지는 태양과는 달리 달은 자신을 적나라하게 보여준다. 달은 나의 우상이었고 나의 신이었다. 달은 바다를 비추는 희미한 반사광과 눈에 잘 안 띄는 분화구들, 내 성격이 그렇듯 주기에 따라 달라지는 다양한 형태로 영혼의 파렴치함을 누그러뜨려주었다. 나는 달에서 내 모습을 발견했다. 나의 달. 내가 어렸을 때 가지고 놀던 조약돌이 하늘 높은 곳에 앉아 있었다. 결국 나는 기온이 내려가고 한기가 느껴지기 시작하면 일어나서 집으로 돌아가곤 했다. 집에서는 침대에 누워 아직 살아 있는 마틸드와 그녀가 오후 내내 만든 요리, 그녀가 여름에 정원의 사과나무 아래서 터트리던 웃음소리, 우리의 무한한 사랑을 상상했다. 잔은 내 운명에 대해 불안해했다. 딸아이는 내게 종종 전화를 해서 안부를 물었고, 그럴 때마다 나는 별일 없으니 걱정 말라고 안심시켰다. 애도 기간은 고독을 가늠하는 기간이다. 딸은 나더러 책을 다시 써보라고 말했지만, 나는 그래봤자 무슨 소용이 있나 생각했다. 내 영감의 원천은 말라버렸다. 마틸드는 단지 내 아내였을 뿐만 아니라 나의 뮤즈이기도 했다. 그러나 그녀는 하늘로 날아가버렸다.

*

몇 시간이고 바다 앞에 앉아 있는 이 쳇바퀴 같은 생활이 1년 동안 계속되었다. 더 이상 생각이라는 걸 하지 않을 수만 있다면, 한시라도 빨리 아내를 만날 수만 있다면 죽을 때까지 계속 바다만 바라보고 있을 수 있을 것 같았다. 하지만 운명의 신은 이것에 대해 더 이상 알고 싶어 하지 않았다. 그는 내 목덜미를 낚아채더니 돌연 현실로 돌아가게 만들었다. "인생, 아직 끝난 거 아냐." 운명의 신은 이렇게 말하는 듯했다.

36

1992년, 모르비앙

침대에 누워 있는데 초인종이 울렸다. 깜짝 놀랐다. 찾아올 사람이 없었던 것이다. 괘종시계가 저녁 8시 반을 알렸다. 어슴푸레한 빛 속에서 몸을 일으켜 창밖을 내다보았다. 많아 봤자 이제 40대로 보이는 갈색 머리 남자 한 사람이 말쑥하게 차려입고 문 앞에서 기다리고 있었다. 그런데 익숙한 얼굴이 아니었다. 장사꾼이 틀림없었다. 부랴부랴 옷을 차려입고 문 쪽으로 걸어갔다. 문을 열자 남자가 웃으며 내 코 앞에 서 있었다.

남자가 스페인어 억양으로 말했다.

"안녕하세요, 베르튄 씨."

"안녕하세요. 뭐 도와드릴까요?"

그러자 그가 내 눈을 똑바로 쳐다보며 대답했다.

"예."

"말씀해보세요…."

"베르튄 씨께 감사하다는 말씀을 드리고 싶었습니다."

"무슨 말씀이신지?"

그러자 그가 갑자기 울음을 터트렸다.

"정말 진심으로 감사드립니다."

*

남자는 땅바닥에 털썩 주저앉아 무릎을 꿇더니 내 다리를 꼭 붙들었다. 나는 그 자세가 영 거북해서 행여 누가 그 이상한 장면을 보지는 않는지 주위를 둘러보았다. 그는 내게 매달리며 흐느꼈다. 그의 이마가 내 넓적다리에 닿는 게 느껴졌다. 그가 흘리는 눈물이 내 바지를 적셨다. 이 사람이 누구지? 도대체 왜 이런 행동을 하는 걸까? 그가 땅바닥에서 어찌할 바를 모르는 것 같아 나는 가슴이 아파왔다.

그를 일으키며 말했다.

"이쪽으로 오세요."

그의 팔을 부축해 거실로 데려갔다. 그가 소파에 앉더니 두 손으로 얼굴을 감쌌다. 그는 억눌린 흐느낌을 참으려고 애썼다. 나는 그에게 다가가 손수건을 내밀며 말했다.

"진정해요, 젊은이. 무슨 안 좋은 일 있어요?"

그가 우물우물 말했다.

"죄송합니다. 아무것도 아녜요. 그냥 베르튄 씨를 뵙게 되니 감정이 복받쳐서 그러는 것뿐입니다."

"나를 만나서? 그게 무슨 얘기지요?"

그는 코를 풀면서 떠듬떠듬 대답했다.

"절 알아보지 못하시는군요, 그렇지요?"

"누구시죠?"

남자가 눈물을 훔치더니 다시 원기를 찾아 소파에 더 편안히 자리잡았다. 결단코 나는 그를 본 적이 없었다. 도대체 이 사람은 우리 집 응접실에서 뭘 하고 있는 걸까?

"지금도 제가 누군지 기억 안 나세요, 베르튄 씨?"

그가 스페인어 억양으로 다시 한 번 물었다.

나는 그의 억양으로 보아 그가 죽은 내 친구와 가까운 사이라고 결론짓고 대답했다.

"기억이 안 나네요. 혹시 마르탱의 친구신가요?"

"아니요. 전 마르탱이라는 분 모릅니다."

"그럼 누구신가요?"

"전 마리아의 아들 마누엘입니다."

나는 그 자리에서 꼼짝도 할 수가 없었다. 심장이 돌연 멈추었고, 일순간 피가 혈관 속을 흐르지 않았다. 마리아의 아들이라고? 그네에 앉아 있던 어린 소년이라고? 라스팔마스에서 몸을 팔던 어머니와 떨어져 살던 아이라고? 내 눈을 믿을 수가 없었다. 가까이 다가가 잠시 그를 자세히 살펴보았다. 그 젊은이의 얼굴에서 마리아의 특징이 조금씩 나타났다. 눈도 똑같고, 입술도 똑같고, 둥그스름한 얼굴 모양도 똑같았다.

나는 그의 얼굴을 만지며 중얼거렸다.

"마… 마… 마누엘…."

그러자 그가 수줍게 웃으며 대답했다.

"예, 베르튄 씨."

나는 너무나 오랫동안 궁금해했던 걸 한꺼번에 물었다.

"아니, 내가 여기 사는 건 어떻게 알았어요? 어머님은 어디 계

신가요? 그동안 무슨 일이 있었던 거죠? 지금까지 어디 살았어
요?"

"다 말씀드릴 테니 일단 앉으시죠, 베르튕 씨. 아주 긴 얘기거
든요. 얘기를 시작하기 전에 우선 제게 물 한 잔만 주실 수 있을
까요?"

"물론이죠."

나는 이렇게 대답하고 부엌으로 향했다.

나는 즉시 물을 컵에 부어 그에게 내밀었다.

그가 말했다.

"눈물을 보여 죄송합니다, 베르튕 씨. 베르튕 씨를 보는 순간
이런저런 기억이 떠올라서 그랬습니다."

"괜찮아요, 괜찮아. 이제부터는 날 폴이라고 불러줘요."

"알겠습니다… 폴… 보르도의 당신 이웃집에 사는 분이 여기
주소를 알려줘서 여기까지 오게 됐습니다. 오는 길이 꽤 멀더군
요."

나는 다급하게 물었다.

"그럼 마리아는?"

남자의 얼굴이 즉시 어두워졌다. 내가 던진 질문이 아물었던
상처를 다시 건드린 것이다.

그가 말을 이어나갔다.

"어머니는 제가 어렸을 때 어느 날 돌아오셨습니다. 무척 행복
해하셨죠. 지금도 그날이 꼭 어제처럼 생각납니다. 저는 말라가
의 할아버지 댁 정원에 있었는데, 어머니가 도착해서 제게 달려
오셨지요. 어머니는 절 꼭 껴안으며 다시는 절 혼자 내버려두지

않겠다고 약속했습니다."

마누엘의 시선은 과거에 느꼈던 모든 감각을 찾아 당시의 기억 속을 헤매고 있었다. 그의 이야기에는 나 역시 그 모든 기억을, 하나의 삶 전체와 마리아, 마틸드, 나를 지금의 나로 만들어준 그 만남들에 대한 기억을 떠올릴 때마다 느끼는 향수가 배어 있었다.

"어머니는 오랫동안 당신에 대해 얘기했습니다. 알카라바네라스 해변에서 당신을 만난 얘기도 했구요. 작년에 거기 갔었지요. 아름다운 곳이더군요…."

나는 궁금해서 물었다.

"아니, 어떻게 그렇게 프랑스어를 잘해요?"

"말라가에서 프랑스 중학교를 다녔습니다. 그건 당신이 어머니를 위해 애써주신 데 감사하는 어머니 나름의 방법이었죠. 저는 그 덕분에 프랑스어를 할 수 있게 된 겁니다. 아니, 프랑스어를 하려고 애쓰는 겁니다…."

나는 감동해서 말했다.

"무슨 말씀을… 그 정도면 아주 잘하는 겁니다… 나는 스페인어 그렇게 못하는데…."

남자가 살짝 미소를 지었다.

"제가 사춘기가 되었을 때 어머니는 카트린 샤페르 이야기도 해주셨습니다. 당신이 보르도 항구에서 봉투에 넣어준 그 독일 여성의 작은 사진을 간직하고 계셨죠."

"아, 그래요?"

"세월이 지나면서 어머니는 당신이 카트린을 찾는 걸 도와줄 356

수 없다는 데 죄책감을 느끼기 시작했습니다. 그것 때문에 밤에 잠을 못 주무셨죠. 어머니는 당신은 생명을 무릅쓰고 자기를 도와주었는데 자기는 당신을 도와줄 수가 없어 스스로가 원망스럽다는 말을 제 귀가 닳도록 했습니다."

"하지만 나는 그렇게 해달라고 한 적이 없는데…."

"압니다. 하지만 어머니는 그 독일 여자를 찾아내고 말겠다는 생각을 품었지요. 그래서 정보를 얻으려고 라스팔마스에서 호텔이고 시청이고 전화를 안 한 곳이 없습니다. 당신을 돕는 게 어머니에게는 하나의 강박관념이 된 겁니다. 어머니는 당신이 자신을 위해 애써준 데 감사하는 뜻에서 당신에게 뜻밖의 선물을 해주고 싶어 했어요."

나는 궁금해서 물었다.

"그래서 뭐 좀 알아냈나요?"

"말라가에서는 조사를 하기가 힘들었어요. 그래서 어느 날 그곳으로 떠났죠."

"라스팔마스로요?"

"예. 어머니는 갖은 애를 다 썼습니다. 심지어는 저금해둔 돈으로 사립탐정까지 고용했지요. 어머니는 그 독일 여자를 찾아내기 위해 수단과 방법을 가리지 않았어요. 자, 어머니가 1965년 한 해 동안 제게 보낸 편지가 여기 다 있습니다. 어머니가 카트린을 어떻게 찾아다녔는지 편지에 다 요약되어 있어요."

그는 작은 소포 상자 하나를 내게 내밀었는데, 그 안에 봉투가 차곡차곡 쌓여 있었다. 나는 그걸 받아 꼼꼼히 살펴보았다.

그는 고개를 숙이며 말했다.

"몇 달이 지났지만 성과가 없자 어머니는 옛 동료들을 만나러 다시 떠났습니다."

"알고 있었나요?"

"아닙니다. 그 사실은 나중에 알게 되었습니다. 하지만 전 어머니를 원망하지 않습니다. 어머니는 정말 좋은 분이셨으니까요."

그는 당당하게 머리를 치켜들며 이렇게 말했다. 그리고 잠시 침묵을 지키고 나서 다시 말을 이어갔다.

"항구에 있던 창녀 한 사람이 어머니를 알아보고 라 일레타에 있는 집을 가르쳐주었지요. 어머니는 거기로 갔습니다. 그리고 그 뒤로는 소식이 끊겼어요."

나는 아연해서 물었다.

"무슨 일이 일어난 건가요?"

"어머니는 마지막으로 보낸 편지에 그 집 주소를 적어놓았어요. 전 어머니에게서 소식이 없자 불안해서 두 달 뒤에 그 집을 찾아갔습니다."

"그래서 어떻게 됐습니까?"

"어떤 남자가 문을 열어주기에 혹시 어머니가 오지 않았냐고 물었지요. 그 남자는 저더러 들어오라고 하더니 느닷없이 인정사정없이 두들겨 패기 시작했습니다. 정신을 잃었다가 깨어보니 셔츠가 피로 흥건한 채 의자에 묶여 있었어요. 그자는 제 앞에 버티고 서서 어머니와 카트린의 어머니에 대해 물었지요. 왜 모두들 두 사람을 찾으러 다니는지 알고 싶다는 것이었습니다. 그런 다음 저를 혼자 내버려두고 집을 나갔습니다. 저는 이웃사람이 경찰에 신고를 할 때까지 큰 소리로 외쳤지요. 경찰이 나타 358

낮을 때 그자는 종적을 감추었습니다."

"그게 누구였지요?"

"그자는 어머니의 옛날 포주였어요. 어머니가 해변에서 만난
창녀가 라 일레타에 있는 그자의 집을 가르쳐주어 어머니를 함
정에 빠트린 겁니다. 호랑이 아가리 속에 밀어 넣은 거죠. 그자
는 10년 전에 자신에게서 도망쳤다는 이유로 어머니를 살해했습
니다. 역시 자신에게서 도망칠 계획을 세웠다는 이유로 카트린의
어머니를 살해했던 것처럼 말이죠. 그 집 지하실에 콘크리트를
부어 암매장해놓은 시신이 나중에 발견되었습니다. 그래서 어머
니는 소식을 전하지 못했던 겁니다. 어머니는 말라가 묘지에 묻
어드렸습니다."

"정말 끔찍한 일이 벌어졌군요. 정말 유감입니다, 마누엘. 이
모든 게 다 내 탓이에요…"

"아닙니다. 그 누구의 잘못도 아니지요. 그 창녀의 잘못이라면
모를까. 어머니는 삶에 대한 믿음도, 당신에 대한 믿음도 있었어
요, 폴. 그냥 당신이 어머니를 도와주었던 것처럼 어머니도 당신
을 도와주려고 했던 것뿐이에요."

오랜 침묵이 거실에 퍼졌다. 나를 돕고 싶어서 위험을 무릅쓰
고 나 대신 그 독일 소녀를 찾아 나선 아름다운 마리아를 다시
떠올렸다. 거추장스런 내 과거를 떨쳐내 버리기 위해 카트린 샤
페르의 사진을 봉투 속에 집어넣음으로써 그녀를 이 모든 이야
기 속으로 끌어들였다고 생각하니 죄책감이 밀려들었다. 어떻게
보면 사소한 나의 행동으로 인해 그녀는 해봤자 아무 소용없다
는 게 처음부터 분명했던 탐색에 나서게 된 것이다. 그 소름끼치

는 진실은 알지 못한 채 내가 그녀를 생각하며 화를 내고, 그녀가 배은망덕하다며 비난한 적이 한두 번이 아니었다. 내가 그러고 있는 동안 마르탱이 죽었듯 마리아도 죽었고, 이어서 어머니와 마틸드도 세상을 떠났다. 내 인생의 황혼기에 시신들이 줄을 이었고, 나는 내가 이 같은 현상을 중단시킬 능력이 없다는 사실을 시간이 지나면 지날수록 더 분명하게 확인했다.

마누엘이 말을 이어갔다.

"말씀드리고 싶은 게 한 가지 더 있습니다, 폴."

나는 슬픈 심정으로 대답했다.

"말해보세요."

"어머니가 돌아가시고 난 뒤 저는 말라가로 돌아갔습니다. 그리고 거기서 경찰이 되었지요. 어쩌면 어머니의 죽음에 대해 복수를 하고 싶어서 그랬는지도 모르겠습니다. 그리고 열심히 일해서 경감이 되었지요. 저는 오랫동안 이 모든 얘기에 대해 깊이 생각해봤습니다. 그러다가 두 달 전에 어머니를 추억하기 위해 휴가를 얻어 라스팔마스에 다시 갔지요. 섬을 구석구석 다 훑어봤는데, 정말 멋졌습니다. 잘 아시죠?"

"나는 라스팔마스밖에 못 가봤습니다. 다른 곳은 보지 못했어요…"

"유감이군요. 섬 안쪽도 정말 멋진데. 특히 로케 누블로가 멋집니다. 높은 산에 서 있는 우뚝한 거대한 바위인데, 날씨 좋을 때 거기 올라가면 카나리아섬이 다 내려다보이지요. 감탄사가 절로 나오는 곳입니다.

그곳 경찰서를 찾아간 저는 경감 계급장을 이용해서 거기 보관되어 있는 문서들을 읽을 수 있었지요. 그렇게 해서 이 이야기와 관련된 수사 기록과 증거물을 찾아냈습니다. 작은 플라스틱 봉지 안에 카트린 사진이 들어 있고 당신 주소가 적힌 봉투가 있었습니다. 저는 그걸 호주머니 속에 슬쩍 집어넣었지요. 그 덕분에 저는 당신을 만날 수 있게 된 겁니다. 자, 돌려드릴게요."

그는 해방과 함께 광장에서 독일군 장교들에게 자행된 린치, 마틸드의 미소 등 내 어린 시절의 기억을 떠올리게 하는 그 독일 여성의 작은 흑백사진을 내게 내밀었다. 그 모든 걸 생각하자 가슴이 아려왔다.

"마지막으로 말씀드릴 게 또 있습니다. 카트린의 어머니와 관련된 서류가 들어 있는 봉지 안에 그녀의 주소가 적힌 월세 영수증이 있더군요. 그녀는 라 일레타에서 살았던 게 아니라 라스 칸테라스 해안이 마주보이는 그 옆의 과나르테메에 살았습니다. 전 그곳을 찾아갔지요. 나이 든 여인이 문을 열어주더군요. 그 여자는 40년 전부터 그 집 주인이었습니다. 잠시 머무는 사람들에게 가끔씩 방을 빌려주었다고 하더군요. 그 독일 여성을… 집 주인 말로는 이름이 마르타라고 하던데… 또렷이 기억하고 있었습니다."

나는 프랑크푸르트에 있던 그녀 집 문패를 기억하며 소리쳤다.

"맞아요, 마르타!"

"집 주인 말로는, 마르타에게 카트린이라는 딸이 있었다더군요. 그녀는 아르헨티나로 가기 위해서 돈을 모으고 있었답니다. 거기 가면 도와줄 친구들이 있다면서요."

나는 그 말을 듣고 놀라서 물었다.

"아르헨티나요?"

"예. 그런데 마르타로부터 연락이 끊기자 집 주인은 돈과 여러 가지 정보가 적혀 있는 봉투를 꺼내봤답니다. 그리고 아르헨티나에 있는 가족에게 편지를 썼는데, 몇 주일 뒤에 카트린을 보내라는 답장을 받았대요. 그래서 그렇게 했다는군요."

"그럼 카트린은 그동안 아르헨티나에서 살았다는 얘기군요?"

"그렇습니다. 이 사실로 미루어 이 이야기의 결론을 내릴 수 있지요. 저는 아르헨티나 주재 스페인 대사관에 전화를 해서 카트린 샤페르라는 사람에 대해 조사할 게 있다고 둘러댔습니다. 그러자 대사관 사람들이 자기들 나름대로 조사를 한 결과를 봉투에 넣어 2주일 전에 보내줬지요. 자, 여기 그 봉투가 있으니 받아주세요. 이건 당신의 이야기입니다, 폴."

나는 봉투를 건네받고 손가락을 그 속으로 집어넣었다. 봉투 속에는 종이가 한 장 들어 있었고, 종이에는 스페인어로 글이 쓰여 있었다. 나는 읽을 수가 없는 그 글 한가운데 주소가 하나 기록되어 있는 것을 발견했다.

'카트린 샤페르, 180번지, 아베니다 루이스 마리아 캄포스, 부에노스아이레스.'

내가 물었다.

"아직 살아 있나요?"

그러자 그가 웃으며 대답했다.

"예. 라 비다 다 무차스 부엘타스(살다 보면 놀랄 일이 참 많이 일어나지요)."

"고마워요, 마누엘."

과거가 불쑥 다시 떠올랐다. 대답 없는 그 모든 질문이, 이해하지 못해 중지된 상태로 남아 있는 그 모든 순간이 다시 떠올랐다. 삶은 내게 새로운 기회를, 어렸을 때 시작된 이 추적을 끝낼 수 있는, 수십 년 전부터 나를 괴롭혀온 어린 시절의 꿈을 실현시킬 수 있는 기회를 주었다. 마틸드와 마르탱이 살아서 함께 기뻐할 수 없다는 게 아쉬웠다. 잔에게 전화를 걸어 이 이야기를 해주었다. 딸아이는 이야기를 듣고 깜짝 놀랐다. 마누엘은 집에서 잠을 자고 그 다음 날 아침 일찍 나를 포옹한 다음 떠났다. 그는 내가 안달루시아로 휴가를 오면 어머니와 나의 우정을 기념하는 뜻에서 왕처럼 대접할 테니 꼭 오라고 초대했다. 다음 날, 나는 부에노스아이레스행 비행기표를 세 장 끊었다. 잔과 프랑수아도 나와 같이 떠나기로 했다. 이제 모든 이야기에 마침표를 찍을 수 있을 것이다. 내 손자도 만족할 것이고.

37

비행기가 바다 위를 날아가고 있었
다. 배에서 흘러나오는 작은 흰색 점 모양의 불빛이 현창을 통해
서 눈에 들어왔다. 지금 시간이면 뱃사람들은 잔잔한(나는 그들
을 위해 물결이 잔잔하기를 바랐다) 물결에 이리저리 흔들리며
잠들어 있을 것이다. 내 앞에 보이는 비행 계획도에서는 비행기가
파리에서 부에노스아이레스까지 직선으로 날아가고 있었다.

우리는 두 도시 중간쯤에 있었다. 내 옆에서는 프랑수아가 평
화롭게 잠들어 있었다. 여행에 지친 아이의 머리가 좌석을 벗어
나 내 팔을 누르곤 했다. 잔은 책을 읽으면서 이따금씩 프랑수
아를 힐끗 보다가 아이가 감기에 걸리지 않도록 흘러내린 담요
를 다시 끌어올려주곤 했다. 나는 이륙한 뒤로 만 미터 이상 올
라가서 어마어마한 속도로 날고 있는 기묘한 비행체의 세계에
매료되었다. 항공기의 이륙은 그 힘과 엔진 소리, 활주로를 떠나
공중으로 날아오르기 위한 갑작스런 가속으로 나를 깜짝 놀라
게 했다. 나는 그 높이에서 지구의 아름다움에 매혹되어 창밖으
로 펼쳐지는 풍경을 유심히 바라보았다. 암벽에 새겨 판 것처럼

보이는 구불구불한 강들, 여기서 보면 아주 작은 언덕에 불과한 거대한 산들. 그러다가 저 아래 쪽의 땅에서 눈을 돌려 멀리 오만하게 펼쳐져 있는 대서양을 보는 순간 나는 뱃사람으로 살았던 그 오랜 세월이 떠올라 마음이 괴로웠다. 깎아지른 듯한 절벽과 황금빛 해안을 자랑스럽게 드러내고 있는 지브랄타 해협과 황갈색을 띤 모로코 해안, 그리고 더 멀리 있는 카나리아제도를 알아볼 수 있었다. 란자로테, 푸에르테벤투라, 그란 카나리아, 테네리페. 마리아와 마르탱이, 몇 킬로미터 아래에서 굵은 조약돌로 된 굴곡진 길을 달려가던 우리 세 사람의 모습이 절로 머릿속에 떠올랐다. 시간이 너무나 빨리 흘러간다는 생각이 들었다. 이 커다란 책의 장들은 차례차례 이어지고, 페이지들은 우리가 미처 중요한 구절들을 읽어내기도 전에 넘겨진다. 그곳에서 보는 전망은 장엄했다. 어둠이 무한한 별의 망토를 자랑스럽게 내보이면서 수평선에 내려앉았다. 보름달이 하늘에 걸려 있었다. 나의 삶처럼, 나의 즐거움과 나의 괴로움처럼, 나의 영광과 나의 실패처럼 달이 가득 차 있었다.

마틸드가 보고 싶었다. 내 이야기에 그토록 관심이 많던 그녀가 이번 여행을 함께했어야 했는데 그 어디에도 없다. 나는 언젠가는 다시 글을 쓰리라고 다짐했다. 카트린 샤페르가 정말 그 주소지에 살고 있을까? 뭔가 착오가 있는 건 아닐까? 실망하게 될까봐 전화할 용기가 나지 않았다. 머리를 틀어 올린 스튜어디스가 통로를 걸어오더니 시원한 음료수를 권했다. 나는 그 제안을 사양하고 내 아내를, 하늘 저 높은 곳에 사는 내 다정한 아내를 꿈꾸며 선잠이 들었다.

*

비행기는 몇 시간 뒤에 착륙했다. 프랑수아와 잔은 내 옆에서 잠이 깼다. 여행을 하는 내내 잠을 잤던 아이는 나처럼 이 이야기의 결말을 알고 싶어 안달했다. 비행기 바퀴가 지면에 세차게 부딪치며 승객들의 몸을 뒤흔들어놓자 그들은 두려움을 버리고 마음을 놓으며 박수를 쳤다. 우리는 소란스러운 공항으로 들어가 짐을 찾았다. 택시 운전사들이 우, 몰려들더니 자기 택시가 제일 싸고 빠르다며 우리를 잡아끌었다. 스페인어를 할 줄 아는 잔이 그들 중 한 사람과 흥정을 했고, 우리는 우리가 묵을 호텔을 향해 출발했다. 자동차로 혼잡한 긴 고속도로가 여행을 하느라 거의 녹초가 된 우리의 눈 아래로 지나갔다. 우리가 타고 가는 택시 운전사는 쉴 새 없이 떠들어댔고, 잔은 그가 입을 다물어주기를 바라며 정중한 태도로 맞장구를 쳐주었다. 도시 주변에는 금방이라도 바람에 날아갈 듯 허술해 보이는 함석판 조각이 지붕에 얹어져 있는 판잣집들로 길게 이어져 있었다. 거대한 쓰레기더미가 땅바닥 여기저기를 뒤덮고 있어서 악취가 심하게 풍겼다. 잔인한 운명의 장난으로 이곳에서 태어나 불우한 처지에 있는 이곳 주민들은 거무스레한 색을 띤 더럽고 지저분한 집에서 살아남으려고 발버둥 쳤다. 그들이야말로 삶의 우연에 의해 버려진 자들이고, 이따금 길모퉁이에서 봐도 매정하게 모르는척해 버리는 사람들이다. 결국 우리를 두렵게 만드는 건 그들이 아니라, 우리 각자의 주변을 떠돌면서 삶의 비극이 언제 어느 때 우리를 동전 한 푼 없이 빈털터리 상태로 길바닥에 내던질지도 모른다는 사실을 우리에게 상기시키는 유령이다.

이 같은 현실에서 도망치기 위해 우리는 침묵의 계율을 실천하며, 그 누구도 감히 이 계율을 깨지 못한다. 택시가 도시 입구에서 빨간불에 멈추어 섰다. 다리가 잘린 한 남자의 실루엣이 커다란 목발로 불구가 된 몸을 지탱하고 자동차들 사이로 걸어왔다. 그가 차창을 두드렸지만 자동차 운전자들은 모르는 체해버렸다. 파란불이 들어오자 마치 우리가 빨간불 때문에 어쩔 수 없이 잠시 동안 쳐다보고 있어야만 했던 그 가련한 남자로부터 멀리 도망칠 수 있는 기회를 희망의 색깔이 우리에게 주기라도 한 것처럼 택시가 서둘러 출발했다.

"부에노스아이레스에 도착했습니다!"

운전사가 자동차 앞에 일직선으로 쭉 뻗어 있는 넓은 가로수 길을 가리키며 소리쳤다.

나는 정중하게 대답했다.

"감사합니다."

운전사는 옆길로 접어든 다음 다 비슷비슷해 보이는 거리를 여러 차례 회전하더니 얼마 지나지 않아 우리가 묵을 호텔 앞에 차를 세웠다.

"자, 다 왔습니다, 여러분!"

그가 자랑스러운 표정을 지으며 이렇게 말했다.

나는 다시 대답했다.

"감사합니다."

우리는 차에서 내려 짐을 들고 호텔로 들어갔다. 여자 직원이 우리 여권의 내용을 기록한 다음 우리가 묵을 방의 열쇠를 내주었다. 나는 그녀에게 카트린 샤페르의 주소가 여기서 멀리 떨어져 있는지 정중하게 물었다. 그녀가 대답했다.

"몇 블록만 가면 돼요."

우리는 방으로 올라가 몇 시간 동안 휴식을 취했다. 밤이 되어 나는 딸과 손자를 데리고 식당에 갔고, 거기에서 탱고를 추는 댄서들이 보기 드문 아름다운 공연을 보여주었다. 우리는 그들의 우아한 공연에 매혹되어 박수갈채를 보냈다. 그리고 호텔로 돌아가 잠자리에 들었다. 내일은 중요한 날이 될 것이다.

38

그날은 무척 더웠다. 태양이 뜨거운 햇살을 아르헨티나의 수도에 퍼부어 이 도시를 숨이 턱턱 막히는 한증막 속으로 밀어 넣었다. 아침에 우리는 엷은 보라색 능소화 꽃으로 뒤덮인 부에노스아이레스의 길거리를 걸었다. 프랑수아는 꽃을 피운 가지들이 땅바닥까지 축 늘어져 있는 나무들을 넋을 잃은 채 감탄스러운 눈길로 바라보고 있었다. 악사 몇 명이 처한 상황이 불안정하긴 하지만 그래도 구속받지 않고 자유롭게 살 수 있다는 걸 만족스러워하며 길가에서 악기를 연주하고 있었다. 여기서 사는 것도 좋겠다고 나는 생각했다. 오후에 우리는 마누엘이 가르쳐준 주소를 찾아가기로 결정했다. 루이스 마리아 캄포스 거리로 들어서는 순간 세월의 무게가, 만남과 선택, 기분에 따라 접어들었던 그 모든 길이 내 양쪽 어깨를 짓누르는 게 느껴졌다. 뜨겁게 내리쬐는 햇빛 때문에 능소화꽃이 달콤한 향기를 대기 중에 퍼트리면서 말라가고 있었다. 우리가 이 거리의 180번지 앞에 섰을 땐 다리가 후들거리는 바람에 나는 쓰러지지 않기 위해 대문을 꼭 붙잡고 있어야만 했다. 잔이 내 팔을 잡았다.

딸이 불안한 표정으로 물었다.

"괜찮으세요, 아빠?"

나는 가슴이 답답해지는 걸 느끼며 대답했다.

"두렵구나, 잔."

"그럼 그냥 돌아갈까요?"

"아니다. 카트린을 만나보고는 싶어. 하지만 모든 게 다 드러나는 게 두려워. 그녀를 찾아다닌 그 모든 세월, 그러면서 만난 그 모든 사람이… 그녀가 내 말을 들으려고 하지 않을까봐 두려워. 아니, 그녀가 거기서 그치지 않고 내 얘기를 어처구니없어하며 비웃을까 봐 두려워."

점점 더 자기 어머니를 닮아가는 잔이 내 눈을 똑바로 쳐다보았다.

"아빠, 이건 아빠의 이야기예요. 오늘 무슨 일이 일어나든 그건 그다지 중요하지 않아요. 아빠는 늘 그러셨듯이 이번에도 꿈을 실현시키셨어요. 우리 모두는 아빠를 자랑스럽게 생각한답니다."

우리가 보르도에 도착했을 때 배 위에서 아들을 다시 만날 수 있다는 생각에 경직되어 있던 마리아 얼굴이 생각났다. 나는 잔이 그랬던 것처럼 상냥한 말투로 그녀를 안심시켰었다. 역할이라는 것이 완전히 고정되는 법은 결코 없다. 상황에 따라 달라지는 것이다.

"넌 할아버지가 지금의 나를 자랑스러워하실 거라고 생각하니, 잔?"

잔은 내 얼굴을 뚫어지게 쳐다보며 확신에 찬 목소리로 대답했다.

"할아버지께선 늘 아빠를 자랑스러워하셨어요. 다만 그걸 말로 표현할 수 있는 방법을 모르셨던 것뿐이지요."

나는 내 딸의 말을 단 한 순간도 의심하지 않고 그녀의 얼굴을 찬찬히 뜯어보았다. 그녀가 옳았다. 아버지는 한편으로는 나를 미워하면서도 또 한편으로는 나를 자랑스러워했던 것이다. 나는 이 사실을 내 고향에서 수천 킬로미터 떨어져 있는 이 위대한 혁명의 대륙에서, 체 게바라의 넋이 떠돌아다니는 이 도시에서 깨달았다. 왜 그는 내게 아무 말도 하지 않고, 다른 자식들보다 더 예민하고 유식한 자식에 대한 자부심을 표현하지 않고 그 비밀을 무덤 속으로 가져간 것일까? 자아는 다스려지지 않을 경우 인생의 암이 되고 심장병이 된다. 나는 그날, 이 모든 걸 마무리 짓기로, 수십 년 동안의 악운을 쫓아버리기로, 내 어린 시절과 청소년 시절, 내 삶 전체의 모든 악마들을 이번 기회에 완전히 몰아내 버리기로 단단히 마음먹고 180번지의 문에 달린 초인종을 눌렀다. 잠시 후에 한 여인이 문을 열어주었다. 잔이 통역 노릇을 했다.

여인이 미소 지으며 물었다.

"안녕하세요. 무슨 일이신가요?"

나는 자신 있는 목소리로 대답했다.

"안녕하세요. 카트린 샤페르를 만나러 왔습니다."

"저희 어머니이신데 지금 안에 계세요. 누구라고 말씀드릴까요?"

"폴 베르튄과 그 가족이 찾아왔다고 좀 전해주세요."

"어머니가 선생님을 알고 계신가요?"

"아닙니다. 하지만 제가 어머님을 아주 오래전부터 알고 있습니다."

"아, 그러시군요. 여기서 잠깐만 기다려주세요."

그녀는 문 뒤편으로 사라졌다가 잠시 후에 다시 나타났다. 그녀가 우리에게 들어오라고 손짓했다. 나는 잔과 프랑수아의 손을 꼭 잡았다. 우리는 그녀를 따라 복도를 걸어갔다. 내 손은 축축했고, 심장은 가슴속에서 격하게 고동쳤다. 사진에 나오는 어린 소녀가 지금 벽 뒤에 있는 것이다. 나는 오랫동안 그녀에게 아무 일도 일어나지 않기를 바라면서 그녀를 찾았다.

"어머니가 정원에서 선생님을 기다리고 계시니까 들어가 보세요. 혼자만 가셔야 될 것 같아요."

그녀는 이번 방문이 얼마나 중요한지 알고 있다는 듯 이렇게 말했다.

잔과 프랑수아가 멈추어 섰다. 나는 내 딸의 눈물 젖은 얼굴을 향해 눈을 들었다.

"아빠, 이건 아빠의 이야기예요. 아빠의 삶이고 아빠의 꿈이니 아빠의 숙명을 완성하세요. 우리 모두는 아빠가 자랑스러워요."

그녀가 이렇게 말하고 나서 프랑수아에게 물었다.

"그렇지 않니, 애야?"

그러자 아이는 기쁨으로 얼굴을 환하게 밝히며 대답했다.

"맞아요. 항구의 어린 소녀는 이제 자기 아버지를 다시 만나게 될 거예요. 바로 이게 이 이야기의 속편이에요."

나는 감동해서 딸과 손자를 껴안았고, 그동안 그 젊은 여성은 감히 무슨 말을 할 엄두를 내지 못한 채 우리를 쳐다보고만 있었다. 나는 복도를 걸어갔다. 두 손은 바들바들 떨리고, 걸음은 비틀거렸다. 나는 오랜 세월이 흐르는 동안 나와 함께했던 독일 소녀의 사진을 꽉 움켜쥐었다. 삶이란 우리를 좌석에 앉힌 다음 전경을 내려다볼 수 있도록 제일 높은 곳으로 데려갔다가 우리가 얼마나 운이 좋은지를 어림할 수 있도록 가장 낮은 곳으로 내려보내는 대관람차와도 같다. 바로 이 순간, 정원 입구에서 나는 내가 대관람차의 맨 꼭대기에 있다고 느꼈다. 그리고 그녀를 보았다. 사진 속에 있던 어린 독일 소녀 카트린 샤페르가 나무 그늘에 놓인 긴 의자에 누워 있었다. 그녀는 많이 늙었다. 하지만 나는 그녀를 바로 알아보았다. 그렇다, 틀림없는 그녀였다. 모든 것이 내 머릿속에서 뒤섞였다.

　나의 탄생이, 신부님이, 아버지가, 형들과 같이 바지락을 주우며 보냈던 긴 일요일들이, 우리 콧구멍을 향기롭게 해주던 바다 내음이, 내 어린 시절의 빨래터가, 나를 가르쳐주시던 초등학교 선생님이, 밀밭이, 해풍이 쓸고 지나가던 황금색 밀 이삭이, 어머니가 풍기던 향기가, 아버지의 눈길이, 흙 속에 파묻히던 아버지의 관이, 암울했던 시절이, 전쟁이, 땅을 강타하던 포탄이, 독일군 장교들이, 내 눈앞에서 죽어간 카트린의 아버지가, 결코 멈추지 않고 연이어 지나가던 시간이, 장이, 부대장이, 군 복무가, 프랑크푸르트가, 마틸드가, 나이를 먹고 시대를 보내는 나의 아름다운 마틸드가, 우리의 만남이, 협만을 따라가는 우리의 긴 산책이, 콤플렉스를 가진 청춘들이었던 우리의 포옹이, 나의 청혼이,

보르도가, 우리 집이, 우리의 부부생활이, 잔이, 마르탱이, 배가, 난파가, 내가 쓴 소설이, 우리가 여름 동안 너무 행복해했던 안달루시아가, 마틸드의 죽음이, 마리아가, 마누엘이, 삶이, 죽음이, 삶이 우리에게 주었다가 죽음이 다시 빼앗아간 모든 것이 다시 기억 속에 떠올랐다. 모든 것이 서로 뒤섞였다. 모든 것이 다.

얼마 지나지 않아 감정은 내 몸 전체가 그 안에, 부서지는 파도와 바닷바람이 휩쓸고 지나가는 삶이라는 태풍의 눈 속에 잠겨 있는 소용돌이에 불과해졌다. 나는 뜨거운 눈물을 흘렸다. 카트린 샤페르가 당황해서 몸을 일으켰다. 그녀의 눈은 자기 아버지를 닮아 바닷물처럼 푸른색이었고 인정이 넘쳐 보였다. 그녀를 향해 다가가는 동안 나는 내 삶 전체가 때로는 어둡고 때로는 밝으며 내가 더 가까이서 바라보면 활짝 웃곤 하는 커다란 분화구투성이인 달의 순환주기와 흡사하다고 생각했다.

모르비앙, 2009년

9월의 어느 날이었다.

마치 벽시계의 큰 바늘이 일생 동안 돌아가느라 피곤해진 것처럼 삶의 고리가 다시 출발점으로 돌아간 듯, 이상할 정도로 찌는 듯 무더운 날이었다. 80년 전에 그랬듯이 모든 것이 변함없다고, 자연이 서로 만날 약속을 했다고 단언해도 될 것 같았다. 태양이 땅에 금을 내서 균열이 생기게 하고, 비가 내리도록 해달라고 애원하는 나뭇잎을 말리면서 풍경을 으스러뜨리고 있었다. 가벼운 바닷바람이 이 가마솥더위를 이따금 서늘하게 식혀주면서 더워서 빨개진 우리 뺨을 어루만지곤 했다. 모든 사람이 거기에, 우리 할아버지 폴 베르튄의 관이 서서히 미끄러져 들어가는 커다란 구덩이 앞에 서 있었다. 무더위에도 불구하고 점잖게 차려입은 남자들이 더 이상 그들의 양복 뒤에 숨지 않고 악어의 눈물이 아닌 뜨거운 눈물을, 아니, 수많은 의미가 담긴 진짜 뜨거운 눈물을 흘리며 울고 있었다. 모든 것이 다 똑같아 보였다. 이야기가 세세한 부분까지 뒤섞였다. 폴 베르튄은 자신의 운명을 향해 미끄러져가고 있었다. 나의 어머니 잔은 남편의 품속에서 위안을 찾고 있었다.

이제 그녀는 고아가 되었다. 무한한 사랑의 열정을 잃어버렸다. 삶의 책이 마침내 완성되어 다른 수많은 쌍둥이 형제들과 함께 비밀도서관의 서가에 꽂혀졌다. 내 이름은 프랑수아 라세르. 스

물아홉 살이다. 폴 베르튕 씨의 손자다. 할아버지가 돌아가신 날 나는 펜을 들어 그의 이야기를 쓰기로 결심했다. 생애 말기에 그는 그에게서 과거를 조금씩 빼앗고, 마치 잡초처럼 그의 삶의 추억을 뿌리째 뽑아내버리는 고약한 병을 앓는 바람에 모든 기억을 잃어버렸다. 알츠하이머는 기묘한 병이다. 폴 베르튕은 얼마 지나지 않아 더 이상 딸도, 손자도 그리고 그 어느 누구도 알아보지 못했다. 그저 벽 위의 그림자처럼 떠돌아다닐 뿐이었다.

그의 언행이 점점 더 난폭해졌지만 제지할 수 없었고, 그를 목욕시키려고 할 때마다 완강하게 거부하는 바람에 위생상태도 엉망이 되어서 우리는 어쩔 수 없이 그를 양로원으로 보내야만 했다. 이따금 그를 보러 갈 때마다 병원에 붙어 있는 공원에서 나는 마치 파리 사람들이 더럽고 소란스런 플랫폼에서 지하철 열차를 기다리는 것처럼 철제 의자에 앉아 죽음을 기다리고 있는 노인들을 찬찬히 바라보곤 했다. 우리 할아버지는 자기가 거기서 뭘 하는지도 모르는 채 어린 시절의 하늘을, 해초로 뒤덮인 바닷가를, 고향집의 사과나무를 몇 시간씩 꼼짝하지 않고 바라보곤 했다. 이따금 살짝 제정신으로 돌아올 때면 그의 두 눈이 돌연 환하게 빛나곤 했다. 나는 그가 이 순간에 무슨 생각을 하는 것인지 전혀 알 수가 없었다. 도저히 알아들을 수가 없는 그의 말은 더 이상 그의 정신이 어떤 모습인지를 보여주지 않았다. 그러나 나는 그가 살아오면서 만났던 모든 인물을, 그 작은 영웅들(우리 모두는 우리 나름대로의 영웅이라고 할 수 있다)을, 소파나 지하철에서 아니면 다른 곳에서 지금 이 글을 읽고 있는 독자 여러분을 생각하고 있었다고 확신한다. 폴 베르튕은 인간의 본성을 신뢰했으며, 사는 동안 환멸만을 맛본 사람들의 눈에는 이런 그가 순진해 보일 수도 있다. 그는 마치 사람들이 자기 방식대로 채워 넣는 두 개의 가방처럼 우리 각자의 마음속에서는 선과 악이 함께 여행한다는 사실을 태어났을 때부터 깨달았다. 또 그는 인간성이라는 것이 기묘한 역설을 토대로, 우리를 어둠 속에서 조종하는 대립을 토대로 만들어진다는 사실도 깨달았다.

그는 어둠 속으로 도피하기보다는 빛을 즐기는 것을 더 좋아했다. 신부님이 그의 무덤을 향해 몸을 구부리더니 성호를 그었다. 사람들이 줄지어 지나가면서 구덩이 속에 꽃을 한 송이씩 던졌다. 나는 그 사람들 속에서 마리아와 마르탱, 마틸드 할머니, 선장을 알아보았다. 모든 사람이 거기 와 있었다. 그에 대한 추억이 눈물로 얼룩진 얼굴들을 황홀하게 만들어주었다. 폴 베르튐은 자신의 삶뿐만 아니라 죽음까지도 성공시킨 것이다. 이 두 가지는 밀접하게 연관되어 있다. 장례식이 끝나고, 사람들이 모두 집으로 돌아갔다. 나는 수많은 이야기로 나를 매료시켰던 분의 무덤 옆에 그대로 앉아 있었다. 그가 살아 있을 때 그랬던 것처럼 나도 깊은 생각에 빠져 있었다. 우리가 저 높은 곳에 있을 때, 우리 머릿속에 있을 때 시간은 우리를 기다려주지 않고 멀어져간다. 얼마 지나지 않아 땅거미가 묘지에 내리고, 이어서 어둠이 찾아왔다. 나는 돌아가기로 결심하고 어둠이 내린 길을 걸어갔다. 무심결에 고개를 드는 순간, 나는 보았다. 라륀Lalune은 충만했고 우울해 보였다. 가장 친한 친구를 잃어버려서일 것이다.

달이 꾸는 꿈

/

작가의 분신이랄 수 있는 폴 베르튄은 몽상가다.

프랑스의 상상력학자인 바슐라르에 따르면, 인간은 몽상 속에서 꿈을 꾸고, 그 꿈속에서 상상력이 활동한다. 몽상은 상상력이 자유롭게 꿈꾸어 우리의 삶에 방향을 제시하는 활동인 것이다. 바슐라르에 의하면 몽상은 그 안에서 의식의 빛이 존재하는 정신활동이다.

몽상가는 자신의 몽상 속에서 존재한다. 때로는 몽상이 현실로부터 벗어난다는 인상을 줄지라도, 몽상가는 자신이 현실에서 벗어나 있다는 사실을 알고 있다.

바슐라르는 몽상 속에서 이루어지는 상상력의 활동이 갖는 기능을 합리주의적 현실의 세계에 속하지 않는다는 점에서 비현실의 기능이라 이름 붙였다. 현실과 비현실 이 두 세계는 서로 독립적으로 존재하면서도, 서로를 보완한다. 비현실의 세계는 현실 세계가 나아가는 방향을 제시하고, 비현실의 세계는 현실세

378

계에 자신의 뿌리를 내린다. 현실 세계가 없다면 비현실의 세계는 무의미한 공상이나 망상에 지나지 않는다.

『달빛 미소』에서 몽상은 주인공인 폴 베르튄의 삶을 이끌어나가는 가장 큰 힘이다. 그의 몽상은 달을 통해 펼쳐진다.

그렇지만 이 밤의 배경에서 나는 저 높은 곳 허공에 떠 있는 빛나는 조약돌 같은 것을 보고 저게 무엇일까 궁금해졌다. […] 나는 말을 할 수 있는 나이가 되어서는 도저히 더 이상 참을 수가 없어 어머니에게 물었다.

"엄마, 저게 뭔가요?"

어머니는 자신 있는 말투로 대답해주었다.

"저거? 저건 라륀(Lalune. 달이라는 뜻으로 여성명사 La와 lune을 붙여 사람 이름처럼 만든 것)이란다."

[…] 창문을 통해 그걸 계속 관찰했다. 이렇게 해서 라륀과 나는 깊은 사랑을 나누기 시작했다. 하늘에 떠 있는 나의 조약돌. (25~26쪽)

도대체 이들은 어디서 갑자기 나타난 것일까? 라륀에서? 하늘에 떠 있는 조약돌에서? 이 사람들이 조약돌에서 빛이 나도록 하는 것일까? 넓은 바다에는 그들을 저 높은 곳으로 데려가는 이런 비밀통로가 엄청 많이 있는 것일까? 나는 나의 조약돌에 관한 진실을 알게 되었다는 생각에 잔뜩 흥분해 그쪽으로 다가갔다. 마치 북채로 북을 신나게 두들겨댈 때처럼 심장이 가슴속에서 마구 뛰는 것을 느끼며 어머니 손을 꽉 움켜잡았다. (29~30쪽)

2

  달은 아주 오랜 옛날부터 신화와 민간전승뿐만 아니라 문학과
회화, 음악 등을 통해서도 인간들의 상상력을 자극해왔다.

  베토벤은 〈월광 피아노 소나타〉를 작곡했다. 막 떠올라 고요하
고 잔잔하여 신비로운 달빛 속을 걷는 듯한 1악장은 폴 베르튄
이 은밀한 사랑의 감정에 설레는 제1부 〈새로 뜨는 달〉의 소년
기와, 물줄기가 음악에 맞추어 춤추듯 발랄하고 생기 넘치는
2악장은 군복무와 결혼, 뱃사람이 될 때까지 그의 청년기를 그
려내는 제2부 〈초승달〉과, 베토벤 자신이 마치 망치로 내려치듯
세게 건반을 눌렀을 정도로 폭풍이 몰아치듯 긴장으로 가득 찬
3악장은 제3부 〈반달〉과 분위기가 일치한다.

  또한 프랑스의 상징주의 시인 베를렌은 1867년에 〈달빛〉이라
는 시를, 그리고 1870년에 〈흰 달〉이라는 시를 썼다. 이 두 편의
시는 폴 베르튄이 브르타뉴 지방에서 보낸 어린 시절과 밭일, 뱃
사람이 되고 싶은 그의 꿈, 마틸드와의 사랑, 그녀와 함께 협만
을 따라 걷는 산책을 몽환적으로 그려내는 듯하다.

      그대의 영혼은 선택된 하나의 풍경
      그곳에선 매력적인 가면을 쓴 베르가마스크 행렬이
      류트를 켜고 춤추며 지나가네
      환상적으로 변장한 모습 속에 슬픈 표정을 하고
      의기양양한 사랑과 때를 맞은 인생을
      단조로 노래하면서도
      그들은 저들 행복을 믿지 않는 것 같고

달빛에 섞이네
나뭇가지에 앉은 새들을 꿈꾸게 하고
물줄기를, 대리석 사이를 흐르는 우아한 물줄기를
희열로 흐느껴 울게 하는
슬프고 아름답고 고요한 달빛에 섞이네.
– 〈달빛〉

흰 달
숲에 빛나고
가지마다
소근거리는 소리
우거진 나뭇잎 그늘에서…

아아 내 사랑이여.

연못
해맑은 거울에
그림자 지는
검푸른 버드나무
가지 사이로 바람은 울고…

아아 지금은 꿈꾸는 때.

고요함
크고 부드러이
무지갯빛
눈부신 달빛에 젖어
하늘에서 내리고…

아아 아름다운 밤.
- 〈흰 달〉

3

〈초승달〉이라는 소제목이 붙은 제2부는 그가 자아를 의식하고 외부세계와 갈등, 대결하면서 타인과 사회에 대해 각성하고 정신적, 육체적으로 성장해나가는 과정을 보여준다. 즉 아버지와 형, 독일병사, 군대의 권위주의에 대한 저항과 거기서 벗어나는 과정에서 자기 운명의 주인공이 되어 자신의 길을 찾는 것이다. 마틸드와의 사랑은 그가 자기 길을 찾도록 도와주는 조력자다.

삶은 이렇게 우연과 선택, 방향전환으로 이루어지는 법이다. (143쪽)

우연의 일치를 만들어내는 재료들은 여러 가지가 있는 것일까? 장소와 순간, 인간, 행성의 특별한 위치 같은 것 말이다. 어쩌면 이 모든 재료가 신기하게 뒤섞여 일순간에 서로 조화를 이

382

루고 모든 걸 뒤엎는 것인지도 모른다. (168쪽)

여러 번이나 잘못 들어온 길로 다시 되돌아가기도 하고, 불 꺼진 복도에서는 전기스위치를 찾지 못해 더듬거리기도 했다. 그러다가 길을 완전히 잃고 말았다. […] 그것은 말하자면 선장이 나를 위해 마련한 입문의식이었다. "길을 잃어야만 자신의 길을 찾을 수 있다네." (191쪽)

4

제3부 〈반달〉: 라스팔마스 도착 – 창녀 마리아와의 만남 – 마리아를 탈출시켜 배에 실음 – 보르도 입항 – 마리아와 작별 – 잔의 출생 – 난파 – 마르탱의 죽음

달이 늘 이렇게 꿈을 꾸게 하는 것만은 아니다. 달이 떠 있는 하늘은 때로 모든 것을 파괴하며 인간들에게 경고하기도 한다. 그러나 인간은 이 같은 시련을 통해 성장하고 어른의 세계에 입문한다.

운명의 그날 1965년 7월 17일 – 우리 이야기의 흐름을 뒤집어 놓고 우리를 혼란에 빠트린 날이다. (249쪽)

폭풍우를 만나 배 안에 갇혀버린 폴 베르튄은 꼭, 죄악에 물든 니느웨를 심판할 것이라는 예언을 하라고 하나님에게 명령을

받았지만 거역하고 니느웨로 가는 반대 방향으로 배를 탔다가 폭풍을 만나 3일 동안 고래 뱃속에 갇혀 있던 요나 같다.

여호와께서 큰바람을 바다 위에 내리시매 바다 가운데에 큰 폭풍이 일어나 배가 거의 깨지게 된지라. 《요나서》, 1장 4절)

배의 선교는 뽑혀버렸고, 그 자리에는 엄청나게 큰 구멍이 생겨 그 속으로 물이 스며들고 있었다. 뱃머리에 있던 상갑판 난간도 물밀 듯이 밀려오는 파도의 충격을 이겨내지 못하고 무너져버렸다. 지표가 기울었다는 사실이 화물창까지 물이 잠겼다는 것을 증명해주었고, 배는 왼쪽으로 기울어져 있었다. 엔진은 더 이상 부르릉거리지 않았다. 우리는 해류에 따라 이리저리 표류하고 있었다. (278~279쪽)

제4부 〈보름달〉: 연극배우 장, 마르크와의 만남 – 첫 작품 출간 – 가족의 행복 – 어머니의 죽음 – 형과의 화해 – 잔의 결혼 – 손자 출생 – 마틸드의 죽음 – 마누엘의 방문 – 카트린을 만나러 아르헨티나로 – 폴 베르튄의 죽음 – 손자, 할아버지의 이야기를 글로 쓰기로 결심

이 작품의 맨 마지막 장인 제4부의 제목이 〈보름달〉이라는 건 매우 상징적이며 함축적이다. 여기서 폴 베르튄의 삶은 보름달처럼 꽉 차서 완결되고, 이야기는 이제 막바지를 향해 치닫는다.

나는 마치 잉카족이 태양을 숭배하듯 달에게 숭배에 가까운

경의를 표했다. [⋯] 달은 나의 우상이었고 나의 신이었다. 달은 바다를 비추는 희미한 반사광과 눈에 잘 안 띄는 분화구들, 내 성격이 그렇듯 주기에 따라 달라지는 다양한 형태로 영혼의 파렴치함을 누그러뜨려주었다. 나는 달에서 내 모습을 발견했다. 나의 달. (350쪽)

그녀를 향해 다가가는 동안 나는 내 삶 전체가 때로는 어둡고 때로는 밝으며 내가 더 가까이서 바라보면 활짝 웃곤 하는 커다란 분화구투성이인 달의 순환주기와 흡사하다고 생각했다. (374쪽)

그러나 베르튄의 삶은 그의 죽음으로 막을 내린 게 아니다. 그의 삶은 손자의 펜으로("할아버지가 돌아가신 날 나는 펜을 들어 그의 이야기를 쓰기로 결심했다.") 영원히 기억될 것이다. 달이 새로 떠올라 초승달이 되고, 반달이 되고, 다시 보름달이 되듯 그렇게⋯ 작가 줄리앙 아란다는 이것이야말로 문학이 가진 강건한 힘이라고 믿고 있는 게 틀림없다.

줄리앙 아란다 Julien Aranda

1982년 프랑스 보르도에서 태어났다. 해안 지방인 랑드에서 성장기를 보내는 동안 대서양을 바라보며 꿈을 키워왔다. 라틴 아메리카, 아시아, 카나리아 제도를 여행한 그는 스무 살이 되어 처음 여행기를 쓰기 시작했으며, 그때부터 단편과 자전적 이야기를 꾸준히 써왔다.

그의 첫 장편소설 『달빛 미소(Le sourire du clair de lune)』는 출판사를 통하지 않고 아마존의 자회사 '킨들 다이렉트 퍼블리싱(KDP)'을 통해 전자책으로 발간됐다. 개인이 직접 출판하는 방식으로 온라인에 작품을 선보인 것이다. 독자의 반응은 호평 일색이었다. 마침내 아마존이 설립한 출판사(아마존 퍼블리싱)와 정식 계약하고 프랑스에서 먼저 종이책으로도 출간됐는데, 당시 프랑스에서 KDP로 작품을 발표한 작가 중 아마존 퍼블리싱과 정식 계약한 작가는 단 두 명이었다. 뿐만 아니라 두 번째 책 『구름의 단순함(La Simplicité des nuages)』도 채택되었는데, 이는 줄리앙 아란다의 작품이 대중성과 함께 문학성 또한 인정받고 있음을 의미한다. 『달빛 미소』가 출간되고 나서 프랑스의 권위 있는 문학비평지 〈리브르 엡도(Livres Hebdo)〉는 주목해야 할 신인작가로 줄리앙 아란다를 소개했다.

이후 『달빛 미소』는 스페인, 이탈리아, 미국 아마존에서 번역 출간되었고, 프랑스 배우 마티유 다안이 낭독한 오디오북으로도 만들어졌다. 현재 저자는 2018년에 출간될 세 번째 작품을 준비하고 있다.

이재형

한국외국어대학교 프랑스어과 박사과정을 수료하고 한국
외국어대학교, 강원대학교, 상명여자대학교 강사를 지냈다.
우리에게 생소했던 프랑스 소설의 세계를 소개해 베스트셀
러를 기록한 많은 작품들을 번역했으며, 현재는 프랑스에
머물면서 프랑스어 전문 번역가로 활동하고 있다.

옮긴 책으로는 『프랑스 유언』 『세상의 용도』 『눈 이야기』
『꼬마 철학자』 『나는 걷는다 끝』 『하늘의 푸른빛』 『부엔 까
미노』 『어느 하녀의 일기』 『걷기, 두 발로 사유하는 철학』
『꾸뻬 씨의 시간 여행』 『꾸뻬 씨의 사랑 여행』 『마르셀의 여
름 1, 2』 『카트린 드 메디치』 『장미와 에델바이스』 『이중설
계』 『시티 오브 조이』 『사막의 정원사 무싸』 『조르주 바타
유의 눈 이야기』 『레이스 뜨는 여자』 『정원으로 가는 길』
『프로이트: 그의 생애와 사상』 『사회계약론』 『법의 정신』
『군중심리』 『패자의 기억』 『최후의 성 말빌』 『세월의 거품』
『밤의 노예』 『지구는 우리의 조국』 『마법의 백과사전』 『신
혼여행』 『어느 나무의 일기』 등이 있다.

달빛 미소

1판 1쇄 인쇄 2017년 11월 30일
1판 1쇄 발행 2017년 12월 11일

지은이 줄리앙 아란다
옮긴이 이재형
펴낸이 황재성 허혜순
펴낸곳 무소의뿔

책임편집 양성숙 홍민정
디자인 color of dream

등록 2012년 3월 20일(제2012-000255호)
주소 서울시 마포구 동교로 136
전화 02-323-1762 | 팩스 02-323-1715
이메일 mussopulbooks@naver.com
페이스북 www.facebook.com/mussopulbooks

ISBN 979-11-86686-27-0 03860

무소의뿔은 도서출판 연금술사의 문학 브랜드입니다.
이 도서의 국립중앙도서관 출판예정도서목록(CIP)은
서지정보유통지원시스템 홈페이지(http://seoji.nl.go.kr)와
국가자료공동목록시스템(http://www.nl.go.kr/kolisnet)에서
이용하실 수 있습니다. (CIP제어번호: CIP2017030456)